国家出版基金项目
NATIONAL PUBLICATION FOUNDATION

☆当代文学经典研究丛书

丛书总主编
蒋述卓
陈剑晖
贺仲明

心证·史证·形证

中国当代小说经典二十家

李遇春 著

广东高等教育出版社
Guangdong Higher Education Press
·广州·

图书在版编目（CIP）数据

心证·史证·形证：中国当代小说经典二十家/李遇春著. —广州：广东高等教育出版社，2021. 3

（当代文学经典研究丛书/蒋述卓，陈剑晖，贺仲明主编）

ISBN 978－7－5361－6982－1

Ⅰ. ①心…　Ⅱ. ①李…　Ⅲ. ①小说研究－中国－当代　Ⅳ. ①I207. 42

中国版本图书馆 CIP 数据核字（2021）第 029593 号

书　　名	心证·史证·形证：中国当代小说经典二十家 XINZHENG · SHIZHENG · XINGZHENG：ZHONGGUO DANGDAI XIAOSHUO JINGDIAN ERSHI JIA
出版发行	广东高等教育出版社 地址：广州市天河区林和西横路　电话：（020）87554153 http://www.gdgjs.com.cn
印　　刷	佛山市浩文彩色印刷有限公司
开　　本	787 毫米 ×1 092 毫米　1/16
印　　张	23. 25
字　　数	320 千
版　　次	2021 年 3 月第 1 版　2021 年 3 月第 1 次印刷
定　　价	52. 00 元

总　　序

中华人民共和国成立已经70多年，也就是说，我们通常所说的“当代文学”已经存在了将近四分之三个世纪的时间。对于当代文学的成就，文学界和学术界都存在着较大的争议。有学者认为中国当代文学的创作水准已经处于世界文学前列，并因此有人提出当代文学也应该有自己的“鲁郭茅巴老曹”。当然，也有对当代文学评价不高的看法。

我们以为，仁者见仁、智者见智，对当代文学成就存有不同看法很正常，只是这并不妨碍我们对其中的优秀作品展开深入系统的研究工作。我们主编这套书的目的就在于此。这套丛书被命名为“经典研究”，是因为我们不是试图全面系统地展开对当代文学创作的研究，而是重点研究其中的代表性作家作品，在一个较高的高度上展示中国当代文学的价值和方向。因为文学经典是一个时期文学中的最优秀部分，无论从文学史角度还是从文化建设角度，它都有特别重要的价值。它是确定文学史的排列秩序、思想艺术水准和学术品格的重要保证，并因此对该时期的文学发展产生深刻影响，而且，对于文学学术研究的深入推进，对于提升整个民族的文化素质，文学经典也有重要的意义。

也许有人不赞同使用“当代文学经典”这个词，这是因为我们很多人习惯于在接受了漫长文学史检验的前提下来理解“经典”这个概念。

但其实，在现代文化背景下，对“经典”的理解可以持更开放的认识态度。正如马克思在《共产党宣言》中对现代社会的概括：“一切坚固的东西都烟消云散了，一切神圣的东西都被亵渎了。”在现代社会中，很多习见正在改变，很多传统正在遭遇挑战。包括许多文学经典，在各种解构主义思潮的冲击下，其身上原有的神圣光环已经逐渐滑落。与此同时，一些新的作品改变了以往的卑微地位，获得了新的评价，成为新的经典。

这一点，西方文学是如此，中国文学也是如此，对于刚刚度过一个世纪诞辰的中国新文学来说自然更是如此。中国现代文学30年中，曾经高不可攀、令人仰视的经典作家“鲁郭茅巴老曹”，在近年来就遭遇到了学术界的巨大挑战。而沈从文、张爱玲、金庸、钱锺书等曾经被贬斥的作家，在近年来获得的赞誉已经绝不少于那些传统经典作家。当然，我们这里无意于探讨这些作家的经典地位，我们只是想说明“文学经典”并不是一个完全稳定不变的概念，而是始终处在发展和流动之中。

所以，尽管当代文学还只有四分之三个世纪的生命，但并不妨碍我们使用“经典”来指代其中的优秀作品。事实上，我们也不是从绝对的、永恒意义上确认当代文学的文学经典，而是在特定的语境中，从动态的进行时中确认相对的，甚至是有局限性的当代文学经典。换句话说，我们对这些作品的研究，本身就是文学经典化过程中的重要一部分，是在以自己的方式甄选、推举真正的经典作品，帮助文学史进行优胜劣汰，让那些经典之作汇入文学史的河流之中。而且，当代文学经典具有当代文学的独特性，它是中国古代的“大传统”和五四以来的现代文学“新传统”双重滋养的产物，具有传统文化与现代精神相融合的独特个性，也与中华人民共和国的独特政治、文化有着非常密切的关系。在今天，凝练、确认与阐释当代文学经典的过程，其实也是传承、转化和创新中华民族优秀传统文化的过程，也是阐释中华人民共和国文化精神的过程。另外，在某种意义上，当代文学经典具有更特别的独特审美和文化价值。它在当代文化背景下产生，与现实关系更近，更容易拨动当代读者的心弦，引发他们精神上、审美上的共振与心理上的共鸣。

一套有原创性、有自己特色和价值取向的丛书，必须有相对统一的体例和标准。尽管当代文学经典不是绝对的，而是处在经典化的过程当中，需要我们在不断的建构过程中去挖掘和展示经典的意义，但本丛书还是具有自己非常明确的文学经典标准。其一，思想价值的高度和普遍性；其二，艺术形式的完美性；其三，社会影响度和长效性。在这一思想前提下，我们所指的“经典”主要是那些在同时代文学思想艺术水准较为突出，并被广大读者喜爱的那些作品。具体点说，本丛书中的“经典”主要从两个角度来选择和确立。一类是“时代的经典”，即出版于特定时代的优秀作品，比如，中华人民共和国成立后“十七年文学”中的《红日》《红旗谱》《红岩》《创业史》《青春之歌》等，这一类作品的思想和艺术上都存在着时代的局限，但它们确实在特定的时代中影响、教育了一代人，因此作为一种“时代经典”，应承认其存在的合理性和价值，在写作文学史时应有它们的地位。另一类可称为“永恒经典”，如《诗经》《史记》《红楼梦》《阿Q正传》等，这一类作品不受时代和空间的局限，它们以思想上的原创性与超越性、艺术上的独创性、时间的永久性一代代传承下去，这是对“永恒经典”的高端要求。

总之，本丛书主张以理性高度客观地对待当代文学经典作品，既充分认可它们的成就和价值，又不将它们完美化，甚至不讳言其缺陷。我们希望这套“当代文学经典研究丛书”能够达到这样两个效果：一是帮助人们更深入地了解当代文学优秀作品产生的时代背景，以及其思想文化特征和艺术个性，从而更好地进行鉴赏和评判；二是给未来人们进行经典化甄选时提供坚实的基础，让我们能够成为未来文学史建设中的一部分。如果这两个目的达到了，我们这套丛书的初衷也就实现了。

蒋述卓、陈剑晖、贺仲明谨识

2020年5月18日

目　录

引　言　新实证主义文学研究方法论纲

蓦然回首，中国当代文学已经走过了七十多年的历史里程。七十多年来，关于中国当代文学的批评与研究主要有两种性质的研究模式，即作为文学批评的中国当代文学研究和作为文学史的中国当代文学研究。从理论上讲，这两种性质的当代文学研究模式之间应该是互补互渗的，两者各有侧重，但又彼此融合，这才是我们渴望的健康的中国当代文学研究生态。按照学界习惯上的划分，文学批评、文学史与文学理论这三者之间并非绝缘或割裂的关系，而是一个关于文学研究的有机统一体。三者之间彼此依存，交互作用，所以我们在文学研究中不应该有厚此薄彼的想法，只能是在各自的研究中有所侧重，但对于文学研究行家而言，这三者的融合才是理想的学术境界。显然，没有今天的文学批评，就不会有明天的文学史；而缺少了文学批评和文学史的支撑，就不可能有真正意义上的文学理论的出现。即使有，大约也是站不住脚的灰色理论。这一点在中外文学批评史上的诸多例证中早已得到证实。

然而，从实践上看，这两种当代文学研究模式之间长期以来又是分裂甚或对立的。把当代文学当作文学史研究的学者瞧不起把当代文学当作文学批评的批评家，认为后者缺乏学术性，信口雌黄、游谈无根，主观性湮没了客观性。而把当代文学研究视为文学批评的批评家对前者也不以为然，在他们看来，过早地将当代文学历史化会使当代文学研究丧失了批判性和前沿性，沦为古代文学研究的衍生物，很难对当代中国社会的现实问题做出敏锐的回应，这等于是取消了“当代文学”的特殊性。于是有了折中的提法，认为中国当代文学七十多年的前三十年即“50—70 年代文学”可以而且应该作为文学史来研究，而后四十多年的“新时期文学”“新世纪文学”研究则属于文学批评的范畴。当然，这里的文学批评主要是实践形态，而不是特指文学批评理论，尽管文学批评理论只能来自文学批评的实践形态。我个人觉得这种折中的提法虽然也有一定的合理性，但从理论上讲，它仍然人为地割裂了作为文学史的中国当代文学研究与作为文学批评的中国当代文学研究之间的有机关联。事实上，近三十年来，一部分当代文学研究者开始追求把作为文学史与文学批评的中国当代文学研究二者融合起来，由此在很大程度上提升了中国当代文学研究的整体学术品格。一方面是使中国当代文学史研究保持了当代文学批评的锋芒，另一方面又使中国当代文学批评具备了文学史的视野。前者可以简称为“批评的文学史”，后者可以凝练为“文学史的批评”。通常，我们的当代文学批评习惯于直接援引西方文学理论来进行，那是典型的“文学理论的批评”，寻求文学理论与文学批评之间的实践嫁接或融合，等而下之者成了二者的生搬硬套，换句话说，作为文学批评对象的当代作家及其作品成了特定的文学理论体系的阐释对象或演绎对象。而我们这里所说的“文学史的批评”则不同，面对当代作家作品的时候，我们不是从外在的西方文艺理论出发，而是从中国当代文学演变的历史视野来观照这些作家作品，辨析这些当代作家作品究竟具有怎样的思想和艺术特点，由此判定其在中国当代文学史上，甚或中国现当代文学史乃至于整个中国文学史上的地位或贡献。显然，这个时候我们的当代文学批评不再是简单化的理论阐释，而是有了客观的历史品格。此时的当代文学批评尽管依然要做阐释，但不再是主观的阐释，而变成了立足于实证的客观化阐释了。我们并不简单地反对阐释，但反对简单化的主观阐释。我们倡导的是在实证基础上的客观化阐释。

在中外文学批评史上，倡导实证的文学批评方法由来已久。在西方，实证主义作为一种席卷人文社科研究领域的学术思潮而出现是在 19 世纪。法国人孔德是实证主义哲学的教父，他认为人类经历了神学时代和玄学时代之后已经进入了科学时代，即重视经验、事实和现象的归纳和推理的实证时代，以此区别于神学和玄学时代着意建构超验的形而上学神话。但孔德主要把实证主义应用于社会学研究，而他的同胞丹纳则把实证主义引入了文学研究领域，开创了社会历史批评的新范式。丹纳创造性地提出了文学研究中“种族、环境、时代”三要素相互作用的原理，形成了一种把内因与外因结合起来，把空间与时间结合起来的立体化的文学研究模式。这种文学研究模式体现了近现代的科学方法和精神在文学研究领域里的渗透并成熟。及至 20 世纪下半叶，法国人戈德曼和埃斯卡皮又相继把文学研究与社会学研究结合起来，开创了文学社会学研究模式，进一步强化了文学研究中重视客观实证的科学精神。不同之处在于戈德曼借助发生学结构主义开创了文学社会学的新路径，注重挖掘作品的文本结构与作者的精神结构之间的关联，进而探测作者的精神结构与特定时代的社会文化精神结构之间的关联，由此形成了带有辩证色彩的文学社会学研究模式。而埃斯卡皮主要从文学的生产、传播、接受、消费等社会机制方面来开创文学社会学研究新范式。不难看出，无论是戈德曼还是埃斯卡皮，他们的文学社会学研究方法都与经典马克思主义的社会历史批评范式相关。和马克思主义文学批评一样，他们也重视文学与时代精神的关联，重视文学与社会环境乃至经济因素的关系，但又在不同程度上吸纳了结构主义或传播学的新方法和新视野，从而进一步完善和深化了西方近现代以来的实证主义文学批评方法和精神。如果我们把视点从法国转移至整个欧洲会发现，在 20 世纪上半叶还出现过一次席卷欧陆的新实证主义哲学思潮。新实证主义比实证主义走得更远，强调通过数理逻辑分析彻底摧毁形而上学神话，所以新实证主义又称为逻辑实证主义。应该说，新实证主义后来陷入唯科学主义的陷阱或逻辑推理的知识迷宫中了，但它对20世纪西方现代或后现代的科学派文学批评理论发展的影响还是深远的，如与现代语言学和符号学密切相关的俄国形式主义批评、英美新批评、结构主义和解构主义批评都带有鲜明的逻辑实证色彩。事实上，在20世纪西方文学批评理论流派中，即使是习惯上被我们说成走人文主义路线的理论派别，如精神分析和神话原型批评、女性主义和新历史主义批评之类，同样具有强烈的科学性和实证精神。尽管弗洛伊德开创的精神分析学被严格的科学派指责为不可证伪的伪科学，但精神分析学的文学批评十分重视心理学的逻辑推理程序，也很重视案例分析和证据的收集。荣格开创的神话原型批评同样形成了较严格的逻辑推理体系，而经过弗莱运用符号学和结构主义改造后的神话原型批评模式就更加闪烁着科学和实证的光芒了。至于女性主义与精神分析学和叙事学等联姻之后，其文学批评理论的科学实证性大为增长，新历史主义与叙事学和解构主义结盟后也体现了强大的逻辑实证力量。凡此种种，无不说明了近现代以来西方文学批评理论的发展与繁荣与其追求科学的实证精神和方法是分不开的。而我们中国当代文学批评界的从业者只知道盲目地“拿来”各种西方文论的皮毛炫技，而没有抓住其科学实证的神髓。

其实，重视实证的社会历史批评一直以来就是中国文学批评中的宝贵传统。孟子提出的“知人论世”和“以意逆志”至今仍然闪烁着科学的光辉。其与中国文学批评史上重主观感悟的中国式印象派批评传统之间并非不可共存，相反是有机互补的关系，各自有其适用的条件和对象。五四新文化运动时期，胡适不仅将美国的实用主义哲学方法引入了中国学界和文学研究界，而且借此机会大力宣传并倡导了中国传统汉学中强调实证的朴学传统。胡适留美期间成了杜威实用主义哲学的信徒，而美国的实用主义哲学在很大程度上其实就是将欧陆的实证主义哲学加以功利化的推演和应用，二者在重视客观的经验和现象的归纳和推理、反对构筑主观的抽象的形而上学神话方面是完全一致的。而在胡适看来，中国清代学者的治学方法与西方学者重视实证的科学实验方法之间息息相通。清代学者一反宋明时期的宋学（主要是陆王心学）重玄思冥想的形而上学传统，径直回归两汉时期古老的重视考据的汉学传统，继而开创了乾嘉时期繁盛一时的朴学风气。通过强调文字学、训诂学、校勘学、考订学等实学功夫，清儒复活并光大了中国古老学术中的实证传统。胡适则精练地把清代学者的治学方法归纳为“大胆的假设、小心的求证”十字方针，并在他的一系列文学研究著述中，尤其是在古典小说考证中体现了这种实证方法的力量。应该说，胡适倡导的这种融合了中西学术精髓的重视科学实证的研究方法，在民国时期的学术界和文学研究界已是一种学术主潮，诸如王国维提出的“二重证据法”、陈寅恪倡导的“诗史互证”、鲁迅提倡的“知全人”研究，都体现了在中西交会、古今融合之后科学精神和实证方法日益得到国人认可的学术趋势，由此也带来了民国时期文学研究和文学批评的良好风尚。然而，中华人民共和国成立以后，由于在革命语境中庸俗社会学的泛滥，文学批评和文学史研究日益流于主观化，俞平伯的《红楼梦辨》和胡适派的学术方法论遭到集中的批判就是明证，从此中国当代文学批评一度丧失了科学精神和实证品格，很大程度上沦为了主观主义的文学阐释。截至“十年浩劫”结束，历史翻开了“新时期”的文学篇章，但重主观阐释的当代文学批评风气并未得到根本的扭转，相反，由于时代精神的愈益浮躁不安而呈现出某种变本加厉的趋势。西方现代种种目不暇接的“主义的旅行”在中国批评界乱花迷眼，主观阐释乃至过度阐释在当代文学批评界泛滥不已，由此酿成了当代文学批评中的主观阐释危机。许多批评家的文章一味地追求漂亮的“辞章”，片面地追求空虚的“义理”，而在根本上缺失了“考据”的基石。这类批评文章尽管写得好看或有趣，但凌空蹈虚，既无严谨的逻辑又无切实的材料，最终只能充当实证批评的反面教材。

那么，在今天我们究竟应该倡导一种什么样的实证性的文学批评呢?这个问题的回答很可能没有一定之规，毕竟在近现代以来西方流行了那么多的具有实证性质的文学批评理论派别，有的直接标举实证主义的大旗，更多的虽然没有打实证的旗号，但同样渗透着现代实证精神。这里我愿意提出个人的一种设想。我的想法是，我们应该倡导一种把传统与现代的社会历史批评和科学主义批评结合起来的新实证主义批评方法体系。我所说的社会历史批评方法，既包括中国传统式的“知人论世”“以意逆志”和“文史互证”之类，也包括西方近现代丹纳的实证主义批评，还有经典马克思主义的文学批评在内。我所说的科学主义批评大致分为两类：一类是与心理学相关的文学批评方法，既包括中国传统的“发愤著书”“不平则鸣”“穷而后工”之类的文论，也包括精神分析和神话原型批评这样的西方现代心理学批评方法，甚至在一定程度上还包括像存在主义那样与心理学密切相关的哲学批评方法。另一类是以文学的语言形式问题为中心，既包括中国传统式的朴学方法，还包括与西方现代语言学、符号学和叙事学相关的俄国形式主义批评、英美新批评、结构主义和解构主义批评、新历史主义批评等在内。这两类文学批评方法都在不同程度上带有科学实证性质。我把通常所谓的社会历史批评方法简称为“史证”，把与心理学密切相关的批评方法简称为“心证”，而把与语言形式密切相关的批评方法简称为“形证”。“史证”偏重于外部取证，强调从文学创作的外部环境如自然的、社会的、历史的、经济的、伦理的、宗教的语境来解释文学作品或者作家的意义和价值。“心证”虽然也与以上诸种外部环境因素密切相关，但它偏重于内部取证，一般倾向于挖掘文学作品或者作家的个人性或私人性的材料，包括文字性的日记、传记、书信、创作谈，以及行为性的疾病、癖好、恋爱、婚姻、仕途、交游等特定履历资料。当然，“心证”除了弗洛伊德式的注重个人化的内部心理取证之外，还应包括荣格式的注重集体化的内部心理取证，比如对作家作品所在的特定时代的社会文化精神症候的发掘，乃至于最广泛范围内的人类性的集体无意识的挖掘之类，都有助于说明或解释作家作品的意义和价值。至于萨特式的存在主义精神分析、弗洛姆式的社会文化派精神分析，还有各种女性主义精神分析之类，也属于我们所谓“心证”的范畴。说到“形证”，它指的是以文本为中心的形式逻辑分析，比如从文学文本的文字、语言、结构、叙事、修辞、版本等形式层面进行逻辑严密的学理性辨析，强调从文本内部来自我证明，带有逻辑实证主义意味。长期以来，这三种实证批评方法处于相对独立而不交融的状态，如同盲人摸象，各执一端而不明真相。只是在少数批评理论家那里才呈现出三者融合的集大成境界。在本质上，这种集大成的新实证批评模式所追求的正是我国老辈学者所提倡的“文史哲不分家”的学术境界。“形证”属于文学（审美）批评，“心证”属于哲学（心理学）批评，“史证”属于历史批评。但“形证”是文学实证批评的前提和基石，如果离开了“形证”而做“心证”和“史证”，只会导致文学批评本体的失落，把文学批评降为哲学（心理学）和历史研究的奴婢。如果是那样的话，文学的实证批评也就名不副实了，不是实证而是虚证了。

当“史证”“心证”与“形证”这三种实证批评结合在一起的时候，意味着批评家将从“形证”出发，从具体的文学作品出发，首先慧眼识别出文学作品的特殊形式，然后通过作品的特殊形式去反观作家的思维方式，去解析作家的精神和心理特征，即把“形证”与“心证”结合起来。在此基础上，进一步通过“史证”，探究作品的形式特征或作家的精神、心理或思维特征所形成的外在社会历史语境，由此可以透视出一个时代的特定社会文化精神风尚。这样就做到了我们所向往的“形证”“心证”与“史证”相融合的比较理想的“实证”境界。其实，我们前面说的“文学史的批评”，与这种理想的新实证批评境界之间并不矛盾。在“文学史的批评”实践中，我们不可能不辨析进而确认特定的作家作品在文学形式和思想心理方面的创造性或传承性，而在这种文学辨析和历史鉴定的过程中，如同古人所谓“辨章学术，考镜源流”一样，始终需坚守客观的文学史和历史立场，这样才能在文学批评中对作家作品或文学思潮、文学社团做出中肯的文学史评价。而且也只能在这种实证性的文学批评实践中，批评家才能归纳或提炼出独具特色的文学批评理论。

接下来我将剖析新中国成立七十余年来中国文坛中陆续涌现出的二十位具有经典性的小说家的创作。我的选择以改革开放以来的小说作家作品为主，但也兼顾了孙犁、茹志鹃那样的革命年代小说文体家的创作，同时也旁及乔叶、朱山坡这样新涌现的“70后”实力派小说家的创作，然而总体而言还是以我们通常说的“50后”“60后”小说作家作品为主干，因为毫无疑问，正是这两代作家的小说创作体现了中国当代小说发展的最高成就。当然，我的选择与我个人二十年来的文学批评实践的个体性是分不开的，因而其中必然隐含了一定的偶然性。事实上，有一些我喜欢的小说家因为种种机缘不凑巧而未能进入这本书稿中，比如汪曾祺，比如王安忆，比如余华，比如徐则臣，如此等等，尽管我在课堂时经常会唠叨到他们的创作，但由于始终未能找到集中撰写评论的契机，故而只能暂付阙如。没有入选实在不意味着他们够不上当代小说经典二十家的名谓，个中缘由不外乎我的视野尤其是精力的限制使然。此外还需把丑话说在前头，虽然我声称自己致力于“三证合一”的“新实证主义文学批评”，但我其实离这个目标还有很遥远的距离，其中有些篇章能做到“二证合体”就自觉不错了，更可能的是连“一证到底”都没做到，所以标榜“三证合一”实在仅止于标举一种文学研究境界而已，而且似乎是一种永远可望而不可即的学术境界，值得我终生向往而趋近。

第 01 章　孙犁：抒情小说的心理隐秘

一

孙犁向来以抒情小说见长，其小说中浓郁的抒情氛围和清丽的诗化格调，往往令读者沉醉低回。所谓抒情和诗化，往往给人以“虚”的印象，但实际上孙犁小说也有“实”的一面。孙犁曾经说过，虽然“不能说一切作品都是作家的自传”，然而“我的作品单薄，自传的成分多”。① 这里的“自传”应包括两层意思：其一是作家的真实生活经历的自传，其二是作家的真实精神心理的自传。比较而言，在孙犁那里，前一种自传是有限的，因为作家在创作过程中往往对自己的真实生活素材进行过不同程度的艺术加工处理，而后一种自传才是更真实的，因为孙犁是一个永远都“不愿用虚假的感情去欺骗读者”的真诚作家。例如，当后来许多读者希望他能够再写一些“荷花淀”式的小说时，孙犁选择了沉默，因为他觉得自己已经“没有了当年写作那些小说时的感情”②。往大处说，作家的这种“感情”

① 孙犁：《人道主义·创作·流派——答吴泰昌问》，《文汇月刊》1981 年第 2 期。

② 孙犁：《戏的梦》，收入《孙犁文集》第 3 卷，百花文艺出版社，1982 年，第 249 页。

其实也就是他当年真实的精神心理状态。正是在这种深层的精神心理层面上，而不是在表层的生活经历层次上，我们发现孙犁在小说创作中有意无意地流露出一种“逃避现实”的隐秘心态。

这首先表现为孙犁在小说创作中总是习惯于“回避现实”和“美化现实”。对于“回避现实”，孙犁曾经有过坦诚的告白。他说：“看到真善美的极致，我写了一些作品。看到邪恶的极致，我不愿意写。这些东西，我体验很深，可以说是镂心刻骨的。可是我不愿意去写这些东西，我也不愿意回忆它。”① 他后来甚至还说过这样的话：“我有洁癖，真正的恶人、坏人、小人，我还不愿写进我的作品。”② 实际上，正是在这种近乎偏执的艺术理念的支配下，孙犁为我们塑造了一个个可以被视为真善美的艺术化身的人物形象，尤其是青年女性人物形象，其中著名的有水生嫂、秀梅、吴召儿、小胜儿、九儿、春儿等。然而真正的现实生活毕竟不是充满了真善美的天堂，其间还充斥着大量的假恶丑；人世间的芸芸众生往往也都“一半是天使，一半是魔鬼”。对于这一切，孙犁并非不知。尽管如此，孙犁仍然执意要在这些“假恶丑”和“魔鬼”的面前主动地闭上自己的眼睛。所谓“眼不见为净”，当年的孙犁显然对现实生活采用了一种回避性的心理防御策略。诚如有论者所言，直到晚年，孙犁的处世经验仍然是：“能躲开就躲开，躲不开就看开：不与好利之徒争利，不与好名之徒争名。显然，这都是防御性的武器。”③ 与“回避现实”相关的是“美化现实”。其实，与其说孙犁是一个现实主义者，毋宁说他是一个理想主义者或浪漫主义者。相对于再现外在的社会现实而言，孙犁更热衷于表现内在的生命理想。他曾说：“理想、愿望之于艺术家，如阳光雨露之于草木。艺术家失去理想，本身即将枯死。”又说：“理想就是美，就是美化人生，充实人生，完善人生，

---

① 孙犁：《文学和生活的路——同〈文艺报〉记者谈话》，《文艺报》1980年第6—7期。

② 孙犁：《芸斋梦余》，人民日报出版社，1996年，第427页。

③ 郭志刚：《孙犁评传》，重庆出版社，1995年，第247页。

是艺术的生机和结果。"① 孙犁是这样说的，也是这样做的。在当年的小说创作中，他确实表现出了一种根据自己主观的"理想和愿望""美化现实"或"美化人生"的精神心理倾向。以《山地回忆》的创作为例，女主人公妞儿纯朴、善良、热情，同时也有北方女性固有的豪爽与泼辣。然而，妞儿的实际生活原型又是怎样的呢？据作者回忆，1944年春，在他随队伍向延安进发的途中，有一天他偶然在一个山村中遭遇到了一场可怕的"炸锅"事件。事后他到村外小河中洗脸，碰巧和一个在下游洗菜的妇女争吵了起来。由于"刚刚受了惊"，加之又"非常气愤"，因此他和那位妇女之间的争吵很激烈，双方不欢而散。有意味的是，几年后这场"洗脸洗菜的纠纷"竟然变成了"引起这段美好回忆的楔子"。不仅如此，实际生活中的那个"很刁泼，并不可爱"的妇女在作者的"理想"中居然变成了一个善良可爱的小姑娘。至于那场让人后怕不已的生活灾难，在作者的笔下已经消失得无影无踪。② 不难看出，在《山地回忆》的创作过程中，孙犁对客观的现实生活和实际的人物原型进行了主观化和理想化的艺术加工。在作者的笔下，现实生活中的人物冲突被化解了，女主人公的生活原型也被大大美化了。诚如孙犁所言："《山地回忆》里的女孩子，是很多山地女孩子的化身。当然，我在写她们的时候，用的多是彩笔，热情地把她们推向阳光照射之下，春风吹拂之中。"③ 其实，在孙犁的小说作品中，不仅仅是妞儿，实际上对于水生嫂、吴召儿、秀梅、小胜儿、香菊、刘兰等一批光彩照人的女性人物来说，她们在不同程度上都可以被视为经过作者美化和加工了的艺术结晶。因此，她们和各自的实际生活原型之间都有着较大的差距。

---

① 孙犁：《风烛庵文学杂记》，载《无为集》，人民文学出版社，1989年，第117页。

② 孙犁：《关于〈山地回忆〉的回忆》，《延河》1978年第11期。

③ 同上。

二

一般来说，一个习惯于“回避现实”和“美化现实”的人往往会对童年记忆表现出特别浓厚的兴趣。孙犁自然也是如此。童年的生活对于成年后的孙犁不啻是一片心灵的桃花源或精神的乌托邦。它是单纯、明净、快乐、和谐的，与烦恼、痛苦和忧患无关。在这个意义上，孙犁笔下有关童年的回忆性叙事可以看作他暗中“逃避现实”的又一明证。孙犁曾经对人说过：“现在想来，我最喜欢一篇题名为《光荣》（一九四八年作）的小说。在这篇作品中，充满了我童年时代的欢乐和幻想。对于我，如果说也有幸福的时代，那就是在农村度过的童年岁月。”① 及至晚年，孙犁还在一篇散文中这样写道：“人的一生，真正的欢乐，在于童年。成年以后的欢乐，则常带有种种限制。例如说：寻欢作乐，强颜欢笑，甚至以苦为乐等等。”（《昆虫的故事》）既然如此，我们不妨对孙犁的那篇得意之作稍事分析。

从显文本的层面来看，《光荣》以抗日战争为背景讲述了一对农村男女的革命爱情故事。然而，在作者的提示之下，我们分明又在这个宏大的革命叙事中发现了一个属于日常生活叙事或者私人化叙事的潜文本。具体来说，如果有意隐去作品中的战争背景，一个负载着作者本人“童年时代的欢乐和梦想”的潜文本就会凸显出来。在故乡的河滩上，在一片深深的芦苇林边，一群少年正在割着芦草，累了他们便就地嬉戏、追逐、打闹。这其中就有少小的原生和秀梅。他们两小无猜、青梅竹马，既保持着纯真的友谊，又萌生了朦胧的恋情。他们甚至开始憧憬起了长大后的理想人生：好男儿当然志在四方，因此原生做起了自己的少年英雄梦；好女子则应在家伺候公婆，尽守孝道，耐心等待丈夫的归来，这一切正是秀梅成年后生活的真实写照。在某种意义上，秀梅其实是一个现代的王宝钏，在她的身

① 孙犁：《人道主义·创作·流派——答吴泰昌问》，《文汇月刊》1981 年第 2 期。

上凝结着少年孙犁的爱情梦想。正如有论者所发现的那样，在秀梅的身上有着小时候和孙犁在一起养蚕的一位远房妹妹的影子，因为作者曾经在一篇名为《蚕桑之事》的散文中对这位童年的妹妹有过深情的回忆。① 既然如此，从《光荣》的潜文本来看，这篇小说其实可以看作成年后的孙犁对自己童年时期的一场梦境的艺术书写。当然，由于世易时移、物是人非，置身于革命战争年代里的孙犁已经不可能全面回归到幸福快乐的童年生活中去了。他只能借助宏大叙事的掩护，悄悄地重返童年。在这个意义上可以说，从青年时代起便对弗洛伊德和厨川白村存有好感的孙犁其实是一个文学创作中的“白日梦”者。

虽然孙犁对童年的生活一往情深，对年少的梦想充满了怀念，然而，孙犁的童年时代就果真是那么快乐吗？恐怕并不尽然。比如在《童年漫忆·第一个借给我〈红楼梦〉的人》中，孙犁就曾说过：“在我的童年时代，是和小小的书本同时，痛苦地看到了严酷的生活本身。”不过孙犁谈到童年的苦涩的文字是非常稀少的。但我们不难推想，像孙犁那样一个自小就体弱多病的人的童年不可能只有欢乐、没有愁苦。然而，孙犁对童年记忆自是有他独特的“自欺”式的处理方式，这正如他在《乡里旧闻·度春荒》中所言：“为衣食奔波，而不大感到愁苦，只有童年。”这意味着，孙犁对自己的童年记忆常常一厢情愿地进行有意无意的美化。从本质上来看，这种美化不过是他曲折地传达自己内心企图“逃避现实”的一种话语姿态或心理策略罢了。但孙犁毕竟不可能始终回避现实生活中的痛苦和忧愁，虽然他在潜意识中只想做一个“白日梦”者，但他无疑又是一个实实在在的“社会人”。于是我们看到，在中篇《铁木前传》中，孙犁一方面对童年生活充满了迷恋，但另一方面，他又掩饰不住自己对童年记忆的隐隐约约的失望之情。

---

① 郭志刚：《孙犁评传》，第 31—32 页和第 235 页。

孙犁曾经这样谈及《铁木前传》："这本书，从表面看，是我一九五三年下乡的产物。其实不然，它是我有关童年的回忆，也是我当时思想情感的体现。"① 这说明，《铁木前传》的文本主题包括三个层次：首先，从表层来看，这篇小说"着重表现的主题是当前的合作化运动"。这是一个宏大的革命主题。其次，从中层来看，这篇小说体现了作者"当时的思想感情"，即孙犁对围绕自身的现实人际关系感到莫名的困惑和深深的失望。由此在作者的内心深处萌生了逃避现实、回归童年的隐秘愿望。这就是这篇小说的第三个主题，即深层主题"对童年的回忆"。孙犁对此也有过较为明确的解释："它（《铁木前传》）的起因，好像是由于一种思想。这种思想，是我进城以后产生的，过去是从来没有的。这就是：进城以后，人和人的关系，因为地位，或因为别的，发生了在艰难环境中意想不到的变化。我很为这种变化所苦恼。确实是这样，因为这种思想，使我想到了朋友，因为朋友，使我想到了铁匠和木匠。因为二匠使我回忆了童年，这就是《铁木前传》的开始。"② 确实如此，《铁木前传》的开篇描写的正是一个诗意化的童年生活场景：一群小孩子饶有兴致、若有所思地观看老铁匠和老木匠打铁、刨木。以此为背景，九儿和六儿这一对童年伙伴出场了。然而在接下来的叙述中，虽然我们也能够读到九儿和六儿之间天真烂漫、充满情趣的童年生活故事，但在这些快乐的童年故事中已经夹杂了不少苦涩的因子。终于，随着故事情节的推进，待到九儿和六儿长大成人之后，他们之间隐在的童年感情裂痕公开化了。看到六儿和一大帮落后分子终日提笼架鸟、不务正业，九儿的心"像千斤石一样沉重"。但她无可奈何，她只能"坐在那里，望着空漠的沙岗出神"。她沉浸于童年生活的回忆之中。此时的九儿可以说就是孙犁自己，他感叹道："童年啊！你的整个经历，毫无疑问，像航行在春水涨满的河流里的一只小船。回忆起来，人们的心情永远

① 孙犁：《关于〈铁木前传〉的通信》，《鸭绿江》1979 年第 12 期。
② 同上。

是畅快活泼的。然而，在你那鼓涨的白帆上，就没有经过风雨冲击的痕迹？或是你那昂奋前进的船头，就没有遇到过逆流礁石的阻碍吗？有关你的回忆，就像你的负载一样，有时是轻松的，有时也是沉重的啊！”这是从《铁木前传》的最后一节中摘录出来的一段话。从中不难体味到，此时的孙犁已经从过去的那种单一的童年美梦中清醒了过来。换句话说，在《光荣》里出现的那种童年美梦在冷峻的现实生活面前终于破碎了。有意味的是，《铁木前传》是一部未竟之作，孙犁从此病魔缠身，基本上中断了自己的早年文学创作。这可不可以理解为，失去了童年这个精神故乡的孙犁从此就“身心交瘁”，他已经“无力”也“无心”去一如既往地书写关于自己童年的“白日梦”了呢？我以为可以这样理解。不然我们也就无法真正理解为什么晚年再次提笔的孙犁会对《铁木前传》那么的讳莫如深，甚至视之为“不祥之物”。① 这不仅仅是因为在《铁木前传》的写作过程中孙犁在肉体上几乎濒临死亡，更重要的在于，《铁木前传》的写作使孙犁的精神故乡——童年——面临彻底崩溃的境地。可以说孙犁在写作这篇小说的过程中经受了一种“乘兴而来、败兴而归”的心理尴尬。

三

现在的问题是，孙犁的童年生活为什么对他具有如此大的心理吸引力呢？不难推知，在很大程度上，这是因为早在孙犁的童年时期，在他的内心深处就已经生成了某种无意识的心理情结。不过，关于孙犁的这种心理情结的性质却并不容易确认。表面上，人们很容易认为孙犁的潜意识中具有一种女性崇拜的深层心理倾向。孙犁自己就曾经这样说过：“我喜欢写欢乐的东西。我以为女人比男人乐观，而人生的悲欢离合，总是与她们有关，

---

① 孙犁：《关于〈铁木前传〉的通信》，《鸭绿江》1979 年第 12 期。

所以常常以崇拜的心情写到她们。”① 这似乎很能够说明问题，因为在孙犁的小说作品中人们见得最多的就是那种美丽善良、热情乐观的青年女性人物形象。不仅如此，在孙犁晚年的大量回忆性文字中，有论者还发现，原来孙犁之所以长于塑造女性形象，这与他从童年时起就对一些小女伴怀有一种朦胧的爱恋不无关系。比如对那位嗜读《红楼梦》的“干姐”、和他一起养蚕的远房妹妹，以及一位叫盼儿的小邻居，也许还应加上他的中学“恋人”王淑，一直到晚年，孙犁都对她们充满了深情和怀念。相反，人们在孙犁的作品中几乎见不到他童年时代的小男伴们的形象。“小变儿”似乎是被作者提及的唯一一个小男伴，只可惜他又有着“两性人”的疑点，且未及长大便不幸夭亡。② 这一切似乎能够证明孙犁自小便对女性情有独钟，也就是说他在童年时期就已形成了一种女性崇拜的深层心理情结。然而，问题在于，女性崇拜这种说法失之笼统。按照现代女性人类学的一般看法，通常人们所说的“女性”应包括“女儿性”“妻性”和“母性”，其中“女儿性”和“母性”属于本能的范畴，而“妻性”属于文化的产物。但在当今人类的男权主义社会文化模式中，“母性”与“妻性”往往是同一个概念。中国人所谓的“贤妻良母”就是对这一说法最好的解释。这意味着，我们不能够简单地说孙犁有女性崇拜倾向，而是应该进一步追问，究竟是“女儿性”还是“母性”（“妻性”）在孙犁的女性崇拜心理中占有着更为重要的地位。

这里有必要展开实证性的文本分析。孙犁的小说喜欢叙述一种“军民鱼水情”的情感故事。其中可以发现一个非常有趣的现象，即孙犁在这类故事中似乎总是有意无意地讲述一个陷入困境的男性革命者被一个女性革命群众无私救助的故事，而且救助的形式总不外乎与“吃”和“穿”有关。比如在《芦苇》中，一位无名的小姑娘就曾慷慨地用她的好褂子换走了

---

① 孙犁：《自序》，收入《孙犁文集》第1卷，百花文艺出版社，1981年。

② 郭志刚：《孙犁评传》，第30—33页。

“我”的旧衬衫；在《女人们·红棉袄》中，又是一位无名的小姑娘无私地将自己的红棉袄脱下来盖在伤员顾林的身上；在《山地回忆》中，则是妞儿送给“我”一双袜子。值得注意的是，这些有关“穿”的情节在这些作品中往往起着不可替代的作用。例如，《山地回忆》中的那双袜子其实就是“我”和妞儿之间的情感纽带。它伴随“我走遍山南塞北”，“整整穿了三年也没有破绽”。在以后的岁月中，正是冲走了那双袜子的黄河水时时“激荡着我对那个女孩子的纪念”。更有意味的是，在这种与“穿”相纠缠的军民鱼水情中还潜藏着一种深层次的永恒母爱。如在《红棉袄》中，对于小姑娘的无私关爱，叙述人有一段心理独白：“她身上只留下一件皱折的花布条小衫。对这个举动，我来不及惊异，我只是把那满留着姑娘的体温的棉袄替顾林盖上，我只觉得身边这女人的动作，是幼年自己病倒时，服侍自己的妈妈和姐姐有过的。”这表明，沉浸在艺术状态中的孙犁实际上已经有意无意地把笔下的女性人物认同为了自己潜意识中的母亲形象。当然，这种潜意识中的母亲形象并不是实指作者的真实母亲，而是特指作家童年时期形成的一种承载母爱的原始意象或“原型”，即西方人所谓的“大母神”。

与“穿”的情节相比，孙犁笔下有关“吃”的情节更多。比如在《女人们·瓜的故事》中，马金霞把自家的西瓜无偿地送给了一个受伤的战士；在《老胡的事》中，勤劳的小梅每天冒着寒风去山中拾枣，借住的老胡自然也就是吃枣的人；在《麦收》中，二梅将自家的饼和从邻居家收来的鸡蛋全部慰劳了受伤的指导员和通讯员；在《浇园》中，伤员李丹对那位拨给他“甜棒子”的香菊姑娘充满了无言的感激；在《蒿儿梁》中，杨纯医生和他的伤员们也对妇救会主任亲手为他们搓的“莜面窝窝”留下了难忘的印象；在《小胜儿》中，受伤的小金子更是得到了小胜儿无微不至的照拂，小胜儿甚至把自己将来出嫁的“陪送袄”变卖了一斤挂面和十个鸡蛋，这一切都是为了小金子早日康复；此外在《吴召儿》和《看护》中，都有一个女主人公给落难中的“我”喂枣吃的情节。于是我们的问题也就出来了，即孙犁为什么在创作中对“吃”（包括“穿”）充满了那么浓厚的兴趣呢？当然，人们可以解释说，这是由作者所反映的战争年代的特殊环境决定的。但是，在孙犁那些篇幅有限的短篇小说中，作者为什么要一再地对那些关于“吃”“穿”的情节不吝笔墨、大肆渲染呢？显然，仅仅从外因来解释是不够的。问题的症结在于，孙犁在那些慷慨赐予男主人公“吃”“穿”的女性人物身上无意识地体验到了一种由“恋母情结”所带来的心理快感。俗语说“衣食父母”，对“衣”和“食”、“吃”与“穿”的本能需要恐怕是一个婴儿对于母亲的最基本的心理期待。只有这些本能的需要得到了满足，婴儿才能够获得基本的心理安全感。一般来说，对于这种原始的、由恋母所带来的心理安全感的需要会随着一个人的成长而逐步消失，但在成年后的孙犁的文学作品中，我们却看到了这种被压抑的本能需要的无意识回归。请看下面这两段从《吴召儿》中引出来的文字：

我一边走着，一边解开小米袋的头，她伸过手来接了一把，放到嘴里，另一只手从口袋里掏出一把红枣送给我。

“你吃枣儿！”她说，“你们跟着我，有个好处。”

“有什么好处？”我笑着问。

“保险不会叫你们挨饿。”

“你能够保这个险？”我也笑着问，“你口袋里能装多少红枣，二百斤吗？”

“我们走到哪里，吃到哪里。”她说。

“就怕找不到吃喝哩！”我说。

“到处是吃喝！”她说，“你看前头树上那颗枣儿多么大！”

我抬头一看，她飞起一块石头，那颗枣儿就落在前面地下了。

……

我努力跟上去，肚里有些饿。等我爬到半山腰，实在走不动，找见一块平放的石头，就倒了下来，喘息了好一会儿，才能睁开眼：天大黑了，天上已经出了星星。她坐在我的身边，把红枣送到我嘴里说："吃点东西就有劲了。谁知道你们这样不行！"

倘若把上述引文中的战争背景和人物身份隐去，前面的一段对话分明就是一段"母与子"之间的对话，而后一段场景描写则可以看作一幅"母子登山图"。在吴召儿的面前，"我"简直就像一个嗷嗷待哺的孩子，对"吃"那样地刨根究底；而胸有成竹的吴召儿则成了"我"的安全的心理港湾，在她的怀抱中"我"可以吃穿不愁、衣食无忧。在这个意义上，吴召儿不仅仅是"我"的引路向导，她更是"我"潜意识中母亲意象的现实化身。有意味的是，在《看护》这篇小说中，我们再一次看到了一个年轻女性（小护士刘兰）在作者的笔下幻化成了他潜意识中的母亲形象：

振作精神，刘兰扶我上山去。我心里发慌，眼发黑，差不多忘记了脚痛，爬了半天，我饿的再也不能支持，迷糊过去。等到睁开眼，刘兰坐在我的身边，天已经暗下来了。在我们头上，有一棵茂密的酸枣树，累累的红艳的酸枣在晚风里摇摆。我一时闻到了枣儿的香味和甜味。刘兰也正眼巴巴望着酸枣，眉头蹙的很高。看见我醒来，她很高兴，说："同志，到了这个地步，摘一把酸枣儿吃，该不算犯纪律吧！"我笑着摇摇头，她伸过手去就掳下一把，送到我嘴里，她也接连吞下几把。才发觉一同吞下了枣核和叶子，枣刺划破了她的手掌。

在解读《看护》《吴召儿》《老胡的事》这三篇小说的过程中，我对孙犁那么热衷于讲述有关"枣"的故事感到惊奇。我猜想，在那个战火纷飞的艰难岁月里，孙犁肯定曾经深刻地体验过对于"枣"的那份极度的饥渴感。正是在那种本能的渴求中，孙犁在潜意识中复活了童年时期对于母爱的那份迷恋，换句话说，勾起了他对童年时期的母亲以及其他女性的无私关爱的亲切回忆。这种童年记忆的无意识复活显然给孙犁的文学创作带来了灵感。如同"望梅止渴"一般，孙犁选择了到文学幻想中去补偿自己现实生活中的生理匮乏和心理匮乏。实际上，对食物的生理匮乏恰恰是对于母爱的心理匮乏的艺术替代品。不久，我的猜想基本上得到了证实，因为我读到了孙犁晚年写的一篇题为《关于果》[1] 的短文：

> 战争时期，我经常吃不饱。霜降以后我常到山沟里去，拣食残落的红枣、黑枣、梨子和核桃。树下没有了，我仰头望着树上，还有打不净的。稍低的用手去摘，再高的，用石块去投。常常望见在树的顶梢，有一个最大的、最红的、最诱人的果子。这是主人的竿子也够不着，打不下来，才不得不留下来，恨恨地走去的。我向它瞄准，投了十下，不中。投了一百下，还是不中。我环绕着树身走着，望着，计划着。最后，我的脖颈僵了，筋疲力尽了，还是投不下来。我望着天空，面对四方，我希望刮起一股劲风，把它吹下来。但终于天气晴和，一丝风也没有。红果在天空摇曳着，讪笑着，诱惑着。
>
> 天晚了，我只好回去，我的肚子更饿了，这叫做得不偿失，无效劳动。我一步一回头，望着那颗距离我越来越远的红色果子。
>
> 夜里，我又梦见了它。第二天黎明，集合行军了，每人发了半个冷窝窝头。要爬上前面一座高山，我把窝窝头吃光了。还没爬到山顶，我饿得晕倒在山路上。忽然我的手被刺伤了，我醒来一看，是一棵酸枣树。我饥不择食，一把掳去，把果子、叶子，树枝和刺针，都塞到嘴里。
>
> 年老了，不再愿吃酸味的水果，但酸枣救活了我，我感念酸枣。每逢见到酸枣树，我总是向它表示敬意。

这篇写于20世纪80年代的散文距离前引的两篇小说的创作时间已经是三十余年，然而，细心的读者从中会注意到，原来当年小说中“飞石投枣”

---

① 孙犁：《芸斋梦余》，人民日报出版社，1996年，第92—93页。

的吴召儿和“捞枣救人”的刘兰都只不过是作者当年的艺术幻想物，或艺术替代品而已。至于作者当年为什么要一再地创造出那种充当“衣食父母”的女性人物形象来，根本的心理症结恐怕还在于作者的内心深处潜藏着一种母性崇拜心理。

四

如果追根溯源，在集体无意识的层面上，孙犁的这种母性崇拜心理还可以被归结为一种“大地崇拜”或“自然崇拜”心理。

众所周知，孙犁尤其擅长在小说作品中营造优美的诗歌意境。孙犁的许多小说都可以视为“诗化小说”，其中点缀着大量的描写自然风景的句子或段落，这些洋溢着浓郁的诗情画意的文字大都具有山水诗或田园诗的品格。比起讲故事来，孙犁显然更长于抒情，他在本质上是一个诗人，而不是小说家。但孙犁似乎并不是一位具有现代精神的诗人，而是一位秉有古典品格的诗人。这正如同他自己所说的，他是一个永远保持“赤子之心”的诗人，他毕生向往《红楼梦》中所说的那种“心如明镜”般的精神境界。[①] 所谓如“明镜”般的“赤子之心”，也就是中国古人常说的“童心”，即婴儿之心，它被认为是天真、单纯和透明的，没有任何思想的杂质。早有论者指出，中国人有一种“赤子崇拜”心理，这不仅与中国传统的儒家文化有关，更与中国传统的道家文化和佛家文化有关。这种“赤子崇拜”心理导致中国人潜在地形成了一种“对人或人生的虚无主义态度”，从而妨碍了中国人建立独立的自我人格，只是单纯地热衷于所谓“返璞归真”“返本还原”，以求最终进入一种“天人合一”的“无我之境”。[②] 借用弗洛伊

① 孙犁：《文学和生活的路——同〈文艺报〉记者谈话》，《文艺报》1980 年第 6—7 期。

② 邓晓芒：《人之镜——中西文学形象的人格结构》，云南人民出版社，1996 年，第 57—58 页。

德的说法，在这种“无我之境”中，虽然避开了意识形态化的“超我”的纠缠，但是依然见不到“自我”的出场，有的只是一个生命原初形态的“本我”在其间无忧无虑地徜徉。对于一个成年人来说，这个隐秘的“本我”人格就是一个潜在的、精神意义上的“婴儿”或者“赤子”。它天生就具有一种“返回子宫”、回归自然的生命退行倾向。在婴儿的眼里，母亲的怀抱就是整个世界，换句话说，母亲就是大自然的象征，母亲和自然之间具有同一性。正是在这个意义上，社会文化派精神分析学者所界定的恋母情结就与自然崇拜或大地崇拜心理之间有了通约的可能性。① 当一个人在潜意识中留恋母腹的安全与宁静的时候，它必然会同时表现出对大地或自然的迷恋。对于孙犁来说，情形正是如此。孙犁不仅仅热衷于刻画青年妇女形象，有意味的是，他似乎总是喜欢把那些女性人物放置在一个个诗意化的自然环境中，以景喻人或以人喻景，让那些美丽善良的女性人物与优美博大的自然景观之间消泯主/客或者物/我的界限，从而构成一种和谐的诗歌意境。比如在《荷花淀》中，作者用了这样两段优美的文字来描画水生嫂：

> 月亮升起来，院子里凉爽得很，干净得很，白天破好的苇眉子潮润润的，正好编席。女人坐在院子当中，手指上缠绞着柔滑修长的苇眉子。苇眉子又薄又细，在她怀里跳跃着。
>
> 这女人编着席。不久在她的身子下面，就编成了一大片。她像坐在一片洁白的雪地上，也像坐在一片洁白的云彩上。她有时望望淀里，淀里也是一片银白世界。水面笼起一层薄薄透明的雾，风吹过来，带着新鲜的荷叶荷花香。

孙犁在这里不仅着意营造了一个清新空灵的诗歌意境，更重要的是，他还让水生嫂完全消融到这个优美的诗歌意境中去了。这显然是一个“天人合一”的“无我之境”。在皎洁的月光下、在银白雪亮的苇眉丛中、在白

---

① E. 弗洛姆：《健全的社会》，孙恺详译，贵州人民出版社，1994 年，第 30—47 页。

洋淀薄雾缠绕的银白世界里，美丽圣洁的水生嫂已经与大自然融为了一体。“她像坐在一片洁白的雪地上，也像坐在一片洁白的云彩上。”此时的她似乎已经脱离了尘世，进入了一种“神与物游”的超然境界。这是一个主客不分、物我两忘的精神境界。表面上，是女主人公水生嫂达到了这种境界，而实际上，真正进入这种审美境界的人应该是孙犁自己。当孙犁在潜意识中沉醉于对水生嫂这位精神之母的迷恋的时候，他于迷离恍惚之间发现，整个环绕着水生嫂的自然世界似乎已经变成了她的身体的一部分。出于某种类似于“爱屋及乌”的心理，此时的孙犁也就有意无意地将自己对于精神母亲的感情转移到了她所置身的大自然。他不仅像一个精神赤子一样迷恋着自己的精神母亲，而且还像一个童心未泯的天真诗人一样把眼前的一切自然景物都给诗化了。对于处于艺术灵境中的孙犁来说，大地就是他的母亲，他对大地怀有一种对于母亲一样神圣虔诚的感恩之情。他渴望着“复归于婴儿”(《道德经》)，从而能够在大地母亲的温馨怀抱中自由自在地流连忘返。于是我们在《风云初记》中读到了作者如此神圣的“土地抒情诗”：

亲爱的家乡的土地！在你的广阔丰厚的胸膛上，还流过汹涌的唐河和泛滥的滹沱河。这些河流，是你身体里沸腾的血液，奔走和劳作的动脉；是你的奋发激烈的情感，是你生育的男孩子们的象征。你的女儿是沉静的磁河和透明的琉璃河。她们在柔软的草地上流过，娇羞得不露一点声色，她们用全身温暖着身边的五谷，用乳汁保证了田园的丰收。她们摇动着密密的芦苇，漂载着深夜航行的小船，她们给了人们多少慰藉和恩情啊！看见她们，就看到你的美丽，也看到你的孕育的伟大和富庶了。

这简直是一首作者奉献给厚德载物、博爱无边的大地母亲的深情赞美诗。如果说小说的男主人公芒种就是这首诗中“为大地母亲所生育的男孩子们”中最受钟爱的一个，那么小说的女主人公春儿就是大地母亲最忠诚的女儿，她既“沉静”、“透明”、柔顺，同时又无私、包容、富有爱心。可以说，春儿就是大地母亲的化身，这如同《荷花淀》中水生嫂就是大地母亲的化身一样。如此看来，在孙犁的笔下，作者无意识地表露出来的那种母性崇拜心理常常和大地崇拜心理纠结在了一起。当然，像这样的例子还有很多，但我们已经没有必要去逐一列举了。

第 02 章　茹志鹃：日常叙事的补偿机制

在新中国成立后日益制度化的革命文学秩序中，茹志鹃的短篇小说创作曾经以其独特的艺术风格而备受瞩目。如茅盾誉之为“清新、俊逸”①，侯金镜说它“色彩柔和而不浓烈，调子优美而不高亢”②，如此等等。然而，多少年来，人们对茹志鹃 20 世纪五六十年代的小说创作一直就停留在那种单一的风格学研究层面上，而很少有人会追问这样一个问题：在一个宏大革命叙事主导的文学语境中，当年的茹志鹃为何会如此执拗地集中书写了一批关于“家务事、儿女情”的日常生活叙事作品？也就是说，我们关注的问题是，茹志鹃当年执意创作那样一批疏离于主流革命文学规范的小说作品的深层动因是什么？是否仅仅因为作者是一名女性作家，因而其艺术个性就必然偏于柔弱纤细，而不适宜追逐当时“崇高雄壮”的文学风潮呢？恐怕并不尽然。这意味着我们必须寻找新的回答问题的思路。

---

① 茅盾：《谈最近的短篇小说》，《人民文学》1958 年第 6 期。

② 侯金镜：《创作个性和艺术特色——读茹志鹃小说有感》，《文艺报》1961 年第 3 期。

一

《百合花》是茹志鹃的成名作和代表作，这里不妨首先分析一下作者创作这篇小说的隐秘心理动机，也许有助于我们对上述问题的回答。

《百合花》是一篇诗意盎然的诗化小说。作者在其中不仅勾画了三个原生态的人物形象，即叙述人“我”、通讯员和新媳妇，而且更重要的是还表现了他们之间的一种和谐、美好、温馨的人际关系。长期以来，人们总是习惯于从政治视角出发，将这种理想化的人际关系“窄化”为“军民鱼水情”，进而将它确定为这篇小说的“主题”。然而根据作者的说法，她当时根本就“没有考虑过”什么“主题”和“副主题”，她只是想写一个人，即通讯员，由此而牵连出了另外两个女性人物。中心人物通讯员是一个“年轻，质朴，羞涩”的小战士。在通讯员和“我”之间，作者是“要让‘我’对通讯员建立起一种比同志、比同乡更为亲切的感情。但它又不是一见钟情的男女间的爱情。‘我’带着类似手足之情，带着一种女同志特有的母性，来看待他，牵挂他”。这真是一种复杂微妙得无以言表的美好情感。至于维系在通讯员和新媳妇之间的关系纽带，它同样也是一种圣洁美好的情感。按照作者的“坦白交待”，她之所以“要（写）新娘子，（而）不要姑娘也不要大嫂子”，“原因是我要写一个正处于爱情的幸福之漩涡中的美神，来反衬这个年轻的、尚未涉足爱情的战士。当然，我还要那一条象征爱情与纯洁的新被子，这可不是姑娘家或大嫂子可以拿得出来的”。显然，作者是在竭力地渲染通讯员和新媳妇之间神圣高洁的情感关系。所以她才这样说：“一位刚刚开始生活的青年，当他献出一切的时候，他也得到了一切。洁白无瑕的爱，晶莹的泪。”①

从以上分析的通讯员、新媳妇和“我”之间的关系中不难看出，作者

① 茹志鹃：《我写〈百合花〉的经过》，《青春》1980年第11期。

之所以要在这篇“没有爱情（其实是高于爱情、超越了爱情——引者注）的爱情牧歌”① 中着力渲染一种圣洁美好的情感，其显在的心理动机在于，她是想努力在文本中营造一个理想化的、关于日常人伦情感的话语空间。现在的问题是，茹志鹃当年为什么要倾心营造这个理想化的日常人伦情感话语空间呢？换句话说，作者写作这篇小说的潜在心理动机又是什么呢？这里不妨引用一段作者的原话，我以为其中正好隐藏着作者创作《百合花》的深层心理动因。

> 我写《百合花》的时候，正是反右派斗争处于紧锣密鼓之际，社会上如此，我家庭也如此。啸平处于岌岌可危之时，我无法救他，只有每天晚上，待孩子睡后，不无悲凉地思念起战时的生活，和那时的同志关系。脑子里像放电影一样，出现了战争时接触到的种种人。战争使人不能有长谈的机会，但是战争却能使人深交。有时仅几十分钟，几分钟，甚至只来得瞥一眼，便一闪而过，然而人与人之间，就在这个一刹那里，便能够肝胆相照，生死与共。《百合花》便是这样，在匝匝忧虑之中，缅怀追念时得来的产物。然而产物和我的忧虑并没有直接关系。②

不难发现，茹志鹃对自己当年的创作心态充满了矛盾和困惑。一方面，作者承认，在那个多事之秋里她的心中“不无悲凉”，甚至是“匝匝忧虑”，而《百合花》正是她宣泄自己内心深处的“悲凉”和“忧虑”的产物。另一方面，作者又有意无意地否认着《百合花》和这种受到压抑的心情的内在关系。客观地看，这两者之间确实“没有直接关系”，然而他们之间却存在着一种间接而必然的关系。具体来说，就是由于当年的作者对当时日渐紧张的社会人际关系充满了“忧虑”和“悲凉”，因此她不得不寻找适当的

① 茹志鹃：《我写〈百合花〉的经过》，《青春》1980 年第 11 期。
② 同上。

方式来宣泄自己内心的郁闷。但作者显然不可能、也不愿意采取直接的心理宣泄方式，她只能暗中选择一种曲折、迂回的心理释放方式。这就是通过有选择性地对往事展开温馨的回忆，让那些洋溢着“真善美”的人间至情作为一种美好而又虚幻的心理替代品来间接地补偿自己内心中的心理缺失。这颇有点“望梅止渴”的味道。反映在文学创作中，就是通过在文本中倾力虚构一种美好、温馨、和谐的日常人伦情感氛围或者心理空间，来曲折地表露自己对现实的不满，以及由这种不满所滋生的无可奈何的逃离心态。在这个意义上，逃离无疑也就是对现实的另一种反抗。否则我们就难以理解，为什么作者要“在一九五八年春寒料峭的夜里”，把战争年代里的美好往事，尤其是同志间的良好人际关系“都翻了个遍”。作者之所以那样执拗地沉浸在温馨的回忆中，原只不过是为了潜在地获得一种心理补偿而已。唯其如此，她才在文学虚构中竭力地利用手中的叙事权力“改写”着历史真实，淡化或虚化着历史的严峻色彩，从而美化着记忆和往事，目的是给自己虚筑一个可以退守的精神憩息地。对此，作者曾经诚实地解释说：

我拿来原生活中与通讯员夜间竞走的一节，但我舍弃了夜间的景色，舍去了炮声的呼啸的紧张气氛；我拿来原生活中通讯员和我拉开距离的情节，但去掉了原因是出于军事行动的需要，代替以性格。这一段路程的同行，对于刻划通讯员的性格来说，是一段重要的过程。“我”需要走得从容，紧张的战斗还在后面呢。而且有些内容，即使在一个紧张的军事行动中，也无法表现。因此，我把它处理在总攻的前夕，一段平静的间隙时间里。使得“我”与通讯员是在完全正常的环境中同行，致使他和“我”拉开距离，更显得突出，也更能显出性格的矛盾，显出他怕女性的那种特定年龄。①

诚然，作者当年所做的这一番“艺术处理”自是有其刻画人物性格的目的，然而不可否认的是，作者的另一潜在目的不正是便于“让‘我’对通讯员建立起一种比同志、比同乡更为亲切的感情”吗？也许，对于作者个人而言，后一种目的因其具有某种补偿性的心理功能而显得更为重要。这就无怪乎茹志鹃一直到 20 世纪 80 年代初写《百合花》的创作谈时，她还在为自己当年“未按真实生活去描红”而深感“庆幸”。或许我们有理由相信，在她的潜意识中，晚年的茹志鹃仍然还在为自己当年“创造出了另一个似有似无，似生活中又非生活中”的美好人物形象或者温馨的情感氛围而抑制不住她内心中的满足感。

二

以上分析的虽然仅仅是茹志鹃在创作《百合花》的过程中对客观生活现实的隐秘逃避心态，然而，在很大程度上，这种潜在的逃离现实的心态实际上暗中支配着作者在 20 世纪五六十年代之交的大部分小说创作。

早在 1962 年，茹志鹃就在一次大会发言中主动地提出过这样一个问题：“为什么从一九五七、一九五八年开始，我写的东西忽然多起来了呢？”② 但也许是心有隐衷，作者当时并未对此做出明确的答复。直到 1977 年“新时期”大幕徐徐开启之后，茹志鹃这才对那个问题做出了迟到的回答。她认为自己那时候的文学创作是“偏离”了主流文学叙事方向的，可谓“绕弯子入迷途”。她解释说：“可是入城转业以后，自己的创作题材一度越写离自己越近，越写越小，身边事，儿女情，代替了革命斗争的火热生活。为

① 茹志鹃：《我写〈百合花〉的经过》，《青春》1980 年第 11 期。
② 茹志鹃：《今年春天——在上海市第二次文代大会上的发言》，《解放日报》1962 年 5 月 17 日。

什么人的问题模糊了，淡忘了。”① 这种内心告白应该说是真实的。在茹志鹃的第一个创作高峰期中，她的大部分小说作品确实是离“革命斗争的火热生活”越来越远，相反离自己的内心世界越来越近，准确地说，应该是离当时那个“阶级斗争火药味”日益浓重的社会现实生活越来越远，而离她内心中虚构的那个理想化的精神心理空间或者圣洁化的人伦情感话语空间越来越近。通过沉醉于那种“家务事、儿女情”的叙写，茹志鹃差不多是隐遁在那个经过净化和美化了的心灵港湾中去了。虽然她那时创作的小说作品以现实题材的居多，但既然作者能够“改写”和规避战争年代的历史真实，她也就能够“改写”和规避和平年代的现实真实。茹志鹃显然并不愿意从正面直视现实社会人生的严酷性，相反，她选择了从侧面来窥视生活，竭力发现现实生活中的诗意性。诚如侯金镜所言，茹志鹃的代表性小说作品“常常是生活激流中的一朵浪花”，或者是“社会主义建设大合奏里的一支插曲”。② 茹志鹃似乎总是不由自主地热衷于对“生活的激流”或者“革命的大合奏”进行某种“艺术加工”，或者说是按照自己的内心要求对其进行必要的回避、剪裁、稀释、淡化或净化处理，其目的则是在特定的文学文本中虚筑起一个潜在的、美好而又和谐的日常人伦情感话语空间。

值得注意的是，在茹志鹃的诸多小说代表作中，这个隐含的话语空间其实已经构成了某种共通的文本潜结构。它在本质上可以被抽象为一种相对和谐美好的人际关系。例如，《妯娌》中红英和大兰子之间的妯娌关系，《如愿》里何大妈和阿永之间的母子关系，《里程》中王三娘和阿贞之间的母女关系，《春暖时节》里静兰和明发之间的夫妻关系，《高高的白杨树》里“我”和“大姐”张爱珍之间以及《三走严庄》中“我”和妇女队长收黎子之间的阶级姐妹关系，《同志之间》中“我”和老朱、老张之间的革命同志关系，《静静的产院》里谭婶婶和荷妹两代人之间的同事关系，《鱼圩

① 茹志鹃：《毛主席给我手里这支笔》，《人民文学》1977 年第 9 期。

② 侯金镜：《创作个性和艺术特色——读茹志鹃小说有感》，《文艺报》1961 年第 3 期。

边》里小虎和那个钓鱼的孩子之间的童年伙伴关系，等等。不难发现，这些人际关系和《百合花》中“我”（或新娘子）与小通信员之间的美好人际关系在善良的伦理本质上是一致的。当然，在以上这些基本的小说人物人际关系之中也并不是完全不存在矛盾和冲突，这就像在诗意盎然的《百合花》中同样也存在着人与人之间的误解一样，如小通信员和新娘子最初的龃龉和误会。从本质上看，茹志鹃小说中比较严重的人际冲突属于当时所谓的“先进”与“落后”之间的冲突。毋庸讳言，和那个时代的几乎所有革命作家一样，茹志鹃自身也不可能完全逃离于现实世界以及主流的革命文化规范之外，这也就决定了她不可能在文学文本中虚构出一个绝对化的，和谐、美好、安宁的世外桃源来。但我们同时又必须看到，对于当年那个习惯于“微笑”而不是“沉思”① 地看待生活的茹志鹃来说，在她笔下充满了诗意的人际关系冲突描写中，冲突解决的方式绝对是友善温和的，在很大程度上，这些基本的人际冲突可以说是人们日常生活中不可或缺的一部分。借用侯金镜的比喻，如果说日常生活是平静安宁的海洋，那么这些基本的人际冲突不过是海洋上偶尔跳跃起来的“美丽的浪花”而已。

实际上，由于当年的茹志鹃主要是一位情感型的作家，而不是理智型的作家，因此对于一般读者来说，他们在茹志鹃的小说中感受最深的显然并不是那种人际冲突中所揭示出来的深刻的社会政治意义，相反是凭借这种人际冲突的叙述所传递出来的那种美好的人间温情，如夫妻情、骨肉情和同胞情。比如在《春暖时节》中，与静兰在思想上发生积极的转变相比，她对丈夫明发的那种从始至终都发自内心的关爱显然更能够打动人心。再如在《如愿》中，儿子阿永念及母亲何大妈年事已高，不让她晚年参加工作，这与其说是表现了一场母子冲突，毋宁说是体现了他们之间的母子情深。至于在《静静的产院》中，虽然作者也曾着意渲染过谭婶婶与荷妹之

① 黄秋耘：《从微笑到沉思——读茹志鹃同志的几篇新作有感》，《上海文学》1980年第4期。

间的那种“愚昧”与“文明”的冲突，但作者最终还是选择了让她们两代人之间获得了相互理解，从此彼此尊重、和好如初。但正是在这种意识形态的“合法化”改造的过程中，茹志鹃所倾心营造的那个诗意化的日常人伦情感话语空间被人们不知不觉地忽视或遗忘了。

三

如果考虑到新中国成立后很长一段时间内中国作家的现实社会生活处境普遍面临着一种“阶级斗争”的严峻性，以及由此必然给当时中国作家酿成了某种普遍性的心理焦虑，也许我们就不难推知，茹志鹃在20世纪五六十年代并不“孤独”，她仍然拥有不少需要排解或宣泄内心焦虑的作家“同志”。换句话说，茹志鹃当年从事小说创作的主要心理动因已经不仅仅是属于她个人的，我们从和她同时代的不少作家的文学创作过程中都可以发现那种隐秘的心理发生机制。这种创作心理机制在本质上是创作主体的一种心理防御策略，因为正是通过陶醉在一个个虚构和想象的精神避风港中，创作主体潜在地获得了某种虚幻的心理补偿。

比如，和茹志鹃文学风格颇为相近的孙犁曾经这样对人谈及《铁木前传》的创作：“它的起因，好像是由于一种思想。这种思想，是我进城以后产生的，过去是从来没有的。这就是：进城以后，人和人的关系，因为地位，或因为别的，发生了在艰难环境中意想不到的变化。我很为这种变化所苦恼。确实是这样，因为这种思想，使我想到了朋友，因为朋友，使我想到了铁匠和木匠。因为二匠使我回忆了童年，这就是《铁木前传》的开始。”① 这意味着，《铁木前传》的潜在创作心理动因和《百合花》在本质上是同一的。茹志鹃创作《百合花》是源于对现实社会人际关系的不满，

① 孙犁：《关于〈铁木前传〉的通信》，《鸭绿江》1979年第12期。

由此作家在小说中虚构了一个冰清玉洁、神圣美好的人伦情感话语空间，以此补偿自己内心中的缺憾。同样，孙犁创作《铁木前传》也是肇始于作家对现实社会人际关系的忧虑，不同的是，孙犁选择了无忧无虑的“童年生活”作为自己内心缺失的心理补偿物。显然，这种不同仅仅是表面上的不同，因为无论是茹志鹃所谓的“没有爱情的爱情牧歌”，还是孙犁追忆的“童年生活”，它们在性质上都属于创作主体补偿现实缺陷和精神苦闷的心理媒介。

其实，在 20 世纪五六十年代，除了孙犁那种在革命文学话语秩序中处于某种边缘地位的作家之外①，我们在当时的不少主流革命作家，或者说“红色经典”作家的文学作品中同样也可以发现类似于茹志鹃小说创作中的补偿性心理发生机制。比如在梁斌、欧阳山、曲波、吴强、高云览、李英儒、刘知侠、冯志等主流革命作家的红色经典作品中，我们同样可以在不同程度上看到一个个美好的、日常性的人伦情感话语空间。区别在于，与茹志鹃和孙犁那样的“边缘”作家相比，这些主流革命作家笔下的日常性人伦情感话语空间在广度上明显要狭窄一些，远不及前者宽阔。一个几乎众所周知的文学创作现象就是，在上述这些主流革命作家的红色经典长篇小说中，我们几乎都能够发现不同程度的爱情叙事话语，它们夹杂在宏大的革命叙事话语的缝隙之中，并对其进行着某种程度的“软化”和稀释作用。比如在《红旗谱》中有春兰与运涛之间、严萍与江涛之间或者令人心碎，或者令人心醉的爱情悲喜剧，在《三家巷》中有周炳与区桃、陈文婷之间的浪漫爱情故事，在《林海雪原》中有少剑波和白茹之间细腻的爱情心理描写，在《红日》的初版中有关于沈振新与黎青、梁波与华静、杨军与钱阿菊之间的大量情爱婚恋叙述，在《小城春秋》中有丁秀苇与何剑平、陈四敏之间的三角恋爱纠葛，在《野火春风斗古城》中有杨晓冬与银环之

① 杨联芬：《孙犁：革命文学中的“多余人”》，《中国现代文学研究丛刊》1998 年第 4 期。

间的“地下”爱情故事，在《铁道游击队》中有刘洪与芳林嫂之间的生死之恋，在《敌后武工队》中有魏强与汪霞之间的朦胧恋情……不难看出，通过对这些爱情话语的叙述，当年的主流革命作家实际上在这批经典革命文本中无形地营建出了一个个边缘性的话语空间。它们在本质上都可以被归入我们上面所说的日常性的人伦情感话语空间，因为爱情毕竟是人世间一种最基本，也是最具有感染力的日常人伦情感。正是通过对这些浪漫温馨的（虽然有时候也不无苦涩）爱情话语空间的构筑，在一定程度上，这些主流革命作家也就从权威的革命文学（文化）秩序中逃逸了出来。这些爱情话语空间其实就如同一个个宁静的心理港湾一样，它们专供那些在残酷的革命斗争中感到疲倦的文学人物形象来停泊。

对于人物是如此，对于作者来说也应该是这样。当那些主流革命作家在创作中对枯燥干瘪的宏大革命叙事感到厌倦的时候，或者当他们对现实社会中的阶级斗争生活萌生出了某种反感情绪的时候，他们似乎总是愿意到浪漫的爱情话语的叙述中去寻找心理的慰藉。也许在其潜意识中，他们正渴望着能够像蛮荒时代的亚当和夏娃一样无忧无虑、无牵无挂地生活在古典爱情的伊甸园中。在这个意义上，这些主流革命作家笔下的爱情话语空间正是他们纵情想象的产物，它们的存在是对各自创作主体内心缺失的某种想象态的心理补偿。当然，这里必须补充指出的是，并不是任何爱情话语都具有那种供创作主体逃避客观的社会现实生活境遇，以及特定的权力文学话语的心理功能；相反，有时候爱情话语的出现恰恰意味着某种反抗精神的觉醒。比如，在五四启蒙文学先驱者笔下的那些爱情小说或者情诗中，由于作者通过爱情话语主要传达的是有关个性解放、人格独立、妇女解放、思想自由等现代人道主义命题，故而这些爱情话语主要表现了那批现代知识分子作家的叛逆精神和启蒙情怀。然而，对于那些置身于革命文化或文学秩序中的中国作家来说，他们笔下的爱情话语虽然在一定程度上也不无反抗意味和启蒙色彩，但从其主导精神心理倾向上来看，它们基本上传达的是创作主体的现实逃避心态和文化逃避心态。对于那些宏大革命话语而言，这些爱情话语其实就如同某种只有点缀功能的“化妆品”，或者并不具备独立性的“寄生物”一般。实际上，不仅仅是在这些作家的创作过程中，甚至在这些红色经典作品的读者阅读过程中，那些附属性的爱情话语常常也确实不过是一些心理消遣品或调味品。许多人曾经回忆自己在革命年代阅读红色经典作品的记忆，其中很重要的一点就是摘抄红色经典小说文本中的浪漫段落。毫无疑问，在那个如火如荼的革命年代里，这些镶嵌其中的浪漫篇章如同一泓又一泓文字清泉滋润了彼时读者焦渴的心田。

第03章　张贤亮：超越苦难与白日梦魇

宋人陈与义在其《临江仙》词中曾云："二十余年成一梦，此身虽在堪惊。"八百多年后，在远离京沪闹市的西北银川小巷，张贤亮，一个横罹政治祸难二十余年的昔日"右派"文人，在提笔为自己平反后的小说成名作《灵与肉》撰写创作谈时，心中不禁回响起了那位古代文人惊魂未定、慷慨苍凉的悲吟。①

其实，对于饱经沧桑的张贤亮而言，把那段漫长的炼狱般的苦难历程看作一场方醒的噩梦，这是再自然也不过的事。但问题似乎并未止于此。我以为，张贤亮长期积淀于胸的那种像梦一样的心境，无疑潜在地决定和制约着他的小说创作方式和艺术风格。况且，在那段"明关暗监"的灾难岁月中，张贤亮确也未曾放弃自己唯一的无法被剥夺的幻想的权利。在荒凉偏僻、阴冷潮湿的土坯房里，一直形影相吊的他依然做过"各种各样罗曼谛克的梦"。② 尽管那些梦最后大都不可避免地被冷酷无情的现实所惊醒和击碎了，美丽的"梦中的洛神"③ 们也杳然不知去向，但当张贤亮后来恢

① 张贤亮：《从库图佐夫的独眼和纳尔逊的断臂谈起——〈灵与肉〉之外的话》，《小说选刊》1981年第1期。

② 张贤亮：《满纸荒唐言》，《飞天》1981年第3期。

③ 同上。

复了写作权利，尤其是在他的小说创作渐趋自己神往的“自由状态”① 之时，那尚未远逝的噩梦，掺和着昔日残存的美梦，便不由自主地浮出了作家的心海，幻化成了一个个浸淫着或浓或淡的忏悔意味的爱情故事。因此，在一定程度上，我以为，张贤亮的大多数小说实际上可以被看作他竭力超越苦难、摆脱压抑，以期自我拯救的一个个“白日梦”。

长篇纪实小说《我的菩提树》的出现，是张贤亮对自己日益程式化的“梦幻写作”感到倦怠或曰力不从心，继而放弃的结果。但遗憾的是，消退了梦幻的张贤亮小说似乎也就丧失了作家一贯独有的创作个性和艺术神韵，一颗在当代文坛上空曾璀璨耀亮一时的星辰自此便黯淡了下去。

一

把文艺创作与白日梦等量齐观，始自精神分析学创始人弗洛伊德。在他看来，文艺作品不过是创作家无意识中的本能欲望在强大的“现实原则”和“道德原则”的威慑下受挫后，无奈之余所幻想出的一种补偿性满足而已。无独有偶，他认为白日梦本质上也是梦者无意识本能欲望在幻想中的一种替代性满足。因此，白日梦和文艺创作之间便存在着同质同构的关系。弗洛伊德于是宣称，文艺创作就是创作家在清醒状态下做梦，即白日梦。②

毋庸讳言，精神分析学的文艺观并非放之四海而皆准的绝对真理，但我仍然执意认为，张贤亮的大多数小说创作在一定程度上可以被看作一种“白日梦”的书写。张贤亮曾写过不少谈创作的文章，但大多读后给人一种戴着面具道白的感觉，他不是鞭辟入里地大谈所谓《写小说的辩证法》③，

① 张贤亮：《必须进入自由状态》，《文学家》1984年第1期。

② 弗洛伊德：《作家与白日梦》，载《弗洛伊德论美文选》，张唤民、陈伟奇译，上海知识出版社，1987年，第28—38页。

③ 载《小说家》1983年第3期。

就是道貌岸然地鼓吹《当代中国作家首先应该是社会主义改革者》①，如此云云。但也有偶尔“本我”流露的时候。早在《满纸荒唐言》②（1981）中，当他第一次深情地赋予笔下的女主人公以“梦中的洛神”的桂冠的时候，张贤亮实际上已暗中点破了自己小说创作的梦幻性质。直至1987年，张贤亮应邀出席美国爱荷华大学国际写作中心成立20周年纪念活动时，在一次即兴发言中（由李欧梵先生同声翻译），他才毫无顾忌地脱口道出了自己小说创作的真正隐秘（下文中的着重号为引者所加）：

> 评论家说，我给文学画廊中增添了一系列光辉的妇女形象，说我刻画妇女和表现爱情有独到的艺术手法。我听了这些暗自发笑。可以想象，劳改营里是没有女人可作为恋爱对象的。直到三十九岁，我还纯洁得和天使一样。我希望在座的男士们不要有我那样的性苦闷。
>
> 虽然我身边没有女人，但我可以幻想。正因为没有具体的女人，更能够自由地幻想。在黎明鸡啼的时候，在结了霜的土炕上，在冷得和铁片似的被窝里，我可以任意地想象我身边有任何一种女人。她被我抚摸并抚摸着我。
>
> 一九七九年我在政治上获得了平反，我又有了创作和发表作品的权利，于是我就把以前的幻想写出来。
>
> 于是，我就认识到了：文学是表现人类的幻想，而幻想就是对现实的反抗。③

显然，张贤亮在这里无意中供认了他的小说创作实际上是自己当年的幻想，尤其是性幻想的一种艺术传达。这其实也就等于承认了他的小说是一种反抗现实、超越压抑，尤其是性压抑的白日梦。我相信，张贤亮在说

① 载《百花洲》1984年第2期。
② 载《飞天》1981年第3期。
③ 张贤亮：《追求智慧》，中国华侨出版社，1998年，第185—186页。

那番话时并非为了哗众取宠而故作惊人之语，其间自是充溢着作家由于长期遭受精神和肉体的双重压抑而凝结的血和泪。

但接踵而至的却是这样一个疑惑：张贤亮为什么一方面承认自己的小说创作不过是一种无意识本能欲望所寻求的虚幻的替代性满足，另一方面又一再宣扬自己的小说都是“政治小说”① 呢？我不认为张贤亮的这两种小说观之间存在着水火不相容的对立，实际上，它们在作者的不同的心理层面上是平行共在、表里互补的。它们分别代表着张贤亮的不同的心理人格在发言。持“政治说”的那个张贤亮公然端坐在作者的意识心理层面上，他是一个热衷于“社会参与”的功利主义者、现实主义者和理性主义者，明确地说，应该是一个“社会主义改革者”。而主“幻想说”的另一个张贤亮则被迫蛰伏于作者的无意识心理深层中，他是一个永远不改初衷的不倦追求生命幸福和欲望满足的快乐主义者、浪漫主义者和非理性主义者，准确地说，应该是一个“白日梦者”。如果说前一个张贤亮代表着作家心理人格结构中的“超我”在大肆地鼓吹“铁肩担道义”的话，那么后一个张贤亮则毫无疑问的是作家潜意识中惯于暗中“妙手著文章”的“本我”。无法想象，倘若没有张贤亮无意识本能欲望所滋生和幻化出的爱情故事和美丽的“洛神”，光剩下作为“超我”代言人的张贤亮在那里板着面孔进行政治说教，那张贤亮的小说作品该会是怎样的让人意兴阑珊、索然寡味。

张贤亮似乎敏锐地体验到了自己的这种人格分裂的痛楚。他曾无奈地说：“我常常有一种被撕碎的感觉。当我自以为是在空中翱翔的时候，俯首一看，我的血肉还摊在那片不长青草的砂砾中间。”② 只有在幻想中作者才能自由地翱翔于生命的灵境，但严峻的现实境遇和强烈的道义责任感又总是把作者那个飞扬的灵魂拉回到充斥着各式各样坎坷和苦难的人世间。张贤亮的“自我”于是被无情地撕裂成两半，一半是“我思故我在”的客我，

① 张贤亮：《追求智慧》，第190页。

② 同上书，第186页。

或曰“外自我”；另一半是“我欲故我在”的主我，或曰“内自我”。前者是一个好思辨的学者，后者是一个喜幻想的诗人。二者实际上二位一体，本质上代表着张贤亮人格“自我”的不同侧面。他们有时在作者的小说中统一在单个人物身上，譬如《绿化树》中的章永璘，他既是学者又是诗人，他不仅在患难逆境中潜心研读博大精深的《资本论》，而且如同历代孟浪风流的诗人们一样憧憬着一种“红袖添香夜读书”的境界。在另一些时候，张贤亮的“自我”又在同一部作品中被分裂地存在于不同的人物身上。譬如在那部几乎可以被认为是失败之作的长篇《男人的风格》中，饱读马列主义经典著作，能言善辩的男主人公陈抱帖与其说是个改革家，毋宁承认他在骨子里是个学者。而受过难的作家石一士则在小说中被明确地交代为诗人出身。有意味的是，作者让他们二人共同“分享”着女主人公罗海南。陈抱帖拥有的不过是罗海南的身体，因为他们夫妻二人实际上同床异梦、彼此隔膜；而石一士则捧得了罗海南的灵魂，这不光是因为罗海南是他的小说的最狂热的崇拜者，更重要的是，他们之间其实存在着一场柏拉图式的精神恋爱。直到小说末尾，作者才把自己分裂已久的“自我”勉强地拼凑在了一起，让陈抱帖一度出窍的灵魂——石一士又悄然返回。于是我们看到，石一士最后莫名其妙地在那场三角恋爱阵中退却了，临行前还没有忘记写信嘱托罗海南再回到丈夫陈抱帖的身边。而事实是，回到陈抱帖身边即等同于扑向自己的怀抱。因为石一士实乃陈抱帖的本相，改革的面纱被揭去后的本相，而陈抱帖不过是石一士的表象，他们二人原是二而一的关系。由此我推测，喜欢幻想的诗人才是张贤亮的本相，而学者或改革者不过是张贤亮的表象而已。

阐明张贤亮的深层心理中存在着人格分裂现象很重要，它不仅帮助澄清了张贤亮分持两种不同的小说观的矛盾心理，而且也为接下来循精神分析法的惯例，寻绎出张贤亮小说创作的深层心理动机，提供必要的前提支持。

二

与张贤亮分裂的心理人格相对应，我认为张贤亮小说创作的心理动机具有二重性：其一是显在的、有意识的社会政治动机，其二是隐在的、无意识的本能欲望动机。前者受制于作者具有强大社会责任感的“超我”，遵循的是“道德原则”，用一个中国化的经典伦理术语可简称为“义”；后者则出自作者永远追寻欲望满足的“本我”，遵循的是“快乐原则”，也可依同样的方式简称为“欲”。

作者深明“义”“欲”之辩的现实存在，即“自我”，虽说是被它们各自掳去了一半，造成了主客分离、内外分裂的灵魂痛苦，但最终却也在“现实原则”即“利”的调解下勉强整合到了一处。因此，从表面上看，作者的双重创作动机似乎是彼此对立、相互颠覆的，然而在本质上，二者却是相互协作的同谋关系。冠冕堂皇的社会政治动机实际上充当了羞于见人的本能欲望动机的一柄保护伞，后者正是在前者的荫庇下才得以瞒天过海，或者说正是在前者的羽翼下才得以孵化成形。当然，这一美满的结局还得归功于作者那个精明的、善于调停的“自我”。必须特别指明的是，我这里绝不是如有些论者那样，企图从政治上恶意攻击张贤亮是在“利用小说反党”,① 那样会使得问题变成庸俗社会学，而我仅仅是从深层创作心理的角度指出张贤亮的一种叙事策略。

张贤亮小说创作的社会政治动机，显然与他那强烈得近乎执拗的社会政治参与意识一脉相承，而后者不过是作家强大的“超我”或“义”的外在显现。张贤亮正是一位深受“良知压抑”的作家。身为作家，他并“不想远离政治而在艺术上攀什么高峰”，也“没有闲心为文学而文学”,② 相

① 张贤亮：《告地状》，载《我的菩提树》，第308页。
② 同上。

反，他“提笔便想参与社会活动”，“把写作当成了社会活动的一种方式”。① 张贤亮的这类偏激言辞自是有其难言的隐痛。当人们开始逐渐淡忘或漠视那段如梦魇般的苦痛历史的时候，当如过江之鲫般的新潮作家高呼远离政治、艺术至上的时候，张贤亮始终无法从心中抹去那长达二十余年的政治苦难而带来的巨大心理创伤。正是这种纠结于胸而无法释怀的“政治情结”，驱使他早在1976年便提起了那支早已久废不用的生花妙笔。但他最先想到的却并不是重操旧业，再续20世纪50年代的诗人梦，而是正经八百地做起了政治经济学和哲学方面的论文。遗憾的是，张贤亮的学者梦三年后即告破灭，所有文稿均被退回。绝望之余，他于1979年只得改弦更张，再作冯妇，方才写起了小说。② 这种人生波折显然富有戏剧性，但我们却不难从中窥测出张贤亮的社会政治参与意识对他日后小说创作的影响。人格“超我”的政治理想和抱负一旦在现实中受挫，转而到文学中寻求补偿便是再自然也不过的事。

事实上，重返文坛的张贤亮最先写就的两个短篇均是纯粹的“政治小说”，具有明确单一的政治创作意图。《四封信》是对“十年浩劫”的血泪控诉，《四十三次快车》是对“四五运动”的热烈讴歌。从中我们自然无法寻找到作者那被压抑的无意识本能欲望。但据张贤亮坦言，他“平反”前的写作不过是仿效古代失意的读书人“上条陈”，其间隐藏着一个“上不得台面”的秘密，即渴望引起有关人士的注意，以期早日从政治上平反昭雪。③ 譬如《四十三次快车》，在我看来，它隐藏着作者对当时下达的“43号文件”的愤懑和希冀。④ 文件明文规定像他那样“连续犯罪”的“右派”不在“改正”之列，于是张贤亮只得在含冤抱屈的同时寄望于一趟虚幻的

---

① 张贤亮：《追求智慧》，第189页。

② 张贤亮：《满纸荒唐言》，《飞天》1981年第3期。

③ 张贤亮：《小说中国》，经济日报出版社、陕西旅游出版社，1997年，第37页；另见张贤亮：《满纸荒唐言》，《飞天》1981年第3期。

④ 张贤亮：《小说中国》，第36页。

“四十三次快车”的到来。实际上，他后来果真是因为自己崭露的创作才华而得到了领导的青睐和重视，并且令人惊异地恰好在 43 岁那年平了反，算是终于赶上了那趟虚拟的“四十三次快车”。其实，张贤亮的父亲也刚好 43 岁那年瘐毙于北京的一所监狱，在一篇回忆性的文章中他曾流露过对于“43”的迷惑。[①] 撇去巧合的因素不论，可以肯定的是，张贤亮在那时其实还存在着另一种“政治性”的创作动机。它是一种私人化的，而不是公共化的政治性创作意图。但无论哪一种，它们都只是一种意识层面上的创作动机，而不属于无意识的本能欲望范畴。

当然，张贤亮后来的大部分作品都既具有显在的有意识的社会政治动机，也具有隐在的无意识的本能欲望动机，它们大都是“政治小说”和“幻想小说”的结合体，也就是说，大都是披着政治外衣的“白日梦”。关于张贤亮小说创作的社会政治动机，大体上可以借用 20 世纪 50 年代文坛上一篇著名小说的题目来作答，即“不能走那条路”（李凖）。如果用张贤亮自己的话来说，那就是“阻止极左路线在中国复活”。[②] 也许正是出于这种政治性的创作动机，为了竭力昭示新时期到来的历史必然性，张贤亮才不顾众人的讥讽和调侃，在《绿化树》中执意要让章永璘最终走上了“红地毯”，在《河的子孙》中平庸地让魏天贵和韩玉梅来了个“大团圆”。这一切无疑冲淡了作品的悲剧意味，但又确实符合作家那政治化和道义化的人格“超我”的初衷，即作家“外自我”的外倾型创作动机。

与明确单一的表层社会政治性创作动机不同，张贤亮小说创作的深层心理动机相对显得复杂隐晦。它实际上是一种遭受严酷的现实生存境遇和强大的政治文化象征秩序的压抑，然后伺机寻求释放和宣泄途径的无意识本能欲望。我确信，张贤亮在二十余年漫长的政治监禁和受难中不仅承受了巨大的灵与肉的双重折磨，更重要的是，还酿成了对他的原初生命本能

---

① 张贤亮：《追求智慧》，第 263 页。

② 同上书，第 191 页。

的悲剧性压抑。

弗洛伊德的本能理论含混复杂，前后抵牾处也有不少，我这里援用的是他在《本能的蝉变》① 一文中阐明的本能概念。在那里，他认为本能实际上是一种生理—心理驱力，是一种来自生命机体内部的永恒的冲动、刺激和需要。它大致相当于后来拉康所特指的“欲望”概念。区别在于，本能侧重于指一种心理实体、一种心理驱力，而欲望则重在指涉一种心理趋向、一种心理状态。实际上二者可以连用和换用，本能是内在的无意识欲望，而欲望是本能的外部指向和表现。至于性本能或食色本能原只是作为整体的本能中的一种而存在的，不过，它还拥有为其他的本能所不可取代的原始性或根本性地位。实际上，荣格对本能就持一种“中性化”的观点，他认为弗洛伊德的“力比多”本质上就是一种生命或心理能量，因而泛性论是一种极端片面的说法。

在界定了我们所采用的本能概念后，还是再回到张贤亮所遭受的本能压抑的问题上来。前面曾引用过张贤亮的自白，据说，作家直到 39 岁还“纯洁得和天使一样”，而在 43 岁以前则“根本无法谈恋爱”。因此，他只能是像《男人的一半是女人》中的章永璘那样不幸，连梦中的女人也都是那么“抽象”“不成形”“一片毕加索晚期风格的色彩”。作为一种替代，她们只能和作者熟稔的东西融为一体，譬如“一支窈窕的，富有曲线美的香烟”“一个发得恰到好处的，具有弹性的馒头”“一本纸张白得像皮肤一样的书籍”等。由此不难推想作者在那段漫长的监禁生涯中所默默忍受的巨大的“性苦闷”。其实，何止是性欲，就连食欲，张贤亮也经受了无边的压抑和非人的扭曲。据长篇纪实小说《我的菩提树》中回忆，在那个“低标准、瓜菜代”的灾难年月里，作者不仅时常出于求生本能而去“偷嘴”，“吃青”，更让人难以置信的是，为了一口聊慰饥渴的奶水，他竟然曾和一

---

① 弗洛伊德：《文明与缺憾》，傅雅芳等译，安徽文艺出版社，1996 年，第 334—342 页。

头奶牛进行过疯狂的体能和智力角逐；为了能做一个“撑死鬼”，他居然在一次“逃跑”中吃掉了用棉裤换来的几麻袋西瓜，而且是伴随着原始的吃喝拉撒一道“从上午一直吃到黄昏”。了解了作者真实的过去，我们便在惊羡他在《绿化树》中对章永璘的饥饿心理做出卓越描写的同时，不禁也要为作者付出的沉重代价而掬一捧辛酸的同情之泪。以上不过是着重描述了张贤亮的食色本能所遭遇的非人的压抑和扭曲。实际上，在那段漫长的炼狱历程中，张贤亮的全部生命力，除狭义的性本能外，包括合群本能、求知本能、攻击本能、求生本能等，几乎从整体上都由于各种强大的社会政治性外力的压抑而扭曲变形。

面对压抑，不同的主体会做出不同的应对，甚至同一个主体在不同的情境中也会做出不同的应对。压抑并非必然引起反抗，它还可以导致屈从。屈从实际上是一种主动或被动的沉沦，而反抗则是对压抑的一种主动的超越。概而言之，超越压抑有两种方式：其一是艺术超越，其二是科学超越。前者是一种审美的、非理性的、内倾型的超越，后者是一种思辨的、理性的、外倾型的超越。在精神分析学的意义上大体可以说，所谓超越就是升华。升华是联结人类本能及其科学文化之间的关键链环。人的本能作为一种生理—心理能量据说有一种天生的“结合”倾向,① 当它与某种抽象的观念体系相“结合”时，它就会产生一种科学超越、一种理性的升华。反之，当它与某种具象的审美对象相“结合”时，它便产生了一种艺术超越、一种情感的升华。前者譬如科学家、哲学家，或者一般意义上的学者，后者则以诗人、艺术家等为代表。这种理论上的分野并不妨碍它们在事实上可能为同一主体同时具备，而非必然判然两分。弗洛伊德曾着重分析过的意大利人达·芬奇毕生就既是科学家，又是艺术家，他实际上是一位从事双

① 罗洛·梅：《爱与意志》，冯川译，国际文化出版公司，1987年，第79页。

重超越的优秀典范。① 至于沉沦，其实是本能的被动放弃或主动自毁。《男人的一半是女人》中，习惯受虐乃至自虐，最终从心理和生理上被阉割的章永璘就是一例。我无意于庸俗地妄自推断生活中的张贤亮也曾像章永璘一样承受过那种丧失性功能的屈辱，但我还是执意认为，张贤亮在漫长的繁重的体力劳动中实际上已经被动地（后来肯定有主动的成分）放逐了自己的本能，因为那种非人的异化型劳动是对他的本能的一种无谓耗费或曰畸形垄断。

在我看来，当年身在劳改队的张贤亮在不同的生存境遇中，曾历时或共时地对逼向自己的强大外在压抑力做出过三种不同的应对方式：或沉沦，或艺术超越，或科学超越。事实上也的确如此。关于沉沦，已勿复赘言。至于科学超越，实际上是本能的一种理性升华。熟悉张贤亮作品的读者都知道，他在那种严酷的生存困境中一直都在关注和思考着个人和国家的前途与命运。他不仅熟读马列主义经典著作，甚至重获写作权利时他想做的也并不是诗人而是学者。直到1982年他获得《当代》文学奖时，他还对文学留有去意，说："总有一天，我会从文学创作的队伍中退出来，到我喜欢的哲学和政治经济学领域中去的。"② 其实，在张贤亮的绝大部分文学作品中，都大量充斥着富于理性色彩和思辨意味的话语，以至于招来了评论界"理性大于形象"的批评。尤其是他笔下的著名男主人公如章永璘等，大都不仅是诗人出身，而且很有思想家的头脑，即便是魏天贵（《河的子孙》）和邢老汉（《邢老汉和狗的故事》）那样的农民也染有浓重的思辨色调。虽然未能称心遂意地成为学者，但张贤亮却从未忘记过鼓吹"作家学者化"③，他总是不失时机地在小说文本中"偷运"或"贩卖"自己的社会政治理念和意图。从深层心理的角度分析，张贤亮的本能的理性升华正是塑造其理

① 弗洛伊德：《列奥纳多·达·芬奇和他童年的一个记忆》，载《弗洛伊德论美文选》，第50—56页。

② 参见《获奖作者的话》，《当代》1982年第3期。

③ 张贤亮：《写小说的辩证法——致冯骥才、何士光的信》，《小说家》1983年第3期。

性化的“外自我”以及道义化的“超我”的直接机缘，从而最终决定了张贤亮小说创作中的社会政治动机的发生。

说到艺术超越，必须事先指明的是，我以为它不仅指艺术品的创造、传达或物化的整体过程，也可以单独指直觉主义美学意义上的单纯的艺术创造瞬间。按照弗洛伊德的观点，主体在思维中创造艺术的瞬间本质上就是“幻想”的时刻，即超越压抑的时刻，也即本能欲望升华的时刻。在这个意义上，任何人都可以是诗人，因为他们都是不同程度的幻想家，都是天生的白日梦者。张贤亮的过人之处在于，他能将过去的幻想捕捉回来、召唤回来，或留存下来，并在日后有利的条件下将其改头换面、嫁接裁剪，再度化装和编织成一个个白日梦式的艺术品。但问题是，张贤亮的那些幻想或者说白日梦中究竟匿藏着梦者的何种隐秘，换句话说，张贤亮创作那些小说文本究竟出自何种深层心理动因呢？从前面的分析中，实际上我们已不难做出回答。张贤亮小说创作的深层心理动机本质上是一种无意识的本能欲望，其中最根本的则是作者一度被压抑的性本能欲望。弗洛伊德曾经断言：“一个幸福的人从来不会幻想，幻想只发生在愿望得不到满足的人身上。幻想的动力是未被满足的欲望，每一个幻想都是一个愿望的满足，都是一次对令人不能满足的现实的校正。”① 对于张贤亮来说，在那个监禁与惩罚的困境中所遭受压抑的最根本的欲望莫过于性本能，正是那种无法排解的性苦闷驱使作者去幻想出一个个美丽而圣洁的“梦中的洛神”。从某种意义上说，没有当年的性苦闷和性压抑，也就不会有张贤亮后来笔下一系列光彩照人、魅力独具的女主人公，当然也就不会有那一连串染有忏悔色调的爱情故事，而失去了这些精华的张贤亮小说也就几乎失去了其独有的创作个性和审美意蕴。

---

① 弗洛伊德：《作家与白日梦》，载《弗洛伊德论美文选》，第 32 页。

厨川白村曾宣称："无压抑即无生命的飞跃。"① 其实也不妨可以说，没有压抑也就没有艺术。艺术的产生"有如铁和石相击的地方就迸出火花，奔流给磐石挡住了的地方那飞沫就现出虹彩一样"②。须补充指出的是，食欲，作为广义的性本能的又一重要质素，它的压抑同样也潜在地影响着张贤亮小说中女主人公的形象塑造。不难发现，张贤亮笔下的诸多男女主人公之间不仅存在着"性"的吸引，而且也还伴随着"食"的牵连。在《土牢情话》中作家故意支使乔安萍冒着生命的危险给劳改犯人石在每天递送"玉米饼子"，这还不算，在其后的《绿化树》中作者又乐此不疲地派章永璘成天到马缨花家中去坐享"白面馍馍"。有意味的是，马缨花不仅拥有一个美丽的学名"绿化树"，而且专有一个经济实惠的绰号"美国饭店"。这其实无意中隐喻了女主人公的真实地位，在相当程度上，她不过是作者潜意识中长期遭受压抑的"食""色"本能的双重投射物。毋庸讳言，从性本能的角度分析张贤亮的深层创作动机难免失诸片面。但倘若将张贤亮的"性的苦闷"推而广之，其实也就延展成了他的"生的苦闷"，用厨川白村的话说就是所谓"人间苦""社会苦"和"生命苦"。我以为，张贤亮的小说创作再恰当不过地应验了厨川白村的著名论断："生命力受了压抑而生的苦闷懊恼乃是文艺的根柢。"③

三

至此，我可以认为，张贤亮的大多数小说作品实际上具有"双重文本"的特征。如同任何一个梦都既有显梦及其指涉的显意，也有隐梦及其蕴藏的隐意一样，张贤亮的多数小说也由有意识的显文本和无意识的潜文本所

① 厨川白村：《苦闷的象征》，收入鲁迅：《鲁迅全集》第13卷，人民文学出版社，1973年，第30页。

② 同上书，第21页。

③ 同上书，第39页。

构成，前者指向小说的显性主题，后者影射着小说的隐性主题。在一般情况下，张贤亮小说的显性主题大致上也就是作者的表层社会政治性创作动机，其隐性主题实际上也等同于作者深层的本能欲望动机。但疑问也就产生在这里。我们可以认为《绿化树》和《土牢情话》的表层创作动机是同一的，其显性主题都是对那个病态的、压抑性的政治型社会的否定和批判；但我们却不能简单地相信这两部作品的隐性主题和深层创作动机仅仅就是前面曾重点论及的、作者谋求宣泄和解救的无意识的性本能欲望。

我偏向于持一种本能的多元构成观，但同时也肯定和相信性本能在其中的根性地位。也就是说，在人的形形色色的无意识本能欲望中，大多难免会带上不同程度的性欲色彩，或者说是接受了性本能的影响和熏染。因此，我以为张贤亮小说创作的深层心理动机，即文本的隐性主题实际上是一个多元立体的网状物，并非仅止于一种无意识的性本能欲望。但同时又应该看到，在那个神秘的立体网络中，性本能始终处于最核心的地位，它被各种各样的其他本能欲望所包围和裹挟起来。其中一些与它大致处在同一个心理的层面上，另外一些则与它处在不同的心理层面上，或者比它隐藏得更深，或者漂浮在它的上空。当然，其中也只有一部分与它或多或少有些关联，另外一些则与它几乎或完全无涉。但无论如何，它们都统属于心理结构中的无意识家族，只是偶尔逃逸到意识域中去稍事停留，甚至还没来得及让意识注意到便又悄然踅回了。

如此，在张贤亮的深层心理中，紧紧环绕在性本能欲望的周围，或者与其纠结在一起的其他无意识本能欲望又有哪些呢？限于篇幅，此处只能粗略探讨。其一是恋母情结。对于张贤亮而言，它是与其无意识的性本能欲望相纠结，并与之几乎处在同一心理层面上，即同属于个体无意识的一个极其重要的深层本能欲望。早有论者直觉地断言过张贤亮有某种恋母情结，但却遭到了作者的否认和抵制。[1] 我以为，对此作直觉式的臆测显然不够，在作者所提供的童年记忆和家庭私史相当有限的条件下，我们唯一能做到的便是到作者的心理投射物，即小说文本中去作实证性的解读。但我一时还无法做到这一点，这里我只想简单地指出，在张贤亮编织的所谓爱情故事中，精明的读者并不能发现多少男女之间双向式的爱情互动，而只会看到一种女主人公对男人公单向度的、不求回报的无私母爱，一种母性拯救者对婴儿般无助的受难者的博大怜悯。我们有理由相信，当年遭受政治监禁的张贤亮，在他超越性压抑和性苦闷所做的性幻想中，也即是在他笔下的那些浪漫情爱故事中，他迷恋的幻象与其说是所谓的"洛神"，毋宁说正是自己潜意识中的母亲意象。其二是忏悔情结。它实际上是张贤亮的恋母情结的衍生物。本质上，它不过是作者无意识中的恋母乱伦欲望所引发的深重罪感。当然，它被作者所巧妙编织的种种现实假象所遮蔽，读者看到的不过是男主人公对女主人公的背叛所导致的爱情忏悔，以及莫名其妙的政治忏悔和阶级赎罪意识。其三是大地崇拜的原型心理。它实际上是长期积淀在人类心灵深处的一种集体无意识，即一种返回母腹、回归大地、消解生命、遁入死寂空无的隐秘欲望。[2] 张贤亮自然也是荣格意义上的"集体人"，并且传承了这种心理本能，甚至它还与作者的一种个体无意识即恋母情结相勾连，在某种意义上还正是后者的终极心理原型。其四是死亡情结。它其实是由于作者在监禁生涯中历经了骇人听闻的死亡事件的刺激所酿成的巨大心理创伤。它与作者的性本能欲望几乎无涉，是一种沉淀在作者个体无意识表层的死亡记忆。其五是施虐—受虐情结。它实际上传达了作者当年所置身的非常态的政治社会秩序中的一种以攻击性为核心的社会心理和死亡氛围，本质上是一种弗洛姆所谓的社会无意识。它在一定程度上也与作者的性本能欲望的扭曲形态相纠结，这在长篇小说《习惯死亡》

---

① 张贤亮：《小说中国》，第 2 页。
② E. 弗洛姆：《健全的社会》，第 31 页。

中有显而易见的揭示和描述。从以上抽绎的五种无意识的本能欲望，再加上前文曾论及的性本能欲望中，我们差不多可以对张贤亮深层心理中的那个神秘网络窥其大略。也就是说，我们实际上对张贤亮小说创作的深层心理动机，即文本的隐性主题有了一个较为全面的了解。

但紧接着便会遭遇这样一个问题：这些虽然纠结在一起，但又具有各自独立性的无意识本能欲望，究竟在张贤亮的深层创作心理中扮演着怎样不同的角色，或者说，承担着怎样不同的艺术功能呢？毫无疑问，被压抑的性本能欲望在其中起着最基本和最核心的作用。在相当大的程度上，我以为它对张贤亮的小说创作是不可或缺的。正是漫长的政治苦难和监禁生涯造成了张贤亮的性压抑和性苦闷，从而在其心理深层中酿成了巨大的心理创伤。这实际上是作者成年后的一种继发性心理创伤。按照我的理解，苦难深重的张贤亮其实承受了常人无法承受的双重苦难和双重压抑。也就是说，除了后来遭遇政治压抑所造成的继发性创伤外，作者在童年时还曾有过恋母情结，但后来被父母及其所代表的强大政治伦理文化象征秩序所压抑了下去，从而潜在地滞留着一种原发性的心理创伤。在精神分析学的意义上，政治很容易成为父亲的置换物，政权压抑也很容易成为父权压抑的替代品。于是，由政治压抑所导致的、继发性的心理创伤就会成为一种弗洛伊德所谓的诱发性事件，它使由父亲压抑所酿成的、原发性的心理创伤顺利地实现了记忆的回归，即弗洛伊德所谓的“被压抑物的回归”。因此，正是当年遭到政治压抑的性本能欲望在超越压抑的性幻想中不由自主地诱发或惊醒了沉睡在作者心灵深处的恋母情结，从而水到渠成地衍生了忏悔情结。至于作为个体无意识的死亡情结，作为社会无意识的施虐—受虐情结，作为集体无意识的大地崇拜原型心理等，它们无一不是作者竭力挣脱现实苦难的性幻想的副产品，是其无心栽插却又意外地绿叶成荫的柳林，所以，在一定程度上可以说，性本能的压抑是点燃张贤亮无意识中全部欲望之火的心理触媒。但它似乎也仅仅就是一种媒介，因为由它所诱发和滋生出的其他无意识本能欲望实际上比它更具有阐释的魅力和诱惑性，而且在构建张贤亮小说的潜文本时显得更为重要而复杂。

最后还需澄清这样的一个问题，即张贤亮的小说是否全都可以被看作白日梦？大而言之，究竟怎样的小说创作才可称得上是“梦幻写作”呢？诚然，并非所有的小说创造都是梦幻写作，都是作家的无意识本能欲望在白日梦中的补偿性表达。与此同时，也并非同一个作家的所有作品都会是白日梦式的书写产物。我们能将张贤亮的大多数作品，如《土牢情话》《灵与肉》《绿化树》《河的子孙》《男人的一半是女人》等释读为作者的白日梦，但我们却不能将作者的《四封信》《四十三次快车》《我的菩提树》等少数纪实性作品同样也理解为作者的白日梦。

在西方现代美学史上，弗洛伊德并不孤独。前有尼采，后有荣格，弗洛伊德式的梦幻写作理念既有渊源，也有传承。尼采曾“将希腊悲剧理解为不断重新向一个日神的形象世界进发的酒神歌队”①。这其实意味着希腊悲剧不过是酒神精神的日神化，因为作为“梦境”的日神实际上成了一种艺术手段和艺术形式，成了传达主体内在的“迷醉”的酒神精神的外在艺术客体。究其实，尼采所谓的酒神精神如同叔本华的“生命意志”一样，原不过是潜藏在主体内心深处的某种原始生命强力，在一定程度上也就相当于后来弗洛伊德所竭力诠释的无意识本能欲望。因此，尼采的悲剧艺术观和弗洛伊德的白日梦文艺观实际上内在地同质且同构。不仅如此，弗洛伊德式的梦幻写作还与荣格所谓的“幻觉模式”② 创作之间有着千丝万缕的联系。区别在于，荣格的“幻觉”所指涉的内容拘囿于他坚执的集体无意识，并不包括他不屑一顾的、却被弗洛伊德视为根本的个体无意识。而我以为，所谓梦幻写作，其指涉的深层内容既包括个体无意识，也包括集体无意识，当然，弗洛姆所说的社会无意识也应名列其中。这实际上也就囊

① 尼采：《悲剧的诞生》，周国平译，生活·读书·新知三联书店，1986年，第32页。
② 荣格：《荣格文集》，冯川、苏克译，改革出版社，1997年，第235—236页。

括创作主体的整体无意识世界，如前文所阐明的那个神秘的网状物。因为创作家不仅是“集体的人”“社会的人”，更是“个体的人”。当我们提到文本中的集体无意识和社会无意识内容的时候，它们无一例外的都是作为作家个人的心境所负载的，或曰积淀在作家个人心灵深处的集体无意识和社会无意识。据以上分析可以发现，只有那些曲折地传达了作家深层心理中的无意识内容的小说文本才可以，同时也应该被当作白日梦来进行解读。

然而，如同梦不过是欲望的化装，既具有显意也具有隐意一样，所谓白日梦式的小说文本中除了隐藏着作者的无意识本能欲望以外，同样也必然具有理性意识层面上的思想内涵。作家外部的现实生活和文化语境实际上充当了他编织白日梦、化装无意识本能欲望的形式和材料。没有它们的佐助和支持，其实也就无所谓白日梦式写作的发生。拉康说“无意识是他者的话语”①，其实也就是相对于意识是人们通常所认为的“主体的话语”而言的。实际上，人既是“主体”，又是“他者”，心灵中充满着对抗和冲突，即既代表意识立言，同时又代表无意识发话。只不过作家通常都偏执地相信并坚持自己仅仅代表意识说话，而忽视了，或者说是没有体验到原来自己也可以传达无意识的声音。对于许多充溢灵气的作家而言，他们经常如荣格所指明的那样，“他想象他是在游泳，但实际上却是股看不见的暗流在把他卷走”②。这股暗流就是作家的那个隐形他者，即无意识潜流。

张贤亮谈及自己的创作就曾感觉到它们“不是出于我之手，而是一个别的什么人的作品”。③ 在一首诗中他还写道：“每时每刻，我都被灵感所追捕。/诗拿着锃亮的镣铐，/随时随地想锁住我/向往平静的心。”④ 其实，张贤亮所说的“灵感”，不过是作者心理深层中的无意识本能欲望而已。可以说，沉浸白日梦状态中创作的张贤亮确乎是如同荣格所言，充当了自己无

① 拉康：《拉康选集》，褚孝泉译，上海三联书店，2001年，第427页。
② 荣格：《荣格文集》，第218页。
③ 张贤亮：《追求智慧》，第181页。
④ 张贤亮：《写在烟盒上的诗》，《文汇月刊》1990年第6期。

意识本能欲望的“俘虏”“工具”，即所谓“自主情结”的奴隶。① 他以为自己在执着地书写着现实人生中的苦难，实际上他却迷醉在超越苦难的白日梦中悄悄地偷运着自己的无意识本能欲望，或者说是不由自主地让后者偷偷地侵入自己的意识域中去了。这就是张贤亮小说创作中的深层心理隐秘。

① 荣格：《荣格文集》，第 218—224 页。

第 04 章　张一弓：告别成规与话语转换

提起新时期之初享誉文坛的一代右派小说家，人们很少能想到张一弓。实际上，张一弓早在 20 世纪 20 年代中后期就已经初涉文坛，后因其母被打成了右派，连带他的《母亲》等短篇小说作品也受到了批判，由此张一弓中断了早期的文学写作。直到 1980 年发表著名中篇《犯人李铜钟的故事》，张一弓才重返文坛，此后更是成为所谓“伤痕—反思—改革”小说潮流中的代表作家之一。然而，从 80 年代中后期开始，张一弓的小说创作陷入了失语的困境。曾经在 80 年代的各种当代文学史中风光无限的张一弓甚至被 90 年代末的诸多当代文学史所忽视或遗忘。从辉煌到黯淡，张一弓的内心失落可想而知。值得庆幸的是，就在即将被人们所遗忘的时候，张一弓创作了他平生的第一部长篇小说《远去的驿站》，从中我们又看到了张一弓重新走进当代文学史的希望。

我这里无意于就事论事地解读张一弓的长篇新作。我关注的是张一弓小说创作的话语转变问题，也就是说，从《犯人李铜钟的故事》到《远去的驿站》，张一弓究竟在小说的话语形态或话语范型上做过哪些艺术求索？因为在我看来，探讨一个作家的话语范型转换问题有助于准确地判定其在文学史上的位置。

一

一部近二十年来的中国小说史，在很大程度上，它可以被视为中国小说家逐步摆脱新时期之前的革命文学话语模式的制约，进而不断地开创新的小说话语范型的过程。

新时期之初最先出现的小说话语范型是启蒙主义话语。张一弓有幸直接参与了对这一新的小说话语范型的建构。这种新启蒙话语因其强烈的时代性，准确地说，应该是政治色彩，而与经典的五四启蒙话语区别了开来。它们的共性在于，“人性论”是其共有的理论预设，呼唤人性、人道主义是其共同的精神旨趣，因此，“人的文学”① 可谓其共通的文学性质。然而，与鲁迅先生所开创的经典启蒙主义文学话语范型不同，在20世纪80年代的新启蒙话语范型中，虽然也有从文化的视角解剖国民性的叙述话语（“文化—国民性”叙述），但更多的则是从政治的视角透视人性的历史处境的叙述话语（“政治—人性”叙述），以及从更宽泛的社会（经济）视角观照中国人的现实境遇的叙述话语（“社会—人”叙述）。唯其如此，在一定程度上，人们更愿意把新时期“政治—人性”和“社会—人”叙述话语看成当代小说家最终回归五四经典启蒙话语范型（“文化—国民性”叙述）的某种过渡性的文学形态。

从张一弓20世纪80年代前半期的小说创作来看，他的小说写作基本上遵从的是“政治—人性”和“社会—人”的叙述话语。首先看“政治—人性”叙述，这方面的代表作有《犯人李铜钟的故事》《赵镢头的遗嘱》《张铁匠的罗曼史》《山村诗人》《智慧的痛苦》等。和同时代的王蒙、张贤亮、从维熙等右派小说家相较，张一弓关注的不是在那个泛政治化的历史境遇

① 周作人:《人的文学》，载《新青年》第5卷第6号，1918年12月15日。

中中国知识分子或革命干部的命运，而是中国农民的命运。大体而言，张一弓笔下有关中国农民的“政治—人性”叙述话语有两种价值取向：或揭示外在的政治权力给主人公的人性所带来的心理创伤和精神扭曲，或展示人性在外在的政治权力的压抑下所表现出来的反抗精神和超越境界。前者从政治的角度透视人性的异化，后者从政治的视角观照人性的力量。实际上，在新时期的“伤痕—反思”小说大潮中大量流行的就是前一种叙述话语，具体到张一弓笔下，《张铁匠的罗曼史》即是这方面的代表作。这部中篇小说集中透视了从“大跃进”到“十年浩劫”时期，中国当时的极左政治力量给底层民众所带来的无尽灾难。这种灾难不仅是肉体上的伤害，它更是心灵上的摧折。人们痛心地看到，在新中国成立初还青春焕发、激情满怀的张铁匠，经过起伏不定的政治波澜的冲击，到“十年动乱”末期几乎已经变成了一个万念俱灰的木偶人。这种身心变化不啻《故乡》中从少年闰土到中年闰土的变迁。小说中张铁匠对发妻王腊月的冷漠与决绝恰恰流露了他内心深处无法排解的伤痛。然而张一弓笔下的张铁匠比鲁迅先生笔下的闰土似乎要幸运得多，他在“拨乱反正”的新型政治环境中重获生机，并且洗尽此前的晦气，最终与王腊月来了个大团圆。从这里我们不难发现中国当代“政治—人性”叙述话语的局限性。说到底，在这种叙述话语中，人性还不是起决定性的因素，它仅仅是为了回应一种新型的政治权力话语的召唤而去谴责另一种过时了的政治意识形态。所以其中真正起作用的还是政治话语，人性话语不过是新型的主流政治话语的附庸。但无论如何，在革命语境中曾经长期遭受压抑的人性话语在“伤痕—反思”小说中得以回归（虽然仅仅是有限度的回归）却也是不容轻易抹杀的事实。

当然，真正为张一弓在文坛树立声名的并不是这种揭示政治对人性的异化话语，而是集中展示人性对政治权力的反抗话语。这方面的著例首推《犯人李铜钟的故事》。在“大跃进”后接踵而至的民族灾难岁月里，面对被饥饿折磨得奄奄一息的众乡民，李铜钟，一位伤残的退伍军人，他没有遵从上级的要求用“化学食品”欺骗民众，而是选择了挺身而出、为民请命，与昔日的老战友一道开仓放粮、赈济灾民。然而，李铜钟的英雄义举在那个非常年代里只落得一腔悲愤、含冤屈死的凄凉结局。无独有偶，在“大跃进”的浮夸风潮中，民间说唱艺人李老怪（《山村诗人》）因为勇敢地选择了说真话而受到了一系列的误解和打击。在“十年浩劫”左倾余毒尚未完全消退，而改革的浪潮尚未全面涌动的 20 世纪 70 年代末，赵镢头（《赵镢头的遗嘱》）因为率领大部分村民推行农村联产承包责任制而招致左倾官僚主义者的打击和流氓无产者的诬陷，最终他选择了自杀，并立下遗嘱坚定地捍卫民众的利益。记得鲁迅先生曾经说过：“我们自古以来，就有埋头苦干的人，有拼命硬干的人，有为民请命的人，有舍身求法的人……虽是等于为帝王将相作家谱的所谓‘正史’，也往往掩不住他们的光耀，这就是中国的脊梁。”① 显然，李铜钟等人正是鲁迅先生所称道的民族脊梁式的人物，在他们的身上体现了一个民族的希望，并且展示了人性中高贵的一面。

如果说张一弓笔下的“伤痕—反思小说”主要采用的是“政治—人性”叙述，那么他笔下的“改革小说”则更多地运用了“社会（经济）—人”叙述。比如《黑娃照相》《寻找》《流泪的红蜡烛》《最后一票》《春妞儿和她的小嘎斯》《流星在寻找失去的轨迹》等中短篇小说主要关注的就是在经济变革的社会环境中中国农民的精神、心理和人格方面的变化。黑娃是一个十八岁的农村青年，他通过搞副业——养长毛兔挣了八元四角钱的钞票。于是，围绕着如何使用这笔额外收入的问题，作家步步深入地考察了黑娃的心理需求轨迹。从买鞋、制衣等物质需求到看戏、照相的精神需求，黑娃的心理嬗变过程完全符合人类需要层次的基本规律。小说的高潮是黑娃照相的情节：由于受到城里人的歧视，黑娃为了捍卫自己的人格尊严，毅

① 鲁迅：《中国人失掉自信力了吗》，收入《鲁迅全集》第 6 卷，人民文学出版社，1981 年，第 118 页。

然选择了花费三元八角照相。黑娃的行为在很大程度上意味着改革开放初期中国农民的独立人格意识的觉醒。然而，仅仅从经济的增长给人所带来的精神进步的角度来解读《黑娃照相》是不够的。应该说，作者在小说中已经有意无意地触及了当代中国社会经济转型中的一个重要问题，即人们对物质财富的追求如果僭越了一定的精神（心理）价值底线，那么，人将变成金钱的奴隶，而不是主人。张一弓在小说中对“暴发户”黑娃的那种“人一阔，脸就变”的市侩气的隐约传达也许在当时并不为人所注意，尤其是当这一切发生在一个少不更事的青少年身上的时候，但我们从黑娃照相后离开城市时所发出的内心感叹中不难窥见另一个面目的黑娃来。当黑娃望着城市鳞次栉比的货棚饭铺大声喊叫“你们——统统的——给俺留着!”的时候，一个若干年后将到城市里疯狂攫取金钱、名誉和地位的中国于连（《红与黑》）的形象已经跃然纸上。那是一个为了寻求别人的尊重和自我价值的实现而最终在物欲中迷失了自我的市侩形象。

如果说在《黑娃照相》中张一弓只不过是朦胧地触及了经济发展与精神进步之间的悖反问题，那么在《春妞儿和她的小嘎斯》中作家就已经明确地意识到了这种悖论的严重性。当春妞儿为了报复负心的恋人，或者说为了捍卫自己的独立人格尊严而当上了女司机，不惜铤而走险、拼命挣钱的时候，她逐步意识到自己已经越来越远离初衷，物质追求和人格捍卫之间的南辕北辙使她的内心充满了无以言表且不为人所知的苦涩。只有到了《流星在寻找失去的轨迹》中的专业户宋疤拉的身上，主人公的这种心理隐衷才被张一弓第一次明确地摆上了台面。为了洗刷绰号长期笼罩在自己身上的耻辱，宋福旺不择手段地通过经济的方式来重新证明自己，然而也正是在这个过程中他一步步地失落了自己。于是他又想通过办私立幼儿园来拯救自己日渐沉沦的良知和灵魂，但他的“义举”已经无法挽回民众的信任，他只能痛苦地发现，那个童年的“旺娃永远找不回来了”。写作这篇小说的时间是 1985 年，正是新时期文学发生转折的关键年头。在某种意义上，我们与其说小说的主人公在寻找失去的轨迹，不如说是作者在寻找失去的轨迹。因为此时的张一弓已经明确地意识到了自己的话语危机，他在所谓的新启蒙话语范型中实在是浸淫得太久太深了，他必须告别过去，进而寻找到新的小说话语方式。

二

张一弓小说创作的第二个阶段是 20 世纪 80 年代后半期。然而和 80 年代前半期相比，张一弓这一时期在小说创作数量上锐减，仅发表了《死吻》《都市里的牧羊人》《夜惊》《孤猎》《黑蝴蝶》《都市里的野美人》等为数不多的几部中短篇小说。这说明作家此时正处于艰难的话语转型的探索期、阵痛期。从整体的创作水准来看，张一弓这一阶段的小说创作并不是很成功（实际上，那一代作家中除王蒙、陈忠实等人外，在 80 年代中后期成功实现话语转型的并不多见），这使得他在进入 90 年代后几乎中止了小说创作，直到 21 世纪之初推出长篇处女作《远去的驿站》，张一弓才顺利地完成了多年未竟的艺术跨越。

虽然张一弓第二阶段的话语转型并不很成功，但如果没有他这一时期的艰难探求，我们也就看不到后来的《远去的驿站》。因此，剖析张一弓这一时期的话语转换的主要特质也就显得尤为必要。在我看来，张一弓这一时期的话语转换趋向是从启蒙主义话语走向生存主义话语。谈到启蒙话语和生存话语的区别，从表面上看，启蒙话语中的社会的、政治的、文化的背景在生存话语中很大程度上被淡化了、消解了。而实际上，二者之间区别的关键点有二：首先，从新时期以来中国小说的实际创作情形来看，启蒙话语存在着人性善的理论预设，而在生存话语中，与其说人性是善的，毋宁说，恶更能反映人性的潜在本质。所以当代中国的“伤痕—反思—改革”小说家喜欢把历史和现实中人的丑恶行径解释为善良的人性遭到政治和经济权力异化的结果。而中国的新潮和后新潮小说家则纷纷把笔触深入到人性的潜层，他们热衷于展览人性的丑陋和心灵的黑箱，艺术也因此由审美转向了审丑。其次，启蒙话语是一种理性主义话语，而生存话语是一种非理性话语。在新时期中国新启蒙小说家那里，人是理性的动物，人的行为是可以解释的，因此，人的历史变动也是有其内在的逻辑进程的。而在生存主义小说家那里，人的行为常常是出于某种本能欲望的驱使，人的历史因此也是不可理喻的宿命。于是在众多信奉生存话语的小说家笔下，人物往往陷入情与理、灵与肉、感性与理性的强烈内心冲突中无法自拔。作家此时不再热衷于叙述宏大历史，而是竭力从个体生命存在体验的角度去还原历史和生活的真实，从而实现对历史的暗角和生活的盲区的“解蔽”。不难看出，生存话语其实是有意超越启蒙话语的外在叙述视角而直抵人的生命存在本相。因此在生存话语中，关于人的启蒙神话被解构了，人被还原为人本身，由此，生存话语也可以被视为一种“后启蒙话语”。

第一篇标志着张一弓走向生存话语的小说是《死吻》。这是一篇关于当代知识分子爱情生活题材的作品，但作者无意于把它叙述成一个浪漫主义的凄美爱情故事，而是着力探寻主人公朱赫来不为人所知的爱情隐秘和心理隐衷，从而揭示了他一辈子为情所困的尴尬生命处境。朱赫来原本是为了反抗父母的封建包办婚姻而参加革命队伍的，但革命成功后的他居然无法主宰自己与“小白杨”之间的爱情归宿，因为他作为报社的总编必须在婚姻上起到模范表率作用。无奈之下他只能将“小白杨”调往远方，但内心深处的情结并没有因此而化解，相反越发深重，只不过不为人知罢了。直至晚年，朱赫来都隐藏着对亡妻的愧疚和对情人的无法释怀的眷恋。小说的高潮发生在朱赫来退休之后，孤独的他居然在医院中与一位相貌和经历都酷似“小白杨”的女人产生了一场黄昏生死恋。显然，张一弓在这篇小说中已经放弃了从政治的角度反思革命年代的历史和人性，因为主人公的情感悲剧在很大程度上并非那个泛政治化的历史年代所造成的，毋宁说，作者在这篇时间跨度很大的中篇小说中关注的是主人公超越了时空的心理困境和生命窘境。因此，写作《死吻》时的张一弓实际上正处在他小说创作的话语转捩点上。

与《死吻》相仿，张一弓其他几篇城市题材的小说，如《都市里的牧羊人》和《都市里的野美人》也都关注的是人的永恒的生命存在体验，而无意于像前一时期那样聚焦于人物的外在的社会政治环境。在20世纪80年代前期的张一弓看来，中国农民的历史命运的变动“总是摆脱不了历史变革时期的政策对他们的重大影响，排除不了在农村现实变革中起着决定作用的政策的因素”①，因此张一弓第一阶段的小说创作也总是无法摆脱和排除政治视角的拘囿。而到了写《死吻》等小说的时候，张一弓已经开始试图从政治叙述的樊笼中突围出来。但他似乎对那几篇城市题材的小说“淡化政治”的艺术探索并不满足，而是进一步创作了《夜惊》《孤猎》和《黑蝴蝶》三篇几乎完全“远离政治”的寻根小说，而且不是那种以《棋王》和《小鲍庄》为代表的文化寻根小说，而是以《爸爸爸》和《红高粱》为代表的生命寻根小说。

张一弓在《夜惊》中叙述的是一个充满了神秘色彩的、发生在古老山村的蛮荒故事。年轻的拴娃与兰妮夫妇在挖窑洞的过程中挖出了一具身躯魁梧、抱子送禾的石头大汉雕像，这使得那个黄河岸边的偏僻小村顿时沸腾起来。在村头的权威谕示下，所有的村民均认为那个石头大汉是祖宗为后人确立的“人样”，对他充满了敬畏。然而，当村里的女人纷纷在“人样”面前产生了或显或隐的性幻想时，尤其是当村里的男人很快意识到了自己是那个“人样”的生理退化产物之后，那具石头雕像随即便遭到了男人们无情的奚落与诅咒。尤其是拴娃，他为妻子多年未孕感到羞耻和恐惧，一怒之下砸碎了雕像。但村民们很快被告知，石头汉子原来是先祖大禹的

① 张一弓：《听从时代的召唤——我在习作中的思考》，《文学评论》1983年第3期。

神像，拴娃的行为由此构成了渎神弑父的罪孽。于是在一个漆黑的深夜，拴娃赤身裸体冲出了窑房，在旷野中嚎叫，而且霎时带动了全体村民涌出户外，干嚎声响彻云霄。显然，拴娃和村民们陷入了一场歇斯底里的精神疯狂之中。通过叙述这个神秘的夜惊故事，张一弓把笔触伸入了我们民族的集体无意识深处，并对我们民族的原始生命强力的严重衰退表达了深切的忧虑。与《死吻》相比，《夜惊》关注的不再是个体的生命困境，而是关于一个民族的群体生命境遇问题。

比《夜惊》写得出色的是中篇小说《孤猎》。《孤猎》的象征意味更深广，更具有对时空的超越性。如果说《夜惊》是一则民族寓言，那么《孤猎》就是一则关于人类的寓言。小说叙述了一个孤独的猎人的传奇经历，尤其是透视了猎人的心灵秘史。那个猎人以猎豹为业，并在山民中确立了赫赫威名，他自己也习惯于以英雄自居，享受着属于英雄的无上荣光。然而有一天，鳏居多年的他在深山老林中与寡妇菊花相遇了，他们共同度过了一个激情澎湃的夜晚。这使得猎人事后产生了无尽的懊悔，他不断地为自己有损于英雄形象的行为而深深地自责。显然，在情与理、灵与肉、英雄面具与人之常情的内心冲突中，猎人陷入了痛苦的迷惘。虽然他随后理性地选择了带着英雄的面具远走他乡，但他内心深处却始终无法驱除情人的身影。直到有一天，当猎人得知由于自己的离去而导致该地豹狼肆虐时，他才找到了重新去见情人的理由。然而等他好不容易摆脱掉群兽的围劫，赶到山中那座爱的茅屋时，他痛苦地得知情人刚刚绝望地与一个以猎兔为生的平庸猎手永远地离去了。最后，孤独凄怆的猎人主动选择了与强大的豹群决斗，并在决斗中孤立无援地死去。可以说，张一弓笔下这个没有姓名的猎人是整个人类的艺术化身，他那永远无法摆脱的孤独困境实际上就是整个人类现实处境的凄凉隐喻。

虽然读者从《黑蝴蝶》中也能依稀地看到 20 世纪 80 年代农村改革开放的时代背影，但作者张一弓这回显然不再像 80 年代前期的“改革小说”

那样去关注变革年代中国农民的命运，而是试图通过叙述主人公喜娃的尴尬人生遭际来思索现代人的生命存在境遇问题。正是在这一点上，《黑蝴蝶》和《孤猎》在精神旨趣上走到了一处。喜娃在一只巨大而神秘的黑蝴蝶的喻示下发现了一片古代金简，然而这片金简并没有像人们所期待的那样给喜娃带来巨大的财富和美好的前程。在经受了一系列充满了悲喜忧欢的命运播弄和心理折磨之后，喜娃只能无奈地接受那种鸡飞蛋打、兴尽悲来的尴尬结局。喜娃的人生充满了神秘莫测的宿命意味。小说中那只巨大的黑蝴蝶成了笼罩着主人公生存世界的一片无法挥去的阴影。

三

在近乎沉寂了十年之后，张一弓创作了他平生的第一部长篇小说《远去的驿站》。这部作品的出现预示着张一弓进入了他小说创作的新阶段。与前两个阶段相比，此时的张一弓不仅进一步张扬了第二阶段所探索的生存主义话语精神，而且在很大程度上还避免了第二阶段创作的非历史主义的寻根倾向，从而较为合理地实现了前两个阶段的艺术融合，即外在的社会政治历史话语与内在的个体生命存在话语的融合。

具体来说，张一弓在他的长篇新作中虽然也关注到了三大家族的主要人物与各自地域文化的精神联系①，如杞国孟家忧国忧民的现实主义文化精神，楚邑张家率性任情的浪漫主义文化精神，伏牛山贺家啸聚山林、反抗压迫的“革命”（“汤武革命，顺乎天而应乎人”）文化精神，但就其核心的创作精神旨趣而言，我以为，作者关注的主要还是人与历史的关系，以及生命在历史中的境遇问题。因此，小说虽题名《远去的驿站》，其实是作者在为三大家族中一个个在历史的长河中一去不复返的生命而长歌当哭。

---

① 张一弓：《远去的驿站》，长江文艺出版社，2002年，第364页。

正所谓“人生几回伤往事，山形依旧枕寒流”，在张一弓这部长篇力作的字里行间充溢着一种生命的悲凉之气和无奈之感。人们常说“历史无情”，这其实意味着，作为一种“不以人的意志为转移的客观社会规律”，“历史”实际上是一种外在于“人”的异己力量，它是一种以“理性”的面目而出现的“非理性”的“暴力”。因此，人在历史中恰如人在江湖，他被历史的浪潮所裹挟，身不由己是他无法逃遁的历史宿命。对于小说中的任何一个生命个体而言，无论他与历史之间构成了何种关系，或疏离，如张聪和孟诚；或顺应，如贺家父子；或悖逆，如贺石，他们都难以从历史的陷阱中挣脱出来，人生也由此注定了是一场永恒的历史误会。从这个意义上来看，《远去的驿站》是一部典型的新历史主义文本。

小说开篇便宣称：“我的记忆是一个奇迹。”这说明作者无意于再讲述那种集体本位的宏大革命历史叙事，而着意彰显的是叙述者“我”对记忆（历史）中的个体生命的理解和体验。最让“我”感怀不已的是两位历史的疏离者——大舅孟诚和父亲张聪。父亲和大舅在历史的暗角中寂寞地死去几乎成了“我”的记忆中抹不去的阴影。大舅孟诚原本是杞地一世家子弟，“杞人忧天倾”的民族忧患精神在他的血液中奔涌不息。然而，大舅的历史境遇十分尴尬：他既是一个“连国民党也不能给他套上笼头”的国民党员，又是一位与共产党保持一定距离的“同路人”。尽管他在抗日战场上敢于冲锋在前，尽管他和他的家族为杞地共产党人的生存与壮大做出了不可磨灭的贡献，大舅仍然难以摆脱被猜疑被压制的命运。正如三姥爷所说，大舅是“一匹劣性马，年轻气盛，难以驾驭”，而且大舅也深知自己的“劣根性”——“我永远也学不会无条件服从”。于是我们看到桀骜不驯的大舅持枪撵得“麻雀”（一个阴险狡诈的革命投机者）屁滚尿流，看到他歇斯底里地怒斥黄团长（一位专以革命的名义镇压自己同志的“肃反委员”）是“一个垄断了全部真理的革命大亨”。终于，大舅为自己的自由主义立场付出了代价，他在一个血色黄昏中被自己信任的“同志”悄然射杀于一片乱草丛中，死得无声无息、不明不白。历史对于大舅孟诚来说无异于一口陷阱，他被当时的历史主潮无情地吞噬了。

和大舅孟诚在历史的夹缝中苦斗相比，父亲张聪与当时的历史主潮更加疏远。大舅虽然死得窝囊，但他的一生毕竟活得壮怀激烈，充满了英雄侠气，因此身前身后都有无数的追随者和景仰者。而父亲的一生则要平淡得多，他是一个行走在当时的历史边缘的知识分子，他比大舅孟诚更像是一个历史的多余人，因此他内心深处的那份孤独也就更加深入骨髓、无法排解。父亲是一个孤独而脆弱的“异类”，他没有大舅所具有的显赫家世和可以给他遮风避雨的庄园，父亲是一个侍弄桑树捏制桑杈的农民的儿子；他也没有自己的“同志”和同志们共有的“主义”，父亲虽然早年闹过学潮、热爱过“普罗文学”，但他却从历史的激流中退回了狭小的书斋，成了一个搞古典文学（音乐）研究的大学教授。因此，父亲的一生既没有赴汤蹈火的牺牲，也没有可供人炫耀的胜利，在 20 世纪那场属于全民族的战争中，父亲仿佛一个孤独的旅人在历史的地平线上踽踽独行，追随着属于自己的遥远的星辰。正如“我”的疯舅爷所预料的那样，父亲是一只鹰，飞是鹰的本性，鹰飞的目的是追逐天空中的太阳，而天是没有尽头的，太阳是无法接近的，所以化为一团烈火燃烧净尽是鹰无法逃遁的宿命。鹰的命运正是父亲的人生写照。父亲是一个典型的浪漫主义者和理想主义者。在那场几乎席卷全民族的战争中，父亲虽然颠沛流离、居无定所，但他仍然不惜以生命为代价，执着地搜寻流失在民间的古典乐曲，并撰写了相关的学术著作。父亲以自己独特的“文化救国”的方式参与了当时的“抗日救国”，但父亲的孤独只有红颜知己婉儿姨能够理解，就在他浪迹天涯遍访名曲《劈破玉》的时候，即有人在报上公开谴责他是“商女不知亡国恨，隔江犹唱后庭花”。父亲最终在解放战争的硝烟中死去，“我的琴弦上的父亲”就这样化作一只“火蝴蝶”悄然飞去，他临死前自嘲的苦笑无人理会，他的尸骨寂寞地躺在一片“乱坟岗”的地下，他的生命就这样悄无声息地湮没于历史的尘埃。

如果说父亲和大舅是以疏离姿态来应对当时的历史主潮的，那么“我”的姨父面对轰轰烈烈的革命大潮则主动选择了顺应姿态。然而，作为主流历史的顺应者的姨父最终也没能摆脱被历史圈套所围困的人生窘境。比较而言，父亲和大舅的人生是短暂而悲壮的，而姨父的漫长的人生却隐含了强烈的荒谬感。正如“我”的母亲在政治浩劫中所言，姨父贺胜的革命生涯充满了偶然性，他的生命是“用一个个偶然性组成的奇迹”。小说着重叙述过姨父三次与死神“失之交臂”的传奇经历。第一次是作为学生领袖游行示威被国民党政府逮捕，结果他居然从富有正义感的行刑军人的枪下死里逃生。第二次是更加惊险离奇的“雨夜逃亡”，面对国民党特务的穷追不舍，孤立无援的姨父和妻儿在走投无路的情势下竟然化险为夷、绝处逢生。第三次是在豫西事变的白色恐怖中，姨父的两百多名战友惨遭杀害，而他却又一次与死神擦肩而过。然而，就是这样一位出生入死的职业革命者，姨父在革命成功后居然无法保护自己的父亲，也无法主宰自己的命运。虽然身为省政府秘书长，但姨父不得不眼睁睁地看着村民从自己家中把年迈的父亲带走，让一个于革命有功的老人去接受一场阶级斗争的洗礼。不仅如此，姨父万没想到的是，自己毕生追求革命到头来却成了“反革命走资派”！这不能不让姨父惊诧莫名，他几乎本能地觉察到了历史的无情、人生的荒诞和命运的不可捉摸。如果说在战争时期他无法自主沉浮还情有可原，那么在和平年代却无地自由则肯定出乎他的意料，人生的初衷与历史的宿命就这样纠缠在了一处，成了姨父晚年爽朗的笑声背后不绝如缕的悲音。

与姨父贺胜相比，姨父的父亲贺爷心中的人生荒谬感有过之而无不及。贺爷原本是伏牛山区一位振臂一呼应者云集的英雄。他曾经不惮于顶撞县长意志，支持过民众的抗粮抗款行动；他也曾亲自指挥过一场漂亮的“红罂粟战役”；更重要的是，他的存在为伏牛山区共产党人的革命活动提供了不可或缺的屏障。然而，在以职业革命者自居的儿子贺胜的心目中，贺爷居然只配称为一个“为旧时代修补窟窿的泥水匠”，他的“进步”行为竟然被儿子斥责为“教育救国何时了，毒害知多少”。在儿子的感召下，贺爷最终彻底顺应了当时的历史大势，他成了共产党的豫西行署专员和太岳行署谘议。但就在他的政治转折之际，贺爷人生的悖谬性也注定了要成为历史的必然。当贺爷在土改复查运动中被人强行带走时，人们不难体味他外表镇静下的内心酸楚。尤其是当他发现自己竟然被安排与反动军匪同台批斗时，贺爷甚至绝望地晕厥过去。贺爷就这样身不由己地撞入了历史的陷阱，他不知道非理性的历史正在以理性的名义将他放逐到主流历史之外。贺爷的人生隐含了“红色幽默”，也凝聚了他被历史所拨弄的人生苦涩。贺爷最终在极左风暴中孤独地死去，死前他一直在研读《社会发展史纲要》，他在苦苦思索着历史之谜，追索着人在历史中的境遇问题。正如他的遗言所云：“猴子还没有变成人，还得接着变。”然而，在漫长的历史变迁中，人究竟怎样才能活出自己的全部尊严来呢？用马克思的话来说，人究竟怎样才能“占有自己的全面的本质”呢？①

应该说，姨父的堂兄贺石在小说中非常引人注目。贺石既不是历史主潮的顺应者，也不是疏离者，而是悖逆者。作为消逝在历史长河中的生命，如果说姨父和贺爷的历史困境是反讽的，大舅和父亲的历史困境是潜隐的，那么贺石的历史困境相对就比较显豁。表面上，贺石与历史之间的对抗是一种政治立场的对抗，而实际上是一种文化立场的对抗。贺石从小接受了正统的儒家政治伦理文化的教育，成年后毕业于黄埔军校的他固执地坚守着封建忠君思想，面对腐败无能、消极抗日的蒋介石政府，他居然说什么“国不可一日无主”“一日为师，终身为父”。正是那种深层的传统文化立场决定了他外在的政治立场。唯其如此，在淮海战役中被俘的他才置堂弟贺胜的劝诫和妻儿的亲情于不顾，只身逃往台湾。除“忠君”外，贺石的传

① 马克思：《1844年经济学哲学手稿》，第3版，人民出版社，2000年，第85页。

统文化立场还表现在“守义”上。贺石不愧是忠义千秋的关公的信徒。当他在抗战期间以国民党上校军官的身份放走共产党人堂弟贺胜时，他想到了三国时期关羽义释曹操的故事。在他的心目中，自己就像当年的关羽一样陷入了忠与义、信仰与亲情的冲突。然而，毕竟沧海桑田，历史语境已经大不相同，关羽式的传统文化立场和价值观显然已经不再适合新的历史潮流的要求，所以一意孤行的贺石也就只能被无情的历史大潮所湮没，逃到台湾的他不仅饱受了漠视、猜忌、打击之苦，绝望中的他甚至选择了投海自尽……归根结底，贺石是一个执迷不悟的悖逆者，是一个被历史所遗弃的生命。

在《远去的驿站》中，张一弓总共塑造了大大小小四十多个人物，以上重点分析到的五个人物就是他们中的代表。这些消逝在历史中的鲜活生命时时叩击着读者的心灵，作者也以此成功地超越了既往的政治视角，甚至是文化视角，而直接抵达了人类生命存在的本相。因此，这部长篇力作的出现标志着张一弓已经顺利地实现了 20 世纪 80 年代中期以来的小说话语转型。虽然这次转型的成功来得有些缓慢，也有些艰难，但我相信，诚如作者所希望的那样，这部书稿确实是对作者“年逾花甲之后的许多个不眠之夜的褒奖”。①

① 张一弓：《远去的驿站》，长江文艺出版社，2002 年，第 365 页。

第 05 章　陈忠实：精神剥离的叙述成长

陈忠实一直很欣赏海明威的一句话："我要寻找只属于自己的句子。"①《老人与海》的诞生，意味着海明威寻找到了只属于他自己的句子，而《白鹿原》的成功，则标志着陈忠实终于也寻找到了属于自己的句子。其实，海明威的这句话不仅是指一个作家应该寻找属于自己的语言的句法，更重要的是，它还应包括一个作家应该努力寻找属于自己的叙述的语法，即个人化的叙述形态。作为小说家，陈忠实在新时期以来的小说创作历程中既经历过革命叙述的艰难突围，也体验过启蒙叙述的欢欣与迷惘，但只有到 1985 年以后，他才真正找到了超越经典的启蒙叙述的途径，此时的陈忠实小说才体现出新的艺术气象。陈忠实新时期以来的小说创作在叙述形态上的演变历程，不仅隐喻了中国当代小说叙述形态的内在变迁理路，而且暗含了作家本人在 20 世纪 80 年代"一次又一次从血肉到精神再到心理的剥离过程"②。

---

① 1997 年陈忠实为《延河》的《陕西青年作家小说专号》写寄语文章，题目是《寻找属于自己的句子》。2007 年陈忠实开始在《小说评论》上连载《〈白鹿原〉写作手记》，总题依然是《寻找属于自己的句子》。由此可见陈忠实对海明威这句话的信服。

② 陈忠实：《心灵剥离》，收入《陈忠实文集》第 6 卷，广州出版社，2004 年，第 258—259 页。

一

陈忠实偏爱用“剥离”这个词。所谓剥离，既是心灵的剥离，也是叙述的剥离，但二者并非简单的内容与形式之间的关系，而是二而一的整体。因为叙述的剥离意味着对既定的叙述形态的突破，而每一种叙述形态都是特定的叙述话语，都隐含着特定的意识形态和话语方式，因此，叙述的剥离过程也是精神心理上的摧枯拉朽、吐故纳新的过程，伴随着心灵裂变的阵痛。对于新时期伊始的陈忠实而言，他当年首先要面对的就是如何剥离既定的革命叙述形态的拘囿，这是一场艰难的精神和心理的告别，因为陈忠实早年的文学创作与极左的革命叙述成规紧紧地捆绑在一起，如直接演绎“阶级斗争”模式，还有僵化的“三突出”人物构造法则之类，这些都在他早年的小说《接班以后》（1973）、《高家兄弟》（1974）、《公社书记》（1975）、《无畏》（1976）① 中留下了明显的烙印。新时期之初，陈忠实因为《无畏》这篇“声讨党内走资派”的小说陷入了极度的尴尬。为了摆脱这种尴尬，他选择了在读书中反省自己，通过集中阅读一些世界经典作家的经典作品，主要是莫泊桑和契诃夫的小说，来涤荡自己意识和思维中的极左话语，使自己从已经僵化的革命叙述模式中走出来。② 经过这番痛苦的自我反省和精神剥离之后，陈忠实终于重拾写作信心，从 1978 年 10 月写《南北寨》开始，到 1982 年春夏之交，陈忠实集中写了 30 多个短篇，其中大部分作品收入了作家的第一个短篇小说集《乡村》，这是陈忠实新时期小说创作第一个喷发期的标志。

---

① 《接班以后》原载《陕西文艺》1973 年第 3 期，《高家兄弟》原载《陕西文艺》1974 年第 5 期，《公社书记》原载《陕西文艺》1975 年第 4 期，《无畏》原载《人民文学》1976 年第 3 期。

② 参阅陈忠实：《六十岁说》，收入《陈忠实文集》第 7 卷，广州出版社，2004 年，第 201 页。

然而，从陈忠实新时期初的小说创作来看，他还未能真正地实现对革命叙事模式的剥离，他还残留着浓重的政治情结。1979 年，他在为荣获全国优秀短篇小说奖的《信任》写的获奖感言中表示，他信服柳青的“三个学校”的主张，即“生活的学校、艺术的学校、政治的学校”。[①] 对于陈忠实这样从“政治的学校”中成长起来的作家来说，他在新时期初“拨乱反正”的背景下依然热衷于政治题材，依然习惯于从政治视角塑造人物和开掘主题，这实际上是革命叙述模式的惯性使然。不过，与早年图解政策的政治小说相比，陈忠实新时期初的小说在政治视角的运用上既有惯性的延续，也有新质的突破。就延续而言，他依旧执着地从政治视角去展示人物形象的崇高人格，这可简述为“政治—人格”视角的革命叙述；就突破而言，他开始顺应新的时代精神，从政治视角去揭示人性的异化或者沉沦。这种“政治—人性”视角的叙述成规在中国新时期初的文坛屡见不鲜，它是中国当代文学从革命叙述转向启蒙叙述的一种典型的过渡性叙述。其过渡性主要表现为，它既保留有革命叙述的政治情结，又吸纳了启蒙叙述的人性内涵，因此具有双重性。而“政治—人格”视角是当代革命文学的一种典范性的叙述成规，其内涵是单一而明确的。一般而言，人格属于心理学的伦理范畴，在中国语境中具有鲜明的道德色彩，这也符合西方语境中人格一词的本意，所谓人格即面具，[②] 一个人的道德人格往往是他内在的道德理想的人格外化。而人性属于哲学的本体论范畴，中国现代启蒙话语中的人性论，张扬的是人性美，批判的是人性的异化，它不同于深受传统道德文化影响的当代中国政治文化所高扬的人格美，革命文学中的英雄模范人物大都具有高尚的人格，那是德性之美而非人性之美。在很大程度上，如果说陈忠实小说中“政治—人格”视角的叙述要展现的是人物形象的外

① 陈忠实：《我信服柳青三个学校的主张》，收入《陈忠实文集》第 1 卷，广州出版社，2004 年，第 533 页。

② 邓晓芒：《灵之舞——中西人格的表演性》，东方出版社，1995 年，第 84 页。

在的道德人格美，那么他的小说中“政治—人性”视角的叙述要揭示的则是人物形象的内在的人性的扭曲和异化，前者是扬善，后者是求真，前者着眼于理想，后者着眼于现实，前者属于集体的政治公共话语，后者处于走向个人化话语的途中。

不妨先看陈忠实新时期初小说中的“政治—人格”视角的叙述。也许是因为曾经长达十年担任过农村人民公社的基层干部，陈忠实喜欢以农村基层干部作为主人公，而且在塑造他们的艺术形象时似乎偏爱凸显其政治人格或者道德人格的崇高。像这样的小说人物有不少，如《南北寨》中的常克俭、《小河边》中的刘老大、《七爷》中的七爷、《立身篇》中的王书记、《早晨》和《第一刀》中的冯豹子、《乡村》中的王泰来、《正气篇》和《征服》中的南恒、《绿地》中的侯志峰、《铁锁》中的会计铁锁等。当然，最典型的例子莫过于 1979 年的获奖小说《信任》，写一位在“四清运动”中被错误打倒的党支部书记罗坤，在政治平反后对当年批判他的贫协主任罗梦田以德报怨的故事。罗坤之子在父亲得势后出于报复殴打了罗梦田之子，而罗坤不徇私情，不仅支持公安部门将儿子拘留，而且亲自到医院照顾罗梦田之子整整五天，他用自己的行动感化了对他怀有敌意的昔日的政治对手。在罗坤的身上，体现了作家从政治视角彰显人物的道德人格力量的意图。这篇小说在发表后很快受到杜鹏程、王汶石、张光年等革命文坛前辈的赞誉，使陈忠实终于从《无畏》引发的尴尬中站立起来。但围绕这篇小说也出现了不同的声音，有人质疑：“实际生活中哪有罗坤这样好的人？”陈忠实也“很矛盾”，他承认对人物“作了一些典型的集中”，也担心这种写法是否“重蹈了‘三突出’的旧辙而造出了假大空的神”。[①] 陈忠实的这种担心并非多余。事实上，在他的这类作品里确实延续了革命文学中“政治—人格”视角的叙述成规，以及塑造英雄人物形象的种种艺术法

① 陈忠实：《我信服柳青三个学校的主张》，收入《陈忠实文集》第 1 卷，第 534 页。

则。读者从这类作品中明显可以看到陈忠实早年小说的影子，与早年的《公社书记》之类的小说相比，除了主人公不再走那种极左的政治路线之外，其实人物的英雄气质和道德人格是一脉相承的，可谓形变神不变。在新时期初的中国文坛中，像陈忠实这样恪守“政治—人格”视角叙述成规的作家大有人在，尤其是从维熙，他的成名作《大墙下的红玉兰》将处于政治逆境中的共产党人的英雄人格和道德节操渲染得淋漓尽致，比《信任》有过之无不及。

然而，陈忠实终于从这种“政治—人格”视角的叙述成规中惊醒，他在中篇小说《初夏》的写作中深切地感受到了这种成规带来的巨大痛苦。《初夏》最初写于1981年1月，这是陈忠实首次写中篇，但从初稿到定稿写了四次，直至1984年才发表在《当代》第4期上。这是一部难产的中篇，写作中陈忠实痛苦地发现，他笔下的主要人物发生了“集体叛离”，这是他“从事写作以来二十年间所经历的最严重的一次痛苦”。① 为什么人物会发生这种“集体叛离”现象？多年后陈忠实承认，主要是因为他想把主人公冯马驹写成一个“先进青年”形象，冯马驹始终受到了现实中“先进人物”原型的制约，这说明他当时还没有摆脱“革命现实主义”文学模式的影响。② 正如老作家王汶石所指出的那样，《初夏》“像《创业史》，连一些人物都像”。③ 如果说冯马驹像梁生宝，那么冯景藩就像梁三老汉，冯家父子之间的冲突仿佛就是梁家父子的冲突在新时期初的重现。景藩老汉年轻时也是一个梁生宝式的农业合作化带头人，但新时期中国农村实行责任制“分田到户”以后他陷入了深深的失落，晚年的他蜕变成了一个梁三老

① 陈忠实：《创作感受谈》，收入《陈忠实文集》第3卷，广州出版社，2004年，第492—493页。

② 陈忠实：《在自我反省中寻求艺术突破——与武汉大学文学博士李遇春的对话》，收入《陈忠实文集》第7卷，第390页。

③ 王汶石、陈忠实：《关于中篇小说〈初夏〉的通信》，收入陈忠实：《陈忠实文集》第2卷，广州出版社，2004年，第488页。

汉式的“落后”人物，他反对儿子冯马驹热衷于农村的集体事业，想尽办法找关系让冯马驹进城当工人（司机），而冯马驹则执意留在农村带领村民办工厂、搞副业，走共同富裕的道路。如果说冯马驹是革命理想主义者，那么景藩老汉就是现实主义者，梁生宝和梁三老汉之间的区别也可如是观，但新时期的历史语境毕竟不同于那个火红的革命年代，读者的文学接受语境也发生了很大变化，所以冯马驹不可能像梁生宝那样作为新英雄人物形象广受欢迎，而是冒着“高大全”的嫌疑受到新时代读者的冷落。冯马驹生不逢时，梁生宝是那个时代的英雄，而他只能充当一个堂吉诃德式的不合时宜的人物。这大概是陈忠实始料未及的。于是主要人物的“集体叛离”不可避免，不仅冯马驹大公无私的政治道德人格在新的文学语境中显得不合时宜，而且他与冯彩彩之间的爱情故事也显得不合时宜。彩彩对在城里当医生的未婚夫不屑一顾，她和冯马驹一样甘愿放弃城市生活而一心为农村的集体事业奔走。事实上，陈忠实在新时期初还有几篇小说也讲述过这类公而忘私的爱情故事，如《枣林曲》《丁字路口》《初夏时节》等。遗憾的是，陈忠实当时执着于书写冯马驹和彩彩这类闪耀着政治道德色彩的爱情故事，而全然忽视了他们的政治道德理想人格已然成了一个时代远去的背影。

好在陈忠实新时期初并未完全沉湎于“政治—人格”视角的叙述成规不能自拔，和当时许多知名作家如王蒙、张贤亮等人一样，他也尝试过“政治—人性”视角的过渡性叙述形态。与前一种叙述成规着眼于歌颂不同，这种过渡性的叙述主要致力于批判，批判在新中国成立后的泛政治化语境中人性的扭曲、异化与沉沦。所以这种过渡性的叙述暗示了陈忠实新时期小说中现实主义精神的初步觉醒。《幸福》是陈忠实的第一篇有批判精神的小说。这篇小说写了一个名叫幸福的农村男青年的痛苦，还写了一个名叫引娣的女青年的人心叵测。引娣为了上大学暗中出卖了青梅竹马的“幸福”，这说明她此前在生产队的种种“积极”到极左的言行其实都是障眼法，引娣虽然善于利用当时的政治语境，但反过来她也被政治扭曲了人性。《回首往事》是一篇典型的反思小说。女主人公当年在反右运动中违心地批判了大学同学也是恋人的吴康，二十年后面对吴康的儿子，她感到深深的痛苦，这是意识到了自己的人性被政治所扭曲的痛苦。《尤代表轶事》是陈忠实的“政治—人性”叙述的一篇力作。小说的主人公贫农代表尤喜明其实是一个被阶级斗争话语所异化的“运动根子”，类似《芙蓉镇》里的王秋赦。这个尤代表把“四清运动”当成了“二次土改”，通过阴险地打击党支书而窜上尤家村的政治舞台，不仅窃据了支书家的房屋，而且企图当上贫协干部。陈忠实在这篇小说中借用了《阿Q正传》的讽刺手法，从“天不灭尤”“我要革命”这样的小标题上不难看出他对鲁迅先生的借鉴。但《阿Q正传》深入了人物的深层文化心理结构，而《尤代表轶事》还停留在政治对人性的扭曲的层面上。这说明新时期初的陈忠实还不具备文化视野，所以他对现实的批判主要局限于“政治—人性”视角的叙述成规。

陈忠实这时期也有一些作品着眼于政治话语对农村基层干部的人性的扭曲。如《猪的喜剧》里的韩主任、《反省篇》里的黄建国、《土地诗篇》里的梁志华等，他们都是农村极左政治路线的坚定执行者，到头来才发觉自己是政治的异化物。《土地——母亲》写县委副书记杨生金的母亲在弥留之际的忏悔和反省，母亲因自己在历次政治运动中为儿子扮演“为虎作伥”的角色而痛苦不安，由此激发了儿子的反省和思索。这篇小说构思新颖，委实是陈忠实新时期初政治—人性视角的叙述中别具一格的作品。

二

陈忠实在《我的剥离》① 中提到了“一件铸成我人生刻骨铭心记忆的事”。那是1982年的早春时节，以“分田到户”为核心精神的中共中央一

---

① 原载《小说评论》2008年第5期。

号文件颁布，陈忠实被抽调和派驻到渭河边一个人民公社里协助并督促落实中央文件的精神。“一个太大的惊叹号横在我的心里，我现在在渭河边的乡村里早出晚归所做的事，正好和30年前柳青在终南山下的长安乡村所做的事构成一个反动。”作为一个党的农村基层干部，陈忠实可以毫不含糊地执行中央文件精神，但作为一个作家，他却“感到了沉重，也感到了自我的软弱和轻”。他无法像当时的大多数作家那样去写“既揭露集体化弊端又赞颂责任制”的作品，而是写了一篇对过去的农业合作化表示留恋的小说《霞光灿烂的早晨》。这篇小说并不像它的题目那样阳光，而是真实地书写了陈忠实在那个历史的转折关口的矛盾心理体验，实在是一篇难得的颇有历史意义的佳作。

也就是在1982年的春天，陈忠实开始了新的痛苦的精神剥离。这次剥离丝毫也不啻于“十年浩劫”刚结束后的那一次剥离，那次剥离实际上是不深入也不彻底的，那个阶段的小说还带有革命话语的局限和革命现实主义的叙述辙迹，而这次的剥离则“无异于在心理上进行一种剥刮腐肉的手术”,① 陈忠实终于从长期积淀的政治情结中走了出来，他开始走向了广阔的社会视野。1982年冬天，陈忠实写了小说《珍珠》，这是他从社会视角观照小人物的命运的发轫之作，在他的小说创作历程中具有重要意义。这篇小说讲述了乡村女子田珍珠的坎坷的人生经历。珍珠本是一个十分有文艺才能的中学生，难得的是她那独立不倚的个性，她没有在“我”政治落难之际从众落井下石，更没有在自己的婚姻大事上趋炎附势，她宁愿与贫穷的同学结婚也不愿嫁给公社书记的儿子，为此她失去了入党的机会，失去了到剧团当演员的机会，但她无怨无悔，她后来靠做吹鼓手谋生，凭借给死人唱戏挣钱养家糊口。珍珠的人生遭遇让曾经是她的老师的“我”感到茫然，感到痛苦，“我”当然无法轻视这个坚强地与命运作战的女子，但

---

① 陈忠实：《我的剥离》，载《寻找属于自己的句子之十一》，《小说评论》2008年第5期。

“我”痛苦地发现珍珠确实不再是原来的那个珍珠了。曾经光彩照人、个性鲜明的珍珠已经被不公正、不合理的社会体制给压抑成了一个麻木的灵魂。珍珠几乎成了祥林嫂。造成珍珠悲剧的自然有政治的原因，但陈忠实在这篇小说中不再像以往的小说那样偏执于政治视角，而是力图在开阔的社会历史变迁中去透视普通人的命运，他不再写那种政治扭曲人性的故事，而是写社会对个性的压抑，从而由“政治—人性”叙述成规转向了“社会—个性”视角的启蒙叙述。陈忠实此后两年间的小说创作（1983—1984），主要遵循的就是这种“社会—个性”视角的启蒙叙述形态。与前一阶段相比，陈忠实这个阶段的小说创作更深刻地受到了莫泊桑、契诃夫等现实主义小说家的影响，他在极左风暴结束后集中阅读莫泊桑、契诃夫小说所播下的种子终于在这时期结下了硕果。这个时期的陈忠实醉心于讲述小人物的人生百态和社会命运，其小说的现实主义精神大大增强。如果说他前一阶段的小说还未摆脱歌颂的套路，那么这个阶段的小说虽说并非“只看生活的阴暗面”，但确实“总体特征是批判性的”，而且在人物塑造上“对特殊的个性予以了大大超过以往的关注”，“对人的行为的表现中，经济的和肉欲的动机被给予了至尊的地位”，① 这正好印证了伊恩·P. 瓦特对“现实主义”的看法。

陈忠实转向“社会—个性”视角的启蒙叙述在他这时期的两部中篇小说中有着集中的表现。《十八岁的哥哥》这部中篇比较接近路遥的名作《人生》，它们都讲述了改革之初新的社会环境下农村青年的个人苦斗的故事。像高加林一样，陈忠实笔下的曹润生也是一个高考落榜的有志青年，他个性倔强，一心想通过个人的力量改变自己的命运，但残酷的社会现实使他最终陷入孤立无援的境地。润娃的爱情理想破碎了，由于当代中国城乡的巨大差距和物质利益的驱动，他的初恋刘晓兰无奈地离他而去；润娃的事

① 伊恩·P. 瓦特：《小说的兴起》，高原、董红钧译，生活·读书·新知三联书店，1992 年，第 3、5、11 页。

业理想也破碎了，由于遭到村长曹子怀的政治算计，他尽力经营的民间劳动组——捞石头劳动协会也被解散了。曹润生不是高加林，但他和高加林一样必须承受社会环境带来的巨大压抑，他的悲剧是典型的社会悲剧，体现了作者对社会现实的批判性思索。相对而言，中篇小说《夭折》的批判力度更大，反映的社会历史生活面更加广阔，这篇自叙传色彩强烈的小说打上了陈忠实鲜明的人生印记。“我”和惠畅都是 20 世纪 60 年代初的高中毕业生，虽身为农民但都葆有对文学的神圣理想，然而造化弄人，一向自卑的“我”最终成了作家，而个性狂放的惠畅却在文学的道路上“夭折”了。在那个困难饥馑的年月里，惠畅凭借一己之力向高不可攀的文坛攀缘，他节衣缩食，精神不倒，终于崭露头角。但“四清运动”打乱了他的人生设计，也打碎了他的文学梦想，他成了地主家的狗崽子，他不愿意过那种猪一样的受人摆布的生活，没有文学他毋宁死。惠畅最终没有死，但他在“十年浩劫”中为现实所迫不得不放弃文学理想，他成了一个游走谋生的木匠，他为自己能够像猪一样无忧无虑地生活感到庆幸。这是多么辛酸的讽刺！待到“新时期”来临，惠畅已经无力重续当年的文学梦了，他的文学才思已经枯竭，一个“天才”就这样夭折了，“我”只能发出“伤仲永”的感喟。惠畅最终乘改革东风发家致富，但他再也无力实现早年的文学理想了。这是惠畅的幸运抑或不幸？陈忠实借此表达了自己的人生思考，他跳出了以前小说的政治拘囿，深刻地透视了个人在社会中突围的悲剧。

批判地审视社会规范给生命个体所带来的人生压抑，这种个体本位的价值立场正是现代启蒙叙述的核心精神。1984 年，陈忠实还写就了一组短篇小说，总题为《我自乡间来》，刻画了四个闪耀着个性光彩的农村人物形象，集中体现了他在这时期的小说叙述中的启蒙诉求。《马罗大叔》里的马罗是一个性格乖僻的农村老光棍汉，他在那个政治运动频仍的历史年代里是一个边缘人的小角色，但在骨子里马罗是一个具有同情心和正义感的不求回报的大写的人，他和他的“老相好”被“我”视为《静静的顿河》里格利高里和阿克西尼亚的中国翻版，作者在马罗的身上看到了集体环境中个性的光芒。《鬼秧子乐》写一个绰号叫“鬼秧子”的远房乐叔的故事，这个农村汉子一辈子都活在一种充满了不安全感的心理焦虑中。他在改革搞活的新经济环境中既想个人开店挣钱，又时刻担心政策改变而被抓辫子，作者把主人公曲里拐弯的焦虑心理刻画得活灵活现。这篇小说显然不同于作者早年的短篇《猪的喜剧》（1979），那篇小说明显有当年西戎的名作《赖大嫂》的影子，都是从政治视角切入，写政策的频繁变更给农民带来的悲喜，而《鬼秧子乐》的着眼点不在于政治，而在于个人在社会中的处境，尤其是内在的精神心理处境，这就在写作境界上高了一层。《田雅兰》写了一个农村妇女在不同历史时期的人生转变。在集体化的年代里，她被人视为敢于顶撞干部的胡搅蛮缠的“泼妇”，而在新时期她却成了实现个人生命价值的“田经理”，在田雅兰的身上贯穿始终的是她那不屈不挠的个体生命意志。《拐子马》的主人公马长道是一个倔强了一辈子的残疾老头，他在晚年大胆地民告官，在屡告无效后铤而走险，他以违法砍树的过激方式唤醒社会对以权谋私的邪恶现象的关注。从“拐子马”的身上，不难看出陈忠实对社会阴暗面的洞察和对新时期个体生命意志的张扬。

值得注意的是，陈忠实在这一时期的启蒙叙述还有一篇代表作《梆子老太》（1984）。不过这部中篇并不属于上述的“社会—个性”视角的启蒙叙述，而是典型的“文化—国民性”视角的启蒙叙述。陈忠实在 1985 年 2 月的《答读者问》中直接表达了自己对《梆子老太》的喜欢，并说他自己“无意伤害一个受过愚弄的没有文化的乡村老太太，不过是想通过这个较为复杂的形象，挖掘一下我们的国民性”①。这说明陈忠实在创作《梆子老太》的过程中有意识地在接续以鲁迅为代表的中国现代启蒙文学传统，通过批判性地审视“国民劣根性”来达到文化上的“立人”目的。这种文化

① 陈忠实：《答读者问》，收入《陈忠实文集》第 3 卷，第 474—475 页。

视野显然是对社会视野的超越。小说的主人公是一个嫉妒成癖的乡村老太，按说嫉妒本是人类普遍的一种人性心理，但作者的构思和立意却在于把嫉妒视为一种国民劣根性，通过梆子老太的人生命运去挖掘造成嫉妒劣根性的文化心理根源。梆子老太年轻时由于不能生育和不会针线活而遭到村民的集体鄙弃，她被正统的封建道德伦理文化秩序视作另类，由此在她的心底埋下了嫉妒和报复的种子。她落下了“盼人穷”的恶名，其实这不过是她寻求自我心理安慰的一种心理途径。她在骨子里是自卑的，所以她隐秘地希望有人和她一样的可怜，当实在无法找到“同路人”之后，她借助极左的政治运动积极上位，开始报复和打击那些自视高她一等的人群。显然，梆子老太的这种嫉妒与复仇心理其实与阿 Q 的精神胜利法之间不无渊源。她积极参与“文化大革命”与阿 Q 参加辛亥革命的私人动机并无本质的不同。通过《梆子老太》的写作，陈忠实寻找到了中国现代启蒙文化与文学的典范叙述形态。

三

然而，陈忠实并没有在启蒙叙述话语中停留太久，进入 1985 年以后，他的小说创作有了新的突破。他不仅摆脱了社会—个性视角的启蒙叙述成规，而且实现了对“文化—国民性”视角的经典启蒙叙述范式的跨越。他终于寻找到了属于自己的小说叙述，这就是“文化—心理结构”视角的叙述形态。陈忠实说：“我过去遵从塑造性格说，我后来很信服心理结构说；我以为解析透一个人物的文化心理结构而且抓住不放，便会较为准确真实地抓住一个人物的生命轨迹。”① 至于如何解析人物的文化心理结构，他解释说：“在中国文学中写出人物的文化心理结构，很重要的一点就是揭示出

① 陈忠实：《关于〈白鹿原〉与李星的对话》，收入《陈忠实文集》第 5 卷，广州出版社，2004 年，第 391 页。

传统与现代的那种文化冲突。这种文化冲突造成了人物心理结构的、观念的改变，从而也就造成了原有的心理结构的平衡的被颠覆、被打破。一旦新的观念形成，就随之形成了一种新的心理结构、新的平衡。对于我们这个民族来说，既有传统的道德观、价值观，也包括一些地方地域形成的民间风俗观念，它们跟当代文明、新的观念之间形成的冲突应该是深层的。"① 陈忠实在这里表现出冷静的理性立场，所谓"文化—心理结构"视角与"文化—国民性"视角的最大区别就在于，后者带有明确的主观的文化批判倾向，属于典型的现代性叙述，而前者试图站在"辩证"的立场上客观地审视和剖析民族的文化心理结构的变迁。在中国现代启蒙文学语境中，"国民性"这个概念从来都和"劣根性"连在一起，陈忠实在《梆子老太》中继承的就是这种批判性的国民性叙述。而1985年以后的陈忠实不再简单地批判传统文化对国民性的负面塑造，他开始全面地审视现代文明对传统文化的冲击在民族文化心理结构中产生的变化，他的文化价值立场不再是单一的批判，而是变得复杂或者矛盾了起来。

其实，早在1982年的中篇小说《康家小院》中，陈忠实就已经无意中触及民族文化心理结构的命题了。他在那篇小说中想探究中国传统儒家文化对我们民族的文化心理结构形态的影响，可惜在随后的两年中陈忠实并没有沿着这条新的路子走下去。直到1985年写中篇小说《蓝袍先生》的时候，他才重新找回了文化心理结构视角，并将其作为自己此后小说创作的叙述范式。《蓝袍先生》其实并非单纯的文化批判小说，而是充满了文化反讽意味。小说历时性地透视了徐慎行一生中所经历的文化心理结构的变迁过程。在传统的文化体系和社会结构中成长起来的徐慎行养成了典型的儒家正人君子人格，但在进入新社会以后，他由一名旧式的私塾先生被改造成了新型的人民教师，他原有的文化心理结构平衡也就此被颠覆，他脱掉

① 陈忠实：《在自我反省中寻求艺术突破——与武汉大学文学博士李遇春的对话》，第383—384页。

了旧“蓝袍”，换上了“列宁装”。然而徐慎行没有意识到，在新社会的政治文化中依旧隐含了旧的文化密码，他终于为自己的“鸣放”付出了代价，成了落魄的右派。在长期的政治受难中他又蜕变回一个谨言慎行的“蓝袍先生”，只不过这时的蓝袍是无形的，隐藏在他的文化心理结构深处。值得指出的是，作者对徐慎行的这种文化回归并非简单的否定，而是随着叙述的进展，越来越抱有同情之理解。这集中地表现在“这下该信我的话了”一节中，企图自杀的徐慎行被父亲的两个耳光打得清醒了过来，他终于迷途知返，在血泪的经验中明白了父亲一直教诲他要“慎独”（包括慎言和慎行两个方面）的意义，此后的他退守到了传统的独善其身的人生姿态。总之《蓝袍先生》并未简单地批判传统文化，小说中徐慎行的父亲的形象，并非简单的封建文化卫道士的反面形象，从这里不难窥见陈忠实力图客观剖析人物的文化心理结构而不做简单的文化启蒙和道德批判的意图。《四妹子》（1986）这篇小说也是如此。陈忠实说写这篇八万字的中篇是为了“探究不同地域人的文化心理结构，相处时引发的关于生活和亲情的冲突”①。小说中四妹子代表的是边缘的陕北文化，充满了野性和自由的民间精神，而他的公公吕老八老汉代表的是正统的关中文化，十分注重家庭伦理礼节，是传统儒家文化的现实化身。在这部中篇里，与其说作者致力于站在四妹子的民间文化立场上对吕老八为代表的传统文化进行批判，毋宁说作者试图进行一场文化对话，通过对四妹子和吕老八的文化心理结构的变化的刻画，来展现边缘与中心两种不同文化的碰撞与交流。陈忠实要做的是客观地描写这场发生在家庭内部的文化冲突，虽然他对四妹子的个性精神给予了肯定和赞赏，但他并没有就此简单地否定吕老八老汉，尤其是小说的最后，当四妹子办鸡场被兄嫂算计以后，公公吕老八对四妹子表现出的关心和理解，其实是一种真正的认同和接纳，这是两种文化碰撞后实现文化融

---

① 陈忠实：《意料不及的写作欲念》，载《寻找属于自己的句子之一》，《小说评论》2007 年第 4 期。

合的表征，四妹子的文化心理结构由此达成了新的平衡。

正是在写作《蓝袍先生》和《四妹子》的过程中，陈忠实开始构思长篇小说《白鹿原》。1985 年前后是中国新时期文学和文化界最活跃的时候，陈忠实显然受到了当时流行的“文化热”的影响。当时在李泽厚、刘再复等知名学者的论著中频繁地出现“民族文化心理结构”这一概念，陈忠实对这一概念同样情有独钟，这应该不是偶然。按照夏中义的辨析，刘再复当时使用的民族文化心理结构这一概念是从李泽厚那里拿来的，但与李泽厚不同，刘再复运用民族文化心理结构概念是为了继承鲁迅的解剖刀批判国民性，而李泽厚在同样的概念中受到海外新儒家的影响，悠然陶醉于民族文化心理结构中的仁学情致。李泽厚在《中国古代思想史论》（1986）中大谈对儒家传统文化中仁学的“抽象继承”，这与他早先在《中国近代思想史论》（1979）中激烈的反传统立场大相径庭。① 李泽厚的这种文化转向源于受了海外华裔学者林毓生的影响，林氏强调对中国传统文化进行创造性的转化，他的代表作《中国意识的危机——“五四”时期激烈的反传统主义》1986 年在大陆出版后产生了重大反响。陈忠实对当时思想文化界的重要纷争并非一无所知，相反他密切地关注着当时的文学和文化新潮，他承认当时读过李泽厚等人的文化思想著作，② 这些必然会直接或间接地影响到他 1985 年以后对中国传统文化的价值选择。可以说，陈忠实的长篇小说《白鹿原》从文化立场上看正是对“五四”全盘反传统主义的一种超越，他心仪的是林氏那种对中国传统文化进行创造性转化的文化策略。陈忠实并非全盘认同传统文化，亦非全盘反传统，他对中国传统文化所塑造的民族生存形态坚持理性的剖析，主张从中抽绎出有价值的民族文化精魂，同时剥离掉腐朽的文化因子。他说：“我写朱先生和白嘉轩就是要写我们这个民

---

① 参阅夏中义：《新潮学案——新时期文论重估》，上海三联书店，1996 年，第 48—49、101、129、131 页。

② 陈忠实：《在自我反省中寻求艺术突破——与武汉大学文学博士李遇春的对话》，收入《陈忠实文集》第 7 卷，第 404—405 页。

族发展到上个世纪初一直传递下来的，存在于我们民族精神世界里的最优秀的东西，要把它集中体现出来。我有一个看法：尽管我们这个民族在上个世纪初国衰民穷，已经腐败到了不堪一击的程度，但是，存在于我们底层民族精神世界里的东西并没有消亡，它不是一堆豆腐渣，它的精神一直传承了下来。如果我们民族没有这些优秀的东西，它不可能延续几千年，它早就被另一个民族所同化或异化了，甚至亡国亡种了。但是，它在进入封建社会以后，还很完整地把这个民族的生存形态保存并延续了两千年，那说明在我们民族的精神世界里肯定有好的东西，优秀的东西。我要寻找的就是这个东西，就寄托在朱先生和白嘉轩这两个人物身上。与此同时，在这个最优秀的东西的负面附着的腐朽的东西，落后的东西，是造成我们民族衰败的很重要的负面因素。我在作品中人物的很多行为上都写出来了。"① 事实正是如此，陈忠实在小说中并未回避朱先生和白嘉轩的保守与落后，要知道白嘉轩所修筑的那座镇压田小娥冤魂的镇妖塔，正是由朱先生亲自设计的，其中隐含了两个人物文化心理结构中共通的反现代、非人性的精神病灶。但必须看到，陈忠实写《白鹿原》的主导文化取向还是发掘民族文化心理结构中的精华，这就是闪耀在朱先生和白嘉轩身上厚德载物、以德报怨、自强不息、身体力行、坚忍不拔的儒家道德人格的力量。如果仅就这种主导性的文化价值取向而言，说《白鹿原》有一定的"文化保守主义"倾向并不为过，但陈忠实毕竟是一个具有现代性视野的作家，他在《白鹿原》中并未宣扬全面回归传统文化，相反，最后朱先生的死和白嘉轩的瞎眼，正隐喻了传统儒家道德人格在现代化进程中不可避免的解体和崩溃。朱先生是关中大儒，其传统文化心理结构根深蒂固，自始至终保持着心理平衡，而白嘉轩尚未臻达那种精神化境，尽管他在面对现代文明的冲击下，如白灵的反叛和田小娥的挑战等，竭力固守着传统文化心理

---

① 陈忠实：《在自我反省中寻求艺术突破——与武汉大学文学博士李遇春的对话》，收入《陈忠实文集》第7卷，第398页。

结构的平衡，但最终他的心理平衡还是被颠覆了。当白孝文这个不孝之子摇身一变成新政权的白县长，并下令镇压浪子回头、“学做好人”的黑娃时，一声枪响，白嘉轩气血蒙眼，这是他的心理平衡被打破后在生理结构上的过激反应。与此同时，他的老对手鹿子霖的心理结构平衡也被打破，鹿子霖吓得拉屎了，从此精神错乱，他的身心系统在那一瞬间全部崩溃了。就这样，中国传统儒家文化所塑造出的两种人格范型——道德人格（“君子”）和功利人格（“小人”）在小说的结局中全部坍塌了。陈忠实就此宣判了传统儒家文化的没落，除非进行传统文化的创造性转化，即剥离负面的文化因子，传承正面的文化精魂，否则中国传统文化不可能有更好的命运。

如前所说，1985 年后的陈忠实选择了“文化—心理结构”视角的新叙述形态，这不仅体现在上述的中长篇小说创作中，还表现在同时期为数不少的短篇小说创作里。陈忠实这个时期的短篇小说创作以现实题材居多，主要聚焦于 20 世纪 80 年代中后期商品经济大潮背景下兴起的现代性价值观念对中国传统的道德伦理观念形态的猛烈冲击和碰撞，如《失重》《桥》《兔老汉》《山洪》《石狮子》《害羞》《两个朋友》等作品都是如此。陈忠实把笔锋集中对准人物的文化心理结构，他像审慎的心理医生一样对人物的心理冲突进行深入而精细的解析，揭示出隐含在人物的心理结构中的文化冲突，描绘出一幅幅在现代社会的商品价值观念冲击下传统中国人的精神失重和价值倾斜的心理图景。正如《害羞》里所反映的那样，如今的中国全民皆商，连教师也开始搞副业——卖冰棍了，小孩子也失去了应有的“害羞”心理，一个个的小大人成熟得让人忧惧，就更遑论尔虞我诈的成人世界了。《两个朋友》中的王育才，从当初那个说话就脸红的羞怯的青年，一步步在商品经济大潮中异化成了一个伪善而歹毒的家伙，西装革履的他已经丧失了传统的道义廉耻观念。如果说陈忠实在这些现实题材的短篇小说里主要致力于对现实商品社会中民族道德精神滑坡的批判性审视，即站在传统道德伦理文化的价值立场上反思现代性，那么，在《轱辘子客》和《舔碗》这两个精彩的短篇小说中，他的批判锋芒就主要指向传统文化心理结构的后遗症了。嗜赌成性的王甲六被人称作“轱辘子客”，其实他在年青时候曾是王支书重点培养的革命接班人。这颇有点像《白鹿原》里的白孝文，他一直被白嘉轩当作未来的族长继承人来培养。王甲六和白孝文最初都是以高尚的传统道德人格形象示人，但在私底里他们都有着无法按捺的本能欲望，他们的传统文化心理结构由此留下了破绽，这就给了对手可乘之机。白孝文在鹿子霖和田小娥串通的连环美人计中一步步下水，直至最后整个传统文化心理结构被彻底颠覆，他沦落为一个沉迷于性欲、物欲和权欲的“小人”，完全走向了他当初的“君子”人格的反面。王甲六的道德人格形象是被刘大队长一步一步地摧毁的，是刘耀明设计的风流圈套使王甲六身败名裂。刘耀明把王甲六玩弄于股掌之间，他先是颠覆了王甲六的道德人格和心理结构，随后又主动地促使王甲六的心理结构恢复平衡，他帮王甲六找了一个形象不错的女人成家过日子。但王六甲的噩运还没有完，不久他便发现刘耀明暗中勾引自己的老婆，他渐趋平衡的心理结构再一次被打破，他开始了疯狂的报复，借助蹂躏刘耀明的妻子，王甲六在乱伦中重建了短暂的心理平衡。此后的王甲六陷入了彻底的虚无，他破罐子破摔了，终于成了人见人厌的轱辘子客。在王甲六或者白孝文的身上，确实寄寓了陈忠实对传统道德文化心理的暗角或者软肋的反思。

与《轱辘子客》相比，《舔碗》对中国传统文化心理结构的深度透视显得别出机杼。黄掌柜家几代人养成了“舔碗”的传统，是舔碗使他们黄家成了家业殷实的地主，在黄掌柜心目中，舔碗意味着节俭，节俭比勤劳更不可或缺，舔碗行为其实是黄掌柜内在文化心理结构的外在表征。但黄掌柜舔碗成癖，他的节俭的美德发展到让长工黑娃无法忍受的地步，黑娃一次次的学习舔碗未果反过来又打破了黄掌柜的固有的文化心理平衡，他因黑娃拒绝舔碗而病倒。可当黑娃迫于无奈接受舔碗后，虽然黄掌柜病愈，但黑娃自己又病倒了，他的心理结构被黄掌柜的癖好所颠覆。就在这一次次的文化心理结构的碰撞、颠覆和平衡的精细叙述中，陈忠实冷静地透视着中国传统文化心理结构中的病态因子。然而，仅仅注意到这种批判性的文化审视还不够，因为陈忠实在同时期以更多的笔墨致力于传统文化立场的现代性反思。事实上，陈忠实在 1985 年以后的文化价值取向是试图剥离传统文化心理结构中的腐朽因子，在此基础上追寻和认同传统文化的精魂。验之他这个时期的小说创作，无论中短篇还是长篇，其整体文化价值取向都是如此。不管人们对这种文化取向存在何种不同的看法，对于陈忠实而言，他诚然是发出了自己的声音，寻找到了属于自己的叙述。

第 06 章　路遥：人生焦虑的艺术踪迹

同样来自陕北的作家高建群是路遥的挚友，他在祭文《扶路遥上山》中写道："路遥本身是一个充满矛盾的人物。也许，他的本身，比他小说中的任何人物都更精彩，更复杂和更具有文学的独特性。可惜，他英年早逝，没有可能再去表现这一切了。"① 这确实是路遥文学生涯的遗憾。但可告慰的是，在路遥并不算长的小说创作历程（1973—1988）里，依然迸发出了他那丰富复杂的精神世界的光亮，依然留下了他在艺术求索道路上厚重的心理辙印。路遥是一个充满了内心焦虑的人，焦虑已然构成了路遥小说创作的心理驱动力，正是人生中不同阶段里的不同性质的焦虑，驱使着路遥在文学创作的轨道上起伏与奔驰。这里既有政治认同酿成的政治焦虑，也有文化认同带来的文化焦虑，更有伴随着政治焦虑与文化焦虑而浮沉消长的生命焦虑，而焦虑的转换、强化与消解，则暗中显示了路遥小说创作的

① 高建群：《扶路遥上山》，《延安文学》1993 年第 1 期。

精神心理踪迹。①

一

路遥是在“十年动乱”期间中走上文坛的，而且很快声名远扬。他的一些早期诗歌、小说、散文、戏剧作品不仅在延川县工农兵文艺创作组编印的一份具有全国影响的文艺小报《山花》② 上大量发表，而且短篇小说《优胜红旗》还在1973年7月出版的《陕西文艺》创刊号上面世。接踵而至的是《陕西日报》《人民日报》《光明日报》对路遥文学创作的频频介绍，于是“刘家圪崂大队回乡知识青年王路遥”成了那个“集体写作”盛行的年代里一个璀璨的文学星辰。③ 当年在路遥的故乡延川插队的史铁生，虽然一时还无缘结识这个众多知青眼中的“才子”，但他见到《山花》上路遥的作品时还是不禁“暗自赞叹”，甚至“十分地羡慕他，十分的羡慕很可能就接近着嫉妒”了。④ 路遥初登文坛时的幸运由此可见一斑。

然而，路遥的幸运中也掩藏着人生的不幸。这个出身贫苦的农家子弟

---

① 据笔者看来，迄今为止，日本学者安本·实对路遥的文学创作阶段性的划分是比较深入的，可成一家之言。他在《路遥文学中的关键词：交叉地带》（原载《小说评论》1999年第1期）一文中把路遥的创作活动分为三个时期：第一个时期是1970—1976年，处于业余文学创作阶段；第二个时期是1976—1980年前半年，这个时期探索如何摆脱极左文学的影响；第三个时期是1980年后半年直至1992年去世。这个时期以“交叉地带”为创作关键词，又以《人生》（1982）为界分为前后两期，前半期属于寻找和发现“交叉地带”，后半期以《平凡的世界》为代表更加广泛和深入地展现“交叉地带”。由于划分的角度不同，本文对路遥文学（小说）创作阶段性的划分有着不同的理解。

② 参见路遥：《土地的寻觅》，收入《路遥全集·早晨从中午开始》（散文、剧本、诗歌集），北京十月文艺出版社，2010年，第179—180页。

③ 如1972年8月2日《陕西日报》刊载《〈山花〉是怎样开的?》一文，1973年11月30日《人民日报》刊登《重视群众文艺创作，牢固占领农村思想文化阵地》一文，两篇文章中都重点介绍了路遥初期文学创作的成绩和影响。参见高歌《困难的日子纪事——上大学前的路遥》，《延安文学》1993年第1期。

④ 史铁生：《悼路遥》，《延安文学》1993年第1期。

在中学阶段遭逢了极左风暴，而且令人震惊地当上了延川中学红卫兵组织的首领，成了延川县出了名的“造反派”。不久全县实行大联合，成立“三结合”革命委员会，年仅十八岁的路遥又以群众代表身份结合为延川县革委会副主任。命运此时已经把路遥推上了政治的峰巅。可就在此时，在政治上踌躇满志的路遥被突然宣布免职，而且他的北京知青恋人也向他提出分手，路遥遭遇到了仕途失意和爱情失恋的双重打击，初涉人世的他陡然从命运的峰巅一下子坠入人生的谷底。他被遣回乡下老家重新当农民，不久虽然总算转了民办教师，但昔日县城的风云际会已经离他相当遥远了。这个时期的路遥“思想压力很大，心境很不好”，有一年冬天在陕北老家居然一袭白服，腰间还勒着白腰带，他对同学乡党刘凤梅说：“我在为自己戴孝。”① 显然，人生的挫折带来的巨大痛苦在路遥心灵深处酿成了沉重的心理焦虑，而且政治焦虑与生命焦虑（情感焦虑）纠结在了一起。

据路遥最初的文学引路人曹谷溪回忆，在那个“路遥生命里程中最困难的时期”里，“年轻的路遥非常痛苦，他当着我的面哭了，这是我第一次看见路遥如此伤心的痛哭”。② 曹谷溪当时已经是陕西省内有名气的青年诗人，1965年出席过全国青年业余文学创作积极分子代表大会，是当地唯一现场听过彭真、周扬报告的文艺工作者，但在极左风暴袭来后却成了彭真、周扬伸到延川的“黑爪牙”“小爬虫”。按当时社会的常理，路遥与谷溪在政治上对立势同水火，然而，由于对文学的共同爱好，“造反派”路遥与“保守派”谷溪之间有了超越于政治之外的心灵契合。谷溪十分赏识路遥的才华，在路遥最痛苦的日子里，他不仅在精神上激励路遥奋起，而且想办法把路遥调入自己所在的县革委会通讯组做通讯骨干培养，后来又帮助路遥进入县文艺宣传队搞编创，可谓一步步把路遥推上了文学的轨道。正如

① 刘凤梅：《铭刻在黄土地上的哀思——缅怀路遥兄弟》，《延安文学》1993年第1期。

② 曹谷溪：《关于路遥的谈话》，载李建军编《路遥十五年祭》，新世界出版社，2007年，第3页。

路遥后来所说:“共同的爱好使我抛弃了派别的偏见,一起热心地投入到一个清风习习的新天地里,忘却了那场多年做不完的噩梦。”他们在一起编《延安山花》,据说这是“十年浩劫”后期“中国大陆上第一本有泥土气息和文学意识的诗歌集子”;他们还一起奔波着出版文艺小报《山花》,“一时间,我们所在的陕北延川县文艺创作为全国所瞩目,几乎成了个‘典型’”。[①] 文学就这样成了路遥在经历政治挫折和人生苦难后的最佳选择。所以路遥并不轻视自己的早期作品,他承认这些作品虽然稚嫩,但“在人生篇章中永远占有不可磨灭的一面——那是在干枯的精神土壤地上长出的几棵稀有的绿草,至今仍然在记忆中保持着鲜活”[②]。其实不只是鲜活的记忆,更重要的是这些作品中凝聚着路遥早年的政治心理焦虑,它标示着路遥在革命语境中走过的一段文学里程。

大约在1973年进入延安大学中文系学习前后,路遥就已经意识到自己的文学才能偏于叙事的小说而不是抒情的诗歌了。路遥在十年动乱后期写的短篇小说《优胜红旗》(1973)、《基石》(1973)、《父子俩》(1976)等都像文艺特写,而他在1975年左右写的散文或文艺特写《灯火闪闪》《不冻结的土地》《吴堡行》[③]《银花灿灿》等则委实又像是短篇小说。这可能与路遥当过基层通讯干事的经历有关,他甚至在大学期间还作为《陕西文艺》的见习编辑经常去基层采访并写通讯报道。于是在路遥最初的叙事作品中,总是或显或隐地出现一个“我”的身影,这个“我”或者直接以第一人称叙述者的身份出现,或者作为第三人称全知叙事背后的隐含作者而存在于现场;这个“我”有时直接亮出记者或通讯员身份,有时转而化身为乡下医生之类的人物,而“我”存在的叙述意图主要是为了达成与英雄主人公的政治认同。叙事人与主人公之间的这种政治认同传达的是一种政

① 路遥:《土地的寻觅》,收入《路遥全集·早晨从中午开始》,第179—180页。

② 同上书,第179页。

③ 《吴堡行》系路遥与李知、董墨合作,包括《初到吴堡》《黄河老水手》《高原叠翠》《山村向阳》等7个部分,《陕西文艺》1976年第1期。

治焦虑，其中隐含了当时中国社会普遍存在的那种意识形态情结，即“两条道路的斗争”。比如《基石》中“我”对老铁匠“硬过钢”的认同，《优胜红旗》中年轻的二喜对老支委石大伯的认同，《父子俩》中落后的高老汉向先进的儿子高三星的认同，《灯火闪闪》中“我”对水电战线上的“铁姑娘”方英的认同，《不冻结的土地》中“我”对老革命张忠老汉的认同，《银花灿灿》中“我”对植棉英雄武霞的认同，还有《吴堡行》里采访中的“我们”对“黄河老水手”等一大批陕北英雄模范人物的认同，无不折射出“我”（或落后者或年轻一代）决心继承英雄传统，誓走革命道路的政治诉求。而正是在这种激进的政治认同中，恰恰隐含了当时中国民众心中挥之不去的政治焦虑。中国与西方之间的意识形态对阵像幽灵一样缠绕在早期路遥的心底，对革命的显在政治认同与对西方话语的潜在排拒二者在文本中截然对立。

“十年浩劫”结束后，路遥从一种政治焦虑转向了另一种政治焦虑。这种政治焦虑不再是主体政治认同的产物，而是主体政治反思的结果。从路遥 1977 年至 1980 年的中短篇小说创作来看，受时代政治风向的影响，作者转而对此前追随和信奉的革命话语进行质疑和批判。如《不会做诗的人》（1977）中通过塑造一个实干型的公社书记刘忠汉，作者批判的锋芒直指浩劫中以赛诗会为症候的激进政治思潮。又如《青松与小红花》（1979）中，作者不仅塑造了一个被人误解与压制的女知青吴月琴，还塑造了一位敢于顶撞上级领导极左政治意志的“黑煞神”书记冯国斌，实现了对极左时期主流政治话语的双重批判。然而，作品中把两位主人公比喻为青松和小红花，这种俗套的政治隐喻其实表明路遥此时还没有从一个时代的政治焦虑中走出来。还有《夏》（1979），这篇小说表面上用了许多篇幅讲述几个知青之间错综复杂的恋情故事，其实作者真正的意图是要借此而牵引出女知青苏莹的哥哥苏晶，那个参与了天安门诗歌运动而逃亡到陕北的青年形象，正来自 1976 年初路遥心中强烈政治焦虑的艺术迸发。据说当年作为班长的路遥，置上级指示于不顾，带领全班同学捐款买布做黑纱，自发纪念民众心目中的政治领袖周恩来总理。① 路遥的政治焦虑并非总是这样直白地外化，当他把个人的政治焦虑投射到底层农民而不是知识青年或者基层干部的身上时，却产生了意想不到的艺术火花。在《卖猪》（1980）里，作者充分运用反讽手法，批判性地审视了两个“公家人”对一个贫苦无依的农村老太婆的挤兑和打压，表达了作者对激进年代农村政策给农民带来苦痛生活的思考。尤其是小说中写六婶子的心理波折、政治困惑与生活迷惘，曲尽其妙，人物的政治焦虑与生命焦虑融化无间。这篇精彩的小说可与西戎1962年发表的名作《赖大嫂》相映成趣。相对而言，《不会做诗的人》里的政治焦虑由于失去了生命焦虑的依托，缺乏生命底蕴，而《青松与小红花》和《夏》里的政治焦虑与生命焦虑之间明显还有些脱节，虽然两篇小说中的爱情叙事不可谓不精彩，但与政治叙事之间依然存在裂隙。

这里不能不提到《惊心动魄的一幕》，这部中篇写于1978年，在多次投稿遭拒后被《当代》主编秦兆阳慧眼识中面世，并在其力荐下又荣获全国首届优秀中篇小说奖。这部作品主要讲述了1967年极左武斗背景下，县委书记马延雄为了避免“红总”与“红指”两派所引发的人民内斗而从流亡中主动走上政治祭坛的悲壮故事。当年老作家秦兆阳看中的正是这部作品不同流俗的一面，他认为这不是一篇“针砭时弊”的作品，也不是一篇“反映落实政策”的作品，因为作者没有“以愤怒之情直接控诉‘四人帮’罪行”。② 今天看来，路遥的这部中篇处女作正集中投射了作者早年心中巨大的政治焦虑，这部作品的写作在很大程度上成了路遥缓解心中政治焦虑的一种途径。有资料表明，小说主人公马延雄的身上其实有诗人曹谷溪的影子，当年住在“对立面的监牢里，给他送干柴的人，送玉米饭的人，串

① 徐来见：《炽烈年华展雄才——深切怀念路遥同学》，载李建军编《路遥十五年祭》，第58页。

② 秦兆阳：《致路遥同志》，载路遥：《当代纪事》，重庆出版社，1983年，第2页。

联着要搭救他出狱的人，还有传话说那个崇拜他诗名的总头头王卫国（路遥原名），都让他觉得，对立面里的确有好人……”① 而小说中造反派的小头目周小全，其原型无疑就是作者自己。路遥肯定不会忘记1968年9月15日延川县革委会宣告成立的那一天，他作为副主任而高坐在临时搭起的主席台上“俯视高举领袖像和标语牌的芸芸众生，听着震耳欲聋的山呼万岁声”的激进场景。② 据路遥的弟弟王天乐说：“平心说，路遥对这场‘革命’是热衷的。不为别的，就是为有口饭吃。路遥对我讲起这段历史时，曾是泪流满面。……当他写完《惊心动魄的一幕》和《在困难的日子里》这两个中篇小说后，他说他终于写出了自己埋得很深的一段心灵历程。”③ 诚然，路遥在《惊心动魄的一幕》中融入了自己早年的政治经历和生命经验，小说中青年造反派头目周小全最后时刻的幡然悔悟正是路遥当年身心焦虑的一种艺术投射，但毋庸讳言，周小全的形象不免过于单薄，他对马延雄的新的政治认同仅仅部分缓解了他内心的政治焦虑，而与此同时却压抑了心底更深层的生命焦虑的表达。

二

在路遥第一阶段（1973—1980）的小说创作中，虽然政治焦虑得到了明显的外化，但由于尚未全面地触及作者深层的生命焦虑，故而从政治认同到政治批判的思想转换显得有些直接和突兀，这意味着路遥需要寻找新的创作路径。事实上，路遥在1979年的一篇不引人注意的小说《在新生活面前》里已经触及了新的创作主题和新的观察生活的视角。这就是文化视角以及文化冲突的主题。作者不再从政治视角切入“新生活”，而是意识到

① 晓雷：《男儿有泪（节选）——路遥与谷溪》，载李建军编《路遥十五年祭》，第14页。
② 高歌：《困难的日子纪事——上大学前的路遥》，《延安文学》1993年第1期。
③ 王天乐：《苦难是他永恒的伴侣》，载李建军编《路遥十五年祭》，第191页。

了新生活的实质在于新的文化形态，包括新的生产方式和价值观念的重建。小说中的机械厂工人师傅曹得顺老汉，以及他在幼儿园工作的老伴深切地意识到，只有革新自己的知识技能和文化素质才能适应这个走向“四个现代化”的新时代。这是路遥的小说中第一次出现传统与现代冲突的文化主题。

值得注意的是，小说中两个老人“在新生活面前”产生的文化焦虑是一种现代性的焦虑，这种现代性焦虑在近现代中国社会文化转型中曾经占据着整个民族的精神心理世界，在中国近现代文学创作中同样也构成了一个重大的文学母题；然而在 1949 年新中国成立以后的 20 世纪 50 至 70 年代里，这种现代与传统相冲突的现代性焦虑基本上被“姓社”与“姓资”之间的政治冲突，即所谓“两条道路的斗争”所取代，于是宏大的政治焦虑淹没了现代性的文化焦虑。路遥第一阶段的小说创作正处于新中国成立后宏大的政治焦虑笼罩下，只不过 70 年代的政治焦虑已经到了一个时代的尾声了。如果说路遥在 70 年代的小说创作是肇始于对西方意识形态的抗拒所滋生的政治焦虑，那么他在第二阶段（1981—1984）的小说创作则滥觞于西方现代文化的冲击所导致的文化困惑与迷惘。虽然两个阶段的心理焦虑在表面上看同属中西之争，但前一阶段的政治焦虑是共时性（结构性）的中西之争的产物，其实质是东方与西方之间的意识形态对立，而后一阶段的文化焦虑是历时性的中西之争的产物，是传统的中国被迫向现代西方进行文化认同的痛苦抉择。由第一阶段的政治上抗拒西方，到第二阶段的文化上认同西方，路遥开始顺应 20 世纪 80 年代的现代文化潮流，他的小说创作也进入了启蒙语境中的写作。从短篇小说《姐姐》（1980）的发表，到 1985 年路遥正式写作长篇小说《平凡的世界》之前的四年，也就是 80 年代前半期，路遥的小说创作都处于现代与传统剧烈冲突的文化焦虑的笼罩之下。这种现代性的文化焦虑不同于英国社会学家安东尼・吉登斯所谓的现代性焦虑，虽然同样是现代性与自我认同的产物，但吉登斯指的是高度现代化的晚期资本主义中个体自我认同的存在性焦虑，① 那是一种哲学意义上的生命焦虑，20世纪中外作家如卡夫卡和余华的小说中传达了这种哲学焦虑，而路遥小说中的文化焦虑并不涉及生命本体性的荒诞感和虚无感，它主要传达的是生命个体与现代文化认同之间的痛苦与彷徨。

80年代初，当路遥置身在北京城的时候，他被首都新建不久的立体交叉桥震撼了。他敏锐地意识到："立体交叉桥，几乎象征了我们当代社会生活的面貌。"作为"一个血统农民的儿子"，"农村我是熟悉的；城市我正在努力熟悉着；而最熟悉的是农村和城市的'交叉地带'。我曾长时间生活在这一地带，现在也经常'往返'于其间。我自己感到，由于城乡交往逐渐频繁，……城市和农村本身的变化发展，城市生活对农村生活的冲击，农村生活城市化的追求意识，现代生活方式和古朴生活方式的冲突，文明与落后，资产阶级意识与传统美德的冲突，等等，构成了现代生活的重要内容。在这座生活的'立体交叉桥'上，充满了无数戏剧性的矛盾"。② 这就是路遥当年有名的"交叉地带"创作理念，其核心观念正是表现当代中国社会中传统与现代、农村与城市、文明与古朴之间的现代性冲突。这种现代性冲突并非停留在理念层面上，而是在路遥的文化心理结构中构成了巨大的矛盾和痛苦。他说："从农村到城市的过程，从表面上看，就是改变了一些环境，填了一些履历表，转换了一些组织关系，似乎并不复杂。其实，从精神方面来说，这是一个无比沉重而艰难的历程。这意味着要丢弃一些祖辈珍传的好的或坏的遗产，同时得接受一些令人欣喜或令人不安的馈赠。由此，必然造成了精神思想交叉多重的复杂性。要挣脱的东西挣脱不了，要接受的东西又接受得不自然。实际生活中巨大的矛盾引发了痛苦，引发了危机，于是，艺术的冲动便出现了。"③ 路遥在这里坦陈了自己在新的创

---

① ［英］安东尼·吉登斯：《自我：本体的安全和存在性焦虑》，载《现代性与自我认同》，生活·读书·新知三联书店，1998年，第39—79页。

② 路遥：《致〈中篇小说选刊〉》，收入《路遥全集·早晨从中午开始》，第13—14页。

③ 路遥：《〈刘凤梅小说选〉序》，收入《路遥全集·早晨从中午开始》，第46页。

作阶段里艺术冲动的源泉，就是现代与传统矛盾冲突的痛苦，而痛苦的实质即现代性焦虑。这种现代性的文化焦虑又与路遥作为生命个体的生命焦虑，如理想与现实的矛盾、情感与理性的背离、欲望与精神的挣扎等纠结在一起，从而给路遥第二阶段的小说创作带来了巨大的艺术生机。

路遥第一篇实现了文化焦虑与生命焦虑交融的作品是短篇小说《姐姐》（1981）。姐姐小杏有着中国农村女性的传统美德，她对知青高立民的爱情纯洁无瑕，但回城后的高立民却无奈地拒绝了姐姐的爱情，因为他们之间存在着现实中无法逾越的城乡鸿沟。然而，路遥无意于从道德上谴责高立民的负心，作者在渲染姐姐的爱情悲剧的同时，通过父亲无言的关爱与理解，流露出城市与乡村二元对立所带来的人生痛苦的宿命感。事实上，姐姐的痛苦是一个传统中国女性的现代文化痛苦，她的所有生命渴望与这种文化痛苦息息相关。路遥把同情给了姐姐，给了姐姐的传统乡村文明，但在理性上他却无法去谴责和否定高立民的城市文化选择。这是作者路遥的痛苦，他的痛苦与人物的痛苦融为了一体。与《姐姐》异曲同工的短篇小说是《月夜静悄悄》（1981）。大牛暗恋同村女青年高兰兰，但兰兰的未来夫婿却是地区商业局局长的儿子，于是在城里人迎娶自己心爱的姑娘的那天晚上，大牛痛苦得心神不宁，他像一头受伤的野兽一样用石头去砸迎亲的大卡车，他憎恶发达的城市文明。然而在兰兰的坦诚告白和劝说下，大牛最终对她选择城市的人生和爱情表示了理解。虽然理性上理解了，但情感上依然无法接受，失恋后的大牛患上了精神病，这症状在某种意义上可说是路遥文化焦虑与生命焦虑的双重隐喻。相对而言，《风雪腊梅》（1981）这个短篇虽然也是讲述的城乡交叉地带的爱情故事，但由于小说中过于浓重的道德义愤情绪，导致作品失去了前面两篇小说中那种沉郁内敛的精神质感和叙述风度。农村姑娘冯玉琴拒绝了地委书记一家人的物质诱惑，但她的农村恋人康庄却背叛了她，选择了别人施舍的城市饭碗，出卖了心中的爱情。强烈的道德谴责立场，使这篇小说快要变成了一篇当代的“杜十娘怒沉百宝箱”的故事。如果作者选择《姐姐》那样更为客观的叙述，《风雪腊梅》也许就少了一份直白的诗意，多了一层深沉的焦虑。好在短篇《痛苦》（1982）又回到了客观的叙述态度。虽然小丽考上大学弃他而去，但农村青年高大年在痛苦中学会了理解和宽容，因为谁也无法轻易逾越城乡之间的障壁，终于，大年在沉默中爆发，考上了京城里的名牌大学。此时的他没有报复的快意，因为他在痛苦中实现了灵魂的净化和升华。总之，路遥 80 年代初的这几个短篇小说都宣泄了同一种爱情焦虑，有了这种爱情焦虑作为生命的底色，其中折射的传统与现代之间的文化焦虑也就显得更加的丰厚与沉重。

路遥这时期的中篇小说也聚焦在文化焦虑与生命焦虑的交融上。《人生》（1982）这部著名的中篇据说源自一个叫作《刷牙》的短篇。[①]《人生》的读者大概都会对刘巧珍在山村里刷牙引起村民围观的场景记忆犹新，显然，作者最初设定的主题是用现代性的眼光批判性地审视当代中国农村落后的习俗与传统观念，但经过拓展后的《人生》改变了最初的单一的现代性批判视角，转而采取同情之理解的叙述态度，客观地叙述高加林的人生波折，集中表现高加林的内心冲突和矛盾。小说开篇就把高加林置放在一个大雷雨即将来临的苦闷与焦虑的氛围中。对于高加林来说，他的爱情选择与人生选择具有同一性，本质上属于文化选择。究竟是选择土生土长的传统农村姑娘刘巧珍，还是选择接受过现代教育的城市姑娘黄亚萍，这不仅是表面上的爱情选择，而实际上是人生道路与文化观念的选择。这是一种两难选择，理性上高加林倾向于现代城市姑娘黄亚萍，而在情感上他更留恋传统农村姑娘刘巧珍，由此带来了高加林内心中巨大的文化心理冲突。然而高加林的理性战胜了情感，他选择了黄亚萍，现代性诉求遮蔽了传统文化脐带。但令读者质疑的结局出现了，高加林因被人告发而重回黄土地，

① 王天乐：《苦难是他永恒的伴侣》，载李建军编《路遥十五年祭》，第 192 页。

读者误以为作者这是让高加林重新选择了传统农村文化。路遥由此而被指责有“恋土情结”，但他对此不以为然。他的理由是：“任何一个出身于土地的人，都不可能和土地断然决裂。”虽然“我们最终要彻底改变我国广大农村落后的生产方式和生活方式，改变落后的生活观念和陈旧习俗”，但“在这一巨大的历史进程中，我们也将付出巨大的代价，其中就包含着我们将不得不抛弃许多我们曾珍视的东西”。“这就是我们永恒的痛苦所在。”“人类常常是一边恋栈着过去，一边坚定地走向未来，永远处在过去与未来交叉的界线上。”① 路遥的辩护无疑是有力的，作者最后让高加林重返黄土地，与其说这是为了让高加林重新认同传统农村文明，不如说这个结局恰好隐喻了作家内心深处文化认同的痛苦与迷惘，因为最终两个心爱的姑娘都弃他而去，这也意味着在她们所象征的两种文化形态面前，主人公高加林和作者路遥其实都已经莫衷一是，所以只留下了一个“不是结局”的结局。事实上，为了回击评论界关于自己恋土恋旧，偏爱农民、留恋传统的批评，路遥这时期还有两篇作品明确致力于针砭当代中国农民的文化心理痼疾，这就是中篇小说《我和五叔的六次相遇》（1984）和短篇小说《一生中最高兴的一天》，前者中的五叔和后者中的父亲，两个农民形象的刻画均力透纸背，把当代中国农民文化心理结构中狭隘、落后、愚昧、自私的心理痼疾不留情面地揭示了出来。这两篇小说单一的批判视角与同时期作者的其他作品的价值困惑相比明显不同，它们的写作在某种意义上正是路遥当时竭力想摆脱自己文化心理矛盾和焦虑的表现。

《人生》里文化与生命的双重焦虑在中篇小说《黄叶在秋风中飘落》（1983）中得到了进一步的渲染和强化。三个人的爱情悲剧在这部中篇中变成了四个人的情爱纠结：高考落榜的农村姑娘卢若琴投奔在另一个县当教育局副局长的哥哥卢若华，被安排在高广厚所在的乡村小学当民办教师，

---

① 路遥：《早晨从中午开始——〈平凡的世界〉创作随笔》，收入《路遥全集·早晨从中午开始》，第134—135页。

没曾想卢若华与高广厚的妻子刘丽英之间产生了婚外恋情，而卢若琴却打心底喜欢上了朴实的高广厚。最终刘丽英离开了卢若华重回高广厚的身边，而善良的卢若琴在秋风黄叶中转身离去。小说中复杂的情感纠葛里包孕着强烈的生命痛苦与文化困惑，传统型的卢若琴和高广厚与现代型的卢若华和刘丽英之间的聚散离合与情感重组，折射了作者文化心理结构中无法平复的痛苦与焦虑。事实上作者无意于从简单的道德立场做出对人物的价值判断，即使是对刘丽英这个人物作者也刻意描画了她的亲子之爱和未泯的良知。正如路遥谈到电影《人生》的改编时所说："高加林、刘巧珍、黄亚萍等都是好人，但性格中都不同程度地潜含着悲剧性和庸俗性的因素。"①对于《黄叶在秋风中飘落》里的四位主人公来说，几乎同样可作如是观。相对而言，中篇小说《你怎么也想不到》（1984）里的男女主人公虽然形象要简单化一些，但两个农村大学生郑小芳和薛峰之间围绕毕业后留在城市还是回到故乡的分歧与对话，依然流露了作者内心潜藏的深重的文化心理焦虑。尤其是作品采取两个主人公交错的自我心理独白的叙述结构方式，更加适宜于焦虑的宣泄与表达。

三

在 1985 年至 1988 年的三年多时光里，路遥全身心投入长篇小说《平凡的世界》三大卷的写作中。虽然早在 1982 年《人生》发表以后，路遥就已经着手《平凡的世界》的资料收集与艺术构思，但这并不妨碍我们把《平凡的世界》的写作视为路遥小说创作的第三个阶段，这主要是从创作心理焦虑的角度来看，与前一个阶段（1981—1984）相比，路遥在《平凡的世界》的创作中对焦虑的传达与外化方式确实已经发生了变化。与前一阶段

① 路遥：《关于电影〈人生〉的改编》，收入《路遥全集·早晨从中午开始》，第 185 页。

着重于表现传统与现代冲突的两难选择所带来的文化焦虑与生命焦虑相比，路遥在《平凡的世界》中由于理性上明确地选择了传统文化认同的价值立场，由此导致了这部长篇巨著中文化焦虑的淡化甚至消解，但小说中的生命焦虑却并没有因此而弱化，相反有强化的潜在趋势。这种文化焦虑与生命焦虑之间的悖论的出现，正隐含了路遥创作《平凡的世界》中的精神危机。

人们往往习惯于把《平凡的世界》与《人生》作比较，以为《平凡的世界》是对《人生》的放大与扩张，而这种放大与扩张是以牺牲掉《人生》的复杂性与矛盾性为代价的。这在某种意义上并没有错，但人们忽视了路遥的另外一部小说《在困难的日子里》，这部中篇与《人生》都发表在1982 年，前者发表于《当代》第 5 期，后者发表于《收获》第 6 期，最终后出的《人生》声名鹊起，而《在困难的日子里》几乎被遗忘。正如前面所引王天乐的文章所言，《在困难的日子里》是一部写出了路遥“埋得很深的一段心灵历程”的作品，不管评论界反响如何，路遥对此自然格外珍视。所以，当《人生》的轰动效应结束之后，路遥面临超越《人生》之际，他终于回到了《在困难的日子里》的起跑线上。这部作品在思想与文化取向上明显不同于《人生》，也不同于路遥在 1981—1984 年间第二阶段所创作的绝大部分中短篇小说作品。《在困难的日子里》有自己明确的文化价值选择，它不同于《人生》那一类第二阶段作品的文化焦虑与迷惘。谈到这部中篇写作的缘起，路遥说：“在当代的现实生活中，我们常常看到这样一种现象：物质财富增加了，人们的精神境界和道德水平却下降了：拜金主义和人与人之间表现出来的冷漠态度，在我们生活中大量地存在着。”“每想到这些，我就不由得记起了三年困难时期的生活。那时，人们虽然处于极其困难的境地，但在生活中却表现出了顽强地战胜困难的精神，表现出了崇高而光彩的道德力量。因此，我写过去的这段生活，并不是纯粹讲述一个‘历史故事’，而是想用一种折光来投射我们的现实生活。这一束折光也许太淡弱了，但我仍然想让它闪射。”① 这段告白其实移用在《平凡的世界》上也完全适合，这不仅仅是因为《平凡的世界》的第一卷主要是写的改革开放前夕（“十年浩劫”末期）的另一种“在困难的日子里”的当代中国农民生活，更重要的是，《平凡的世界》全部三卷内容（1975 年至 1985 年的当代中国历史转折期）所反映的主人公孙家兄弟从“文革”的苦斗到“改革”的奋斗历程，几乎都可以涵盖在“在困难的日子里”这一题材意象中；甚至《平凡的世界》的主题取向也与《在困难的日子里》如出一辙或一脉相承，这就是高扬崇高的“道德理想主义”大纛，烛照当代中国历史转折期的精神生活病象。如果说《在困难的日子里》是路遥最初奉献的“一束淡弱的折光”，那么《平凡的世界》所迸射出来的道德理想主义光芒就显得无比的耀亮和强劲了。

路遥之所以在《平凡的世界》写作中明确择定传统的道德理想主义立场，这与 1985 年前后中国兴起的“寻根文学”思潮不无关系。其实，路遥对“寻根文学”浪潮是不以为然的，他说：“远离我们喧腾的大时代的生活，提倡作家、艺术家都跑到‘原始森林’中去‘寻根’，恐怕也值得研究。我认为，可以有一些朋友去‘寻根’，但我们面临的更大任务是要关注我们正在建筑中的新生活的大厦，不能把所有的作家和艺术家都拉入生活的‘考古队’。”② 显然，路遥并不绝对地反对“寻根”，他排斥的只是那种脱离时代与现实生活的寻根。当时尚的寻根作家们竞相写那种刻意淡化历史和社会背景的寻根小说时，路遥却执着地在现实生活中寻觅和重建传统民族文化的精神大厦。1987 年路遥短暂出访德国归来后还明确说：“如果一味地模仿别人，崇尚别人，轻视甚至藐视自己民族伟大深厚的历史文化，这种生吞活剥的‘引进’注定没有前途。”“事实上，我们已经看到，当代

---

① 路遥：《这束淡弱的折光——关于〈在困难的日子里〉》，收入《路遥全集·早晨从中午开始》，第 15 页。

② 路遥：《关注建筑中的新生活大厦》，收入《路遥全集·早晨从中午开始》，第 178 页。

西方许多新的文化思潮，都不同程度地受到中国传统文化的启发和影响，甚至已经渗透到他们社会生活的许多方面，而我们何以要数典忘祖轻薄自己呢？”① 凡此种种，表明了路遥在1985年以后已经走向了反思现代性的旅途。如果说1981—1984年路遥第二阶段的小说创作明显受到了新时期之初启蒙语境的支配，他在传统与现代之间的文化焦虑和生命焦虑中痛苦茫然不已，这就是所谓理性上认同现代而情感上依恋传统的心理冲突与分裂，那么在1985年以后正式写作《平凡的世界》的过程中，路遥已经在理性上（而不仅仅是情感上）明确地选择了传统民族文化立场。他不再计较当初《人生》中高加林重返黄土地的结局引起了评论界关于他文化观念保守的种种非议，而是在《平凡的世界》的题记中径直地宣称：“谨以此书献给我生活过的土地和岁月。”眷念土地与尊崇传统乡村文化，这二者在当代中国人的思维模式中几乎具有同一性。路遥也不例外。他在1984年的短篇小说三题《生活咏叹调》里曾经把自己的乡恋情怀书写得淋漓尽致。王安忆曾经回忆路遥生前对她表达过对土地的深情，路遥说：“初春的时候，走在山里，满目黄土，忽然峰回路转，崖上立了一枝粉红色的桃花，这时候，眼泪就流了下来。”② 这段诗意的描述恰恰是一个精妙的隐喻，它象征着路遥心底对土地、对家乡、对农村和农民、对民族和传统的深层心理文化认同。

路遥前两个小说创作阶段中的焦虑都源于一种选择的困惑和痛苦，或者政治上的或者文化上的，而进入1985年以后的路遥由于有了明确的文化价值选择，所以《平凡的世界》三大卷中的文化焦虑几乎消失了。然而，由于路遥择定并认同的传统文化是中国传统文化体系中最为强势的儒家文化，③ 而儒家道德伦理文化观念对生命个体的本能欲望与自由意志具有一种

① 路遥：《早晨从中午开始——〈平凡的世界〉创作随笔》，收入《路遥全集·早晨从中午开始》，第88页。

② 王安忆：《黄土的儿子》，载李建军编《路遥十五年祭》，第162页。

③ 李继凯的《矛盾交叉：路遥文化心理的复杂构成》较早指出路遥与儒家文化的关系，参见《文艺争鸣》1992年第3期。

天然的抑制功能，这就必然会酿成《平凡的世界》中信奉儒家文化价值观的人物形象的内在生命焦虑。就孙少安来说，作为家族中的长子长孙，他对老奶奶、对父母、对姐姐、弟弟和妹妹等血亲都具有一种大地般厚德载物的仁爱情怀。儒家伦理文化信条中的所有道德律，读书不多的孙少安几乎是凭着传统文化的本能在行动和恪守着。在儒家的家庭伦理之外，孙少安在社会上同样以仁义的君子人格示人。他在“十年浩劫”末期作为生产队长敢于冒犯极左政治路线而率领村民扩大自留地，为此而接受政治批斗，这是一种为民请命的儒家担当意识。他在改革开放后作为村庄里率先致富的农民，又冒着巨大的经济风险扩大自己的砖场，给贫困的乡民带来就业机会，而一度砖场濒临破产，为此却遭受了乡民的误解和打击，对此孙少安默默忍受，以德报怨，耐心寻找东山再起的机会。还有他最后出资兴办乡村小学的义举，同样闪耀着儒家人格的光芒。然而，正是这样一位在儒家道德上无懈可击的理想主义圣徒，孙少安在个体生命的情感世界里却饱受煎熬和痛苦，由于主客观条件的限制，他无法与自己心爱的姑娘田润叶结合，为了让田润叶断绝念想，也是为了让心爱的人能找到更加美满的幸福，孙少安选择了退却，他和以前根本就不认识的山西姑娘贺秀莲结了婚，由此带来了田润叶后来情感和婚姻生活中的巨大创伤，而他虽然在后来的婚姻生活中与妻子培植出了新的感情，但在他得意或失意的时候，总会在内心深处想起田润叶，他内在良知的愧悔与无奈是无法驱除的，虽然这一切内心隐秘被作者有意无意地加以压抑或者遮蔽了。小说中那一首只属于他们两个人的信天游多次回荡，可谓此恨绵绵无绝期！而他对结发妻子贺秀莲的关爱在表面上不可谓不周到，但这个外省姑娘结婚后长期与丈夫过着牛马般劳累的生活，以致积劳成疾，因肺癌而死去，这不能不说与孙少安一心创业，用创业压抑或排遣内心深处的情感痛苦而忽视了妻子的身心困苦有关。

如果说路遥笔下的孙少安是一个充满了儒家文化中牺牲精神的相对阴柔形象，那么孙少平就是一位洋溢着儒家文化中奋斗精神的刚强或刚健形象。事实上，孙少平的艺术前身马建强（《在困难的日子里》）的名字更能说明路遥心目中这个形象的文化含义。孙少安偏重于体现儒者的厚德载物，重土安居；而孙少平偏重于展示儒者的自强不息，志在四方。现代新儒家梁漱溟至为推崇儒家孔子学说中的“刚”，以为阳刚、刚毅的人格精神或人生态度是积极进取的，是传统儒家人生哲学中的精髓，能适应现代社会的发展需求。不过他还引用了孔子“枨也欲，焉得刚”的话，申述“欲”与“刚”的对立不相容，① 这也正好暴露了孔子儒家刚健人格精神中的内在心理隐患。与哥哥孙少安给人一种老成持重、忍辱负重的形象不同，弟弟孙少平留给读者的印象是刚健豪强、大胆进取，在无边的苦难中健全地成长。孙少平既有哥哥那种善良宽容的仁慈胸怀，比如他对郝红梅、侯玉英、小翠，还有矿工师傅的遗孀惠英嫂等女性人物的关爱与同情即是如此，同时孙少平又有孙少安所缺乏的那种闯荡人生的冲创意志，从求学到揽工再到当矿工，虽然他的心永远和双水村的父老乡亲连在一起，但他毕竟已经在外面的世界里闯出了属于自己的一番平凡而坚实的天地。在这一点上孙少平有点像《家》中的觉慧，而孙少安则类似觉新，在中国传统的家族文化里，做大哥的人总是容易成为文化牺牲，而小弟则有相对的身心自由。唯其如此，少安才像觉新一样失去了自己的爱情，眼睁睁地看着自己伤害了心爱的姑娘，而少平则像觉慧一样敢于逾越家庭等级观念，追求自己的爱情和人生，尽管觉慧与鸣凤之间的社会地位等级在孙少平与田晓霞这里正好相反，但这并不妨碍他们之间的可比性。然而，也许是孙少平与田晓霞之间的爱情过于理想和美好，这种世俗的欲求与儒家对刚者的要求相违背，所以小说写到最后，路遥不得不亲手把心爱的女主人公田晓霞推向了一次偶然的死亡深渊。田晓霞的死与孙少平爱情的毁灭，其实隐含了作者路遥内心中由于儒家文化认同所导致的生命焦虑。因为只有田晓霞的死，在某

① 梁漱溟：《东西文化及其哲学》，第2版，商务印书馆，1999年，第213—214页。

种意义上才能成全或确保孙少平作为“刚者”的儒家形象。孔子曾说过“吾未见刚者”“刚毅木讷近仁”的话，可见做儒家“刚者”的不易。失去了田晓霞的孙少平真可谓“无欲则刚”了，他后来拒绝了好朋友的妹妹金秀的爱，而走向了师傅的遗孀惠英嫂的身边，因为只有如此，孙少平才能最终完成自己作为儒家刚者的文化人格塑造，但与此同时，孙少平内心的生命焦虑也随着他的儒家文化人格认同而被压抑在了心灵深处。

《平凡的世界》是路遥的小说绝唱。路遥生前曾对他的陕北朋友说，他还有很多小说创作计划有待完成，他打算以早夭的妹妹的经历写一部长篇小说《生命树》，探索黄土高坡上亚当与夏娃的历史；在东欧剧变和苏联解体后，他注意到自己熟悉的陕北某城几个老干部家庭的崩溃，计划写一部大规模的长篇，题目就叫作《崩溃》；他还对早年的中篇《惊心动魄的一幕》不满意，打算更深入地调动自己的“十年浩劫”经验，写一部长篇小说《十年》，给当代中国历史一个深厚的交代。在生命最后的一两年里，路遥的阅读兴趣已经由欧美文学转向了中国历史典籍，他读《新唐书》《旧唐书》，读《资治通鉴》，还专门买了豪华版的“二十四史”以备随时查阅，他对黄仁宇的《万历十五年》和柏杨的《中国人史纲》十分欣赏，[①]……一个新的小说创作阶段正在路遥的生命盛年里开始向前延伸。可惜路遥英年早逝，我们再也无法通过他的小说作品系列去发掘他内心焦虑的隐秘踪迹了。他把自己所有剩余的政治、文化和生命焦虑带向了另一个世界。

① 晓雷：《故人长绝——路遥离去的时刻》，载李建军编《路遥十五年祭》，第 176—177 页。

第07章　贾平凹：拒绝平庸的精神漫游

子曰："智者乐水，仁者乐山。"（《论语·雍也》）贾平凹从故乡的商山丹水中走来，其人其文既包孕着秦山的雄奇风骨，又流溢着楚水的灵秀之气。山是宇宙中静的象征，它浑厚沉雄，以不变的气魄睥睨万物。而水是天地间动的化身，它轻盈空灵、变幻万端，正所谓滔滔江河，绵延不绝、生生不息。在系统地翻阅贾平凹小说的日子里，我的意念中总是蓦然跃出这样的两个中心意象：主静的山和好动的水。水从山中来，动在静中生，多少年来，贾平凹就是在山的静穆和水的灵动之间，在绝对的变换和相对的坚守之间向人们展示了一幅长长的、色彩斑斓的艺术画卷。

自其变者而观之，在贾平凹二十余年的小说创作流程中，读者分明能够感受到作者那颗如奔腾的州河水一样躁动不安的心灵。这是一颗拒绝平庸的心灵，拥有它的贾平凹就如同《白夜》中握有"再生人"的钥匙的夜郎，他们都属于那种精神梦游症患者，终其一生都在生命的荒原上寂寞地寻找着安妥灵魂的栖息地。迄今为止，在贾平凹的小说话语中大体上出现过三种相对独立完整的话语系统：其一是启蒙话语，致力于重铸国民的灵魂，《浮躁》等20世纪80年代中前期的"改革小说"系列是其代表；其二是生存论话语，关怀的是人的生存境遇，以八九十年代之交的"土匪系列"

小说最为著名；最后是现代性反思话语，自《废都》以降，在 90 年代的长篇小说系列中，重新审视现代性话语的合法性一直是贾平凹小说创作关注的中心问题。由此决定了贾平凹小说中先后出现了三种不同的叙述范式或话语模式，即启蒙叙述、生存论叙述和现代性反思叙述。不难看出，善变的贾平凹在不同的创作阶段中还是有着自己相对固定不移的精神和艺术探索领域。倘若没有这些话语园地的相对坚守，那么贾平凹小说的流变过程将会留给人们一个无本之木、无源之水的浮躁印象。幸好实际情形并非如此。

一

《山地笔记》（1979）汇编了贾平凹的“少作”。初登文坛的贾平凹专意模仿孙犁，文风固然清新可喜，但作品表现的不外乎是“劳动人民（无产阶级）的人性美和人情美”，本质上并没有完全摆脱“十七年”时期盛行的“革命现实主义”文学模式的拘囿。此后贾平凹对现实社会人生的态度逐步从微笑转向了沉思。但转变之初的贾平凹并没有及时形成自己独立的艺术视野。在新时期最早涌动的“伤痕—反思文学”大潮中，贾平凹也袭用了当时流行的“政治—人性”叙述范式，创作了《纺车声声》《头发》《二月杏》《冰炭》等典型的“伤痕—反思”小说。这些作品或书写了十年浩劫给自己的父母亲人所带来的政治苦难，或揭露了极左政治所酿成的人性扭曲和异化问题，但从根本上都没有跃出“政治文学”的窠臼。

不过，贾平凹 20 世纪 80 年代中前期的大部分小说作品并不是那种偏狭的“政治—人性”叙述范式的产物。早在 80 年代初，贾平凹就已经开始了挣脱政治叙述视角的努力。在《上任》《下棋》《山镇野店》《夏家老太》《年关夜景》等一系列短篇小说（1980—1981）中，贾平凹显然择定了从文化视角反思国民性的写作思路。众所周知，这种“文化—国民性”叙述范式是由鲁迅为代表的五四启蒙文学先驱所正式创建的。正视我们民族的集体文化性格中的负面因素，以“揭出病苦，引起疗救的注意”为写作的精神指归，以便最终完成“改造国民性”的社会文化工程，这是现代中国启蒙文学话语的经典法则。这种启蒙文学精神传统虽然从20世纪30年代起逐步遭到了革命文学话语体系的挤压和排斥，但在“十年浩劫”结束以后，它开始在少数优秀的小说家，如高晓声和王蒙的笔下得到了回归。作为曾经被压抑的启蒙文学精神的延续，在贾平凹的上列小说中，人们同样可以发现作者对中国国民奴化人格的严厉拷问。如《山镇野店》就让一群中国民众的奴隶心态——“拜官主义”进行了穷形尽相的表演。正当一群山民为争占店铺而发生激烈内讧的时候，突然传来了一位大领导要来住店的消息。具有讽刺意味的是，山民们顷刻间判然有别，先是争先恐后地让出了店铺，接着却又互不相让地争睹领导的尊容，那情形仿佛皇上驾临一般。小说最后通过一个天真小儿的窥视，揭露了那位领导无比丑陋的睡态，从而使作品的文化启蒙主题得到了辛辣的深化。

然而，在初露锋芒之后，贾平凹的启蒙叙述不经意间躲进了“改革小说”的政治外衣之中。在著名的“改革三部曲”（1983—1984）里，贾平凹在故事的人物设置和情节冲突方面也跌入了当时流行的“革新与守旧”或“先进与落后”的模式化陷阱。《小月前本》中才才与门门的对立，《鸡窝洼的人家》中回回与禾禾、麦绒与烟峰的对立，《腊月·正月》中韩玄子与王才的对立，在各自的显文本层面上集中表现为革新者与守旧者之间的政治对立和经济（生产方式）对立。值得注意的是，从小说的潜文本来看，这种对立还进一步表现为两种文化模式或两种意识形态之间的对立。显然，由这种文化的对立而决定的人物的深层文化心理的对立才是贾平凹的叙事焦点。如果说才才、回回和韩玄子代表的是一种集体本位的传统伦理意识形态，那么门门、禾禾和王才代表的则是一种个体本位的现代人文意识形态。这两种意识形态在价值观念、行为方式和理想人格等方面的反差潜在地酿成了小说中人物的各种矛盾冲突。正是以现实生活中萌动的新型人文意识形态为镜，贾平凹在作品中烛照出了变革时代里中国民众的传统文化心理痼疾，从而实践着自己的启蒙主义文学理想。这方面最著名的人物是韩玄子。他保守、狭隘、迷信、愚昧、势利、自私、虚荣、专制，坚信“是龙的还是在天上，是虫的还得在地上”！小说中尤其对韩玄子深入骨髓的官本位文化心态、温情脉脉背后的家庭专制心理进行了深刻的批判性审视。

贾平凹似乎很快便意识到了“改革三部曲”在政治叙述上的幼稚和简单化，如正是在马书记、刘书记、王局长等所谓大人物的政治支持下，代表新型意识形态的王才们才轻易战胜了作为传统文化习惯势力的韩玄子们，作品中因此而洋溢着一种廉价的乐观主义历史精神。值得注意的是，在随后创作的《商州》《古堡》《火纸》和《远山野情》等中长篇小说（1984—1985）中，贾平凹集中笔力写了四部悲剧，而且主人公的悲剧都是传统文化的心理惰性所直接酿成的。这种创作转变显然是对此前“改革三部曲”的文化启蒙主题的深化。如《商州》写了珍子和刘成的恋爱惨剧，《古堡》写了张家兄弟的事业和人生悲剧，《火纸》写了阿季与丑丑的爱情悲剧，《远山野情》写了香香的无声的婚姻悲剧。通过叙述这些变革年代中发生的各类悲剧事件，贾平凹无情地解剖和批判了现实中国民众的病态文化心理，尤其是揭露了传统伦理道德规范的“吃人”本质。不仅如此，我们在《商州》等作品中再也见不到那种力挽历史狂澜的政治风云人物，《古堡》中虽然也出现了马书记的身影，但马书记同样无法改变张老大的历史悲剧，作为超前的时代英雄，张老大只能在狱中独自咀嚼那份英雄的孤独——被愚昧麻木的民众所怀疑、孤立、敌视，直至抛弃。真正理解张老大的只有那些外来的电影摄制组的成员，他们在作品中是现代知识精英的代言人，因此他们的出现正是贾平凹当时的文化启蒙立场的体现。

与“改革三部曲”和《古堡》等悲剧性作品相比，写于 1986 年的《浮躁》在文化启蒙的精神深度上又有了新的开掘。贾平凹在这部长篇力作中将精神解剖的手术刀无情地对准了自己心爱的主人公金狗，而在此前的小说创作中，被解剖的从来都是守旧者，至于革新者，他们往往只是充当作者解剖守旧者时的镜子或工具而已。金狗是在新时期改革大潮中涌现出来的一个当代中国青年形象，在他的身上体现着强烈的时代精神或者说“高扬的主体意识”。金狗一心想冲出田、巩两大家族在当地的封建宗法权力网络，做一个有独立精神和自由意志的现代人，从而实现自己的人生理想和社会抱负。然而，金狗的个人苦斗行为结果总是适得其反，在一次次虚假的胜利后他品尝到的只有强烈的人格屈辱和心理失败。在上卷中，金狗痛苦地发现自己苦心经营的河运队到头来成了乡长田中正向上爬的政绩；金狗深爱着小水，但他最终只得无奈地与田中正的“女儿”英英订婚。在中卷中，金狗虽然制止了县委书记田有善准备召开的河运队现场会，营救了被田中正栽赃的雷大空，但为此他不得不违心地给工商管理局写正面报道，违心地对田有善好言相谄，违心地利用自己的记者身份威胁公安局长，利用专员巩宝山来压制田有善……到了下卷中，遭人陷害的金狗甚至只能通过石华出卖肉体来摆脱牢狱之灾，而蹂躏石华肉体的人则是许司令的儿子，又一个为金狗所不齿的权贵人物。正是在这一系列权力的周旋过程中，金狗体验到了一种身不由己、无法自主的深深的屈辱感，它在本质上是作为一个非人或精神奴隶的痛苦与耻辱心理。在金狗这个清醒的堕落者或无奈的反抗者的身上，明显凝聚着贾平凹对中国当代社会变革的深深思索。这就是，改革不仅是一项宏大的经济工程、政治工程，它还是一项更为深刻的文化工程。改革的中心问题是人的变革，是国民的灵魂的重塑，是对国民劣根性的批判和对民族集体文化性格的改造。

二

《浮躁》之后，贾平凹小说的叙述范式发生了明显的转换，即从启蒙叙述转向了生存论叙述。虽然直到 1992 年贾平凹还曾写过《佛关》这样带有神秘魔幻色彩的启蒙主义小说，作者通过男女主人公的爱情悲剧无情地批判了山民们愚昧、麻木、残忍、自欺的文化劣根性，但从总体上来看，20 世纪 80 年代后期到 90 年代初期的贾平凹更热衷于从生存论的视角展开叙事。这期间（1986—1992），他创作了大量具有现代主义意味的小说，包括新笔记体系列小说《太白山记》，后被集中收入《妊娠》的《美好的侏人》《龙卷风》《故里》《马角》和《瘪家沟》，收入《逛山》的《美穴地》《五魁》《晚雨》和《白朗》，以及其他散见之作，如《烟》和《油月亮》等。

作为一种话语模式，生存论叙述无意于像启蒙叙述那样从文化的视角反思国民性，更无意于从政治的视角透视人性的变异与扭曲，生存论叙述习惯于淡化作品的时代性、社会性、政治性，乃至道德伦理文化色彩，故而其中心话语是关怀人的生命存在境遇，尤其是注重对人类生命存在困境的追问和表达。显然，文学上的生存论叙述来源于西方现代存在主义、生命哲学和弗洛伊德主义等非理性主义哲学心理学思潮的基本理念，因此它的叙述目标并不是企图建构一种终极的、理想的民族文化性格，而是止于揭示出人类普遍置身其中的某种尴尬的生存状态而已，至于摆脱生存困境的出路则是十分渺茫的，可见生存论叙述染有浓重的悲观主义色彩。如果说启蒙叙述受西方近代以来的古典人道主义的影响，主张建构具有独立人格和自由意志的“大写的人”，那么生存论叙述的目的则在于拆解这种宏大叙事，还原“人”的本来面目，即贾平凹所说的“尴尬地生存”。贾平凹曾经在著名的《四十岁说》（1992）一文中这样写道：“人常常是尴尬地生存。我越来越在作品中使人物处于绝境，他们不免有些变态了，我认作不是一种灰色与消极，是对生存尴尬的反动、突破和超脱。”如此看来，贾平凹对生存论叙述其实有着自觉的精神追求。

其实早在 20 世纪 80 年代初期，贾平凹小说创作中的生存论叙述就已经初露端倪。在写于 1981 年的《晚唱》《病人》《好了歌》和《沙地》等作品中，贾平凹开始尝试着书写具有现代意识的生命存在体验。例如，《晚唱》写了一个神经质的中年独身男人，他讨厌人群，但又太在意别人的存在，常常因为某一自我虚构的事件而陷入严重的心理焦虑甚至恐慌之中，从而带来了一连串的生存尴尬。贾平凹在这部作品中为古老的成语“庸人自扰”做了极富现代意味的注解。然而，由于当时的读者和批评家还固执于革命现实主义的文学模式，这些在不同程度上超越了现实时空的现代性叙事遭到了脱离时代、虚无主义、悲观情绪等批评。直到文学观念和文学研究方法论大变革的1985年，贾平凹曾经被压抑的生存论叙述在“改革小说”的外衣中再度出现。表面上看，《天狗》和《黑氏》这两部著名中篇都是关于现实变革年代的人伦故事，但作者在叙述中显然淡化了故事的社会时代背景，而是集中笔力透视了主人公天狗和黑氏的生命存在困境，揭示了他们在各自的生存尴尬状态中所体验到的深层心理冲突和无法解脱的精神悖论。

就黑氏来说，人们一般习惯于从文化启蒙的角度去理解她与三个男性之间的情感故事。如从黑氏没有勇气冲破与小男人之间无爱的婚姻，以及她出于道德的感恩再嫁给了老实巴交的木犊等情节中解读出了反传统道德、反封建礼教等文化启蒙主题，并将黑氏最终与情人木顺私奔的行为理解为她大胆冲破封建婚姻的牢笼、主动争取个性自由和妇女解放的表现。然而，这种文化启蒙论的阐释还只是停留在小说的显文本层面上，并没有触及小说的核心潜文本。本质上，贾平凹在《黑氏》中关怀的是女性的情爱心理困境问题。黑氏的第一次婚姻只有性没有爱，此时的婚姻已经堕落为了性别奴役的合法化形式。然而离异后的黑氏并没有寻找到理想的婚姻，由于物质的贫困和生活的重压，她与木犊之间的婚姻日益沦为了一个既无爱又无性的空壳，但这种虚伪的婚姻却得到了世俗的普遍认可。无奈之下黑氏跟木顺私奔，去寻求灵肉和谐的理想爱情，但等待他们的却是一个尴尬而绝望的结局：他们的野合遭致了野蛮的暴力。这意味着，《黑氏》其实象征性地书写了女性乃至人类无法摆脱的性爱分离、情理相悖的生存困境。

无独有偶，人们常常习惯于从天狗的性压抑故事中提炼出颠覆传统伦理文化规范的合法性主题，而没有意识到《天狗》其实是一个关于男性的恋母情结的人类学文本，它揭示了男性的一种集体无意识心理困境。具体来说，小说中天狗与师娘、师傅的关系可以还原为精神分析学意义上的子—母—父的关系，天狗恋母弑父（“师傅”的谐音?）的潜在冲动，以及由此所酿成的乱伦罪感或道德负疚心理在作品中得到了极富象征意味的表达。首先，小说中多处暗示了天狗对师娘的恋母潜意识。在天狗的心目中，师娘就是美丽、善良、宽容和博爱的“女菩萨”，师娘就是天上神圣高洁的月亮的人间化身，而“天狗吞月”的神话故事恰好泄露了他心灵中不为人知的秘密。因此，原本只比师娘小三岁的天狗总是愿意在师娘的面前装扮作“没有成人的人、一只小狗”，或者表现出“温顺得如只猫儿，用手一扑索就四蹄儿卧倒”，总之是“变成一副受宠的样子，在这菩萨面前要作出孩子般的腼腆和柔顺”。与此同时，在师娘的幼子面前，天狗又竭力以僭越的“天狗叔”自居，而不愿接受“天狗哥”这一符合传统伦理纲常的称呼。凡此种种，使天狗恋母弑父的潜在冲动暴露无遗。终于，在一次意外事故中，师傅成了废人，瘫卧在床，这意味着天狗弑父的隐秘愿望得以实现。然而，天狗随之陷入了巨大的心理焦虑之中，因为他无法挣脱由乱伦弑父所带来的沉重心理罪感。这样他只能用一连串善良的德行来无偿地为师傅治病、替师傅支撑着风雨飘摇的家，这其实是天狗隐秘的赎罪心理的表现。至于天狗被迫娶了师娘却始终不愿履行夫妻之实的奇异举动，同样可以看作他内心深处巨大的心理负疚感的结果。尤其是师傅的自杀行动，更是给了天狗这个“忤逆之子”以最后的，也是致命的打击，因为天狗从此将再也无法赎回他的罪孽。这个中国的俄狄浦斯，他将终其一生都在由恋母弑父所带来的忏悔心理困境中越陷越深，焦虑不安，无力自拔。

虽然《天狗》和《黑氏》是贾平凹小说中生存论叙述的重要代表性文

本，但在创作它们的1985年贾平凹在总体上还处于启蒙论的叙述范式之中。如前所说，只有到了《浮躁》之后，贾平凹小说中的生存论叙述范式才得以从根本上确立。这一时期的重要作品有很多，如《太白山记》中《寡妇》和《公公》诸篇注重探析人的潜意识隐秘和原生生存状态，《妊娠》中《故里》集中表现了女主人公赵怡有家难回、无家可归的尴尬生存心态，等等。当然，最能够显示贾平凹小说中生存论叙述实绩的作品还是收入《逛山》中的四部“土匪系列”中篇，这些民间的历史题材故事被作者赋予了深刻的现代哲理意蕴。

先看《五魁》，小说中五魁与一个女人曲折的传奇经历实际上隐含着人生选择的荒诞感和人生价值的虚无感。五魁是一个出身贫贱的驮夫，在一次遭遇土匪的驮亲行程中他暗地爱上了即将成为柳家少奶奶的新娘。虽然五魁清醒地意识到了这份爱的虚妄，但他不知道正是这份虚妄的爱将他一步步地导向了矛盾和绝望的心理深渊。五魁的第一次重大选择是孤身入匪穴，其勇气来自他对女人的爱，来自他认为自己的行动必定会成全女人幸福的善良愿望。但令五魁难堪的是，他英雄的举动带给了女人婚后无尽的痛苦，因为意外瘫痪的柳家少爷总是想方设法对女人施加残酷的性虐待。为了摆脱内心日益沉重的负疚感，五魁再次选择了铤而走险，在纵火后劫持女人出逃到了荒山野岭。然而，由于传统的道德规范的束缚，更主要是由于对女人的爱和出于对女人的幸福的责任，五魁一次次理智地压抑了自己的性冲动，他不知道自己的这种选择再一次将女人逼向了痛苦的深渊，因为他所表达的爱对于女人而言其实是另一种残酷的折磨。这样就有了女人与狗之间变态的虐恋的出现，而正是五魁对狗的屠戮使女人彻底丧失了生命的尊严，因此女人的坠崖其实表达了她对五魁和人生的深深绝望。而五魁在同样的绝望中最终选择了啸聚山林，他竟然成了一个好色的匪首，这不能不说是对他先前选择的一种嘲讽。如此看来，五魁的人生选择总是差强人意、身不由己，他仿佛是陷入了一种连锁性的神秘的命运圈套之中不能动弹，动辄得咎！

与五魁做驮夫一样，《美穴地》中的柳子言也有着一个专门为人作嫁的尴尬职业——风水先生。小说中柳子言三次选吉穴的经历颇有黑色幽默的味道。前两次都是为别人造福，一次是慑于姚家掌柜的有财有势，一次是迫于土匪苟百都的武力淫威，只有第三次才是为他自己，可命运给他开了一个苦涩而残酷的玩笑，他亲手选定的吉穴并没有给他带来后裔的发达，其子只不过是做了一个戏台上的达官贵人而已。然而，柳子言人生的荒诞意味还不止于此，在他和姚家四姨太的爱情传奇故事中隐含着更为强烈的生存悲剧意蕴。由于出身和职业的低贱，在柳子言的心里深处埋植下了不为人知的自卑情结。正是这种自卑情结导致了他在姚家四姨太的性诱惑面前体验到了深深的性屈辱。不仅如此，在偷听和想象土匪苟百都和四姨太的疯狂性爱活动中，柳子言体验到了更加强烈的生命屈辱。然而，就在柳子言终于从自卑中奋起，做了一回英雄，将心爱的女人拯救出来后，他痛苦地发现四姨太已经不再是原来的那个美艳妇人，她早已绝望地自毁其容！柳子言的人生就是这样充满了悖谬性，他的事业和爱情悲剧是对人生意义的颠覆、反讽和嘲弄。

《白朗》叙述的也是一个反讽性的故事。白朗是一个英俊的土匪，在他美如妇人的皮囊下隐藏着一股桀骜不驯的英雄气。不难发现，在小说的前两节和第三节之间存在着鲜明的反差。如果说前两节主要追忆和描述了白朗在落难前和受难中的英雄豪举，那么第三节则冷静地完成了对前两节的拆解，此时白朗的英雄气荡然无存，他陷入了深深的虚无和幻灭感之中。从叛匪黑老七的牢笼中脱逃后，最初的白朗仍然志得意满，因为他从陆星火的援救行动中再次确证了自己的感召力，更重要的是从与压寨夫人的旷世情缘中找回了英雄的尊严。然而，白朗很快意识到了自己的脆弱和虚妄，因为他无奈地获悉，正是无数人生命的馈赠才使得他顺利返回了王中之王的宝座。除了陆星火和压寨夫人之外，包括行刺未果而被自己误解的刘松林、严守秘密而以身相殉的丫鬟，甚至还包括一对客店的老板夫妇都为白朗而成了无辜的鬼魂。刹那间白朗不禁心身俱疲、神形苍老，他骤然倒下了。觉醒后的白朗选择了悄然退隐，与其说这是看破红尘，不如说是因为他深切体验到了人生天地间无力自由、自相矛盾的生存困境。

《晚雨》的主人公天鉴也是一个杀人越货的土匪。土匪本来属于被主流社会秩序所放逐了的边缘人，但小说中的天鉴在劫杀了赴任途中的新县令后却萌生了张冠李戴、回归主流社会秩序的念头。他不知道这一次的选择将使他彻底失去昔日土匪生活的自由，他以假乱真的县令身份将使他陷入无力自拔的人生窘境。事实上，做了县令的天鉴举手投足都必须符合正统的社会规范和虚伪的官场礼仪，尽管不大适应，但他也只能被迫改造自己。更让天鉴难以接受的是，他不仅无法自由施展自己为民造福的政治抱负，甚至连独立自主的爱情权利也没有得到。天鉴在与树大根深的巡检的权力争斗中失败了，为了使天鉴摆脱尴尬，天鉴的得意下属严渠督也自杀了。最令天鉴痛苦的是，虽然贵为县令，但他只能眼睁睁地看着自己心爱的女人王娘凄惨地死去。绝望中的天鉴选择了自断尘根，他摇身变成了一个对民众实行禁欲主义统治的独裁者。不仅如此，天鉴居然还娶了巡检的妹妹为妻，从此在官场上春风得意，他忘了死去的王娘和严渠督，他是彻底被权威社会秩序所同化了。在这个意义上，《晚雨》其实象征性地揭示了人在社会秩序中无法摆脱异化的命运，或者说隐喻了人类无地自由的悲剧性生存处境。

三

自 1992 年写作长篇小说《废都》开始，贾平凹小说的叙述范式开始了新的转换，即从生存论叙述嬗变为现代性反思叙述。如果说贾平凹 20 世纪 80 年代中前期的启蒙叙述带有鲜明的时代色彩，作为一种艺术反拨，其八九十年代之交的生存论叙述具有强烈的超越性，那么在很大程度上，贾平凹 90 年代以来的长篇小说系列综合了前两种叙述范式的时代性和超越性，既体现了作者对中国当代社会现实的深切关注，同时也传达了作者对现代社会中人的生存境遇的终极关怀。当然，除了这种合理的继承和延续之外，在贾平凹 90 年代的长篇小说系列中还出现了以前两种叙述范式中所没有的新质，这就是作者近十年来一直孜孜以求的现代性反思主题。在接下来的文本分析中，我们将会看到贾平凹这些年来在反思现代性的过程中所经历的精神或心理轨迹，其中既有绝望的批判，又有矛盾而困惑的进退两难。

迄今为止，贾平凹的小说主要涉及了两类题材：一类是以作家的故乡——商州的山地和乡镇为背景的乡村小说，再一类是以作家成年后长期生活的西安（“西京”）为背景的城市小说。从贾平凹 20 世纪 80 年代中前期创作的商州乡村小说中不难看出，当时他主要是站在启蒙立场上来批判性地审视故乡商州的乡村文明或农耕文化的，尽管其中也流露了作者对故乡的自然风光和纯朴民风的赞美，但那显然并不是作者的主导价值立场。然而，到了 90 年代的长篇小说《废都》和《白夜》中，贾平凹的文化价值立场发生了明显的转变。在这两部以西京城为背景的长篇小说里，贾平凹对当代中国的城市生活和现代城市文明进行了不遗余力的价值批判，尤其是深刻地揭示了当代人置身于现代消费社会中精神异化、无家可归的生存处境。

值得注意的是，贾平凹在《废都》和《白夜》中有意无意地虚构或预设了一个理想化的价值尺度，即纯朴美好的乡村文化，希望以此来批判和拯救日益沦陷的现代城市文明。这在《废都》中表现得最为分明，作者特意在小说中设置了一头从乡村进城的奶牛，它能够像哲学家一样思考人类的前途和命运。归结起来，贾平凹借这个动物哲学家主要传达了这样的观点：原始的乡村生活是令人向往的，因为人与自然相处和谐，而现代化的城市生活则是让人厌倦的，因为现代人丧失了生存的本真状态，他们日益沦为追逐欲望的奴隶。不仅如此，贾平凹还集中通过小说的主人公庄之蝶的复杂情感纠葛形象地传达了作者的哲学和人生思考。作为西京城的文化名人，虽然庄之蝶也有着超越平庸世俗的婚姻生活的合理愿望，但他却选择了一条以堕落来表现超越的颓废之路。从庄之蝶与唐宛儿、柳月、阿灿和汪希眠老婆等众多女性的情爱纠葛来看，他对理想爱情的潜在追求基本上被其不加节制的性欲浪潮给湮没了。庄之蝶企图通过性的放纵来排解自己内心的痛苦，但接踵而至的却是更大的精神痛苦和更难以承受的灵魂空虚。庄之蝶是一个心为身役、神为物役的现代知识分子，他也是现代城市文明中滋生出来的一个畸形人。通过庄之蝶这个人物的塑造，贾平凹强烈地表达了他对现代城市文明或者现代性文化的价值批判立场。

在很大程度上，《白夜》延续了《废都》的现代性反思叙述。区别在于，《废都》中活跃的主要是一群"文化闲人"，而《白夜》中的夜郎、颜铭、南丁山、邹云等都属于现代城市中没有固定职业的"社会闲人"。其中，邹云是"二奶"，南丁山是一个草台戏班的班主，颜铭是歌厅小姐和时装模特，既被人误解又自我欺骗，夜郎则近乎一个无业游民，他惯于以非常的手段来应对社会的邪恶，在感情上又陷入了灵肉分裂的窘境。可以看出，从《废都》到《白夜》，尽管人物形象发生了变化，从知识精英变成了普通市民，但作品的主题是一以贯之的，这就是充分揭示商业语境中当代中国城市人的精神异化状况。这正如《白夜》结尾所引的一段民间戏曲《精卫填海》中精卫道白的那样："如果它（大海）不溺死我的女儿身，我是以人的形象享受人的欢悦与烦恼，可它却把我变成了现在这个样子，非人非鸟！"确实如此，小说中以夜郎为代表的一帮"社会闲人"，他们不正是在城市的滔滔欲海中蜕变成了一种"非人非鸟"的现代怪物吗？

尽管《土门》写得有些概念化，在艺术性上不及《废都》和《白夜》，但《土门》的创作还是显示了贾平凹小说中现代性反思叙述的某种深化趋势。一个明显的区别是，贾平凹在《土门》中不再预设一种理想化的乡村乌托邦来作为批判现代城市文明的价值参照系，而是同时展开对现代城市文明和传统农耕文化的双重批判。《土门》中有两处很奇特的寓言化描写：一是描写一条狗由于受到城市化进程的威胁和恐惧，从此留下了亮鞭的后遗症。因此，书中那条被城市人所驱逐的狗其实恰恰隐喻了现代城市人无家可归的精神困境，而狗最终被仁厚村人所接纳又恰好指明了现代人回归乡村文明的理想归宿。应该说，《土门》中关于狗的寓言潜在地揭示了作者批判现代城市文明的价值立场，这与《废都》和《白夜》的精神旨趣一脉相承。真正使《土门》区别于前两部作品的是小说中关于女主人公梅梅长了尾骨的寓言描写。梅梅是仁厚村所负载的传统农业文明的坚定捍卫者，她那不可告人的生理赘疣无疑象征了传统农耕文化的内在病灶和精神劣根性。当然，书中真正体现了传统农业文明痼疾的人物是村长成义。成义保守、顽固、独裁，热衷暴力统治、喜欢个人崇拜，中国封建的纲常伦理观念已经深入了他的精神血液之中。值得指出的是，直到小说结尾，成义作案伏法后，梅梅还在幻想着通过回归母腹重返已经失去的乡村家园。可以说梅梅对传统文化和乡村的眷恋正体现了她精神上的一种返祖意向，因此她那神秘的尾骨明显折射了她的保守主义价值立场。如果将书中两处寓言描写联系起来看，不难发现，写作《土门》时的贾平凹并不是一味地批判和全盘否定现代性文明，而是在批判的同时也清醒地意识到了现代性文化的正面价值，并在书中虚构了一个名叫“神禾塬”的地方，以寄托自己嫁接现代与传统的朦胧理想。

但在随后创作的《高老庄》中，那个理想化的“神禾塬”并没有出现，出现的是一个既让人向往又让人厌恶的“高老庄”——一个像仁厚村一样的“土门”。由此也可以看出《高老庄》对《土门》的精神延续性。不同之处在于，写作《高老庄》时的贾平凹已经失去了写作《土门》时的理想主义情怀和为现代性辩护的理性激情，此时的贾平凹陷入了在现代与传统之间无法做出选择的两难困境。书中大学教授子路和妻子西夏在还乡过程中所发生的心态“反向”嬗变现象是颇为耐人寻味的。子路所经历的是一场“乘兴而来、败兴而归”的尴尬。久居城市的文明人子路，原本期望在这次衣锦还乡的过程中寻找一份美好温馨的乡村人伦情感来补救城市人的心灵阙失，但随着时间的推移，他对乡村人（顺善、蔡老黑等）的那种狡黠、愚昧、自私、野蛮的行径感到深深的绝望。子路最终一个人孤身返回了城市。临行前他在父亲的坟前含泪说道：“爹，我恐怕再也不回来了!”这暗示着作者对传统乡村文明的理性拒绝。西夏不同于子路，她是地道的城市人，因此她对高老庄并没有太多的期待，甚至于对子路还乡后流露出来的“乡气”表达了明确的反感和厌恶情绪。然而时间一长，城市人西夏便不再以启蒙眼光审视高老庄人，她被乡村的自然风光和原始民俗所吸引，尤其是被蔡老黑身上所表现出来的原始野性和生命强力所吸引，总之，她是在民间乡村文明中寻找到了疗治现代城市人“人种退化”的偏方。从子路和西夏的心态错位中不难发觉，贾平凹在理智上是“同意”子路最终选择现代性立场的，然而他在情感上又“同情”西夏皈依乡村的现代性批判立场。这意味着创作《高老庄》时的贾平凹是痛苦的、进退失据的，他还无法摆脱内心的精神困境。

果然，在《怀念狼》里，贾平凹的这种精神困境再一次凸显了出来。如同《高老庄》一样，《怀念狼》里也有两种不同的声音：一种是由作为记者的叙述人“我”所传达出来的批判现代性的声音，再一种是由“我”的舅舅——猎人傅山所传达出来的保卫现代性的声音。“我”是从城市来到商州山地的记者，“我”对现代城市人的“人种退化”充满了忧虑，“我”寻找狼和保护狼的目的是拯救现代文明支配下日益衰颓的现代人。然而“我”的护狼初衷换来的却是狼种的灭绝，因为舅舅傅山必须要捕杀狼，否则他就会患一种软骨病而死去。这意味着，如果不猎狼，那么猎人将不成其为猎人。换句话说，如果不征服自然，人将不“人”。但一味地征服自然又将会导致“人”的消失或人类的末日，小说的结局就是明证：由于狼类的灭绝，傅山和他的山民们也都异化成了“人狼”。这种想象性的结局寓示着作者对现代性文明进程的深切忧虑。所以《怀念狼》中批判现代性的声音在总体上还是占了上风。

在《怀念狼》之后贾平凹写了《病相报告》，这部长篇叙述了一个非常古典的浪漫爱情故事。在这个商业化的世俗年代里，这多少显得有些不合时宜。然而正是在这个意义上我们可以发现贾平凹潜在的现代性批判情结。《病相报告》是“正话反说”，当这个时代的人们错误地将一场刻骨铭心的爱情视为一种精神疾病的时候，我们和这个时代是真的生病了。如果说《废都》是通过庄之蝶的“性”故事直接批判了现代城市人的精神异化状况，那么《病相报告》则是企图通过胡方的爱情故事间接地批判现代城市文明的世俗功利价值。《病相报告》可以说是《废都》的“反文”，它的出现意味着贾平凹小说中的现代性反思叙述范式已经走到了尽头：终点又回到了起点。贾平凹是必须寻求新一轮的创作转换了。

关于新的创作转换，贾平凹在《病相报告》的后记中这样说道：“如果在分析人性中弥漫中国传统中天人合一的浑然之气，意象氤氲，那正是我新的兴趣所在。”当然，我们从这个既现代又传统的矛盾提法中一时还无法窥出贾平凹小说的新范式的面貌，我们只能期待作者提供更多的具有新质的作品了。

第08章　韩少功：会通中西的文学接受

法籍捷克裔作家米兰·昆德拉的小说创作对中国当代文学影响深巨。早在1986年，韩少功即与人合译了长篇小说《生命中不能承受之轻》，1987年初作为“作家参考丛书”由作家出版社出版。韩译本是迄今为止同类译本中最早也是最受好评的一个译本，它不仅对中国当代文学影响甚大，如陈忠实的长篇巨著《白鹿原》就深受韩译本的艺术启发，而且对韩少功的文学创作道路更是有着不可估量的影响。中国比较文学界对韩少功的两部长篇力作《马桥词典》和《暗示》所受《生命中不能承受之轻》的影响一直颇为关注，尤其是昆德拉的“词典体”（《暗示》的“象典体”是词典体的一种变体）对韩少功的长篇小说文体启示意味深长。但毋庸讳言，韩少功沿着《马桥词典》和《暗示》在小说文体创新的道路上越走越远，《暗示》甚至被拒绝纳入小说范畴，这多少有些违背了昆德拉小说文体创造的初衷。也许是出于对《暗示》批评的回应，韩少功在2013年终于出版了一部比较而言更像长篇小说的长篇小说——《日夜书》。这是一部昆德拉式的中国小说，从中不仅能发现韩少功对《生命中不能承受之轻》的文学接受形迹，而且还能窥见作者立足中国本土叙事传统对昆德拉式西洋小说进行改造和创化的努力。

一

作为昆德拉最负盛名的长篇代表作，《生命中不能承受之轻》完美地体现了昆德拉一生的小说美学理想。他晚年把这种小说美学理想形态定义为“原小说”（archi－roman），“它让小说的艺术在小说四个世纪的历史里所累积但却被忽略、遗忘的一切可能性获得重生”。[①] 在昆德拉看来，“原小说”不是“反小说”（anti－roman），不是那种激进前卫的现代主义或后现代主义小说家所醉心的“纯粹否定性”或完全解构式的小说实验，比如彻底地否定人物、情节和故事的叙述游戏文本，而是能够创造性地复活欧洲近代小说传统的一种“第三时”小说形态。[②] 显然，昆德拉并不推崇我们习惯上称作“元小说”（meta－fiction）的那种叙事上自我拆解的“反小说”形态，他明确表示自己并不欣赏法国“新小说”的后现代做派。昆德拉把西方小说史或欧洲小说史划分为三种形态：以拉伯雷、塞万提斯等人的小说为代表的“上半时”，以巴尔扎克、普鲁斯特等人的小说为代表的“下半时”，以及以卡夫卡、布洛赫等人的小说为代表的“第三时”。“上半时”小说文体自由，属于小说的原生态；“下半时”小说文体固化，呈现出程式化特征；而“第三时”小说是对“下半时”小说的反拨和对“上半时”小说的复归。昆德拉主张“为上半时小说原则恢复名誉”，但“其意义不是回归到这种或那种仿古笔法，更不是对十九世纪小说的幼稚否定”，而是“要重新确定并扩大小说的定义”，“要与十九世纪小说美学所做的缩小小说的定义唱一个反调”，“要将小说的全部历史经验作为小说定义的基础”。[③] 正是建立在这种回归“上半时”欧洲小说传统的小说艺术史观的基础上，昆德拉

---

① 米兰·昆德拉：《相遇》，尉迟秀译，上海译文出版社，2012年，第74页。

② 同上。

③ 米兰·昆德拉：《被背叛的遗嘱》，余中先译，上海译文出版社，2011年，第78—79页。

倡扬的“第三时”小说体现出“原小说”融汇古今、打通现代与传统壁垒的美学形态。

这种新小说形态的首要特点即在于“将随笔式的思考引入到小说艺术之中”，“使小说构造变得更自由”，“为离题的神聊重新赢得权利”。① 这在弗吉尼亚·伍尔夫那里也可得到印证，她同样主张“在一部小说中有故事，有喜剧，有悲剧，有评论和信息，有哲学和诗歌”，她声称“小说的魅力之一就在于它涵盖的范围如此之广”。② 深深影响昆德拉的布洛赫也认为“小说有一种非凡的融合能力：诗歌与哲学都无法融合小说，小说则既能融合诗歌，又能融合哲学，而且毫不丧失它特有的本性（只要想想拉伯雷和塞万提斯就可以了），这正是因为小说有包容其他种类、吸收哲学与科学知识的倾向”③。唯其如此，昆德拉才提出“一种小说对位法的新艺术（可以将哲学、叙述和梦幻联成同一种音乐）”。④ 这是一种从拉伯雷和塞万提斯等“上半时”小说家那里复活过来的小说文体多元融合形态，它是对以巴尔扎克为代表的“下半时”标准小说模式的反叛，它倾向于回到小说文体的原点和起源状态，兼容并包各种非“纯小说”的文体因素。我们看到在《生命中不能承受之轻》的文本结构中，多种文体因素杂糅错综在一起。第1章《轻与重》里既有关于“永劫回归”等命题的哲理叙述，也有关于特丽莎裸体绕池行走的梦幻叙述，这些精神性叙述与男女主人公的日常生活分析叙述融贯一体，深得文体对位法之妙理。第2章《灵与肉》里再次出现特丽莎的噩梦叙述，同时穿插关于小说人物形象孕育和构思过程的理论叙述，这些都与托马斯的三角型私人生活叙述相交织，同样是三种文体对位法的灵活运用。第3章《误解的词》围绕“女人”“忠诚与背叛”“音乐”

① 米兰·昆德拉：《被背叛的遗嘱》，第78页。

② 弗吉尼亚·伍尔夫：《小说的阶段》，转引自弗朗索瓦·里卡尔：《阿涅丝的最后一个下午》，袁筱一译，上海译文出版社，2011年，第171页。

③ 米兰·昆德拉：《小说的艺术》，董强译，上海译文出版社，2004年，第82页。

④ 同上书，第84页。

“光明与黑暗”“游行”“墓地”“力量”等主题词典，将萨宾娜与弗兰茨的私人生活叙述与精神哲理叙述编织成章，极具多元文体创造性。第 4 章《灵与肉》中关于调情与爱情的哲理思辨与特丽莎登山自杀的梦魇叙述、女主人公的出轨隐私叙述相交会，与第 2 章构成回应和对位。第 5 章《轻与重》同样构成了与第 1 章的文体对位和艺术回声，既有关于俄狄浦斯神话的辨析，关于贝多芬音乐的辨析，关于托马斯猎艳心理的辨析，也有关于托马斯疲惫春梦的超现实叙述以及他被迫害的政治社会叙述。第 6 章《伟大的进军》完全是一篇关于媚俗的哲理随笔，在整体文本结构中堪称枢纽。第 7 章《卡列宁的微笑》则宛如一首散文化的抒情诗，其中植入了有关特丽莎和托马斯的晚年梦幻叙述和他们对田园牧歌生活的理解。总之，作为一部典型的“原小说”，《生命中不能承受之轻》成功实现了对欧洲小说“上半时”多元文体融合的美学回归，小说中的非小说文体因素纵横交织，并且构成了有机的艺术整体。

对于《生命中不能承受之轻》的“原小说”文体特征，韩少功早就有着清醒的认识。他在译者前言中写道：“在捷克的文学传统中，诗歌散文的成就比小说更为显著。不难看出，昆德拉也继承发展了这种散文笔法，把小说写得又像散文又像理论随笔。”① 他甚至认为《生命中不能承受之轻》“是一种很难严格类分的读物，它是理论与文学的结合，杂谈与故事的结合，还是虚构与纪实的结合，梦幻与现实的结合，第一人称与第三人称的结合，通俗性与高雅性的结合，传统现实派和现代先锋派的结合”②。这种归纳显然深谙昆德拉这部长篇小说代表作的文体对位法之妙。不仅如此，韩少功还从昆德拉笔下得到新的文体启示：“已经是现代了，分离日久了的文史哲，能不能回归人类文化初期的一体整合状态？既然人的思维世界是

① 韩少功：《前言》，载米兰·昆德拉：《生命中不能承受之轻》，韩少功、韩刚译，作家出版社，1992 年，第 8 页。

② 同上书，第 12 页。

丰富的，既然人的理智与情感互为表里，为什么不能把狭义的文学（fiction）扩展为更为广义的读物（literature）呢?”① 韩少功由此开启了长篇小说跨文体写作的新路径。他的长篇《马桥词典》《暗示》和《日夜书》都介于文学与读物之间，介于小说与非小说之间，实现了中国传统意义上文史哲的文体交融，都属于昆德拉所谓的“原小说”范畴。韩少功明确反对“文体分隔主义”,② 戮力于中国当代长篇小说的文体整合与文体杂糅，这既是对昆德拉的借鉴，也是立足于中国本土文体传统的创造性转化。和昆德拉主张到欧洲“上半时”小说传统中寻找跨文体资源一样，韩少功主张到中国古代文体传统中寻找跨文体资源，他把这种文学姿态称之为“进步的回退”,③ 但这不是简单的复古和回归传统，而是在现代视野下实现传统的再生。韩少功敏锐地发现，西方小说属于“后戏剧”文体传统，而中国小说属于“后散文”文体传统,④ 戏剧对西方小说文体的渗透堪比散文对中国小说文体的渗透。而中国散文的源头其实就在于诸子散文和史传散文，它们都是中国小说演变的渊薮，是现代中国小说家文体借鉴与创化的起点。实际上，唐代流行的传奇体小说就号称“文备众体”，史家传记之才、诗家抒情之笔、诸子议论之学，莫不相得益彰。不难发现，韩少功在长篇新作《日夜书》的创作中有意地回归了中国小说的传奇体传统，这与昆德拉的《生命中不能承受之轻》偏重于理论随笔和人物精神剖析还是有所不同。

唐人传奇以传记为本，史传散文为其文体核心，诗歌式抒情和随笔式议论或穿插其间，或首尾映衬，基本上是作为传记的副文本而存在。《日夜书》全书51节，主体部分由姚大甲、陶小布、“秀鸭婆”、郭又军、吴天保、“小军帽”、安燕、马涛、肖婷、马楠、“酒鬼”（其实是知青农场里一只颇类人的猴子）、贺亦民、马笑月等十多个主要人物的艺术传记所组成，

① 韩少功:《前言》，载米兰·昆德拉:《生命中不能承受之轻》，第11页。
② 韩少功:《熟悉的陌生人》，上海文艺出版社，2012年，第378页。
③ 韩少功:《进步的回退》，上海文艺出版社，2012年，第7页。
④ 韩少功、王尧:《韩少功王尧对话录》，苏州大学出版社，2003年，第220—222页。

这些人物传记有的占据十多节，有的则仅一二节，或长或短，短的近乎独立成章，长的被分割穿插在其他众多人物传记系列之间，彼此错综复杂，交相辉映，共同构成了一个时代的精神史记。即使是有意借鉴昆德拉词典体的三节，同样也可视为三组人物传记杂俎。如第 11 节里，除却“泄点与醉点”纯属理论随笔之外，“关于 N”“关于安燕”“关于姚大甲”“关于吴天保”“关于贺亦民”都属于微型的人物传记片断，完全可以视为一组传奇体的奇人逸事笔记小说。再如第 25 节，同样是词典体，同样除了“准精神病”属于纯理论随笔而外，“关于蔡海伦”“关于马楠”“关于万哥”“关于马涛”均属小型人物传记文本，照例可以视为一组传奇体奇人逸事笔记小说。至于第三组词典体即第 43 节，开头“器官与身体”依旧属于纯粹的理论随笔，接下来“关于腿与腰”“关于手”“关于脑”“关于舌”“关于耳”“关于心（或 X）”则全部指向一个人——贺亦民，这既是对时下当代中国文坛流行的所谓“身体写作”的戏仿和解构，也是关于贺亦民的一组颇具艺术匠心的传记片断。可以毫不夸张地说，《日夜书》就是一部纪传体的当代“史记”小说或小说“史记”。本来《史记》就是中国小说的艺术源头之一，尤其是唐传奇和明清章回体长篇小说，更是刻有《史记》纪传体叙事模式的鲜明烙印。韩少功力主“进步的回退”，在文体资源上回撤到中国小说“后散文”传统的源头，其艺术勇气不啻昆德拉回退到欧洲近代小说的原生形态。但与昆德拉《生命中不能承受之轻》偏重于理论随笔不同的是，韩少功的《日夜书》偏重于史传散文，他似乎有意回避了昆德拉在叙事中穿插大量哲理副文本的做法，而是有选择性地嵌入尽量少的哲理随笔，全书中像第 43 节那样的纯粹哲理随笔文本几乎绝无仅有，像第 51 节那样的哲理抒情文本也十分少见。这与韩少功此前的长篇《马桥词典》尤其是《暗示》比较起来更加分明，那两部长篇中的哲理随笔所占篇幅要大得多，直逼昆德拉，而《日夜书》虽也有昆德拉化的痕迹，但“去昆德拉化”的痕迹同样明显，这主要表现为从理论随笔转向史传散文为文本结构中心，显在的理论色彩逐步弱化，明确强化艺术形象，避免理论大于形象之讥，由此赓续中国小说的后散文化传统。

无论是昆德拉的回到欧洲小说“上半时”还是韩少功的“进步的回退”，回到中国小说的“后散文”传统，都隐含了“原小说”艺术冲动，只不过韩少功并未直接照搬昆德拉的西化技法，而是力图走一条中国化的现代小说艺术之路。如果说所谓文体对位法还只是宏观层面上的跨文体写作，那么对于昆德拉和韩少功而言，他们的长篇小说并未停止于这种宏观的文体杂糅，而是深入了微观的文体渗透层面，这是一种微观的跨文体实验，与宏观的文体对位法一起实现了文体的一体化。昆德拉曾将小说分为三种类型：“讲述一个故事（菲尔丁），描写一个故事（福楼拜），思考一个故事（穆齐尔）。”① 显然，昆德拉自己的小说属于穆齐尔所代表的思考故事型，即将故事思辨化和哲理化，也就是淡化故事情节，强化故事的精神内涵，这其实意味着小说叙事与理论随笔的深度对接和文体整合。它不仅表现在各类文体的宏观对位与互渗，更重要的是表现在具体而微的叙述语法或句法上。比如《生命中不能承受之轻》第一部分里最有名的那个句子：“多少年来，我一直想着托马斯，似乎只有凭借回想的折光，我才能看清他这个人。”这就是典型的昆德拉叙述，借用里卡尔的说法，它属于“分析性叙述”，② 也可以说是“思考性叙事”或“叙事性思考”③。此时昆德拉的小说叙事不论在宏观表层上还是微观深层里，全都被小说家的思考所浸透，此时的小说家或叙述者毫不隐瞒自己的思想者或学人身份，所以不仅每一章、每一节，甚至每一段、每一句都渗透着思辨的血液或灌注着思考的精髓。这是一种骨气端翔的硬派写作，而不是柔美无骨的软性写作，韩少功毕生追求的就是这种有力量的写作，他素来厌倦和反感那种软绵绵的时尚文学

① 米兰·昆德拉：《小说的艺术》，第155页。

② 弗朗索瓦·里卡尔：《阿涅丝的最后一个下午》，第140页。

③ 同上书，第171页。

调味品。看看《日夜书》开篇那个奠定了全书叙述基调的句子："多少年后，大甲在我家落下手机，却把我家的电视遥控器揣走，使我相信人的性格几乎同指纹一样难以改变。"这表面上让人想起马尔克斯著名的预叙开头，其实骨子里属于昆德拉式分析性叙述或思考性叙事。这样的分析性或思考性叙述在《日夜书》中几乎随处可见，不仅在那些词典体或以理论随笔为主的章节中，而且在那些以传记性为主的章节里同样如此。《日夜书》微观层面的叙述语法和句式属于典型的昆德拉体，但在宏观文体对位层面转向了中国本土古典叙事传统。韩少功借鉴分析性叙述可以回避中国传统史传或传奇体叙事中常见的"太史公曰""异史氏曰"之类的介入式、插入式或附骥式评论，转而在叙事的字里行间全面渗透分析性或评论性话语，这是韩少功立足中国古典叙事传统资源而对昆德拉式的西方现代"原小说"叙事模式的创造性转化。

二

昆德拉的"原小说"观不仅体现在文体对位法（主要是文类对位法）的宏观和微观层面上，而且还体现在他的长篇小说文本的体式结构上。按照昆德拉的小说艺术史逻辑，欧洲"上半时"小说如拉伯雷、塞万提斯等人的小说大都不仅属于文类杂糅文本，而且属于复调小说文本，而欧洲"下半时"小说如巴尔扎克、司各特等人的小说则不仅在文类上越来越"小说化"，有意排斥其他文类，而且大多属于主调或单调小说文本。在这个意义上，昆德拉所参与重建的"第三时""原小说"其意不仅在于重现"上半时"小说的文类互渗境界，发掘"前小说"的文类因素，而且还在于重现"上半时"复调小说的艺术辉煌。众所周知，复调小说的概念为苏联巴赫金所首倡，他在陀思妥耶夫斯基的小说创作中发现了欧洲小说艺术史上占有重要地位的复调小说诗学。但昆德拉自有超越巴赫金的地方，他深厚的音乐专业素养使他在复调小说诗学与创作上同样游刃有余。他对欧洲“上半时”音乐家巴赫十分推崇，而对所谓“下半时”音乐家如舒伯特、肖邦、柴可夫斯基等人的古典主义或浪漫主义音乐有着本能的反感，他之所以推崇贝多芬就是因为贝多芬实现了对巴赫的创造性继承，把巴赫的赋格（复调音乐的典范形式）引入了奏鸣曲（古典主义音乐的典范形式）①；正是在这个意义上，昆德拉才格外推崇欧洲“第三时”复调音乐，勋伯格、雅纳切克、斯特拉文斯基成了他心目中的现代复调音乐之神。对昆德拉而言，复调小说不仅体现在巴赫金所特别强调的小说中人物结构关系中，更重要的是还首先体现在小说的体式结构上。昆德拉创造性地将音乐诗学引入小说诗学，因此他的小说文本大都具备音乐性的深层结构体式。

早就有人指出，在昆德拉用捷克语写的七部小说中，隐含了他对“七”这个数字特殊的迷恋。包括《生命中不能承受之轻》在内的这七部捷克语小说，除了《告别圆舞曲》只分为五章之外，其余六部都分为七章，连小说集《好笑的爱》的定本也由七个短篇构成，这七部作品由此构成了可以与《人间喜剧》相媲美的宏伟的“小说教堂”。② 昆德拉对自己小说中的这一“数学结构”或“几何结构”并非完全没有意识，而是经历了一个从无意识到有意识再到无意识的过程。昆德拉创建的这种特殊的小说数学结构不仅是一种小说形式原型，它还是一种积淀在作者艺术心理结构中的文化心理原型，它是贝多芬为代表的“音乐建筑师”的伟大音乐建筑作品的形式结构在昆德拉创作深层心理结构中的艺术投影。昆德拉不止一次地在《生命中不能承受之轻》里写到贝多芬生命中最后一部四重奏第四乐章的音乐动机——“非如此不可”，仿佛谶语一般，昆德拉的捷克语小说似乎也无法走出这种神秘的七章结构体式。这种小说结构体式不仅仅是表层的外形式，而且潜匿在小说文本结构深层，成为熔合文本内容与形式的内形式。

① 米兰·昆德拉：《相遇》，第70—71页。

② 弗朗索瓦·里卡尔：《阿涅丝的最后一个下午》，第45—46页。

昆德拉后来意识到了自己深受贝多芬第 131 号四重奏音乐结构启发，这部四重奏分为七个乐章，节奏依次为慢、快、慢、变奏（慢、快）、很快、很慢、快。而他的捷克语长篇小说大都分为七章，每一章相当于一个音乐的乐章，而且每章就好比每个节拍，节拍有长有短，由此产生速度问题，故而昆德拉说自己的小说每一章都可以标上音乐速度标记。小说的音乐速度由它的每一章的长度跟它所包含的节的数量之间的关系来决定，而且小说速度的变化意味着所包含的情感氛围的变化。以此看《生命中不能承受之轻》（韩译初版本），小说的七章长度顺序依次为：第 1 章《轻与重》17 节 37 页，第 2 章《灵与肉》29 节 42 页，第 3 章《误解的词》11 节 55 页，第 4 章《灵与肉》29 节 43 页，第 5 章《轻与重》23 节 77 页，第 6 章《伟大的进军》28 节 37 页，第 7 章《卡列宁的微笑》7 节 42 页。不难看出，除第 3 章和第 5 章篇幅较长之外，其他五章篇幅大体持中，都在 40 页左右。但速度顺序就不同了，第 1 章长度虽与第 7 章大体持平，然而前者分 17 节，后者只分 7 节，节奏顺序很明显是由快到慢，从轻到重，外在形式中就隐含了“生命中不能承受之轻”的精神内涵。还有第 6 章和第 7 章尽管长度相当，但前者 28 节，后者仅 7 节，明显构成了快慢反差。按昆德拉的说法，“我就知道最后一部分必须是极轻和柔板（《卡列宁的微笑》：宁静、忧郁的氛围，几乎没有什么事件），而且在它前面必须有一个极强、极快的部分（《伟大的进军》：突兀、玩世不恭的氛围，有许多事件）”①。

昆德拉的音乐性小说体式深层结构无疑对韩少功有很大的艺术触动，但韩少功并非那种生搬硬套的中国式先锋作家，他并没有在自己的长篇小说创作中简单袭用昆德拉式的音乐性小说深层结构。作为中国寻根派文学的旗手，韩少功明确拒绝“从人家的规范中来寻找自己的规范，模仿翻译作品来建立一个中国的‘外国文学流派’”，而是倡导在向现代西方文学资

① 米兰·昆德拉：《小说的艺术》，第 111 页。

源实行“拿来主义”的同时必须意识到：“万端变化中，中国还是中国，尤其是在文学艺术方面，在民族的深层精神和文化物质方面，我们仍有民族的自我。我们的责任也许就是释放现代观念的热能，来重铸和镀亮这种自我。”① 很明显，昆德拉有昆德拉的传统，他将音乐引入小说创作，实现了从“跨文体写作”到“跨艺术写作”的跃进，这既表明了昆德拉进一步向欧洲“上半时”复调小说艺术传统回归的诉求，也隐含了昆德拉个人从小形成的音乐审美趣味作为潜在艺术定式的力量。昆德拉出身于音乐世家，其父是捷克国内著名音乐家，青年昆德拉直到25岁前都是被音乐而不是被文学吸引，② 所以他后来才实现了从音乐家到小说家的艺术跨越与审美融合。而韩少功对音乐显然没有昆德拉那样浓厚的兴趣，但他对绘画似乎格外钟爱，《日夜书》开篇写到的姚大甲就是一个画家，他的长卷散文《山南水北》首节就叫“扑进画框”，至于他的诸多文字中涉及绘画艺术的就更多了。他在《文学的根》中重点举到了两个画家的例子：一个是横空出世的法国现代派画家高更，再一个是民国画坛巨匠张大千。《文学的根》是韩少功的小说艺术宣言，他在其中表露自己对绘画艺术的兴趣并非偶然。韩少功小时候在母亲的庇护下成长，而其母曾在新中国成立前的北平受过专科美术教育，且担任过教员，因相夫教子而放弃公职。③ 少年韩少功显然受到过民国美术科班出身的母亲的艺术熏陶，甚至是遗传了母亲的绘画艺术基因，这些都是他后来在小说创作中从事小说与绘画“跨艺术”实验的内在深层动因。韩少功曾在中篇小说《兄弟》开头以第一人称写过一幕少年作画的鲜活生活场景，从中不难窥见少年韩少功痴迷中国传统绘画艺术的端倪，它构成了韩少功日后接受昆德拉小说艺术的先见或前提。

在翻译《生命中不能承受之轻》的过程中，韩少功早已领会到昆德拉

---

① 韩少功：《熟悉的陌生人》，第274—275页。

② 米兰·昆德拉：《小说的艺术》，第113页。

③ 廖述务：《韩少功传略》，载廖述务编《韩少功研究资料》，天津人民出版社，2008年，第7页。

小说音乐性结构的魅力。他特别强调昆德拉早年作为爵士乐手的经历，他还特意提及这部长篇小说类似音乐中的四重奏结构："书中四个主要人物可视为四种乐器——托马斯（第一小提琴），特丽莎（第二小提琴），萨宾娜（中提琴），弗兰茨（大提琴）——它们交相呼应，互为衬托。"① 显然，韩少功在这里更强调的是这部长篇小说中人物结构关系或人物声音关系的音乐性结构，即巴赫金所说的复调小说多声部对话结构，而不是昆德拉自己更为看重的将音乐性结构引入长篇小说体式中，即将音乐结构巧妙地移植或转换成小说结构，实现"跨艺术写作"而不仅仅是"跨文体写作"。韩少功在对昆德拉的文学接受中之所以重视前者而忽视后者，主要是因为后者需要接受者具备很高的西方现代音乐素养，人物声音的复调毕竟比小说体式的复调更容易让中国读者或作家所理解和借鉴，而作为一个不满足于机械复制的能动的文学接受者，作为一个有意于"进步的回退"的中国寻根派作家，韩少功有理由放弃自己并不熟稔的西洋音乐结构体式，而循着昆德拉回归欧洲小说"上半时"艺术经验的路径，转而向中国古老的绘画艺术求援。在他看来："晚清以后，我们的小说开始欧化，结构基本上都是焦点式的，就像西方的油画，而不像我们中国的一些文人画，比如《清明上河图》那种散点结构。"② 韩少功不满于现代中国小说所普遍借鉴的欧洲"下半时"小说的中心情节主导性叙事模式，那是一种焦点透视型的中心主义叙事模式，它与欧洲绘画传统密切相关，而韩少功所推崇的是与中国绘画传统相契合的散点透视型的多元主义叙事模式，主张在叙事中多中心、多视点、多人物、多情节，将中国传统国画中多层次、多角度、尺幅千里的全景式视野纳入长篇小说体式结构中。

《日夜书》51 节宛如繁星点点，10 多个不分轩轾的主人公（包括"酒鬼"）星光灿烂，共同构成了一幅《清明上河图》式的全景绘画结构。这里

① 韩少功：《前言》，载米兰·昆德拉：《生命中不能承受之轻》，第 9 页。
② 韩少功：《进步的回退》，第 307 页。

有远景也有近景，比如姚大甲最先出场，但逐渐由近景退至幕后，而贺亦民出场较晚，最先以远景出现，但逐渐成为近景，且属于浓墨大写意的近景，后来居上。这里有虚写也有实写，体现了国画传统虚实相生的艺术结构，如郭又军和贺亦民这一对不同姓的同胞兄弟，写郭主要是虚写，写贺主要是写实；马涛和马楠这一对兄妹，写马涛主要是虚写，写马楠则主要是写实；还有郭又军和安燕这一对夫妻，写郭主要是写实，而写安燕主要是写虚。写实凸显人物的生活琐碎，写虚勾画人物的性格灵魂，当然对不同人物而言，虚实其实也是相对的。在人物散点透视中，韩少功还注意移动视点，尽管陶小布以第一人称“我”的身份出场，但全书并非都以陶小布为视点人物，而是有时候转变为上帝型的全知零聚焦叙述，即使同是以陶小布展开第一人称限知叙述，也有客观冷漠型的外聚焦叙述与主观介入型的内聚焦叙述之分，这种叙述视点的移动或微调必然会增强文本绘画结构的立体感。至于全景画幅结构中各个画面或镜头随着多视点移步换景的内在规则，则主要取决于画面流动过程中的疏密有致、浓淡相间，作者在历史画面与现实画面之间，在理性画面与抒情画面之间，在庄严画面与戏谑画面之间自由地游走，看似随意地切割与组合，完全打破了现代小说起承转合的焦点透视叙事结构。韩少功与昆德拉可谓殊途同归，一个通过音乐性体式结构建构“四重奏”的复调小说诗学，一个借助绘画性体式结构建构“众声喧哗”的复调小说诗学，两者都属于“跨艺术写作”范畴，同样拓展了长篇小说的结构诗学空间。

三

昆德拉晚年标举的“原小说”越过欧洲“下半时”小说而直追“上半时”小说传统，这不仅表现在小说的“跨文体（文类）写作”和“跨艺术（门类）写作”两个层面上，而且还表现在小说主题的多样性、平等性与整体性上。在昆德拉视野中，欧洲“下半时”小说过于模式化，不仅在形式技法上而且在主题意蕴上都显得过于单一和排他，不具备复调小说的声音包容性。而他所致力的“原小说”可谓“跨主题写作”，即“多声部小说”，昆德拉小说的主题是多元而统一的主题话语或主题学。从多元平等的角度看，昆德拉小说一般在组织故事的过程中同步发展多种主题，比如《生命中不能承受之轻》就同时展开了轻与重、灵与肉、媚俗等多种主题，这些主题交互缠绕纠结，平等地释放着各自独特的声音。昆德拉认为“一个主题就是对存在的一种探询”，“这样一种探询实际上对一些特别的词、一些主题词进行审视”，所以他坚持“小说首先是建立在几个根本性的词语上的，就像勋伯格的‘音列’一样”。落实到《生命中不能承受之轻》里，“主要是重、轻、灵魂、身体、伟大的进军、粪便、媚俗、怜悯、眩晕、力量、软弱”这一组主题词，它们“在小说进程中被分析、研究、定义、再定义，并因此转化为存在范畴”。① 实际上，这一组主题词是作者对于小说人物群体生命存在基本处境的哲学思考，它们是小说中不同人物形象所释放出来的不同声音，这些声音有交会和碰撞的成分，但在不同人物的身上又能组合成独特的最强音。比如对托马斯来说，轻与重就是他最核心的主题词或最强音；对特丽莎来说，灵与肉、眩晕与软弱、牧歌与天堂是她标志性的一组主题词或最强音；而对于萨宾娜和弗兰茨而言，忠诚与背叛、光明与黑暗、媚俗与粪便、祖国与墓地这一组主题词则是他们身上压抑不住的最强音。这些声音或主题词能够“抓住自我存在问题的本质”，它们是“把握自我的存在密码”。② 显然，昆德拉这种抓住人物自我存在密码的主题词策略被韩少功所吸纳，他在《日夜书》里有三节采用词典体，分别从“泄点与醉点”“准精神病”和“器官与身体”三组主题词或最强音来透视人物的根本性生存境遇，其中第一组主题词涉及安燕、姚大甲、吴天保、

---

① 米兰·昆德拉：《小说的艺术》，第 105—106 页。
② 同上书，第 37 页。

贺亦民等重要人物，第二组主题词涉及蔡海伦、马楠、万哥、马涛、郭又军等主要人物，第三组主题词聚焦于贺亦民一人，这样既分散又集中，总体上把小说中主要人物荟萃其中，全部纳入对生命存在的探询，通过“分析、研究、定义、再定义”这些主要人物的精神心理世界，凸显其各自独具魅力的性格或声音。韩少功这三组主题词的艺术提炼颇具匠心，不仅摆脱了中国当代文学俗滥的“身体写作”套路，而且借助以主题词为中心的分析性叙事直抵人物的生命深层结构，共同揭示了我们时代的病态心理症候群。

从《生命中不能承受之轻》到《日夜书》，韩少功与昆德拉不仅在多声部的“跨主题写作”上一脉相承，而且同样做到了小说中多声部和跨主题的整体性和统一性。昆德拉曾表示：“对我来说，小说对位法的必要条件是：一，各条‘线索’的平等性，二，整体的不可分性。”[①] 强调平等性，是为了强调复调小说的多声部平等对话特征；强调不可分性，则是为了强调复调小说中多声部或跨主题的整体性和统一性。就《生命中不能承受之轻》而言，其标题本身就是作者提炼出来的一个统一性主题。小说中四个主要人物分属四个不同的声部，各自都有独特的声音或主题词组，但他们不同的声音或主题词组最终都在统一性主题上相遇并汇聚。作为政治反对派和情场“叙事性”浪子，“第一小提琴”托马斯始终无法掩藏自己内心的软弱和无力，他最终幻化成特丽莎怀中一只卑微虚弱的兔子。这和“第二小提琴”特丽莎饱受困扰的眩晕症和失重感如出一辙，本质上都属于生命中不可承受之轻。“中提琴”萨宾娜一辈子都在背叛，她背叛了父亲、家庭、学校、情人、祖国，最终却体会到把骨灰抛撒在空中比大气还轻的死亡。她的情人“大提琴”弗兰茨长期沉浸于“伟大的进军”梦想，最终无路可走，幻化成一个失去空间向度的小小圆点。凡此种种，四个主要人物的多声部轮唱无不最终指向了不可承受的生命之轻这一统一性主题。实际

① 米兰·昆德拉：《小说的艺术》，第95页。

上，昆德拉在小说开篇就将人物导入关于生命的轻与重两难境遇的哲理思辨之中，从而在整体上为小说确立了共同主题。而韩少功在《日夜书》中也多次借叙事人陶小布之口重复同一主题："人生是一部对于当事人来说延时开播的电影。"对于小说中人而言，与其说他们正在走向未来，不如说未来正在走向他们。未来就是预定的电影剧本，它逼着人们作为角色就范，必须严格按照剧本的规定动作和台词来演出。即使有时给角色以某种自由的错觉，比如自创台词和自选动作，但归根结底这种自由也不过是幻象，因为就连那种自由的幻象也是暗中操控的结果，其实质是人生剧本的潜台词或潜规则。陶小布作为第一人称叙事人，他冷静的回叙成了宿命的预叙，知青一代的人生变迁在他的叙述中散发出死亡和虚无的气息。

必须注意到，《日夜书》这一主题源于《生命中不能承受之轻》，它是对昆德拉小说主题的再思考和东方化（中国化）。韩少功在译者前言中曾说："在他那里，既然'永劫回归'是不可能的，那么民族历史和个人生命一样，都只具有一次性，是永远不会成为图画的草图，是永远不会成为演出的初排的。……那么选择还有什么意义呢？上帝和大粪还有什么差别呢？所有'沉重而艰难的决心'不都轻若尘埃轻若鸿毛了吗？这种观念使我们很容易想起庄子的'因是因非'说和佛释的'不起分别'说。"① 对于昆德拉而言，既然永劫回归不可能，那么生命和历史便只能是一次性的，只能是草图或者初排，这正是生命中不能承受之轻的根本起源，也是人类无法逃脱的宿命。韩少功不仅在昆德拉的小说中领悟到了生命存在的虚无意识，更重要的是他还联想到了古老的东方哲学，如庄子齐是非、齐生死、齐彼此的"齐物论"思想，如佛经"分别一切法，不起分别想"的禅悟思想，由此给源自西方的思想灌注了东方文化的元素。据说湖南开福寺的方丈说韩少功很有佛缘，曾送他一套《金刚经》，② 由此不难窥见韩少功《日夜

---

① 韩少功：《前言》，载米兰·昆德拉：《生命中不能承受之轻》，第 7 页。

② 廖述务：《韩少功传略》，载廖述务编《韩少功研究资料》，第 14 页。

书》里的佛释因缘。《日夜书》第 34 节是全书的思想灵魂，这是一篇精妙的哲理随笔，它集中体现了韩少功融合古今中西的现代生命思想。每个生命都在通向死亡的途中，生命中的每一次其实都是不可重复的最后一次，每个生命从一开始就在死亡或者部分地死亡，生命来自黑暗又归于黑暗，来自虚无也复归于虚无，人生不过是一次短暂的苏醒。死亡并不可怕，它是休息，是归零，是人世间“最为平等的长假”。没有轮回的许诺，人生不可能再版，也不可能有新版，人生就是“一出无前亦无后的独幕剧”。每个生命最终都会回归大自然，接受身体的熄灭，结束漫长的失眠症，在泥土中化为无时不在或无处不在的“最大的在”。面对“一次性”的生命，昆德拉体会到的是不能承受的生命之轻，而韩少功领悟到了生命的孤独背后的倔强，虚无背后的实在与宿命背后的信仰。韩少功就这样用东方哲学化解了昆德拉关于生命中轻与重的两难困境。

韩少功在译者前言中还重点谈到了《生命中不能承受之轻》的另一个共同主题——“媚俗”。这一主题不仅在《伟大的进军》一章中被予以重点思辨，实际上它也不同程度地渗透到了其他全部章节之中。昆德拉在《伟大的进军》中把媚俗定义为一种“无条件认同生命存在的美学理想”。他还借萨宾娜之口将苏联治下的捷克定位为“媚俗作态的集权统治王国”。萨宾娜一辈子都在冲决苏式媚俗魔影的纠缠，而她的维也纳情人弗兰茨却竭力想闯进这种政治媚俗陷阱。托马斯和特丽莎又何尝不是如此，前者为了反抗政治媚俗而堕入“性友谊”泥潭，后者为了逃脱丧失隐私的家庭政治而陷入对爱情的极端理想化。特丽莎最终发现她一辈子寻找的爱情牧歌或爱情伊甸园是苦涩的，她其实是用爱情绑架了孤独的托马斯，托马斯和她的死是人类无法摆脱媚俗陷阱的寓言。而葬身异国的弗兰茨死后任人摆布、不由自主的境遇更是他执着媚俗所必须付出的代价。对于萨宾娜而言，媚俗与政治倾向无关，左派与右派都无法摆脱政治媚俗的表演秀，昆德拉由此发现媚俗是人类根本境况的一个组成部分。用韩少功的话来说，昆德拉

“反对媚俗而又无法根除媚俗”，“他困惑的目光触及到一个个辩证的难题，两解而又无解的悖论”。① 实际上，韩少功在反思知青一代人命运的《日夜书》里接续昆德拉的媚俗主题继续思考和勘探，他越过了小说的社会政治话语层面而直抵知青一代的精神存在困境，用反讽的叙述策略表达我们这个时代“两解而又无解的悖论”。虽然《日夜书》关于生命“一次性”宿命的化解占据了小说中理论随笔的重要篇幅，但这一共同主题凸显在文本的表层，而关于我们时代精神倒错现象的共同主题则潜伏在文本深处，这个主题由昆德拉的媚俗主题所引发，但却深入地敞开了世纪转型之交中国人的精神病态结构，正所谓被遗忘的存在状态。《日夜书》里出现的第一个人物是姚大甲，这位革命年代里自命不凡的知青精英在改革年代里漂洋过海，但他在海外沦为三流的行为艺术家，他的前卫画展不过是兜售知青农场场长的“粗痞话集大成的图解”而已。同样来自知青农场的“超级梦女”安燕，她在海外过着不断更换中外男友的生活，昔日的理想激情早已消退殆尽。她的前夫郭又军则在国内过着平庸琐碎的日常生活，除了每年张罗知青聚会怀旧，他已找不到任何人生意趣。至于马涛，作为当年白马湖茶场的民间思想家和地下组织的精神领袖，他在被捕后对家人的冷血和压榨已经泄漏了内心深处的自私和软弱，而他在流亡海外后刻意装扮的民间思想达人形象，以及他以哲学王者归来的姿态归国访旧的戏剧化行程，更是暴露了他骨子里媚俗的本质。还有陶小布，这个当年的革命狂热崇拜者后来位列厅长，他从不以贪污腐败的官僚主义者形象示人，而是一直把自己打扮得清高无比，直到被侄女马笑月开枪前的那番话猛然惊醒，原来自己和马涛一样都属于牛头马面的伪精英，根本不是什么知识分子而是大骗子。韩少功就这样残酷地揭示了作为一个民族主体的知青一代的隐秘精神真相，即知识精英的流氓化和骗子化倾向，从而暴露了我们时代最大的精神骗局

① 韩少功：《前言》，载米兰·昆德拉：《生命中不能承受之轻》，第 8 页。

和心理空洞。

与此同时，韩少功在《日夜书》里还揭示了我们时代精英流氓化的另一极，那就是流氓精英化，即底层民间中被知识精英视为“流氓”或“群氓”的那些孤独而倔强的生命个体，他们的存在构成了对流氓化知识精英群体的强烈反讽。比如吴天保，这位当年因为“裤裆语”而被知青耻笑的农场老场长，他晚年貌似左倾的保守姿态中蕴含着人生无限的正直与凄凉。还有“秀鸭婆”梁队长，身有暗疾的他对出轨妻子的宽恕和对出嫁妹妹的情义无不透出古道热肠。尤值一提的是贺亦民，这个革命年代里流落社会底层的“流氓”贺疤子，凭着过人天赋在改革年代里摇身变成了“打工爷”、“电器王”和“发明帝”，但他最终还是跌入主流知识精英精心构筑的陷阱。作为过失杀人的逃犯，他因为胞兄受辱而激情援手正反衬了我们这个时代的精神疲软症。贺亦民和吴场长、梁队长一道构成了《日夜书》里“流氓”精英化的另一极，它与马涛、姚大甲、陶小布、安燕等为代表的精英“流氓化”一极之间形成了巨大的精神张力，这就是《日夜书》所敞开的深层精神主题，即我们时代的精神倒错现象。这种精神倒错现象比性倒错还要荒唐，它属于韩少功所谓“两解而又无解的悖论”，它一头连接着昆德拉的媚俗主题，另一头连接着世纪之交中华民族的精神生态，折射着韩少功对中国知识精英群体的焦虑与忧思。

第 09 章　莫言：诺奖现象的文学还原

一

多少年来，中国人的诺贝尔情结总是难以释怀。现在终于有一个叫莫言的中国籍作家获得诺贝尔文学奖了。诺贝尔文学奖的那层神秘面纱似乎一下子被中国人给掀去了。失去了神秘感之后，问题也就接踵而至。莫言是获奖了，好像国人并不是很高兴，反对的声浪很凶猛。出现这种情况原本很正常。诺贝尔文学奖也不是一个护身符，不是说谁只要得了诺奖，就可以有批评的豁免权。但批评的本义应该是客观公正的评判，鲁迅先生所谓的“捧杀”或者“棒杀”其实都不是健康的文学批评。如何倡导健全的理性的文学批评，我觉得莫言获奖应该成为当代中国文学批评在观念上和实践上自我调整的一个历史契机。

居然有人说对莫言很陌生，除了《红高粱》之外，大家对莫言创作的了解并不多。其实，莫言的创作生涯已经有三十多年，他在三十多年里已经积累下来了大量的文学作品，仅从数量上说，他这一次获奖也是实至名归。最近作家出版社已经出版了一套《莫言文集》，有二十卷之多，摆在书架上很是壮观！莫言在他这部新版文集的自序中专门做了创作道路的回顾与反思，我看了之后很感动，确实也值得我们思考。他说回顾自己三十年的文学道路，觉得自己写得还不够多，还不够好，他原本可以写得更多，写得更好，但虚掷了时光、挥霍了才华。我们可以算一下这样一笔账，莫言在三十年里写了二十多本书，差不多是一年多一点的时间就写出了一部文学著作，长篇有十一部，中短篇小说集五六部，可见莫言是一个非常勤奋的作家。我一直对那些勤奋的作家保持尊敬，比如陕西的路遥，路遥的英年早逝太可惜，但他像牛一样劳作的文学精神值得敬仰。我曾经说莫言是当代文坛的一个劳动模范，文艺的劳动模范。在创作数量方面，当代文坛能够和莫言相比的作家并不多见，比如陕西的贾平凹，贾平凹的创作也是数量相当的惊人，还有上海的王安忆，还有同样来自山东的作家张炜，当代文坛正是因为活跃着这样一些艺术创作生命力非常顽强的作家，通过他们创造性的精神劳动，其实也是文学的苦役，才取得了令西方世界也不可漠视的实绩。关于改革开放三十年来中国当代文学的重大实绩，我个人觉得还没有得到非常公正、客观的评价。比如说莫言的这一次获奖，就有各种各样的是是非非的评价，很多的声音都认为莫言获奖是沾了许多的光，包括政治的光、翻译的光、经济的光、影视的光等。这些令人眼花缭乱的光，给莫言本人及其文学创作带来了大量的误解，仿佛莫言获奖了中国人不高兴似的，这是我在大量的媒体上得到的一个强烈的印象。关于莫言其人其文，我觉得包含着大量的误解和误读的成分在内。鲁迅先生提到研究一个作家必须坚持这样的方法，他说，你要研究一个作家，你一定要知全人，你要对这个作家的全集做一种深度的阅读、全面的思考，你才能够做一篇作家论，而我们现在很多人往往对莫言根本没有什么了解，基本上没有读他的什么作品，只是人云亦云地发表自己的看法，我觉得这样的做法在某种意义上来讲是不负责任的，我还是希望大家能够回到文学作品本身来思考。

我今天来和大家共同探讨如何看待“莫言现象”的问题，我打算主要分两个部分来讲：第一个部分从现象入手，归纳和梳理一下“莫言现象”的多重内涵以及“莫言现象”的发生、发展过程，也就是莫言现象的来龙去脉。然后转入第二个部分，根据时间情况，围绕莫言的一些代表作给大家做一些作品分析，我希望从文学创作本身来引导大家对莫言其人其文有深入的理解。我很高兴参加大家组织的这次“最炫莫言风”活动，希望通过这次讲座激发起大家阅读莫言文学作品本身的兴趣。

二

我们首先进入第一个部分：“莫言现象”解析。为什么出现了莫言现象？当前的莫言现象包含了哪些内容？主要可以从两个方面来看：一个是从共时的角度考察，再一个是从历时的角度考察。

首先从共时的角度来看，当下出现的“莫言现象”可以大体上归纳为这样几个方面：第一，莫言现象是一个文学现象。随着莫言获得了今年的诺贝尔文学奖，包括他去年刚获得茅盾文学奖，这两年莫言在中国当代文坛可以说是炙手可热，在世界文坛也是如此。所以莫言现象首先是一个文学现象，莫言的获奖刺激了中国当代文坛，使很多的当代文学评论家、当代文学研究者，乃至整个中国文学研究者都对中国当代文学创作的价值不得不刮目相看。当然，这里面又有不同的观点。一部分人属于坚定的“倒莫派”，即使莫言获得了诺贝尔文学奖，对他的评价仍然很低，比较反感，比如一些人认为他的作品比较粗糙、放荡，各种各样的评价都有，甚至深圳有个大学教师发微博，明确地表示他不看莫言的作品，说什么一看莫言长着一张村支书的脸就写不出好东西，这种言论实在不像是一个有教养的人说出的话，过于情绪化，裹挟着极大的非理性冲动。我觉得这里面存在着大量的误解，大家仅仅是从“莫言现象”这个文学泡沫本身在思考问题。

无论是“倒莫”还是“挺莫”，许多言论都带有很强烈的情绪化色彩。“莫言现象”作为一种时代热点现象，它已经逾越了莫言其人其文，不属于作家的创作所能掌控的范围了。所以我觉得作家的思考这时候比民众要冷静得多，莫言在他刚刚获奖的时候就说他希望“莫言热”赶快冷却，而且他也知道“莫言热”会很快冷却，不管是主观愿望还是客观效果，指望通过莫言获奖来刺激当代文坛的复苏，这样一种想法本身就不是很现实。我们不能指望“莫言现象”能够拯救我们当代文学，事实上当代文学也不需要拯救。当代文学一直存在着、发展着。文学并没有死去，也不会终结。这些年关于文学的死亡论、终结论甚嚣尘上，但文学的繁荣其实远远超出了大家的想象。除了所谓的精英文学或纯文学之外，通俗文学、网络文学、影视文学也都是文学，文学无处不在。文学是空气，不是大餐，空气的存在我们浑然不觉，好的文学状态就是呼吸新鲜空气，大餐虽然让人印象深刻，但吃大餐其实是一种“非常”状态。我们现在就处于一个文学空气和文学大餐并行不悖的多元状态。这种文学生态其实并没有什么不好。我以为当代文坛中已经取得了与莫言同样成就的作家不下于五个人，有五个与莫言大体同等成就的作家存在着，这足以证明当代中国文坛是取得了骄人的成绩的，反过来说，“尔曹身与名俱灭，不废江河万古流”，那些谩骂莫言的评论，它们将会被历史淘洗掉，因为很多评论莫言的人并没有认真地阅读莫言的作品。我有一个感觉，我觉得三十年来的文学创作和文学评论这当代文学的两翼，前者的成绩远远高于后者，我们的评论还需要努力，我们的研究还需要努力，当然我们的作家也需要不断地反省和思考。我们的作家已经在西方世界发出了自己独特的文学声音，而我们的评论家和文学研究者还长期纠结在失语症中无力自拔，发不出自己独特的学术声音。莫言等在欧美文学秩序中已经有了一席之地，而我们的文学学者还没有贡献出让西方人震惊的学术成果。我接触到的很多作家都在不断地反省，不断地突破，相反，我们的文学评论，我们的文学研究者，我们的文学学术界却出现了高度规范化了的体制化学术，在我们的高校中目前非常流行这样一种学术。想想都觉得脸红。夸张一点说，我觉得真是乏善可陈，而作家的自由地思考、独立地创作的成果要远远高于文学学术界所贡献的成果。

第二，莫言现象甚至已经成为一个政治现象。莫言肯定不希望他的获奖成为一个政治性的话题，但他还是无意卷入此中来，这是莫言的尴尬，也是中国当代作家在写作身份上的一种集体尴尬。莫言获奖了，很多人不去关心文学，却去关心一些政治问题，认为莫言获奖是不是因为某些政治的原因，真的以为“功夫在诗外”似的。这里暴露了国人的一种百年来滋长的精神弱点或者说心理误区，就是不自信！就是缺乏民族自信力。总觉得万事不如人。仿佛莫言获奖了也不是因为他的文学本身，而是外在力量的推动。我觉得这对于坚持文学创作三十年，对文学孜孜以求的莫言来说是不公平的。有些人质疑莫言的体制身份，比如中国作协副主席的身份，曾经的部队作家身份，还有他对毛泽东同志的《在延安文艺座谈会上的讲话》的回应……也有人从另外的角度看，认为莫言的获奖也许跟《蛙》有关，因为《蛙》涉及了对于新中国成立之后的根本国策——计划生育政策的批判性反思，这是一个带有政治敏感性的题材，可能是莫言获奖的一个重要原因。其实《蛙》的题材固然重要，但更重要的还是莫言在《蛙》中所做的人性忏悔，这是高于政治忏悔的一种文学忏悔，达到了较高的精神心理深度。所以《蛙》获得了第八届茅盾文学奖。但《蛙》并不是莫言最好的小说，这部长篇还不够厚重，对人性忏悔主题的开掘还不够深广，以莫言的才华，《蛙》可以写得更有打击人心的力量。由《蛙》的政治题材，然后推而广之，人们发现莫言很多的小说都有政治敏感性，比如说《丰乳肥臀》，莫言因为这部小说而离开了部队，转业到了一家报社，又比如说《天堂蒜薹之歌》，这部长篇还有一个题目叫《愤怒的蒜薹》，也是社会批判力度非常强的作品，较早地触及了当代中国社会中的群体性事件，寄寓了青年莫言对当代中国社会问题的忧思。诚然，莫言在创作中并没有回避政治，因为政治是老百姓生活中无法回避的因素，莫言一直宣称要“作为老百姓而写作”而不是“为老百姓写作”，不管他这种文学宣言是否真的百分百地做到了，但有了这种文学理念的作家肯定无法不直面惨淡的现实人生。所以这个时候的莫言就有点里外不是人了，一部分人说他是体制内的作家，仿佛他的获奖沾了政治的光，另一部分人说他获奖是因为他对中国当代社会体制的批判，由此可见“莫言现象”已经异化成了一种政治现象，这恐怕是莫言始料未及的。

第三，莫言现象还是一个流行文化现象。当下的中国是一个后现代气息十分浓烈的国度，尤其是在互联网和城市空间中，后现代的情绪更加浓重。本来莫言是当代文坛的一个劳动模范，三十年如一日，对文学创作勤勤恳恳，尤其是对小说叙事艺术的革新，更是充满了无穷的创造精神和实验精神。显然，莫言是一个严肃的纯文学作家，虽然“纯文学”的概念多有分歧，但这里不是辨析这个概念的地方。我要说的是，作为一个纯文学作家的莫言，在当下这个后现代情绪和商业化气息十分浓烈的社会语境中已经严重地被扭曲了。人们可以不去读莫言的作品而肆无忌惮地放谈莫言，莫言已经成为我们社会生活中的一个流行文化热点，一个流行文化符号，许多非理性的社会情绪通过这个流行文化符号而得到宣泄和表达。其实许多关于莫言的言论已经远远超出了莫言和文学本身，它们不过是关于莫言的言语增值和话语膨胀而已，与莫言并没有太大关系。莫言获奖就像我们这个时代的任何一个事件一样，它往往会成为当下的中国民众宣泄自己内心的心理郁结的一种载体，一种投射物，我们发现社会媒体和公众在不断地制造热点，然后在对很多热点的探讨中经常把探讨者内心的很多个人化的情绪或者时代的情绪宣泄到里面去，这个时候的热点或焦点就成了供大众和媒体消费的对象。比如这次莫言获奖，网络上就出现了很多恶搞的、搞笑的段子。有的人拿莫言的长相说事，有的人拿莫言的笔名说事，有的人拿莫言的奖金做文章，有人拿莫言旧居做文章，还有人借此宣扬“红高梁文化”，这是市场经济时代的中国十分流行的社会文化发展模式，正所谓“文化搭台、经济唱戏”。连莫言出席颁奖典礼应该穿什么服装，是唐装还是汉服，是中山装还是燕尾服，民间网络媒体也争论得不亦乐乎。有好事者甚至为莫言专门做起了领奖服装设计，莫言穿上不同服装的合成照片吸引了许多网民的眼球。莫言已经不再是文学意义上的莫言了。莫言肯定会感觉到媒体制造出来的那个莫言是如此的陌生！这个时候的莫言身在网络江湖，身在消费世界，他已经身不由己了。总之，在我们这个商业化的时代里，在现代都市网络语境中，人们往往会以一种后现代的方式来看待一切严肃的问题，在这种情况下，“莫言现象”在某种意义上也被卷入了当下中国所流行的后现代文化思潮中，成为凸显社会文化心理症候的消费符码。这是需要大家加以辨析和警惕的。不仅如此，既然莫言现象是一种流行文化现象，而流行文化的土壤得益于商业消费语境，所以莫言现象也必然是一种商业现象、经济现象。炒作莫言、包装莫言成为莫言现象中无法回避的问题。通过炒作和包装莫言的作品，图书市场出现了消费莫言的热潮，各种老版本的莫言书籍被抬高到了令人咋舌的价格。几家出版社都忙不迭地推出莫言的各种文集或全集。毫不夸张地说，莫言现象猛然振兴了趋于疲软的当代中国文艺图书市场。莫言获奖引起了所有媒体的不同反应，对一些媒体从业人员来说，莫言的获奖甚至给他们的日常生活带来了巨大震荡，打乱了他们的工作节奏和生活规律，他们沉浸在制造“莫言现象”的文化幻象中，因为只有制造热点才能形成卖点，莫言现象就这样成了当下中国的一个巨型消费符号。所以现在很多媒体上所谈论的莫言已经不再是莫言了，已经远远超出了莫言自身。

通过以上的梳理和剖析，我们可以看到，“莫言现象”是当下中国的一个多层次的综合文化现象，它的出现折射了我们这个时代的诸多社会文化心理症候。但这还仅仅是从共时性的角度做出的分析。从历时性的角度来看，“冰冻三尺，非一日之寒”，莫言现象的形成也不是一蹴而就的，它有一个历史的形成过程。实际上，莫言现象早在 20 世纪 80 年代就已经出现了，只不过那个时候的莫言现象还比较纯粹，还纯粹是一种文学艺术现象，没有像今天这样包裹着重重的非文学面纱。1985 年，莫言凭借着他的成名作《透明的红萝卜》在文坛闪亮登场，这个作品发表之后引起了很大反响，尤其是他的恩师——著名作家徐怀中先生与莫言的一席对话在《中国作家》的公开发表，对莫言在文坛崭露头角起到了很关键的作用。可以说，这就是莫言现象最初出现的萌芽状态。因为这篇小说让文坛知道了一个别具一格的莫言，莫言也由此成为 80 年代中期所谓“新潮小说”的代表性作家。很快莫言就发表了中篇小说《红高粱》，《红高粱》借助于张艺谋的同名电影在当时社会上引起了巨大反响，那个时候的莫言已经开始走向国际。莫言现象由一个国内现象变成了国际现象，仿佛异军突起，在国内国际刮起了一阵“红高粱”旋风。这反映了莫言文学影响力的大幅度增长。到了 20 世纪 90 年代中期，莫言的一个很重要的大部头长篇小说《丰乳肥臀》发表，围绕这部作品，在文坛和社会上引起了很大的争议，这部作品甚至形成了一种文坛冲击波，其余响至今未绝。《丰乳肥臀》使莫言卷入了政治旋涡，也使莫言现象变得更加的复杂和深沉。进入 21 世纪前后，莫言发表了一系列的长篇小说，包括《檀香刑》《四十一炮》《生死疲劳》《蛙》，每部作品都在叙事手法上做出了新的探索，而且也在思想主题和精神意蕴上做出了新的开掘，莫言的小说创作日渐显现出艺术大家气象。与八九十年代大起大落的社会反响不同，21 世纪莫言的文学影响力趋于平缓和深沉。莫言已经成为当代中国文学中无法绕开的一个界碑式的人物。所以当《蛙》获得第八届茅盾文学奖的时候，许多人认为这是对莫言的一个迟到的奖励。虽然《蛙》在艺术的深度和厚度上不如《生死疲劳》，但如果我们把茅盾文学奖也像诺贝尔文学奖一样看作一种终身成就奖，而不是对某一部作品的嘉奖，那么莫言获茅奖也就是水到渠成的事了。如今，莫言又作为第一位中国籍的作家获得了诺贝尔文学奖，实现了对茅盾文学奖的超越，由此，莫言现象也就变得更加的令人眼花缭乱，层层的五色油彩被覆盖在莫言的身上，已经成为莫言不可承受之重！人们不禁要问，究竟是莫言造就了莫言现象，还是莫言现象造就了莫言？

三

以上是我对莫言现象所做的一种归纳和理解，接下来我将换一个角度谈论这个问题。我们今天所讨论的莫言现象，实际上覆盖了太多的非文学的因素，所以大家众口纷纭说莫言，很多时候并不是从文学的角度来探讨莫言，而是从政治化的角度、流行文化的角度、商业化的角度谈论莫言。众口铄金、积毁销骨，莫言纵然有一流的狂欢化叙述才华，他也百口莫辩！我主张中文系的学生（当然也包括在座的对文学有热情的非中文专业的学生）在阅读和研究莫言的时候，更多地应该回到文学现象本身，要把覆盖在莫言现象上的诸多政治的、流行文化的、经济的因素加以剥离，以此还原一个真实的莫言、一个文学意义上的莫言。我们要从莫言的作品中去思考、去评估莫言究竟应不应该获得诺贝尔文学奖。大家应该认真阅读莫言的作品，而不是把阅读莫言、追逐莫言当作一个时髦的、应付性的差事。接下来，我想通过分析莫言的几部代表作，来看这些作品本身有哪些过人之处，或者说，这些作品在构成"莫言现象"的过程中究竟扮演着什么样的角色。

我要分析的第一部作品是莫言的成名作《透明的红萝卜》。这部作品奠定了莫言文学创作的基石，它把莫言文学创作心理的驱动力完全地展现出来了。可以说，在《透明的红萝卜》之前，莫言的文学创作还没有完全形成他个人的艺术风格。莫言自己也说过，在《透明的红萝卜》之前，他并没有找到文学的感觉。大家知道，在 20 世纪 80 年代前期，中国文坛流行的是从政治的角度、文化的角度去对中国当代的政治化历史进行反思的一些作品，我们习惯上把这种文学思潮称为“伤痕文学”和“反思文学”，莫言在走上文坛之初，他还没有能力超越上述两种文学写作模式，他还无力写出自己的个性来，只有到了写《透明的红萝卜》的时候，他才真正地找到了属于自己的叙述的感觉，那种超验的感觉的文学王国。通过一个少年儿童的视角，莫言在这篇小说中把他的各种各样的感觉打通起来，这可以称作通感，但这种通感不再是单纯作为一种语言修辞的技巧，而成为莫言小说叙事中不可或缺的一种叙述手段、叙述策略。从《透明的红萝卜》开始，莫言的小说中越来越多地充满了大量的通感叙述。比如说他写主人公黑孩去捡小铁匠丢在地上的那个刚刚淬火过的钢钻，此时的钢钻如同一块刚刚加温的烙铁一般，莫言写到滚烫的钢钻被黑孩的手抓起来之后发出的那种响声就像夏天里的知了的叫唤，写得非常的形象，真是触目惊心。他已经把主人公手中那种无形的、无法传达的感觉，那种情绪体验的东西深刻地具象化出来了。这是触觉转化为听觉。然后他又写到了黑孩自己闻到了一种炒猪肉的味道，当然是指滚烫的钢钻在黑孩自己的手中烧焦释放的味道，这是触觉的味觉化，同样令读者胆战心惊。莫言就这样把很多的感觉，包括触觉、嗅觉、味觉、视觉等加以通感化和具象化，通过一种博喻的方式来描述这个孩子内心的深层感受。这是莫言第一次找到了属于自己的句子。这是借用的海明威的话，海明威说一个作家必须找到属于自己的句子。我的理解是，一个作家必须找到属于自己的语法，即字词句篇的组合方式，从而找到属于自己的叙述。一个真正的伟大的作家必定是找到了属于他自己的句子的人。这是从叙述的层面来看《透明的红萝卜》对莫言创作的意义。

至于从作家创作的内心驱动力来讲，《透明的红萝卜》同样意义非凡。莫言自己经常强调，他的创作的最初动力是出于“饥饿”和“孤独”，而《透明的红萝卜》这篇小说恰恰写的就是饥饿和孤独。主人公黑孩经常处于一种饥饿的状态。为什么黑孩对于菊子姑娘的感情那么特殊，就是因为菊子姑娘关爱他，而他也深切体会到这种难得的关爱。这种关爱不仅仅是情感上的，而且也包括物质上的，菊子姑娘经常偷偷地带东西给黑孩吃。饥饿和孤独的区别在哪里？孤独就是精神的饥饿、心理的饥饿。所以归根结底，《透明的红萝卜》是一部描写“双重饥饿”的小说。这个作品中写到的黑孩内心的孤独也好、痛苦也好，内在的肉体饥饿也好，怎么把他这种双重的饥饿感用艺术的方式表现出来呢？莫言在创作中提炼出了一个很奇妙的意象，也就是这篇小说的标题——“透明的红萝卜”。这篇小说反映的是 20 世纪 70 年代初“农业学大寨”时候的事，是以十年动乱为背景的小说，但莫言没有直接对极左政治进行批判和控诉，而是深入主人公的生命体验，包括内心的、深层次的精神心理体验，把主人公那种双重的饥饿感，那种千言万语难以言传的饥饿体验，凝结成一个诗一样的意象——“透明的红萝卜”。那个金光闪闪的红萝卜，那个通体透明的红萝卜，在黑孩这少年的眼中，竟然能够看到这红萝卜内在的纹理。这真是一个奇妙无比的文学意象！这个意象笼罩全篇，给读者带来了巨大的冲击力，对读者的视觉和心灵构成了巨大的冲击。当我们读到小铁匠把黑孩眼中闪闪发光的红萝卜扔到河里去了的时候，我们可以深切地感受到黑孩内心深处的绝望，所以他一直想要寻找到这个红萝卜，甚至在梦中他也在寻找。就是这样一个诗化的意象，把现实的红萝卜虚化、超验化、神秘化、空灵化，成为一个灵光闪耀的艺术载体，也成为莫言的一个独特的艺术创造。据说这篇小说的题目原来叫《金色的红萝卜》，是莫言的恩师徐怀中改成了《透明的红萝卜》这个名字，我们不得不为这一改拍案叫绝，甚至可以说：“知莫言者，徐怀中也。”以上我从通感化的叙述、“双重饥饿”的诗意表现这两个方面分析了《透明的红萝卜》。这样一部作品，作为莫言的成名作，确确实实是奠定了莫言的创作基调，这部作品也就构成了“莫言现象”的第一块艺术基石。如果说莫言的文学世界是一座高大巍峨的艺术殿堂的话，那么《透明的红萝卜》就是构筑莫言的文学殿堂、文学王国的第一块基石。这就是《透明的红萝卜》的价值之所在。

我要讲到的第二部作品是《红高粱》。《红高粱》这部作品在发表后产生了轰动效应，特别是借助张艺谋拍的电影之后更是红遍了大江南北。可以说在20世纪80年代后期的中国文坛，这部作品已经构成了一种文学现象，这部作品实际上是莫言文学王国的一根巨大的支柱。如果没有这根巨大的艺术支柱或者说文学廊柱，莫言的高密东北乡文学殿堂将会轰然坍塌。在这个意义上，没有《红高粱》就没有莫言。《红高粱》甚至成为莫言文学创作的一个核心符号，提到莫言，大家首先想到的就是“红高粱”。那么，如何看待这样一部标志性的作品，我也从叙述手法和精神取向这两个角度来给大家做一点分析。首先，从叙述层面进行分析，《红高粱》之所以在文坛有那么高的地位，与莫言独特的叙述手法有关。他那种新颖的讲述方式——以子孙的口吻讲述“我爷爷”“我奶奶”的故事，在他之前，在20世纪的中国文坛，还没有人是这样写小说、讲故事的。在他之后的中国当代文坛，讲述“我爷爷”“我奶奶”，乃至“我外公”、“我外婆”、“我”的七大姑八大姨之类的故事就屡见不鲜了。毫无疑问，这是莫言叙述对当代中国文学的贡献。那么，这样一种叙述方式到底能够给读者带来一种怎样的叙述张力呢？我们知道，比较常见的小说叙事方式是第一人称叙事和第三人称叙事。第三人称叙事中最常见的是全知叙事，也称上帝型叙事，在这种叙述形态中，所有的人物都是作家手中掌控的叙述对象，作者就是至高无上的叙述者，可以如同上帝一样自由穿行于所有人物的精神世界和现实生活之中。而第一人称叙事通常是一种限制性叙事，鲁迅的很多小说就采用这种叙事形态，比如《故乡》《祝福》等，小说中的“我”既是叙述者，又是作品中的人物，但只是一个旁观者的角色，“我”只能叙述“我”所看到的东西，而不能把笔触直接深入人物的内心世界，所以鲁迅的小说更多地使用白描，通过外部的描写塑造人物的内心世界。显然，第三人称非限制性叙事和第一人称限制性叙事各有所长，同样也各有所短。而“我爷”“我奶奶”这样一种叙述，一方面，它有第一人称叙事的亲历的特征，仿佛爷爷奶奶的故事都发生在“我”眼前，他们所经历的故事“我”都是见证者，然而事实上这是不可能的，莫言制造了一个第一人称叙事的假象，而文学艺术是允许虚构的，这种叙事假象的制造本身正好体现了作者的叙述才华；另一方面，它又拥有超越单纯的第一人称限制性叙事的优越性，它可以直接大量描绘人物的内心活动（这也是第三人称叙事的强大优势），可以自如地在人物的内心世界和外在世界里进行穿梭。这种“我爷爷”“我奶奶”的叙述形态的确立，给莫言的文学创作带来了巨大的生机，可以说，它把整个“红高粱世界”给点燃了。如果没有这样的一种讲述，没有这样一种叙述上的革新的话，那么《红高粱》给当代中国文坛带来的冲击力肯定跟现在不可同日而语。自从有了《红高粱》之后，中国文坛大量的作家，包括 80 年代后期、90 年代乃至 21 世纪的作家都开始频繁使用这种叙述方式。当然，据我了解，莫言的这种叙述方式也是有所本的，应该是来自德国作家君特·格拉斯（《铁皮鼓》的作者），不过格拉斯是“二战”的亲历者，作品中的很多内容是他亲身经历的，而莫言的创作有更多的虚构性，所以莫言对格拉斯的叙述方式进行了创造性的转化。

其次，从小说的精神取向来看。《红高粱》究竟写了什么？通常我们认为《红高粱》是一部寻根小说，但又跟一般的寻根小说不同。韩少功他们所倡导的“寻根”是一种文化寻根，而莫言的创作由文化寻根深入了生命寻根，他的小说的生命意识更强烈。韩少功的《爸爸爸》里面的主人公丙崽是一个患上了失语症的老男孩，是一个肉身和精神上的双重侏儒，韩少功更多的是从文化批判、文化反思的角度切入的，他所致力的是对中国本土文化中的民族痼疾或者国民劣根性的批判。阿城的《棋王》则是对长期以来被遮蔽、被压抑的道禅文化的追寻和认同……而《红高粱》展现出了另一种寻根的力量，我们阅读这部作品，体会到的不是那种压抑的、郁闷的、纠结的情感，相反是一种自由奔放的、没有被社会政治文化规范所束缚的不可驯服的激情，它带有莫言老家山东的那种水泊梁山的英雄豪气，大碗喝酒、大块吃肉、敢爱敢恨，在“我爷爷”“我奶奶”身上都体现出了这样一种人格的魅力，它体现的是生命的自由意志。所以莫言在《红高粱》的题记里专门说到，他写这篇小说是为了把它献给高密东北乡这块英雄的故乡的土地。“我爷爷”“我奶奶”这种英雄，不是20世纪五六十年代的革命英雄、政治英雄，也不是80年代文学中的文化英雄、知识分子英雄，而是元气淋漓的无拘无束的生命英雄、江湖英雄、草莽英雄。所以《红高粱》是一部莫言用来向《水浒传》致敬的作品，较早地体现了莫言致力于现代与传统、西方与中国的叙述融合诉求。《红高粱》展现的生命力，在某种程度上也符合80年代改革开放的主旋律、那种时代精神，就是要挣脱20世纪50到70年代那种强大的政治力量的规约的心理冲动。《红高粱》传达了一个长期遭受政治压抑的民族的集体的激情。所以我说莫言的《红高粱》是生命的寻根而不是文化的寻根，他所要寻找的是剥离了文化外衣的生命内核，也就是人之所以为人的一种生命本质的东西，带有一种非理性的冲动和生命的激情在里面。但是，这里我还要强调一点，如果大家认真地阅读了《红高粱家族》这部长篇（由《红高粱》《高粱酒》《狗道》《高粱殡》《奇死》五部中篇小说构成），而不仅仅是着眼于《红高粱》这部中篇小说的话，你会发现，莫言写到后来又对生命意志有所反思，他已经感觉到了仅仅是生命寻根还是不够的，如果每个人都任由生命激情进行非理性的宣泄的话，将会给文明带来很多的灾难，历史将会陷入非理性泥坑之中，人类将会万劫不复。于是我们看到了莫言在《狗道》和《高粱殡》中对“我爷爷”的生命强力的批判性审视，这就使《红高粱家族》在精神取向上比单纯的《红高粱》更为矛盾，也更为复杂与多义。

此外，我们还要注意到，《红高粱》不仅仅是一部寻根小说，它还是一部新历史小说。虽然当年莫言写《红高粱》的时候并没有“新历史小说”这个提法，但当学界在20世纪90年代提出“新历史小说”的概念时，人们首先想起的就是《红高粱》，发现《红高粱》其实是 90 年代以来大兴的新历史小说思潮的先驱。而且，我以为《红高粱》影响到了后来陈忠实写《白鹿原》。在《红高粱》乃至《红高粱家族》中，莫言把“我爷爷”“我奶奶”的光荣事迹作为一种土匪武装的抗日故事来进行叙述，把它放置在国共正面战场与敌后战场的二元对立抗日叙事模式之外。在红高粱故事中，作为国军的冷支队长的队伍和江大队长的八路军队伍都活跃在胶东半岛上进行抗日活动，但“我爷爷”“我奶奶”始终保持一种民间的姿态，不与任何一方力量合作，既不与冷麻子合作，也不与江小脚合作，莫言的这种历史叙事，超越了二元对立的历史叙事模式，这是他对当代中国文学所做出的又一个重要贡献。在他之前，绝大多数的革命历史叙事小说都是站在单纯的立场上进行叙述的，比如大家耳熟能详的红色经典作品《红日》《红岩》《红旗谱》《铁道游击队》《敌后武工队》《苦菜花》《烈火金刚》等，都是如此。国军在这批红色革命历史小说中无一例外地是作为我军的政治对立面而以反面形象出现的。在中国当代文学史上，真正大胆地突破了这种二元对立的历史叙事模式的重要作品，还得首推莫言的《红高粱》。《红高粱》讲述的是生存在国共之间政治夹缝中的民间抗日武装的英雄故事，这是一个介于意识形态上的红与黑之间的民间故事。如果追溯起来，这种超越二元对立的民间叙事可能渊源于苏联文学中的两部经典作品，这就是肖洛霍夫的《静静的顿河》和帕斯捷尔纳克的《日瓦戈医生》。这两部长篇小说的主人公都在战争年代里选择了站在历史夹缝中的尴尬位置，在革命与反革命之间、在红军部队与白匪武装之间，两位主人公都选择了做失败的民间英雄，他们悲壮而苍凉的人生故事给读者留下了经久不灭的震撼。我们发现，20 世纪 90 年代初面世的《白鹿原》的主人公白嘉轩同样也超越了二元对立的政治立场而坚守着个人化的民间文化立场。作为一个地地道道的传统宗法家族的族长，白嘉轩既没有跟着国军走，也与我军保持着一定距离，他执着地走着自己的文化老路。这也许是一条历史的中间道路，在现代中国历史进程中是曾经客观存在的历史现实，白嘉轩的道路也许注定了要破产，但他的悲剧结局比起那种胜利姿态的历史正剧更能摧折人心。这里有一个问题需要澄清，这也是一个长期以来困扰着20世纪中国文学创作与研究的敏感问题，这就是文学叙事的立场问题。人们时常会陷入一种二元对立的思维误区，误以为非此即彼，除了朋友就是敌人，除了正确就是错误，除了进步就是反动，除了革命就是反革命，由此在根本上驱逐了“第三种人”、“自由人”或“中间道路”存在的历史合理性。而实际上，以上谈到的这些作品，它们站在超越单纯的或者狭隘的二元对立观念上来写作，从艺术创作上来讲，这就是一种可贵的突破。就这种艺术突破而言，莫言当年是走在了陈忠实的前面的，说《红高粱》是《白鹿原》的前驱并不为过。

第三部值得说的作品是《丰乳肥臀》，这是一部争议非常大的作品，莫言甚至因为这部作品而从部队转业到了地方。他当时在部队面临着巨大的压力，大家认为这部作品中涉及了很多的敏感问题。《丰乳肥臀》发表在当时刚刚创刊的《大家》杂志上，后来被授予了“大家文学奖”，并获得10万元奖金。《丰乳肥臀》对于莫言来说是取得了巨大的利益回报，而名誉受到很大冲击的一部作品，是使他的人生发生了很大转折的一部作品。莫言为什么要写这部作品？我们今天如何看待这部作品？这部作品是不是一种商业化的写作？如何看待小说创作中的敏感问题？我觉得我们应该用客观的眼光来审视这些问题。从写作的环境来讲，20世纪90年代确实和80年代不一样了，中国的90年代是个多元化的时代，在市场经济的背景之下，文学的消费主义倾向已经很强烈了，以王朔为代表的通俗文学作家的崛起、文学与影视的联姻、作家纷纷下海，这时候，对严肃文学作家的写作是一种考验。那么，有没有作家在雅俗共赏的名义之下追求商业的利益呢？我觉得是存在的。莫言的《丰乳肥臀》这个书名有没有商业的考虑？我觉得是有的。贾平凹的《废都》里“此处省略多少字”有没有商业化的考虑？

我觉得是有的。陈忠实的《白鹿原》中很多的性描写有没有商业化的考虑？我觉得也还是有的。但是，我们不能够因为作品带有商业文化的痕迹就否定他们。事实上，世界上很多的文学作品都会受到商业化的影响，一个作家的写作怎么可能完全不受商业化的影响呢？巴尔扎克写作还是为了还债呢。商业化的考虑是可以理解的，作家也没有必要去回避这样一些问题。但他们主要的并不是商业化的写作，哪怕《废都》也不是纯商业化的写作，贾平凹是为了表现埋葬了一个时代之后的巨大痛苦，他感觉到了时代的崩溃，告别 80 年代的精英主义，走向 90 年代的虚无与颓废，所以后来才有了人文精神的大讨论。中国人觉得我们这个民族怎么突然一下子道德沦丧了、精神滑坡了，中国的文学出问题了，大家开始寻找人文精神了，《废都》是比较早地涉及这个问题的严重性的作品，它预告了 90 年代市场经济商业化时代的来临。《丰乳肥臀》也是在这样一种商业化的浪潮之中出现的一部大作品。撇开这种商业化的因素，我们再来客观地审视它的文学性和思想性。这是莫言迄今为止篇幅最长的一部长篇小说，洋洋五十万字，写得元气淋漓，莫言对它投入了很多的精力和情感。莫言自己的说法是，他想把这本书献给他的母亲，他在这部书的扉页上也确实是这样写的：“谨以此书献给母亲在天之灵。”大家刚读这部书的时候会觉得很荒诞，觉得这样一部商业化的作品怎么能够献给神圣的母亲呢？这不是亵渎母亲吗？其实这是对这部作品的最大误解，《丰乳肥臀》是一部很严肃的文学作品，莫言确实在作品中融入了自己对于母亲的尊重和无尽的爱，并对以自己母亲为代表的中国母亲、中国乡村女性在 20 世纪中国这样一个战乱连绵、动乱频仍的年代的苦难史，做了极好的艺术诠释。如果说《红高粱》主要讲述的是“我爷爷”“我奶奶”“我父亲”的故事，那么《丰乳肥臀》主要讲述的就是“我母亲”的故事。读《红高粱》乃至《红高粱家族》，总感觉作者有意在“我母亲”的身上吝惜笔墨，那是因为莫言早就在心里酝酿着日后要写一部专门献给“我母亲”的大书！

当然，莫言生活在当代中国文学群星璀璨的一个时期，一方面，他影响了同时代的别的作家；另一方面，同时代的优秀作家也会影响到莫言的写作。如果说80年代中后期，莫言的《红高粱》影响到了陈忠实写《白鹿原》，那么到了90年代，陈忠实的《白鹿原》又反过来影响了莫言的《丰乳肥臀》的写作。《白鹿原》的主人公白嘉轩，一个20世纪中国乡村的受难的父亲形象，《丰乳肥臀》的主人公上官鲁氏（鲁璇儿），一个20世纪中国乡村的受难的母亲形象，我们可以把他们视为当代文学的“双璧”形象。陈忠实从莫言那里得到了艺术和精神的启示，反过来他写的《白鹿原》又对莫言的写作有很大的促动。《白鹿原》里的白嘉轩不同于鹿子霖，鹿子霖是个功利主义者，他有意识地让两个儿子一个参加国民党，一个参加共产党，以为有了政治双保险，没想到最后大儿子兆鹏不知所终，小儿子兆海在抗战中死去，竹篮打水一场空。鹿子霖有一种政治投机的心理存在，在那个年代里，这是情有可原的，也是非常真实的心态；而白嘉轩呢，他的境界比鹿子霖高，他超越了二元对立的政治思维模式，无论白鹿原上风云如何变幻，他始终坚持一种农耕文明的“耕读传家”的传统文化立场，他的孩子参加政治活动，并不是他的本意。他激烈反对女儿白灵进城读书参加政治活动，事实上后来白灵正是被严酷的政治斗争所埋葬的。白灵之死，是《白鹿原》中最令人心碎的情节之一。通过白灵之死，我们不得不佩服白嘉轩对世事的洞若观火式的预判力！我们通过比较白嘉轩和鹿子霖，一个是政治投机心理，一个超越了狭隘的政治文化，我们发现，这种超越性的父亲形象，这种中间性的叙述立场，与《丰乳肥臀》如出一辙，只不过主人公由父亲换成了母亲形象。上官鲁氏一共养了八个女儿，有的嫁给共产党人，有的嫁给国民党人，但这绝对不同于鹿子霖的有意布局，对于她来讲，并没有强烈的政治诉求，她只是抱着中国传统的道德伦理观念，同情弱者，不管是哪个女婿失败了，求助于她，她都敞开胸怀来接纳。如果用严格的政治标准来衡量，你会觉得她是一个敌我不分的母亲，没有任何政治觉悟和政治辨别力，但实际上她是一个有巨大包容力的形象。我觉得，莫言塑造这个母亲的形象，在某种意义上反映了他要超越 20 世纪中国主流历史叙事二元对立的心理模式或思维误区。甚至，我们读这个作品的时候，你会感受到，这个母亲本能上最亲近的女婿其实是那个国军头目——司马库。司马库是作者和读者都比较偏爱的一个人物，因为这个人身上有一种类似土匪气的英雄气。小说中有情节写到 1949 年后的镇反运动，司马库躲在坟墓里，有一个喜欢他的寡妇偷偷给他送饭，当地政府实在捉不到他，就把上官家的人抓起来，当司马库得知自己的亲人都因为他受到牵连时，他就自己从坟墓里走出来了。这是一个枭雄的形象。他在屠杀革命党人的时候确实很坏，但有时他又表现出一种很义气的东西，一种江湖的情义和豪气，这是他身上值得人尊重的东西。所以莫言打破了好人、坏人的界限，也打破了单纯的二元对立历史叙事局限，这是一种艺术上的突破，也是一种贡献。莫言从来都宣称，他是从人的立场上来写作的，他的文学是人的文学，而不是狭隘的政治文学。

以上是从叙事模式的角度进行分析。另外，从思想观念方面进行分析，有的学者断言这部作品是一部写恋母情结的作品，上官鲁氏的儿子上官金童对母亲的那种深深的依恋，纯粹是一种恋乳的痴狂。上官金童的恋乳症归根结底还是弗洛伊德所谓的恋母情结在作怪，恋乳症是恋母情结的外部表征。这是武汉大学哲学学院邓晓芒教授在十多年前的观点。这个观点很流行，甚至得到了作家莫言的肯定和认同。邓晓芒说上官金童的恋乳症是一种文化象征，说明我们这个民族活了几千年，但在心理上还没有断乳，还有度过断乳期，这是不正常的民族文化心理症状，需要改变，需要反传统！中国人对传统文化的强烈依恋，其实也就是一种文化意义上的恋乳症。在这个意义上，邓晓芒当年断言：每个中国男人都是上官金童。每个中国男人心中都沉睡着一个看不见的上官金童。老实说，90 年代我在武汉大学文学院念书的时候，我对邓晓芒教授的这个观点是很佩服的，认为抓住了

《丰乳肥臀》这部长篇小说的精神命脉。那个时候我很迷恋弗洛伊德学派的精神分析学或者荣格的神话原型批评理论之类，疯狂地读了很多这方面的汉译名著，所以我比较认同邓晓芒先生的看法。前不久我又重读了《丰乳肥臀》，我发现我已经不满足于十多年前的旧结论了。我觉得邓晓芒对《丰乳肥臀》的主题阐释是不完整的，或者说是片面的。凡是通读过《丰乳肥臀》的读者大约都会有这样的印象，这就是小说的前半部分和后半部分的叙事风格似乎并不统一，好像有文本断裂一样。其实这里面恰恰隐含了作者在写作过程中所发生的微妙的深刻的思想变化。也许莫言在写作之初，是把批判性地审视上官金童的恋乳症或者说恋母情结作为主旨的，但随着叙述的进一步延伸，作者对上官金童的恋乳症或者恋母情结已经越来越同情了，或者说是抱着一种同情之理解、理解之同情。我们不妨简单回忆一下这部作品，在上半部主要写 1949 年之前的战乱年月，那个时候的上官金童似乎纯然是母亲的负担和家族的累赘，作为一个永远也长不大的小男人或者大男孩，他的存在是让人厌恶，至少是让人难堪的。但写到 1949 年以后的和平年月，其实也是一种灾难年月里，我们发现上官金童身上的闪光点越来越突出，他的恋乳症体现了意外的光芒。正是因为从小养成的恋乳症，正是因为从来没有摆脱过对母亲的依恋，所以上官金童才是那么的善良，那么的正直，一个依恋母亲的孩子，一个有着母性崇拜的孩子，他的心灵必然是纯洁的、无邪的。实际上，人的成长过程，就是人的社会化过程。通常我们说一个人长大成人，毋宁是说这个人已经变得越来越世俗、越来越社会化、越来越成熟，而成熟就是世俗的别名，世俗就是成熟的本质。所以，当读到上官金童几次因为自己的单纯和没有心计而陷入牢狱之灾的时候，我们作为读者是越来越为上官金童鸣冤叫屈了。读者的心理天平已经越来越偏向上官金童一边了。懦弱的上官金童在最后赢得了读者的尊重和理解。我们在上官金童的身上看到了恋乳症或者恋母情结的另一面，这是能够净化人的心灵的一面，这是反现代化或者说反思现代性的一面，这与邓晓芒教授所说的批判性地审视恋乳症和恋母情结，绝对化地断言这是一种落后于现代文明的文化病态心理完全是两个方面的问题。所以最后我要说，恋乳症也好，恋母情结也罢，它们都有着两面性，都是一柄双刃剑。我们不能简单地一概而论、一棍子打死。只有这样，我们对于《丰乳肥臀》的主题阐释，才会更加的深入和完整。我相信莫言会同意我的这个看法，因为我分明从上官金童的身上看到了黑孩的影子，看到了作家莫言本人的影子。

以上剖析的都是莫言在 20 世纪八九十年代的经典作品。其实莫言的文学王国是当代文坛的一座宝库，只要大家有探究的热情，只要大家认真地阅读莫言的作品，而不是跟着教科书或者某些专家的观点人云亦云，我想大家一定会有更大的收获。如果大家有兴趣，可以对莫言进入 21 世纪以来的长篇小说做一次系统的阅读，从《檀香刑》到《生死疲劳》，莫言在最近十年来一直在向中国古典文学和传统中国叙事回归，但这种回归传统不是简单地拒绝西方，而是在充分吸纳西方现代小说叙事技法的基础上，追求如何最大限度地体现出我们中国化的叙事风范。我今天应邀来给大家讲“最炫莫言风”，这个题目显然脱胎于时下的一首流行歌曲《最炫民族风》，我的理解是，莫言风就应该是民族风，莫言的文学王国——“高密东北乡”，既是民族的，也是世界的；唯其是民族的，所以是世界的。

第10章　姜天民：文学圣徒的生命之殇

在20世纪80年代的中国文坛，姜天民曾经是一个十分闪亮的名字。倘若置之于同时期的湖北文坛，姜天民更是一个不可或缺的主将。姜天民是凭借1982年全国优秀短篇小说奖获奖作品《第九个售货亭》而为全国读者所熟知的，他的南方小城镇叙事系列《小城里的年轻人》《失落在小镇上的童话》等作品给他带来了最初的文学荣耀。1985年以后，随着“寻根”文学浪潮在中国文坛的兴起，姜天民又开始精心构筑他的“白门楼印象”系列小说，且再一次在文坛产生了不小反响。可惜天不假年，出生于1952年的姜天民在1990年黯然病故，时年38岁。那是一个历史转折的年月，包括姜天民在内的好几位当代文坛精英相继猝然离世，湖南的莫应丰，四川的周克芹，陕西的路遥和邹志安，他们的英年早逝成了当代文坛的一段痛史。而对于姜天民而言，能够在告别人间二十五年以后的今天，能够在中国文坛乃至于湖北文坛日渐将其遗忘的今天由作家出版社出版这样一套四卷本的《姜天民文集》，这既是一份迟来的堪以告慰作家不死的心魂的哀荣，也是他与生前好友刘醒龙的一份兄弟情谊的人生见证。为了出版这套《姜天民文集》，刘醒龙奔走了多年，在他的内心深处，姜天民既是文学兄长，更是神一般的存在；他终生难以忘记姜天民在离开英山前特意留给他的那把破旧老藤椅，他后来正是在姜天民坐过的老藤椅和住过的老屋子里写出了自己的小说处女作①，这无疑是中国当代文坛的一段神话，它定格了两位湖北作家精神接力的神圣仪式。

说到姜天民的文学创作，虽然他在短暂的一生中尝试过小说、诗歌、散文、报告文学、童话、曲艺等多种文学样式，但小说创作无疑还是最能体现他的文学成就。姜天民的小说创作十年是令人惊讶的十年，他从中国鄂东一个名叫英山的小县城走来，以过人的艺术禀赋和惊人的文学毅力在20世纪80年代纵横跌宕的中国文学大潮中成为令人瞩目的弄潮儿，而且成名后的他也并没有像一些同行那样故步自封，以致日渐在小说艺术上跌入平庸，而是不断追求小说艺术的新变，在短短十年内创造了属于自己的独特文学天地。大体而言，姜天民的小说创作历程可以分为两个阶段，1985年之前他主要从事“伤痕—反思—改革”小说创作，这是一种回归五四现实主义传统的小说创作潮流，带有鲜明的文学现代化色彩，而之后则转向兼具现代主义和民族主义色彩的“寻根”小说创作，这是一种反思现代性或反拨现代性的文学思潮，遗憾的是姜天民还未完成这种文学现代性反思或反拨就猝然离世，给当代中国文学带来了不小的损失。尤其是对于当代湖北文学而言，人们不禁要问，如果姜天民还活着，他的20世纪90年代乃至于21世纪的文学创作该是如何的让人期待！可以毫不夸张地说，如果姜天民还活着，当代湖北文学史将会因为他的存在而得以改写，他是一个能够改变当代湖北文学甚至当代中国文学格局的人物！他有着自己的艺术野心和理念，他在1985年以后的小说实验和艺术转型具有神奇而开阔的艺术气象，而且他已经日渐形成了独特的语言风格和叙事技法，与他之前的小说创作简直判若两人，他显然已经步入了80年代后期中国“寻根”文学主力方阵之中。我们完全可以对他的90年代充满了艺术期待！但姜天民带着

① 刘醒龙：《灵魂的底线（序）》，收入姜天民：《姜天民文集（一）》，作家出版社，2015年，第2—4页。

自己的满腹遗憾走了。这让同样来自英山的刘醒龙二十五年后依旧黯然神伤。刘醒龙说："姜天民匆匆离世，中国文学新进中少了一员大将。姜天民的文学生涯只有短短十年，其探索与创造，对于文学宏观的启迪意义是十分明显的。"① 信哉斯言！没有姜天民的湖北文学风景终究还是让人扼腕慨叹，而回望姜天民的文学道路已经成为一种必然。

按照通常的文学史叙述，姜天民早期的小说创作大抵属于"伤痕文学"或"反思文学"范畴，尤其是属于"改革文学"范畴，他更热衷于叙写改革开放年代中国南方小城镇里的世态人心的变迁。这是典型的20世纪80年代的新启蒙叙事形态，它接续了曾经被中断或遮蔽了的五四启蒙文学叙事传统，再度让现代中国文学回归现实主义和人道主义轨道，而告别了此前盛行的革命现实主义文学成规，这是新时期初中国文学重返现代性或现代化的艺术明证。于是像姜天民这样的新启蒙作家不再热衷于讲述政治化的革命叙事，而是借助于在中国复活了的现代西方人性和人道主义话语，讲述在中国社会变革秩序中南方小城镇里小人物的人生命运和精神心理困境。这样的小说继承的是五四社会问题小说的叙事模式，从中不难发现欧洲19世纪批判现实主义或浪漫主义小说叙事传统的印迹。对于姜天民早年的现实主义改革小说而言，作者习惯于把主人公的爱情故事与社会问题捆绑在一起讲述，通过透视男女主人公的爱情悲剧解剖当代中国的社会文化心理问题。事实上，姜天民笔下的爱情故事大都充满了痛苦，源自常见的青春叙事的艺术冲动。早在浩劫期间姜天民就以书信体的形式写过一篇爱情小说《春水东流》，以书信体写爱情是五四启蒙新小说的显著文体特征，这种新文体易于抒写现代性的主体情绪，表达生命个体受到社会文化体制压抑所滋生的愤懑或不平。《春水东流》写于1973年，这篇差点被埋没的"地下"小说很容易让人想起大约作于同时期的"地下"小说名篇——靳凡的

① 刘醒龙：《灵魂的底线（序）》，收入《姜天民文集（一）》，第5页。

《公开的情书》，那也是一部书信体爱情小说，但规模比《春水东流》要大，而且是多人物多角度第一人称独白叙事，然而从这种小说文体的相似性中，我们毕竟可以看到十年浩劫期间中国年轻人共同的心灵苦闷和精神伤痛。《春水东流》带有自叙传色彩，作者以第一人称写道："我是一个才情非常丰富的人，在这方面比别人更敏感，更急切，更需要安慰，但是，我知道我的爱却是无论如何也不可能得到胜利的，我最后必须要扮演一场悲剧的角色的，我的伤心，就在这里！"小说中"我"向心中的"女神"倾诉着自己满腹痛苦的相思但却得不到心灵回应，最后只能绝望地跃入江流中。虽然这仅仅是一场梦幻，但它比现实还要真实和真切，由此也确定了姜天民小说创作中一直都挥之不去的忧郁情调和感伤气息。南方小城青年人的爱情悲剧成了他早期小说创作中难以摆脱的叙事中心，姜天民借此实现着自己的社会关怀和艺术个性的双重表达。

《第九个售货亭》是姜天民的成名作，但在这个洋溢着人性和人道主义理想的现代爱情故事中其实隐含着男主人公深沉的爱情痛苦和人生悲哀。人称阎王的车工王炎是小说的男主人公，他和傻金刚钳工李自强、瘦八仙电焊工张铮、机灵鬼油漆工孙三宝是小城里同一个工厂的好兄弟，他们彼此性格各异而不拘小节、豪放不羁，体现了改革开放之初中国年轻人的蓬勃朝气。其中，王炎在看电影过程中爱上了个体小商贩玉吉，而玉吉渴望能在小城里拥有一间属于自己的售货亭，为了满足玉吉的愿望，王炎在一帮工友的帮助下各展所长，共同建造了小城里的第九座售货亭。然而故事情节陡转直下，此时的王炎知道了玉吉和曾经一同插队的知青赵勇已结婚，而且她是自愿嫁给已经下肢瘫痪的赵勇，这让王炎陷入了巨大的痛苦和悲伤，但他最终还是做出了将售货亭无私奉献给玉吉的决定，由此将个人的痛苦与悲伤埋藏在心底升华。《小城里的年轻人》也是姜天民传诵一时的名作，小说同样讲述的小城年轻人的现代爱情故事，不过故事情节要复杂得多，反映的社会生活面也更加深广，但爱情的痛苦和人生的迷惘依旧是小说中拂不去的精神底色。尽管小说是第三人称全知叙事，但职工学校青年教师苏明其实是隐含的第一人称叙事人，作者以苏明的眼光打量着职校的三名青工——尚华、赵凡和刘小帆。赵凡和刘小帆都深爱着尚华，但赵凡的爱中隐含了极为强烈的功利主义诉求，为了满足个人的私欲他甚至可以不择手段，他的内心处于变态的边缘；而刘小帆的爱则淳朴和实诚，他对养父的爱和对尚华的爱一并体现了他身上理想人性和真诚人格的力量。苏明其实也暗中爱慕着尚华，但他一直为保守思想教条所束缚，等到他从刻板的人生规训中觉醒过来之时，他已经无可挽回地失去了追逐爱情的权利，只能把失去女主人公的爱情的痛苦和怅惘付诸日后的时光慢慢消解。这是一个多角恋故事，其情节的曲折变换和浪漫传奇色彩容易让人想起雨果的经典长篇《巴黎圣母院》，弗罗洛、加西莫多、弗比斯三个男性与艾斯美拉达的爱情纠葛成就了雨果笔下伟大的浪漫主义爱情悲剧。在雨果那里，宗教的悲悯笼罩着他笔下的人物，现实中充满了美和丑的共在或纠缠，而痛苦就在强烈的矛盾、冲突与反差中得以凸显。雨果说："基督教把诗引到真理。近代的诗神也如同基督教一样，以高瞻远瞩的眼光来看事物。她会感到，万物中的一切并非都是合乎人情的美，她会发觉，丑就在美的旁边，畸形靠近着优美，丑怪藏在崇高的背后，美与恶并存，光明与黑暗相共。"① 而在姜天民的笔下，道貌岸然的学习积极分子赵凡内心充满了恶念，而形容举止不拘小节的刘小帆其实内心忠实良善，至于苏明则一直处于灵与肉分裂的边缘，于是我们发现了姜天民早期现实主义小说创作中借鉴浪漫主义美丑对照原则的艺术痕迹。

在姜天民的早期现实主义小说创作中，《大路通向远方》同样也能见出西方浪漫主义的影响。小说讲述了一个南方小城镇工人养路班的故事，故事温情而又惨烈。养路班班长邵玉林痴恋着城里女子余爱珍，而余爱珍背

① 雨果：《〈克伦威尔〉序》，载伍蠡甫、胡经之主编《西方文艺理论名著选编（中）》，北京大学出版社，1986 年，第 126 页。

地里已经移情别恋。城里毕业的女学生乔荞分派到养路段当会计，她探得班长被恋人背叛的真相而不忍如实相告。养路段黄段长对邵玉林、孟云生、石小栋这批青工极尽打压和侮辱之能事，处处用金钱来贬低他们的人格尊严。最终在一次公路事故中邵玉林不畏艰险、迎难而上、坠崖而亡，把他全部的爱情痛苦和人生苦难释放到了另一个世界。小说中多次运用美丑对照手法塑造人物，邵玉林与余爱珍的对照、邵玉林与黄段长的对照、乔荞与余爱珍的对照，无不隐含了作者对理想与现实、美与丑、善与恶、光明与黑暗共在并存的复杂人生的理解。尤其是最后邵玉林的死亡，唤醒了黄段长的幡然悔悟和无尽的忏悔，这是人类道德良知的胜利，同时也是理想主义的胜利。实际上，姜天民的早期现实主义小说创作中总是如此这般难以抑制作者心中的浪漫诗意情怀，这使得他的早期小说总是笼罩着或浓或淡的感伤情调。《淡淡幽香的槐花》也是如此，小说讲述知青程燕多年后以知名艺术家的身份回访插队故地，他内心一直念念不忘农村姑娘槐英，他是带着浓重的忏悔情绪归来的，但事实上槐英早已云淡风轻，接受了现实和命运的安排，过着自己平凡的生活。当年槐英在程燕饱受歧视的时候敢于冒着父兄的压力发表爱情宣言，但程燕退缩了；而当程燕父母平反，他处境好转以后想到了和槐英重归于好，但此时的槐英却拒绝了他。在槐英的心中，真正的爱情不是感恩，不是炫耀，也不是天长地久，而是一旦失去就再也找不回来的纯粹的美好而诗意的情感。所以在忏悔者程燕面前，平民女子槐英成了女神一般的存在。从这里我们不难窥见老托尔斯泰的长篇名著《复活》的艺术影子。虽然姜天民的早期小说带有浓厚的浪漫色彩，但现实主义毕竟是他早期小说创作的核心追求，他始终敢于直面现实生活的残酷和苦痛，敢于揭示人生的苦难和心灵的悲剧。用鲁迅先生的话来说，“悲剧将人生的有价值的东西毁灭给人看，喜剧将那无价值的撕破给人看”①，姜天民的早期小说是同时具备这种悲剧和喜剧的双重功能的，所以往往充满了毁灭的痛苦和撕破的快意。他的早期小说代表作《失落在小镇上的童话》虽然没有撕破的快意，但毁灭的痛苦却格外的沉重。在童话作家“我”的眼中，十几岁的小城女孩李小荣弃学从商卖馄饨，而且她是那样的人情练达到了近乎市侩的地步，她将“我”赠送的童话书籍漫不经心地撕来包馅饼，这无疑是价值毁灭和人生沉沦的艺术表征，留给“我”和作家的就只有无尽的痛苦和惶惑了。这是姜天民早期现实主义小说中最精彩的作品，直接承续了鲁迅先生的乡土启蒙文学传统。

1985 年以后，在几乎席卷全国的“寻根”文学思潮的影响下，姜天民的小说创作也开始了艺术转型，他的后期小说创作转向了现代主义与民族主义文学形态的艺术融合，而“白门楼印象集”则是他的这一艺术融合的结晶。但在开始“白门楼印象”系列小说创作之前，实际上姜天民就已经尝试着小说艺术转型了，这是一种过渡性的艺术探索，原则上还是现实主义叙事，但不再停留在社会政治层面或泛文化的层面叙事，而是集中聚焦特定的传统文化形态在当代中国的命运问题，带有强烈的“文化小说”色彩。中篇小说《佛子》就是姜天民小说创作历程中由前期向后期转变的标志之作。这篇力作发表于 1986 年《十月》第五期，旋即收入漓江出版社 1987 年出版的《39 种世界——鲁迅文学院第八期毕业作品小说集二》，后来又荣获了 1985 年至 1989 年武汉市首届优秀小说奖，可见这部作品曾经有相当高的认可度。《佛子》截取了三个历史横断面，展现了从新中国成立初年到十年浩劫再到改革开放三个时代里中国传统民间佛教的社会文化历史兴衰过程。小说以“我”和外公的双重视角审视两个乡村和尚的人生轨迹，贯穿其间的其实是究竟谁才是真正的“佛子”的问题，由此可窥佛教在当代中国的浮沉及困局，其中的民族传统文化寻根诉求是一望即知的。两个

① 鲁迅：《再论雷峰塔的倒掉》，《坟》，收入《鲁迅全集》第 1 卷，人民文学出版社，1981 年，第 192—193 页。

和尚都是铁佛寺主持隐忍老法师的弟子，一个法号慧深，一个法号智远；慧深法师是真正的高僧佛子，历经社会动荡而不改佛性，智远和尚则是假佛子，能根据不同的时代要求而转换着自己的身份。新中国成立初年，新政权要求僧人还俗，慧深法师选择了凄苦的飘零自守，智远则入乡还俗，娶妻生子，为了维持世俗生计甚至还当了屠户。十年浩劫中，智远竟然还当上了生产队长，慧深则独居北大湖修炼真身，为了保护铁佛寺佛门清静，他甚至舍身护法，遭受凌辱和批斗。改革开放以后，政府为了发展文化旅游事业，请早已将佛门清规破戒殆尽的智远出山做了铁佛寺新主持，而真正维护佛门净土庄严的慧深法师则被世人遗忘。然而，在“我”的外公心目中，慧深法师才是真正的佛子，智远不过是俗不可耐的凡夫俗子而已。外公一辈子笃信佛教，即使是在极左历史暗夜中也不改初衷，他其实是佛门俗家弟子，比智远更配得上佛子的身份。至于“我”，小时候接受了外公的佛教启蒙，对佛门保持虔敬之心；长大后以知青身份重返故地，却已对佛教充满了怀疑，但在外公和慧深法师的影响下，“我”被佛子坚守信仰的人生姿态所感染，这潜在地决定了“我”日后的人生选择。这意味着，尽管“我”不是一个佛教徒，但“我”意识到了而且实际上也确实是如此，佛教是能够有效地参与到当代中国民众的精神建设和信仰重塑过程之中的，作为中华民族传统文化的重要资源，佛教的精神信仰滋养是不应忽视的，而现实日常生活中佛教的兴衰存亡也关系到当代中国文化重建的愿景。而这正是作家姜天民在《佛子》这篇小说中要追寻的民族文化根底。

虽然《佛子》有传统文化寻根的精神诉求，但它还是一部典型的现实主义小说，尚未抵达“寻根”文学将西方现代主义与中国民族文学传统相结合的先锋文学境界。这意味着写《佛子》的时候姜天民只是本能地萌生了对中国当代文学现代性进程的初步反思，尚未有意识地突破与现代人道主义相匹配的西方现实主义叙事成规，只有到了“白门楼印象”系列的写作中他才真正进入中国当代文学现代性反思或反拨的艺术进程。这种现代性反思或反拨主要表现为他的后期小说创作中民族文学传统观念的觉醒，致力于中国民族文学传统与西方现代派文学的艺术融合，而不再株守此前的西方现实主义或浪漫主义文学模式。值得注意的是，姜天民在20世纪80年代后期致力于“寻根”小说写作的同时，他也撰写了多篇画论，这些艺术评论很能见出姜天民那时期的文艺观念的新变，毋宁说姜天民正是借艺术评论而侧面阐述了自己反思或反拨文艺现代性的艺术立场。他在评论冯今松的绘画艺术时说：“他站在世界文化的高度，汲取了中国宋元以来的传统文人画的精髓，融汇了老庄精神、魏晋风度、屈子的浪漫情调以及西方现代的生命哲学、浪漫美学，契合了他内心的性美澄明和对于诗化人生的热情向往，并从古今中外可能接触到的多种表现性艺术中获得营养，从而熔铸出只属于他个人的绘画语言和别具一格的艺术风范。”又说：“他是个具有强烈创新意识的画家。但他认为创新与传统之间不应该割裂而要保持一定的张力。中国画的创新如果完全失去了中国画的美学特征那就没有什么意义了。”① 这就明确指出了当代中国画家在学习西方、致力于创新的同时，一定也要向民族绘画传统艺术汲取滋养，否则将沦为西方绘画艺术的奴婢。姜天民与黎伏生私交甚好，他在评论黎的篆刻和书法艺术时写道：“常听他谈书道，论印学，也一起评说中国绘画和西洋绘画，谈论中国古代哲学和西方现代哲学，受益匪浅。”② 由此也可窥姜天民融会中西文艺传统并独自创格的艺术野心。在评论鲁慕迅的绘画艺术时，姜天民总结道：“鲁慕迅先生继承了传统文人画的艺术特点和美学风范，又具有强烈的现代意识和创新意识。他认为没有传统笔墨就失去了中国画的特质，囿于传统的笔墨格局就会落入前人的窠臼。因此，他在绘画中强调抒情达意的传统美学原则的同时，又从西画和民间艺术中汲取营养，大胆地进行夸张，变形，

① 姜天民：《意象之诗——漫议冯今松先生的绘画艺术》，收入《姜天民文集（一）》，第307—310页。

② 姜天民：《生命意志的浓缩与宣泄——记黎伏生的篆刻和书法》，收入《姜天民文集（一）》，第319页。

强化自我感觉，形成自己独特的绘画语言。”① 至于他在评论张善平、王福庆、鲁永欢师徒的绘画艺术时，也无不表达了对他们师徒致力于将中西绘画艺术融会贯通的敬意和钦羡②。由此也不难看出姜天民融会中西的新的艺术追求。

但问题在于如何融会中西艺术传统，如何形成自己独特的既传统又现代的艺术，从而实现对单向度现代性的反思，这是摆在姜天民和他的书画家朋友们面前的一道难题。我以为在《意象之诗》这篇画论中隐含了姜天民后期小说创作的艺术秘密。他开篇即写道：“我以为杰出的艺术自有其神秘之处。它蕴含着诸多不可言说和言说不尽的美，闪耀着一种魅人的光辉，缓缓地发出一种天籁般的音响，具有一种诺瓦利斯的所谓魔化的力量。”又说：“这时候你才明白你面对的艺术是一种愉悦的陌生，是一种纯粹的诗意的原初的真实，是一种充满着情感、生命和富有个性的意象。这时候你才醒悟最高的东西是无法说出来的，一如上帝无法解释。艺术家的意象只可意会，倘若述说也许会相去甚远。最虔诚最睿智的评论似乎是沉默。”③ 这意味着姜天民的艺术观已经由早期追求确定性的现实主义美学转向了后期追求陌生化和不确定性的现代主义美学了，带有明显的神秘主义色彩。但姜天民的艺术转向并非纯粹转向西方现代主义或神秘主义思潮，而是同时也吸纳了中国民族传统意象派艺术，以及自六朝志怪小说以来的中国小说神秘叙事传统的资源。对于姜天民而言，融汇古今中外的意象艺术已经成为他后期小说创作美学的核心旨趣。他援引苏珊·朗格等西方美学家的观点进而指出：“意象不是印象的复制，不是思维，也不同于想象，当然更不

---

① 姜天民：《萧条淡泊　气韵高洁——读鲁慕迅先生的花鸟画》，收入《姜天民文集（一）》，第 323—324 页。

② 参见《“山水精神”溢画图》《寄情山水笔墨间——王福庆其人其画》《我还没有找到自己——中年画家鲁永欢侧影》，收入《姜天民文集（一）》，作家出版社，2015 年。

③ 姜天民：《意象之诗——漫议冯今松先生的绘画艺术》，收入《姜天民文集（一）》，第 307 页。

是客观具象或逻辑抽象。意象是一种生命直觉，是一种心灵感应，是一种天性的流露，是一种情感的宣泄。仿佛梦或幻影或飘忽不定稍纵即逝的瞬间的感性形式。”① 这显然是一种西方现代派的非理性美学观念，但已经包含了对理性主义的现代性美学观念的反思。与此同时，姜天民也对他心目中的意象派美学做出了中国化的阐释，他以民族传统美学的立场进一步对西方现代性美学进行反拨。他指出：“在中国古代思想家里，所谓‘天’‘道’‘气’‘神’‘阴阳五行’‘太极八卦’‘天人合一’乃至描绘宇宙图案的‘堪舆学’和揭示人体生命信息系统的‘经络学’，都具有明显的意象性，也都表现为模糊性和不确定性。正因为这种意象性渗透了整个中国文化，所以中国传统艺术就不可能不具有表现意象和意象地表现的特质。”②由此我们可以找到破解姜天民后期小说密码的钥匙，这就是带有表现主义色彩的中国意象小说艺术。

中国小说在发展过程中一直接受着抒情诗歌传统的滋养，故而历代小说中多有重意象者，但古代小说中的意象大多带有古典趣味和传统取向，而姜天民后期小说中的意象明显具有陌生化取向，在继承民族古典意象传统的同时又借鉴西方现代主义文学视野，凝练或提炼出具有西方表现主义文学色彩的中国小说意象。这些陌生而新奇的小说意象，既来自作家的中国生活经验，又带有变形而荒诞的西方现代派文学意味，充满了神秘色彩和不确定性。比如在《瓷眼珠》中，姜天民提炼出“瓷眼珠”意象纽结全篇，那个叫臭九的盲童被一个神秘的老头安装了一对瓷眼珠，从此他能看清白门楼镇的一切，正常人能看见的他都能看见，正常人看不见的他也能看见，他的瓷眼珠具有一种超验的神秘功能，能够将白门楼镇的所有蝇营狗苟、蛛丝马迹摄入眼底心中，这让整个白门楼镇人都为之恐惧，除了盲

① 姜天民：《意象之诗——漫议冯今松先生的绘画艺术》，收入《姜天民文集（一）》，第308页。

② 同上。

童的母亲，就连父兄也不放过他，绝望中他选择了自尽。再如《黑玉镯》中，一直游移于国共之间、身份暧昧的史八爷被人民政府作为反革命镇压，但枪毙他的时候出现了神奇的一幕，由于他身上佩戴着祖传的黑玉镯，故而枪弹不入，直至卸下黑玉镯，史八爷才被击毙，黑玉镯中渗出了紫黑色的血液。这种神秘主义意象叙事，深得中国古典小说神韵。《祖传丹药》中，小矮人高家奕让妇人何丽珍吞下了那颗神秘的祖传堕胎药，他自己则选择了自杀，小说中神秘而压抑的气息挥之难去。在《耿老头的泥塑》里，老耿帮白门楼镇人做的土地神塑像居然总是睁一只眼闭一只眼，而且充满了鄙夷轻蔑的神情，这是老耿的幻觉，更是通灵的真实。至于《水洼》中的"水洼"意象，充满了复杂难言的深层心理意蕴，既是吴吉寡妇的身体隐喻和欲望象征，也是其子亮儿心地纯洁透明的艺术载体，二者相反相成，真伪莫辨。尤其是亮儿最终死在吴吉寡妇早有预感的水洼里，更是强化了水洼意象的神秘氛围。还有《枯树》中的枯树意象，《老宅》中的老宅意象，都与树和人的神秘死亡连在一起，姜天民热衷于神秘主义的意象叙事于此可见一斑。更神奇的是《人境》中的张奎长出尾巴和吴长腿诈尸，《呕吐》中的闻化古居然能把淤积在胸七十年的书墨全部给呕吐出来，《黄昏》中黑房子、黑兽头与白门楼、白太阳意象交错，这些夸张而变形的神秘意象群的出现，释放出强烈的表现主义文学情绪，不得不让人对姜天民的后期小说创作刮目相看。究其缘由，姜天民后期小说创作中其实是在有意识地打破现代性的理性主义思维模式，而回归或复活了列维·布留尔所说的那种原始思维。原始思维不是反逻辑或非逻辑思维，而是"原逻辑"思维，它以受"互渗律"支配的"集体表象"为基础①，不受现代理性逻辑思维中矛盾律或因果律的限制，体现了一种前逻辑的非理性主义思维特征。这种原始思维的引入，既是对现代性叙事的反抗或反拨，也是对中国古典小

① 列维·布留尔：《原始思维》，丁由译，商务印书馆，1987年，第71页。

说中神秘主义意象叙事传统的创造性转化。

姜天民的后期小说创作属于“寻根”文学范畴，这不仅表现在作者有意回归民族小说神秘意象叙事传统上，而且表现在作者有意淡化小说的社会政治背景，同时凸显文化民俗场景上，由此形成了他后期小说创作显著的文化视野。“白门楼印象”系列小说着重书写白门楼镇的风土人情，作者从文化视角出发，审视白门楼镇的世态人心。比如《瓷眼珠》批判的是白门楼镇人的文化人格的狭隘与虚伪，作者从文化启蒙视野着眼，冷静地审视白门楼镇人对盲童“臭九”（知识分子符号）的排斥和迫害，因为作为知识分子变形的盲童清醒地看见了白门楼镇人的所有见不得人的勾当，破坏了白门楼镇人表里不符的虚伪文化生态。这与鲁迅为代表的现代启蒙先驱激烈批判中国传统文化心理的虚伪性是一致的，正所谓“满嘴的仁义道德，满肚子的男盗女娼”。《祖传丹药》同样采用传统文化批判立场，小矮人高家奕生理严重退化而心理过度成熟，隐喻了我们民族衰老的文化机心，他最后用祖传丹药毒杀了失节的妻子，随后自尽身亡，暴露了传统文化心理的绝望与崩溃。《水洼》的文化批判更为隐晦而深沉，吴吉寡妇的生理欲望被激活但又无法达成，她只能在传统妇道阴影下艰难地苟活。至于《牌坊的倒塌》则揭秘了史家大奶奶一辈子独守空闺的心灵暗角，其传统文化批判意旨是一望即知的。《黄昏》同样涉及传统礼教，鲁黑牛对师父马十三的女人由同情到解救或占有，表现了他长期积郁于胸的文化弑父冲动。《呕吐》对传统儒家文化的批判别具一格，老先生闻化古多年后回访昔日两位得意门生，没想到一个成了强盗，一个沦为奴才，他腹中淤积的墨水终于倾吐而出，呕吐之后面如白纸，作者以近乎戏谑的手法批判了传统儒家文化人格塑造的失败。除了激烈的文化批判，姜天民笔下也有讽刺或反讽的作品，但同样表达了作者对中国传统文化或民间文化的批判姿态。《耿老头的泥塑》通过泥塑的土地菩萨睁一只眼闭一只眼的神秘通灵手法，讽刺了白门楼镇人的虚伪文化人格心理。《黑玉镯》将史八爷之惨死和贾区长的一路高升做无声对比，消解了民间文化中因果报应的信仰和宿命，小说结局的反讽意味尤其深长。《将军别墅》中，将军的忠诚卫士翁志高最后居然将正在与他母亲野合的将军一枪打死，只因为他误将将军当作欺负母亲的坏蛋而不知道他母亲其实与将军正在进行一场黄昏恋，这样的文化反讽效果堪称黑色幽默。《枯树》中，退休赋闲的贾专员遵照姚大神的秘示在树林中大练“吐故纳新，移毒迁祸”之功法，结果树林枯叶纷披，周遭生命绝迹，这显然是对迷信民间气功的官员们的辛辣嘲讽。《老宅》中，大昌爹一辈子迷信史二先生早年相授的风水秘籍，但最终因为他对老宅地基的迷恋而晚年丧子，这也再次表达了作者对中国传统风水文化的反讽。格外值得注意的是《人境》，这篇小说讲述了木匠吴长腿和张奎这对师兄弟反目成仇的故事，带有强烈的国民劣根性批判的意味，甚至由此而抵达了对整个人类文化与人心的批判性审视。晚年的张奎幡然悔悟，他拖着病体来拜望师兄，想告诉他自己曾经犯下的罪孽，没曾想师兄吴长腿在临死之际也同样渴望见到师弟，他也想告诉张奎自己也曾犯下不可饶恕的罪过，最后两具行尸走肉在野外重逢，从而实现了各自的灵魂救赎和人性忏悔。这是典型的中国故事，但作者给古老的故事灌注了现代意蕴。

在姜天民的后期小说创作中，还有两部未竟之作值得关注。一部是长篇小说《马铁炉传奇》，一部是中篇小说《蛮荒》。这两部未定稿其实已经初具规模，只是尚欠整合和打磨，从中我们不难看出姜天民新一轮的艺术冲刺。这就是他不再执迷于现代主义西洋式理念化写作模式，而进一步强化小说叙事的民族化形态的营构。姜天民此前的“白门楼印象”系列以短篇小说居多，大抵讲述白门楼镇发生的异人轶事，带有强烈的野史杂传色彩，大体可以纳入新笔记小说范畴。这说明从小说文体上看，姜天民的后期小说创作确实是在努力探寻中国古代小说的文体资源，他有意无意地传承着中国文言小说或文人小说（从六朝志怪到唐宋传奇）的民族精英文学传统，再通过吸纳西方现代主义文学精神或技法予以重构，由此形成一种既传统又现代的中西文学融合形态。但这种中西融合的寻根文学实验有时候容易流于概念化和理念化，而相应地忽视了对民间人物形象的艺术塑造，此即理念大于形象之弊。好在我们从《蛮荒》和《马铁炉传奇》这两部未竟之作中已经看出了姜天民小说艺术深化的端倪，他不再简单地淡化小说的社会历史背景，而是将社会历史变迁与文化视角熔于一炉；他也不再忽视人物形象的典型性格的雕刻，而是努力不放过笔下的任何一个人物，哪怕是作为配角的小人物。比如在《蛮荒》中，作者耐心雕刻着白门楼镇的人物群像，这里既有外来知青苏谔、古良、谷明、周苇等人，也有白门楼镇的家族新贵索来福、索思源、索忆苦、索思礼、索思茶等人，还有史文化这样落魄了的白门楼世家子弟，以及白门楼镇的其他各色家族人等，如高金铃、高家琪、金菊子、高丽鬼子一家，白有志、白长生父子，被侮辱被损害的孤女子冷秋月，民间巫师姚大神等。作者在讲述这个以知青生活为主干的故事中不断穿插多个人物的家族历史，既拓展了叙事的历史深度和文化视野，也初步抵达了为民间小人物树碑立传的创作意图。只可惜这部小说尚未完稿，有些人物和情节未能真正地树立和展开。与《蛮荒》相比，《马铁炉传奇》的叙事基本完成，但也存在一些自我抵牾或疏漏之处，比如故事展开的地理空间究竟是彩石镇还是皇姑镇，小说里就有前后不统一的地方。姜天民的这部遗稿其实是想通过讲述四代马铁炉人的不同人生命运来折射20世纪中国的历史文化变迁。小说中第一代马铁炉人的代表是清末民初的马云涛，他身上真正传承了马铁炉人的民族文化人格精神；其子马长风和大徒弟宋立本是第二代马铁炉人的代表，他们在战乱年代殊途同归，都属于马铁炉人文化精神传统的背叛者；马长风的三个徒弟陈永福、张自顺、邓鲁则是第三代马铁炉人的代表，他们在新中国成立后纷纷抛弃了马铁炉人的民间技艺和文化传统；只有第四代的吴宝，他对政治权力争斗不感兴趣，梦想着寻找和恢复马铁炉人的传统工艺和文化精神。小说中还穿插了儒家代表严氏家族，以及李家窑和孙氏酒家的文化变迁故事，只是笔力未逮，生命末期的姜天民未能将《马铁炉传奇》写成一部杰作，小说中许多人物的性格刻画还不够深入和立体，由此带来了“奇”（情节性）过于“传”（史传性）的艺术缺憾。

但无论如何，姜天民是一个文学圣徒，这是没有疑问的。虽然他倒在了文学探索的中途，但他身上所承载着的 20 世纪 80 年代中国文学家的艺术激情是不灭的。姜天民在去世前夕写的两首散文诗《雪的梦》和《苦楝树》，极度地张扬了他胸中不可遏止的文学情愫。他在《雪的梦》中写道：“我如呆似痴于雪中。我载歌载舞于雪中。我满腹是雪的芬芳。我心灵里一片洁白清冷。雪啊雪我愿委身于你的眠床直到生命的另一端的黎明来临。”“我神往得成了痴子。我不知道这就是你啊我的恋人。我只知道你站在雪地里成了我的图腾。”① 这是一个文学圣徒的歌吟，姜天民继承了楚人先贤屈原的香草美人抒情传统，大胆而炙热地释放着内心深处的文学情结。同样，他在《苦楝树》中写道：“我是一株苦楝树，我站在你的窗前，恋人。我只是一株纯粹的苦楝树，恋人，因为我一无所有。”对于一个苦苦跋涉在文学中途的青年作家而言，他几乎时时刻刻都在体验到类似于失恋的痛苦，所以他的“干枯的眼窝便滚落一串串悲伤凝成黄玉般的树脂”，他的“破碎的心灵便滴出一粒粒幽怨化成赤红色的琥珀”②。这是生命痛苦的文学升华，即使于今读来依旧让人黯然神伤。虽然姜天民英年辞世已二十五年了，但真正的文学家的灵魂是不死的，它会以精神接力的方式重现在后来者的文字生涯中，所以我们毫不惊讶地看到在同出于英山的作家刘醒龙的笔下，其实也闪烁着姜天民的文学影子。刘醒龙小说创作中的诗性现实主义叙事方式，与姜天民的主观性小说叙事风格之间存在着高度的契合和相通。姜天民未竟的文学现代性反思大业也在 90 年代以来的刘醒龙小说创作中得以全面地实现。从《威风凛凛》《燕子红》《圣天门口》《天行者》《蟠虺》这

① 姜天民：《雪的梦》，收入《姜天民文集（一）》，第 212—213 页。

② 姜天民：《苦楝树》，收入《姜天民文集（一）》，第 229—221 页。

一系列长篇小说力作中不难看出，刘醒龙的小说创作其实十分善于传承中国古典小说的抒情传统和传奇传统，将故事性、史传性与抒情性融为一体，由此实现了现代与传统的文学融合。而姜天民囿于生命的限制，未能在更高的境界上实现这一文学宏愿，但他给刘醒龙带来的文学启示也是不容忽视的。即使是在姜天民的长篇遗稿《马铁炉传奇》中，其实也可窥见它与刘醒龙的长篇新作《蟠虺》之间存在相通之处。《蟠虺》中写到了失蜡法与范铸法两种古典青铜器制造工艺在当代考古学界中的冲突，而《马铁炉传奇》中也写到了这两种传统铸造工艺在民间铁器制造行业中的对抗，区别在于前者中它是作为推动整部作品故事情节的核心叙事动力而存在的，而后者中它不过是作为小说第一阶段情节发展里师徒反目的一个典型细节或场景而已。但有一点是没有疑问的，这两位从鄂东英山走出来的作家，在不同的生命阶段里确实都对失蜡法和范铸法这两种民族制造工艺感到了兴趣。由此可见，刘醒龙为《姜天民文集》的整理与出版四处奔走不是偶然的，这既是他们之间深厚的兄弟情谊的人间见证，也是刘醒龙向自己早年的文学引路人致敬的艺术见证。

第 11 章　李锐：历史困境与人的寓言

一

自 20 世纪 90 年代以来，山西作家李锐相继推出了四部长篇小说：《旧址》（1993）、《无风之树》（1996）、《万里无云》（1997）和《银城故事》（2002）。人们习惯于把其中的“银城系列”——《旧址》和《银城故事》归入所谓“新历史主义”小说的范畴，因为无论是描绘中国近半个世纪历史风云（从“大革命”到“文化大革命”）的《旧址》，还是专门以辛亥革命为历史背景的《银城故事》，它们都没有遵照正统的历史观念来展开文学叙述，如像 20 世纪五六十年代的“革命历史题材”小说《保卫延安》《红旗谱》《六十年的变迁》等曾经所做的那样，让文学成为主流意识形态进行“合法化”话语实践的艺术媒介。相反，李锐的“银城系列”小说在消解正统的宏大叙事方面做出了卓有成效的努力，比如大胆质疑经典的历史真实性范畴、冷静地颠覆正统的英雄神话范式、解构传统的史诗性小说模式等等。凡此种种，无不早在当年《旧址》问世后已有定评。

其实，李锐长篇小说中的“吕梁山系列”——《无风之树》和《万里无云》也可以被划入“新历史主义”小说之列。同样是以十年浩劫作为大的历史背景，但和新时期之初名噪一时的《将军吟》《芙蓉镇》和《许茂和他的女儿们》（同获首届茅盾文学奖）相比，李锐的“吕梁山系列”长篇小说不再依循主流政治视角来叙述历史故事，并且拒绝在叙述中对历史做出直接的社会政治评判。不仅如此，李锐甚至对从文化的角度来反思历史也没有多少兴趣，这是他与《古船》的作者张炜和《白鹿原》的作者陈忠实明显的不同之处。早在成名作《厚土》系列小说发表后的80年代末，李锐便对人们热衷于从文化批判的角度来解读《厚土》明确地表示了自己的不满和无奈。① 在李锐看来，使文学承担政治的、社会的和文化的批判功能，这对于文学来说其实是勉为其难。更何况，从现代中国文学自身的演变规律来看，从五四时期的启蒙主义文学范式演变到新中国成立后的“革命现实主义”文学模式，中国新文学所负载的意识形态功能可谓多矣，因此，文学是该到了回到人本身的时候了。于是我们看到，李锐的小说叙事无意于“客观而真实”地再现宏大的革命历史事件，而是以个人化的叙述方式深沉地观照着身陷历史困境中的人的命运，为那些被“历史的诡计”（黑格尔语）所无情地嘲弄和吞没的生命而歌哭，为人生天地间生命的卑微与高贵而悲怆、而震撼！

应该承认，把李锐的长篇小说系列笼统地命名为“新历史主义”小说确有空泛之嫌，因为它很容易抹杀李锐在历史叙述中所寄寓的个人化精神诉求。这就如同将李锐以吕梁山为生存背景的长篇《无风之树》定性为“农村题材”的小说一样，它会激起任何一位富有艺术个性的小说家的反感。谈及《无风之树》，李锐曾经这样说过：“我不希望别人看了我的作品再说：这是写的农村题材，这是写农民的小说。我不希望吕梁山在我的小说中仅仅是一个地理名称，或者仅仅是作为一种地域文化的标志。当吕梁

① 李锐：《一种自觉》，载《厚土》，浙江文艺出版社，1989年，第228—229页。

山作为小说中的名称而出现的时候，它应当具有无可置疑的丰富的文学内涵。吕梁山不应当仅仅是我提到过的一座山脉的名字，不应当仅仅是山西的一座山，甚至不应当仅仅是中国的一座山。这是一个关于我的故事。这是一个关于中国人的故事。最后，也最重要的，这是一个关于人的故事。”① 无独有偶，李锐也曾这样对人谈到《旧址》的终极精神旨趣：“小说里的李氏家族并非是我自己的家族史，我要写的不是一个家族，一个城市；我要写的是人，是生命，是中国。”② 这意味着，只有深情地关注人、关注人的生命存在状态才是李锐的创作初衷，至于作品中的人物所不可避免地涂染上的意识形态色彩，无论是社会的、政治的、伦理的，还是文化的色彩，由于它们都是人的符号外壳而不是人的生命本身，因此它们并没有成为李锐创作关注的中心。在李锐的小说创作中，他总是试图淡化意识形态色彩，致力于将文学由社会历史的表层引入到人的生命存在的潜层，从而艺术化地书写出超越了具体历史时空的人的寓言。

当然，李锐笔下的人的寓言也有其独特的地方。他总是执拗地书写着关于历史困境中的人的寓言。自新中国成立以来，人们往往习惯于赋予历史某种“理性”的本质，历史由此也就被抽象为人类社会客观发展的“必然规律”，它既具有形而上的起源，又内含目的的乌托邦。这种历史是一种理性的逻辑进程，它是以剥夺人的主观生命意志为代价的。从学理上看，这种历史观是一种历史决定论，它既是本质主义的，又是目的论的，因而也是宿命论的。③ 在这种历史观的支配下，人其实是历史的工具而不是目的，或者说，人其实是历史的客体而不是主体。然而，长期以来，由于主流意识形态积极的话语运作，人们已经习惯于以历史的“主人”自居，而有意无意地忽视了自己作为历史的“奴隶”的宿命身份。所以，在新中国

① 李锐：《重新叙述的故事》，载《无风之树》，江苏文艺出版社，1996 年，第 209 页。

② 李锐：《关于〈旧址〉的问答——笔答梁丽芳教授》，载《拒绝合唱》，上海人民出版社，1996 年，第 189 页。

③ 卡尔·波普：《历史决定论的贫困》，邱仁宗译，华夏出版社，1987 年，第 40 页。

成立后的“革命历史（现实）题材”小说中，我们见到的是层出不穷的革命英雄形象，感受到的是激进昂扬的革命乐观主义精神，而丝毫寻觅不到深陷历史困境中的生命的悲剧感和苍凉感。

但是对李锐来说，长期在中国占据主导地位的理性主义历史观其实是主流意识形态“虚构”的产物。所谓“客观真实的历史逻辑进程”实际上是不存在的，存在的唯有“无理性的历史”和利用“合理的历史目的”所进行的“合理的杀人”。所以李锐说：“无理性的历史对于生命残酷的淹没，让我深深地体会到最有理性的人类所制造出来的最无理性的历史，给人自己所造成的永无解脱的困境。这是一种大悲剧，一种天长地久的悲凉。”①显然，在李锐的非理性历史观中，人并不是历史的主人，而是历史的殉葬品。古往今来，人的生命存在总是受到历史的暗中操纵，历史就像一只无形的巨手悄然将人推向万劫不复的悲剧境地。人因此而不得不默默地承受着命运的拨弄和生命的煎熬，及至最终走向死亡，化为历史的尘埃。如果说历史是一盘永无解答的残局棋，那么，无数的生命就是散落其间的孤独而荒谬的棋子。他们左奔右突，却始终无法挣脱出历史为人所设置下的天罗地网。意识到这一点肯定是让人悲哀乃至绝望的，然而这就是人类自身无法回避，也永无解脱的存在困境。

毫无疑问，李锐近年来在其长篇小说系列中所苦苦追问的正是这种人类的悲剧性存在困境。于是我们看到，在《旧址》中，李锐让他笔下的人物一个又一个地如同落叶飘零地死去，消逝在冰冷的时间之流中；在《无风之树》中，李锐将他笔下的芸芸众生无情地推进人生苦难之中，使其倍受岁月的折磨和无望的煎熬；在《万里无云》中，李锐让他笔下主人公的命运波折显得虚妄、孤苦而又诡谲、荒谬；在《银城故事》中，李锐让他笔下的几个主要人物要么孤独地承受着末世的悲凉，要么在激情的驱使下

① 李锐：《〈银城故事〉访谈》，载《银城故事》，长江文艺出版社，2002年，第202页。

陷入历史的圈套，要么在不明不白中孤寂地死去……

二

在李锐的长篇小说系列中，出现得最多的是这样一类人物：他们在历史的长河中或者是随波逐流的庸众，或者是大胆弄潮的“英雄”，但都避免不了被“无理性的历史”波涛所裹挟，并最终被吞噬的宿命。他们的共性在于，虽然业已沦为了历史的奴隶，但对自己的悲剧命运并没有明确的自觉意识，相反有时候还沉醉在历史的主人的幻梦里，至多也就是在灾难来临的时候，心中充满了某种无法理喻的幻灭感、悲哀感和荒诞感。严格来说，在李锐的笔下生存的都是平凡的普通人，即使有些人物最初是以“英雄”的身份而出场的，但环绕他们的英雄神话总会在某个不经意的历史时刻倏然破灭。这其实正是李锐的寓言化写作的根本前提。

在《旧址》中李锐描述了很多杀戮与被杀的历史场景，比如开篇中九思堂李氏家族三代成年男子顷刻间化为一片“血红与粉白”；银城农民暴动失败，三四千多个农民被集体枪杀或游街砍头，五六十个共产党员也无法幸免，他们的头颅被高悬城门示众达一年之久，直到变成“骇人的骷髅”；浩劫来临的夏天，满头白发的冬哥和“兔崽子”李之生，这一老一少被一群狂热的革命群众残忍地抛进了古老的银溪水……对此，李锐曾经做过如下解释：“一部人类的历史，几乎可以看成是一部屠杀的历史。常常是这些人为了表达和贯彻这样的意志杀了那些人，过了一段时间，那些人为了表达和贯彻那样的意志又杀了这些人。到头来，历史却抛弃了所有属于人的所谓意志。让那些所有泯灭的生命显得孤苦而又荒谬。”① 不难看出，在李锐那里，历史（意志）是一种生命的异己存在，它导演了人类所有的暴力

① 李锐：《关于〈旧址〉的问答——笔答梁丽芳教授》，载《拒绝合唱》，第 189 页。

悲剧。而人深陷于历史的诡秘圈套之中浑然不觉，这才是人类真正的悲凉处境。

李乃之是《旧址》中被历史圈套所深深套牢的一个代表性人物。作为九思堂的后裔，早年父母双亡的李乃之原本承受了李氏家族的无上恩泽。然而，在中学里接受了革命理想的李乃之决心背叛自己的家族，投身于阶级斗争的历史洪流之中。真正让李乃之震惊和苦涩的是，为了加入党组织，他必须暗杀一个“革命叛徒”，而这个人却是自己一向敬重的国文教员陈先生。最终李乃之还是听从了组织的召唤，“以革命的名义杀死了一个叛徒”，尽管杀人后的他始终无法抹去心中的罪感，他像莎士比亚笔下的麦克白一样神经质地搓洗着自己的双手，“可无论怎样洗，也不能把那个肮脏恐怖的触觉从手上洗下去”。对于李乃之来说，这次暗杀“是一个意味深长的仪式，跨过这道门槛，他将注定了永生永世再无可能走回到过去之中”。虽然李乃之可以以“合理的历史目的”为自己的暴力行为辩护，但他从此后再也无法从那个诡秘的历史圈套中挣脱出来。于是我们看到，当 1951 年整个李氏家族喋血故园的时候，唯一幸存的革命者李乃之正在千里之外的京城为胜利而欢欣鼓舞。此时的李乃之已经习惯了“暴力辩证法”，作为一个不在场的“行刑人”，他对这种杀戮无动于衷，并视为理所当然，殊不知自己正在历史的圈套中越陷越深、难以自拔。直到多年后，当又一群革命者以革命的名义宣布他为“革命叛徒”，欲置他于死地的时候，当他情同母亲的姐姐李紫痕在故乡家败人亡、凄惨孤独地死去的时候，当毕生伴随他追求革命理想的伴侣白秋云不堪折磨、绝望自杀的时候，李乃之深深地陷入了历史的迷惘之中。在李乃之后来的遗物里，专案组发现了一张在空白处写满了“革命”这两个字眼的官方报纸。当年绝望的李乃之想必已经痛切地体验到了理想的虚妄、历史的残酷和人生的苦涩。

《无风之树》中的苦根儿、《万里无云》中的张仲银是和李乃之一样被历史潮流所裹挟的人物。然而，同样是追求革命理想，但苦根儿和张仲银比李乃之多了一份病态的“牺牲”心理，因此他们的人生遭际也就显得更加的荒诞和没有意义。苦根儿是一个烈士遗孤，他自称是党的儿子，党就是他的父亲。他时常庆幸自己是一个孤儿，因为“一个孤儿也就是一个无牵无挂的人，也就是一个私心杂念最少的人，也就是一个全心全意为理想而存在的人”。在一种“选中了理想和被理想所选中的双重喜悦”的支配下，苦根儿由衷地“渴望一切苦难的磨炼”。为此他积极响应伟大领袖关于“继续革命”的号召，自告奋勇来到偏僻贫穷的矮人坪领导“无产阶级文化革命”。自此以后，“矮人坪就没安生过一天”，他“领导”乡民又是修水渠、又是造大寨田，又要科学养猪，又要阶级斗争，自己还要天天熬夜写歌颂革命英雄的小说。用当地农民的话说：“这 × 娃非要弄出个成绩不行！”苦根儿的革命行动在矮人坪乡民的眼中不过是“瞎折腾”，既害己又害人，或者说，既施虐又自虐。不是吗？在阶级斗争逼出人命后，苦根儿随口念出一句革命语录“要奋斗，就会有牺牲，死人的事是经常发生的”，苦根儿就这样以“革命的名义”、以“合理的历史目的”为借口放逐了人的生命存在价值。不仅如此，为了“教育农民”，苦根儿的胸中还滋生了一种“献身”冲动：“也许能让你们（农民）懂得理想的唯一的方法，就是一个人的牺牲。这是我的责任。我应当像所有革命先烈那样，用自己的鲜血唤醒群众，把人们从麻木中唤醒。这是我的责任。总有一天我要做到这一点，总有一天我要做到一切想做到的。”

苦根儿献身理想的自虐冲动在小学教师张仲银的身上变成了现实。师范学校毕业的张仲银，怀着与苦根儿相同的革命理想，孤身一人来到贫瘠的五人坪，决心做一名“乡村男教师”。张仲银无限崇拜伟大领袖毛主席，他对毛主席诗词的背诵和引用达到了张口就来、滚瓜烂熟的地步。当极左的浪潮席卷山村的时候，在滔滔不绝地向乡亲们诵读一份又一份官方文件的过程中，在一次又一次地指挥乡民们集体高唱革命歌曲的壮阔场景里，张仲银获得了无限的满足、自豪和沉醉。他整个的生命都因理想的激情而燃烧。他以为自己正在"带领五人坪走出黄土，走出历史"，正在承担一份"命中注定的历史使命"，殊不知自己其实正在被一股巨大的历史浪潮所吞没。终于，两名知识青年的到来使张仲银在山民的心目中不再像以前那样举足轻重，他不再是革命群众崇拜的唯一中心，于是心态失衡的张仲银感受到了一份畸形的屈辱感。他决心以自虐的方式来寻找回想象中的那份英雄的尊严。为此他主动认领了一项无人认领的罪名，他隐秘地渴盼着一个时刻的到来：当他戴上手铐告别众乡亲的时候，他将像一个慷慨赴死的"革命烈士"一样重新赢得人们的尊敬和崇拜。他将"看到世世代代麻木冷漠的群山，终于被自己的力量驱赶着蠕动起来"。唯其如此，直到锒铛入狱之初，张仲银还在像渴望参加一场英雄报告会一样期盼着能为自己召开一个公审大会。他病态地幻想着一个轰动全县的伟大场景。然而，张仲银没想到自己在监狱里一待就是八年。虽然在绝望中也曾想到过自杀，但一旦出狱，张仲银心中的那股理想的激情又重新燃烧了起来。"为了献身人民的教育事业"，张仲银再一次卷入了一场官司，不过这一次不是他主动挺身而出的结果，而完全是因为一个莫须有的罪名。历史和张仲银开了一个残酷的玩笑，他在不经意间沦为了"命中注定的历史使命（意志）"的一个荒诞的祭品。

如果说张仲银、苦根儿和李乃之是跌入了"无产阶级革命"的历史困境中不能自拔，那么《银城故事》中的刘氏兄弟就是葬身于"资产阶级革命"（辛亥革命）的历史绝境之中。从时间上来看，敦睦堂的刘兰亭和刘振武兄弟是后来九思堂的李乃之的"革命前辈"。他们都属于那种顺应历史潮流的"革命理想主义者"，尽管所追随的革命信仰在内涵上有别。作为银城富甲一方的刘氏家族的名义继承人，刘兰亭像当年的大多数有志青年一样，选择了留日归来后从事"革命救国"，而"教育救国"不过是作为前者的幌子而已。然而，随着密谋中的革命暴动日益临近，刘兰亭所创办的育人学校的事业也蒸蒸日上。刘兰亭因此而陷入了革命与学校的两难选择之中。

更糟糕的是，由于起义目标提前暴露，刘兰亭面临着让学校和革命同时毁灭的绝境。情急之下，身为银城同盟会地方负责人的刘兰亭越权做出了停止暴动的决定。于是他又因为这个决定而陷入了更深的精神困境。所谓“保护学校，保护同志”也许都不过是些冠冕堂皇的借口，真正的动机也许正在于放不下家族的利益、儿女私情和贪生怕死。在这种无法排除的背叛革命的罪感的驱使下，刘兰亭最终绝望地选择了自杀，并留下了“无颜以对”的悲凉遗言。同为留日归来的同盟会员，刘振武也陷入了同样的历史困境之中，只不过他的命运比其兄显得更加苦涩和荒谬。当刘振武率领着浩浩荡荡的革命队伍开赴银城准备暴动的时候，他并不知道那场暴动已经提前被取消了。刘振武真正指挥的战斗居然就是顺路让一支本来应该引为“同道”的农民义军全军覆没，这真是对革命者的绝妙讽刺！终于，被对手识破身份的暴动总指挥刘振武无奈地选择了逃亡，然而在逃亡的途中却又不明不白地被人暗中杀害。

以上论及的都属于所谓在历史的潮头上弄潮的“英雄”，当他们一个又一个地像刘振武一样坠向历史的陷阱中的时候，他们其实也就蜕变或还原成了平凡的众生。实际上，在李锐的长篇小说系列中，人们能够见到许多芸芸众生的身影，他们在历史的困境中浑然不觉，悄无声息地存在着、消亡着，生命在时间之流中弥散。比如《旧址》中被历史的动荡夺去生命的李紫痕和冬哥，《无风之树》中被迫上吊的“阶级敌人”拐老五和深深自责的天柱，《万里无云》中同时承受丧子之痛和牢狱之灾的荞麦，《银城故事》中终日因为战乱而忐忑不安的牛屎客旺财……其中，拐老五绝望的现实（历史）人生体验应该说是很有代表性的：“人生一辈子其实就是走夜路，摸着黑走路，走一步算一步；睁开眼是黑的，闭上眼也是黑的。推不走，也散不开，你一点法子也没有，前边是黑的，后边也是黑的。当初在娘肚子里是黑的，死的时候两眼一闭往土里一埋也是黑的。”既然“凡活着的到头来都得死”，于是拐老五开始“盼着转世再多生出两条腿来”，和自己饲养的牲口“站到一块”，“有吃，有喝，有人心疼，那多好呀”！拐老五最终还是因为严酷的阶级斗争和不愿背叛自己起码的良知而走上了生命的绝境，但我们从他的人生困境中不难体会到一种生而为人的深冷透骨的悲凉。

三

在李锐的长篇小说系列中，被非理性的历史潮流所吞没的人物大体有两种类型：一种是前面论及的蒙昧者，他们对自身的历史困境浑然不自知（如苦根儿、张仲银和刘振武），或者虽然在生命的尽头朦胧地意识到了这种困境却依然无法给自己一个较为明确的解答（如李乃之、拐老五和刘兰亭）。再一种就是所谓清醒者，他们几乎从一开始就清醒地意识到了自身生命存在的历史困境，却无力把自己从这种悲剧性的人生困境中拯救出来，只能眼睁睁地看着自己被历史的浪潮或时间的洪流所卷走，至多也只不过是做些无谓的挣扎而已。借用鲁迅在《呐喊·自序》中的著名比喻，如果说前一种人是“铁屋子”中“许多熟睡的人们”，那么后一种人就是“铁屋子”中“较为清醒的几个人”。[①] 蒙昧者虽然终究会闷死，但他们是“从昏睡入死灭”，所以他们的悲哀还是很有限的，而清醒者由于要承受“无可挽救的临终的苦楚”，因此他们的悲哀才是人生真正的大苦痛，只有他们才能够深切地体验到人生天地间的虚无感、荒诞感和绝望感！

应该说，在李锐的笔下，痛苦的清醒者并不多见。这里首先要提到的是《银城故事》中的清兵巡防营千总聂芹轩。作为一个痛苦的清醒者，聂芹轩和与他身份相似的一些蒙昧者有着明显的不同。比如同为末世人，与银城的两位封建族长刘三公（《银城故事》）和李乃敬（《旧址》）相比，在聂芹轩的身上我们看不到前者那种在商场和官场上明争暗夺、苦心经营的

---

① 鲁迅：《呐喊·自序》，收入《鲁迅全集》第1卷，人民文学出版社，1981年，第419页。

“积极”人生态度，恰恰相反，聂芹轩给我们自始至终留下的是一个无奈和绝望的身影。本来，聂芹轩已经接到了裁汰军令，年过半百、戎马一生的他正在交接军务，时刻准备告老还乡。也就是说，他原以为属于自己的历史使命已经结束了，该是自己退出历史舞台的时候了。没想到，一张紧急的临时委任状又将他强行留在了历史前台。聂芹轩别无选择，但他心中的末世悲凉感和人生荒谬感却迅速滋长了出来。一方面，他清楚地知道大清气数已尽，现今无论是谁都无力挽回大清的历史颓势；另一方面，军令不可违，他又无法从历史中抽身而退，只能是知其不可为而为之，注定了要做一个末世遗臣。这就“好比一个过客忽然被人强拉到众目睽睽的戏台上”，聂芹轩就这样无可奈何地沦为了历史（意志）的玩偶，或者说是历史的囚徒。每思及此，聂芹轩不禁悲从中来。但痛苦是内心的，行动上聂芹轩还必须遵从历史意志的召唤，履行自己未了的历史职责。这意味着他必须利用“合理的历史目的”进行“合理的杀人”，尽管在如今的他看来，自己曾经信奉过的那个历史目的（维护清朝的历史合法性）已经不再合理。于是我们看到，为了完成自己的历史使命（制止银城的革命暴动），具体来说是为了逼使行刺者自首，聂芹轩不得不清醒地背叛了自己已经觉醒的良知，他对在行刺现场捕获的许多无辜城民施加了极端的酷刑和残忍的屠杀。不仅如此，在行刺者欧阳朗云自首后，为了得到革命暴动的机密情报，聂芹轩又以凌迟之刑相加，逼使欧阳朗云招供。当然这些惨无人道的行径对于聂芹轩来说是迫不得已，非他所愿，在本质上他不过是一个历史的工具而已。唯其如此，在亲手杀死了革命者欧阳朗云之后，聂芹轩这个历史的刽子手才“不由得热泪纵横”。

聂芹轩自始至终清醒地看到自己向历史的陷阱滑落，为此他悲伤无限。但在这种生命存在的历史困境之中，聂芹轩始终没有任何反抗和自救的举动，这不能不说是他的一个人生遗憾。当然，反抗者常常也并不能够拯救自己，相反还会使自己跌入更深的生命困境之中，这是人的悲剧性的宿命。

《银城故事》中的欧阳朗云就是这样的一个悲剧性人物。像敦睦堂的刘氏兄弟一样，同为留日学生的华侨青年欧阳朗云也汇入了当时革命救国的历史大潮。与刘氏兄弟不同的是，欧阳朗云很快便从历史的迷雾中清醒了过来。在欧阳朗云被一股复仇的革命激情驱使着将清廷的知府大人炸得血肉横飞之后，我们发现，这位行刺的革命者并没有获得想象中的复仇快感，相反，他为眼前因暴力而带来的血腥气息和恐怖场景而感到无比的震惊，他抑制不住地“猛烈地呕吐起来，好像所有的内脏都要从嘴里喷射出去”。就在那一刻，欧阳朗云清醒地意识到自己不可能成为一个真正的职业革命者，因为他“其实根本就承受不了这么残酷的一场爆炸”。欧阳朗云没有想到，“一场本来应该是义无反顾的壮烈献身，竟然这么快就变了味道。他无法接受别人为自己白白送死的荒谬”。当无辜的城民因为自己的暴力行为而抛尸街头的时候，欧阳朗云发现自己原来是“一个卑鄙的逃兵”，这与自己想象中的“革命义士”身份相去甚远。正是在这种人生悖谬感的支配下，欧阳朗云决心去自首，不过不是为了成为一名革命烈士，而是为了拯救自己的灵魂、赎回自己的良心，使自己从生命的历史困境中挣脱出来。然而，欧阳朗云万万没有想到，当他自觉地放弃了利用“合理的历史目的”进行“合理的杀人”的权力后，对手聂芹轩并没有放弃同样性质的权力，聂芹轩利用血淋淋的暴力迫使欧阳朗云变成了一个“革命的叛徒”。这使得欧阳朗云自我救赎的行为顿时变得没有任何意义。于是，临死前的欧阳朗云坠入了一种无边无际、寒冷彻骨的虚无之海。由于这种人生的虚无感出自一个自觉的反抗者心中，因此它显得更加的摧折人心。

除了《银城故事》中的欧阳朗云和聂芹轩之外，《无风之树》中的女主人公暖玉其实也是一个痛苦而绝望的清醒者。李锐的《无风之树》虽然以极左浩劫为叙述的中心，但相对于其他三部叙述历史的长篇而言，这部作品对历史的淡化和对人性的凸显最为明显。也就是说，同样是追问生命存在的历史困境，《无风之树》更像是一则关于历史困境中的人的寓言。李锐在作品中将矮人坪的芸芸众生安置在一个物质条件和精神需求极端匮乏的生存处境里。他们的生活充满了贫穷、饥馑、劳苦、死亡和争斗，当然也包括由政治事件所带来的历史灾难。应该说，在这些物质性的生存条件上，暖玉在矮人坪中并不是最贫困的。虽然她是全村人用一袋玉米买来的逃荒女，而且她的弟弟和她唯一的女儿都是由于饥饿而死，但在名义上的丈夫死去后，暖玉一直或明或暗地接受着矮人坪几乎所有男人的物质馈赠。用书中的话说，暖玉“被保护在一张又结实又隐秘的男人的安全网下边，矮人坪的男人们让她做最轻松的活，给她记最多的工分，矮人坪的男人是心甘情愿地在供养着这个乖张放浪的女人”。然而，暖玉所得到的这一切物质优待是以她肉体和人格的双重丧失为代价的。包括公社刘主任在内，暖玉其实是矮人坪几乎所有成年男性泄欲的对象。贯穿全书的刘主任和矮人坪男性之间的对立从根本上来说就是一场性的争夺。说暖玉在矮人坪始终遭受着性的奴役并不为过，尽管在表面上她承受着男人们的物质恩泽。值得注意的是，和矮人坪那帮浑浑噩噩的男人和女人不同，处于生存困境中的暖玉仍然有着超越困境的朦胧精神需求。她朴素地意识到：“人为啥活在世上呀？……没有心疼你的。也没有你心疼的。你还活得有意思没意思呀，啊？一个什么也不为，什么也不想的人他还是人吗？一个什么也不能为了，什么也不能想了的人，他还是人吗？他这样的人怎么活呀？”这说明，即使在物质条件极度匮乏的生存境遇中，在暖玉的身上也并没有完全消磨掉人性的光辉。暖玉渴望被爱，她也可以爱，她想做一个真正意义上的人，而不是像动物一样本能地活着。实际上，在矮人坪有暖玉爱着的人，他们是死去的弟弟、死去的女儿，还有最终同样死去的拐老五。一直善意地关心着她的“拐叔一死，矮人坪就空啦”。这是暖玉内心中最痛切的感受。她无法像“革命机器”苦根儿那样活着：“苦根儿没有爸，苦根儿没有妈，苦根儿没有孩子，苦根儿没有心疼他的，苦根儿也没有他心疼的，天底下就剩下一个苦根儿也不怕，天底下就剩下一个苦根儿，他照样能看他的书，他照样能讲他的那些道理，苦根儿还照样是苦根儿。”而暖玉不同，当心疼她的和她心疼的人全都孤苦地死去之后，伤心绝望的暖玉只能选择离开矮人坪。然而逃离之后的暖玉就果真能走出这生命存在的困境吗？作家李锐没有告诉我们。但如前所引，李锐说过，小说中的吕梁山并不仅仅是中国的一座山，小说中的人也并不仅仅是中国人，《无风之树》是一个关于人的故事。这意味着，李锐在作品中表现的并不仅仅是极左风暴中的中国人的苦难生存处境，它还是超越历史时空的、关于整个人类生存困境的寓言。如此看来，暖玉的生存困境是她的宿命，是人的宿命，她注定了在劫难逃。

四

李锐是一个具有比较明确的创作自觉意识的小说家。他曾经这样谈到自己的小说创作：“我一次又一次地走进自己的作品，其实是一次又一次地走进自己的精神困境。说得直接一点，这是一场我自己的精神自救。”① 不仅如此，李锐还对自己的精神困境做出了如下的描述：

> 这是一种双向的煎熬。对于中国人来说这是一种无法摆脱的双向的煎熬。一个半世纪以来，中国自己的文化传统遭遇到了残酷的解体和失败，为了“救中国”，无数人流血牺牲找到的那个“真理”……当我们从浩劫之中挣扎出来，再一次向别人寻找“真理”的时候，却发现别人的真理也出了麻烦，所谓“科学”与“民主”的真理，所谓西方的价值观念，正在解构主义思潮中遭遇空前的危机。我们是同时从里到外的遭遇了价值否定，这个从里到外的意义失落，真是旷古未有的煎熬。这就是我体会到的中国人的精神处境，这就是多年来我一直在用小说表达的困境。②

① 李锐：《〈银城故事〉访谈》，载《银城故事》，第205页。
② 同上书，第204—205页。

应该说，李锐在这里所描述的20世纪末中国人的精神困境是准确和真实的。20世纪90年代以来，随着西方后现代主义思潮在中国的强有力传播，曾经在80年代的中国得到重新推崇的西方现代启蒙文化精神也沦为了中国激进的知识精英纷纷解构的对象。对于他们来说，“革命”是神话，“启蒙”也是神话，“阶级”是神话，“人性”与“人道主义”、“民主”与“科学”同样也是神话，这些虚构的意识形态神话都必须被颠覆、被“解魅”，以还其权力话语的本质真相。既然如此，20世纪末的中国人陷入李锐所谓的“双向的煎熬”，或“从里到外的意义失落”也就是必然的了。实际上，20世纪末中国人的这种精神困境与当代西方人普遍的在精神上的无根状态是同一的，甚至可以说前者是后者的派生物，因为毋庸讳言，一个半世纪以来，我们一直就在西方前进的步履后亦步亦趋。但作为一个小说家，李锐所体会到的中国人的，乃至于人类的精神困境是立足于他自己真实的个人体验的。李锐说他一直希望自己能够像史铁生所说的那样“从个人出发去追问普遍的人类困境”，这当中就首先必须包括从个人出发去追问中国人的精神困境，因为李锐相信中国人也应该在“人类”“之内”，而不是像许多人下意识中所认为的那样是“之外”。①

然而，不应忽视的是，李锐在小说作品中所表现出来的精神困境好像并没有他在创作谈之类的文字中所说的那么严重。虽然在上述四部长篇中李锐对中国近百年来的主流意识形态神话做了反思和消解，但这种反思是建立在“无理性的历史”利用“合理的历史目的”进行“合理的杀人”这种“人道主义”立场上的。显然，李锐将“历史”作为一种异己的神秘意志放置在了“人性”的对立面。这说明李锐对以“人性论”为核心的现代启蒙意识形态并没有彻底的否定和绝望，他仍然在作品中关心着“人”，关心着“人”在历史境遇中的精神困境。所以我们看到，虽然李锐在《银城

① 李锐：《谁的人类?》，载《拒绝合唱》，第136页。

故事》中将觉醒了的人道主义者欧阳朗云最终推向了一个荒谬的境地，但在阅读的过程中我们还是不难体会到作者对这位人道主义者深深的同情与悲悯。此外，我们还能够从《旧址》中的李紫痕和冬哥，《无风之树》中的暖玉和拐老五等人物的身上发现作者对“人性”和“爱”的肯定与呼唤。这意味着，李锐主要还是一个“现代性”的作家，而不是“后现代”作家。虽然他也解构现代性的宏大叙事，但他的解构是有限度的，他仍然坚守着对“人”的终极精神关怀，这是李锐与国内许多“后新潮”小说家不同的地方，也是李锐的小说更能够打动“人”的地方。

第 12 章　刘醒龙：文化人格与重塑传统

自从 1994 年长篇小说处女作《威风凛凛》面世以来，刘醒龙已出版了十余部长篇小说。如果说在 20 世纪八九十年代刘醒龙主要以中短篇小说创作为主，那么进入 21 世纪以后长篇小说创作就成了刘醒龙的文学主业。在二十多年的长篇小说创作历程中，刘醒龙一直在历史与现实、乡村与城市、道德与人性之间沉潜往复、从容面对，既写出了《天行者》《痛失》《生命是劳动与仁慈》这样的“新现实主义”力作，也贡献了《圣天门口》《弥天》《威风凛凛》这样的“新历史主义”佳构。2011 年《天行者》获第八届茅盾文学奖，这对于刘醒龙而言是荣誉也是挑战。如何超越《天行者》和《圣天门口》的思想和艺术壁垒，这是摆在刘醒龙面前的一道难题。好在刘醒龙没有让喜爱他的读者失望，他以不疾不徐的稳健姿态相继推出了两部让读者刮目相看的长篇小说，这就是《蟠虺》（2014）和《黄冈秘卷》（2018）。不难看出，在这两部长篇近作中，刘醒龙表现出了一种强烈的重塑中国传统的创作倾向。一方面，刘醒龙在长篇写作中着力挖掘中国文化传统资源在当代中国民族性格重塑中所扮演的反思现代性功能；另一方面，他还在倾力尝试中国文体传统资源之于当代中国长篇小说文体重塑的可能性，二者均指向了中国传统的重塑与再生。

一

在三十多年的文学创作生涯中，刘醒龙对于中国文化传统的态度一直是复杂的，既非绝对的批判亦非简单的认同。早在20世纪80年代的“寻根文学”浪潮中，刘醒龙就以“大别山之谜”系列中短篇小说一鸣惊人。当时的他坦言自己正致力于“重建楚文化的神话体系，而与各路南蛮一起竭尽绵薄之力”①。而在他这一时期的小说创作中其实存在着一种看似矛盾的文化价值立场，“即在将变之时，他对旧事物和旧观念持否定态度，在既变之后，却又对这些被他否定过的东西有所眷惜和留恋”②。这种游移在新与旧、现代与传统之间的复杂文化心态在当年的寻根文学作家及其作品中普遍存在着。诸多寻根作家在批判性地审视中国本土文化传统中的民族劣根性的同时，又无法割舍对民族文化传统所铸造的道德理想人格的怀念，由此带来了中国寻根小说普遍上兼具传统与反传统的二重性。事实上，这种文化二重性在刘醒龙90年代转向“新现实主义”写作以后依然存在。就长篇小说创作而言，一方面，刘醒龙在大力挖掘和鞭挞民族文化心理中的病灶和陋习，这使得他的长篇小说具有强烈的批判性和启蒙精神，如《威风凛凛》《圣天门口》就是很有代表性的启蒙主义文学样本；另一方面，作为对市场经济转型时期中国消费主义文化的反动，刘醒龙又在他的长篇小说创作中高扬道德理想主义大旗，为当代中国历史与现实中的民族理想人格赋形与招魂，《生命是劳动与仁慈》《天行者》就是这类超越了狭隘的启蒙主义的长篇力作。如果说前一类作品偏重于挖掘和批判民族的劣根性，那么后一类作品就偏向于寻找和弘扬“中国人的优根性”。在90年代中期的

① 刘醒龙：《那叫天意的东西》，载《重来》，河南文艺出版社，2015年，第221页。

② 於可训：《刘醒龙与大别山之谜》，收入《於可训文集》第1卷，长江文艺出版社，2018年，第322页。

一次海外出访中，刘醒龙“深刻地感到在恶劣环境中保持了五千年文明历史的中国人，是不可能靠着劣根立国的，她肯定有自己优根的存在。我们学习鲁迅先生，不少人记住了文章是匕首和投枪，却忽视了先生立文立意的根本”①。由此刘醒龙领悟到，作为中国作家他不仅要写出批判民族劣根性的作品，而且还要在批判的基础上进一步写出高扬中华民族精神和国民优根性的作品。这种文学理想的实现不可谓不艰巨。毋庸讳言，《圣天门口》的宗教理想色彩和《天行者》的道德理想精神都在不同程度上遭到质疑，而如何摆脱这两部力作的光环与拘囿，迫使刘醒龙以螺旋式上升或辩证性回归的方式再度返回到了当初的寻根文学原点。于是在长篇《蟠虺》和《黄冈秘卷》中，刘醒龙在保持既有的“新现实主义”或“新历史主义”写法的同时，又进一步强化了本土文化寻根旨趣，尝试着以楚文化和鄂东文化为中心追寻、叩问和重塑中国文化传统新形态。

对于刘醒龙而言，能够写出《蟠虺》和《黄冈秘卷》这样具有浓厚的文化史性质的长篇小说系列并不是偶然的，这取决于作家近十年来关于传统的新思考。刘醒龙曾深刻地意识到：“传统延续得太久时需要反拨，这种反拨的目的并非是抛弃传统，而是为了更准确更精深地回继承传。”② 作为土生土长的湖北作家，如何精深准确地发掘并且创造性地转化楚汉思想和文化传统，这是刘醒龙长期以来思索的文学思想命题。他在《楚汉思想散》中写道：“每个地域的人格，自有每个地域的生存考验，历经千代万代才形成。汉楚地域上人格的传承，必然会受到山水地理的潜移默化。”③ 这种地域文学观念或文学地理学看法虽然并没有太多新意，但刘醒龙却进而打破了“精明湖北佬”的成见，认为楚汉之人多是“性情中人”，不仅说话喜欢高腔高调，而且长期养成了不愿压抑自己性情的习惯，从屈原到闻一多和

---

① 刘醒龙：《莫当长江是黄河》，载《重来》，第 237 页。

② 刘醒龙：《默契》，载《重来》，第 170 页。

③ 刘醒龙：《楚汉思想散》，载《抱着父亲回故乡》，重庆出版社，2015 年，第 114 页。

胡风，就是最好的历史证明。在刘醒龙看来，先秦时期南方的楚国更有浪漫文化精神，更能彰显生命的个性气质，但最终惨败给了北方野蛮的秦国，这给中国历史开了一个恶劣的先例，从此汉民族不断地败于落后的游牧民族，最终沦为西方列强的殖民地。但“楚虽三户，亡秦必楚”，楚人不仅推翻了暴秦的统治而且在辛亥革命中又率先推翻了清王朝，结束了中国两千年来的封建帝制，其中的文化因缘与精神奥秘值得当今国人深思①。不难看出，刘醒龙对楚汉文化精神及其人格特质有一种强烈的现代性认同，即格外看重和推崇楚汉文化人格的反抗性、浪漫性和理想性，认为这是一种符合世界范围内的现代化思潮的文化精神，因此古老的楚汉文化精神传统不仅没有衰亡，而且或显或隐地转化到了现当代楚汉地域文化人格基因中。这就涉及中国传统文化人格的现代重塑问题。评论家洪治纲曾敏锐地指出过刘醒龙在《蟠虺》的创作中试图凭吊与重塑传统文化人格的艺术诉求②，但尚未深入地揭示《蟠虺》中重塑传统楚汉文化人格的内在心理机制与艺术策略。事实上，中国当代小说中借助心理结构解析来塑造人物形象的文化人格在刘醒龙之前已有少数作家取得了重要成功，如王蒙的《活动变人形》、张炜的《古船》、陈忠实的《白鹿原》都堪称典型。陈忠实宣称从早年的“塑造性格说”转向了后来的“心理结构说”，他认为塑造人物形象最好是紧紧抓住人物的“文化心理结构”进行深度解析和雕刻③。而其中的艺术关键在于透视人物的文化人格心理结构中的矛盾和冲突，尤其是要致力于发现人物心理结构中不断交替出现的平衡与颠覆的嬗变过程，而写作的妙处往往就在于寻找人物心理结构中的平衡点和颠覆处④。这确实是切中艺

---

① 刘醒龙：《楚汉思想散》，载《抱着父亲回故乡》，第101—116页。

② 洪治纲：《传统文化人格的凭吊与重塑——论刘醒龙的长篇小说〈蟠虺〉》，《文学评论》2014年第6期。

③ 陈忠实：《关于〈白鹿原〉与李星的对话》，收入《陈忠实文集》第5卷，广州出版社，2004年，第391页。

④ 陈忠实：《在自我反省中寻求艺术突破——与武汉大学文学博士李遇春的对话》，收入《陈忠实文集》第7卷，广州出版社，2004年，第406页。

术肯綮之论。而多次向陈忠实致敬的刘醒龙则公开表示过："当代中国作家的作品我读过三遍的只有《白鹿原》。"① 可见刘醒龙深谙文化人格心理结构解析的个中三昧。

比如在《蟠虺》的创作中，刘醒龙将主人公曾本之一开始就置于巨大的文化人格心理焦虑中予以表现和解析。曾本之用尽全身力气写了又撕的那封信件其实就是他内心人格焦虑的外化。所谓"识时务者为俊杰，不识时务者为圣贤"，在曾本之念兹在兹的警句中实际上隐含了两种人格的心理冲突与文化价值选择。一个是理想主义的圣贤人格，另一个是功利主义的俊杰人格；前者是曾本之文化人格心理结构中的显性人格，而后者是其内心深处被压抑和隐藏的隐性人格。正是因为这两种文化人格的激烈冲突才导致了曾本之的坚守与沉沦、挣扎与救赎。对于曾本之而言，他毕生从事楚国的青铜重器研究而且成为这一领域的学术权威，青铜重器在潜移默化中已然塑造了他青铜般的人格范型。曾本之深知青铜重器只与君子相伴，青铜楚鼎天生就有一股浩然正气，所以在曾本之的心目中青铜人格就是君子人格乃至圣贤人格的物化和结晶。但曾本之的青铜人格又绝非传统儒家道德人格的简单复制品，而是中国传统君子人格或圣贤人格在现代社会中创造性转化的精神硕果。这种现代青铜君子人格摒弃了中国传统儒家文化人格的依附性或犬儒性格，而以现代知识分子的独立思想与自由精神为价值本位，但它又积极地继承了中国传统文化人格中刚健进取、慎独笃志、明辨是非、三省吾身等精神传统，因此体现了中国文化传统创造性转化的可能性。于是我们发现，虽然曾本之内心深处也时常涌动着现实功利主义俊杰人格的冲动，但终究还是理想主义的君子人格或圣贤人格的内心召唤占了上风，由此捍卫了曾本之的青铜人格范型并且化解了他的文化人格心理焦虑。对于作家刘醒龙而言，"对灵魂的善待恰恰是对它的严酷拷问"②，

① 刘醒龙：《去南海栽一棵树》，《当代》2016年第4期。

② 刘醒龙：《过去是一种深刻》，载《抱着父亲回故乡》，第193页。

所以只有对曾本之的精神世界予以严酷的拷问才能确保其生命价值与人格尊严，否则就会跌入概念化的人格塑造陷阱。曾本之的青铜君子人格也有受到挑战乃至濒临崩溃的时候。曾本之虽然惯常以青铜重器学术权威的高大形象出现在众人面前，但他内心深处的隐痛和耻感其实从未消失。他无法遗忘自己早年在郝嘉受难时的明哲保身行为给同行带来的伤害，他也无法回避自己选择郑雄做乘龙快婿时的名利贪欲作祟以致牺牲了女儿的婚姻幸福，而为了维护自己的学术路线和地位而长期放任郑雄打压学术界不同观点的行径更是让曾本之内心羞愧不安。当然最让曾本之寝食难安的还是真假蟠虺的心结。明知公开展览的曾侯乙尊盘是伪器而不敢明言，但不翼而飞的真器又苦寻未果，且一时无法找到复制的正确工艺，这对于青铜泰斗曾本之而言不啻人格羞辱。不仅如此，曾本之还要时常面对院士申报的巨大名利诱惑，这让他内心的人格冲突更加剧烈。有意味的是，刘醒龙不仅解析了曾本之的内在心理症状而且还描绘了他的外在生理表征。比如曾本之每次心脏出毛病都与曾侯乙尊盘直接或间接有关，小说中多次描写曾本之紧急掏出速效救心丸的场景。还有曾本之每次听到院士二字自己的心跳就会加速，就会紧张，这也隐含了他内心沉重的人格焦虑。只有当曾本之真正选择了与郑雄等势利之徒或权力人士决裂以后，只有当曾本之敢于把院士称为“鼻屎”并将院士申报表格当面撕碎的时候，他才真正驱逐了心魔，并获得了内心人格心理结构的平衡。所以他发现自己居然不再失眠了，心脏病也缓解了，甚至连长期泯灭的性冲动也恢复了激情。凡此种种都属于曾本之内在人格心理焦虑化解后的外在生理反应。唯其经过如此的心理折磨与灵魂挣扎，曾本之的现代青铜君子人格才算是获得了真正的道成肉身的独立建构。

不难看出，刘醒龙在《蟠虺》的创作中始终都在思考着当代中华民族性格的重塑与再造问题。一方面，他借助塑造曾本之的现代青铜君子人格来发掘中国传统文化（主要是楚汉文化）的现代价值；另一方面，他也通过塑造郑雄的当代伪君子人格来批判中国传统文化及其所酿成的国民劣根性。但国民性批判的最终目的还是重建当代中国的民族性格，唯有解析和透视我们民族复杂的文化人格心理结构才能深入地发现问题的症结之所在。刘醒龙并非一味地反对中国文化传统，他也并不盲目地崇拜西方现代性价值观，而是像陈忠实等当代中国作家一样有着清醒而睿智的中西文化对话立场，敢于而且善于在小说创作中进行现代性文化反思。事实上，《蟠虺》中有两个人物形象系列：一个是以曾本之为代表的现代青铜君子人格系列，一个是以郑雄为代表的当代“鼻屎”伪君子人格系列。前者还有郝嘉、马跃之、郝文章、万乙等人，后者还有“老省长”、熊大师（熊达世）、关书记等人。研究古代丝绸的马跃之向来以“丝绸”人格示人，但在其华丽潇洒的软性人格面具中其实隐含了当代中国知识分子的文人风骨，唯其如此他才能与曾本之同声相应、同气相求，“嘤其鸣矣，求其友声”（《诗经·小雅·伐木》）。至于郝嘉，他身上既有现代知识分子的独立人格和个性意识，也有中国传统士人豪放不羁、刚健沉雄、“宁为玉碎、不为瓦全”的古典气节。而作为郝嘉的私生子同时也是曾本之得意门生的郝文章，他刚好有力地传承了前辈学人身上最可宝贵的学术怀疑精神。在曾本之还在犹豫不决之时，郝文章以“不入虎穴、焉得虎子”的坚毅与果敢去江北监狱与青铜大盗“老三口”相伴八年，只为了探得复制蟠虺尊盘的奥秘。郝文章从曾本之的自我怀疑中深受启发，他们师徒的精神接力最后也得到了马跃之的深刻认同。原来中国青铜时代的范铸法与西方青铜时代的失蜡法都是伟大的传统工艺，我们不能厚此薄彼或者盲目崇拜西方，仿佛连古代中国人也低欧洲人一等。与君子人格系列勇于捍卫中国传统文化的当代价值不同，小说中的伪君子人格系列都执迷于功名利禄、荣华富贵而不能自拔，或者道貌岸然，或者装神弄鬼，或者阴谋诡计，总之把中国传统功利人格的弱点予以放大，这意味着中国文化传统的创造性转化与民族性格的重塑在当代中国社会中任重而道远，艰巨而复杂。而小说中曾本之的《春秋三百字》

与郝文章的《青铜三百字》正是对重塑国民文化人格心理结构的深情呼唤。

二

刘醒龙曾说过："人人心里都存有一个'圣'的角落。这样的角落正是人性的启蒙。"① 显然，作为一个具有"求圣"或"求贤"意志的作家，刘醒龙的"圣贤"情结并非中国传统儒家文化的当代翻版，而是建立在现代人性启蒙基础上对中国传统文化人格的现代转换与重塑。与《天行者》和《圣天门口》相比，《蟠虺》和《黄冈秘卷》在重塑中国传统文化人格的现代诉求上更加明晰和强烈。如果说《蟠虺》主要拷问的是武汉这座城市中知识精英的圣贤人格心理，那么《黄冈秘卷》主要就是要叩问黄冈乡村地域文化中普通乡贤的人格心理。城市的圣贤与乡村的乡贤已然成为刘醒龙长篇近作中重塑传统的关键。在刘醒龙的心目中，重建当代中国的圣贤或乡贤文化是实现中华民族文化复兴的现实基石，这是他与激进型启蒙主义作家的一个重要差异。人人皆可为圣贤，关键是内心中要有现代圣贤人格的道德律或精神底线。但在现实的中国城市与乡村中，现代圣贤或乡贤人格日渐退场或褪色，青铜人格因为传统色调而被放逐，而"鼻屎"人格则以所谓现代色彩横行无忌，所以刘醒龙频频地在散文创作中直接呼吁作为中国知识精英的作家要讲求"文学的气节"，他声言"作品是一个作家的气节"，而"文学是一个时代的气节"②。由此看来，在中西融合的基础上重建中华民族的气节精神，刘醒龙与近现代以来的新儒家文化复兴学说有了深度的默契。按照张君劢的说法，这种现代中国气节精神，其中蕴含着坚定的意志但非一意孤行的独断，蕴含着冷静的智慧而非自不量力的冲动，

---

① 刘醒龙：《一滴水有多深》，作家出版社，2009年，第155页。

② 刘醒龙：《文学的气节与边疆》，载《重来》，第303页。

蕴含着“博学、慎思、审问、明辨之工夫”而非匹夫之勇①。倘若在精神上有此气节，则在现实中必为圣贤或乡贤。这正是中国传统圣贤文化精神的现代价值之所在。有意味的是，刘醒龙一直以来都在追索着自己的黄冈地方文化血脉。他在《赤壁风骨》中追念了从苏东坡到黄侃、熊十力、闻一多、胡风、秦兆阳等古往今来的黄冈文化精神谱系，认为这群风骨挺拔的知识精英是中华晚近以来精神圣界的脊梁。正所谓“鄂东之地，物产中能傲视古今的是人之风骨”②，这就是千百年来黄冈地方文化绵延不绝的质量与力量。于是我们读到了《黄冈秘卷》，这是刘醒龙向故乡黄冈地方文化传统致敬的长篇力作。它以作家的家史和故乡的方志为基础，通过大半个世纪的历史变迁的讲述，叩问或重塑了黄冈地方文化人格传统的当代价值。刘醒龙在这部长篇小说的后记里写道：“贤良方正的黄州一带，确与众不同，从古至今，贤心贵体的君子，出了许多，却不曾有过十恶不赦的大坏蛋。从杜牧到王禹偁再到苏东坡，浩然硕儒总是要以某种简洁明了的方式流传。”又说：“以黄州为中心的原野上的一种品格，可以低头，可以弯腰，决不下跪求饶。”③ 这就揭示了黄冈地方文化人格的风骨、气节与底线。这种黄冈人格与《蟠虺》中的青铜人格虽然外在表现有所不同但在内在精神上却息息相通，不要忘了曾本之的籍贯就是黄州，他就是生活在武汉的黄冈知识精英。

如同《蟠虺》中一样，刘醒龙在《黄冈秘卷》中再次运用文化人格心理结构解析方法，将不同性格类型的黄冈人物形象系列予以深度的文化心理透视，以此探索传统文化人格的现代重塑。大体而言，《黄冈秘卷》中的黄冈人有三种人格类型，虽然都属于黄冈人格，但由于内在的文化人格心理结构存在差异，故而呈现出不同的性格特征。第一种黄冈人格类型以父

① 张君劢：《儒家哲学之复兴》，中国人民大学出版社，2006 年，第 183—184 页。

② 刘醒龙：《赤壁风骨》，载《抱着父亲回故乡》，第 52 页。

③ 刘醒龙：《为故乡立风范　为岁月留品格》，载《黄冈秘卷》，湖南文艺出版社，2018 年，第 478、180 页。

亲老十哥刘声志为代表，这是一种深受政治文化影响并且接受后者改造后所形成的复杂人格结构。刘醒龙笔下的老十哥确实带有很强烈的他的父亲的影子。因此，解析老十哥的文化人格心理结构其实就是作家重新理解父亲以及父辈的一种方式。老十哥从小就传承了典型的黄冈地方文化人格，这种人格最突出的特点就是困苦中的执拗，它在日常生活中往往给人一种"一根筋"的印象，而在文化心理上却能生成一种有"风骨"的强硬人格精神。据说黄冈人的先祖是由鄂西川东迁移来的巴人后裔，民风彪悍，喜欢逞强斗狠，俗称"五水蛮"。这种蛮人性格很执拗也很强硬，用小说中母亲的话来说，"黄冈人活着是一根筋，老死时还是一根筋"。父亲的老朋友王朤伯伯认为苏东坡身上并没有四川人的麻辣性格却天生就有黄冈人的执拗性格，一辈子都在"新派"与"老派"之间挣扎缠斗，始终郁郁不得志。他说苏东坡的执拗其实就是"风骨"，而"风骨有点像平常说的硬骨头，但比硬骨头还要有味道"。这说明黄冈人的"一根筋"其实是外在性格表象，而深层内在人格则是"硬骨头"。父亲的这种"硬骨头"人格直接来源于曾祖母的人格示范和家庭教养。曾祖母性格刚强，从不允许孩子去乞讨，而自己讨回的食物一定要重新炒煮一遍才给孩子们做食物，这就是她传递给子孙的一种人格力量。正如监狱里的革命者国教授所言，革命者必须具备曾祖母这样的硬骨头精神，无论是否参加组织，曾祖母都是彻底的革命者。可见曾祖母的黄冈文化人格与革命者的政治组织人格暗中契合，所以国教授才能顺利地完成对老十哥的政治启蒙，他让老十哥相信组织，因为像他这样穷苦而刚硬的人只有借助组织才能从水深火热中解放出来。老十哥属于典型的黄冈人，一生在外地工作但坚持黄冈方言的高亢声腔，性子比刚正还要刚烈。在老十哥心目中，天下万物不如黄冈好，天下人都不如黄冈人，他对黄冈文化传统有着异乎寻常的人格认同。但老十哥又是一个"组织人"，他"这辈子生是组织的人，死是组织的鬼，过不惯没有组织的日子"，长期的革命政治生活已经为他铸就了强大的政治组织人格。这种组织人格的核心是忠诚，它与黄冈地方文化人格中的执拗或坚守一脉相承。换句话说，老十哥的革命风骨以他的黄冈地方文化风骨作为精神底色，或者说前者正是黄冈地方文化传统在革命语境中的创造性转化物。这一点甚至连国民党镇守黄州城的主官也看得清楚明白，他认为黄冈的革命队伍“五大队”是消灭不了的，因为五大队是黄冈人执拗性格的特殊表现，要消灭五大队就必须消灭全部的黄冈人。可见老十哥加入革命队伍具有地方文化心理上的必然性，他将黄冈人的执拗成功地转化为了忠诚。

老十哥的一生对组织无限忠诚，但这种政治组织人格也存在着刻板化的隐患。由于长期身在组织，父亲老十哥在离休之后依旧喜欢干预地方政务，他甚至潜意识地习惯了在家里发号施令让母亲去执行，晚年的他还习惯了与儿女们握手，且仪态大方神情自若，仿佛不是父子关系而是上下级关系。一句话，他早就把家庭变成了组织的一部分，他早就习惯了做家庭的主心骨，他的强势性格由不得任何人的违拗和反抗。但晚年的老十哥接连遭遇心理危机，好在他总是能有力地化解这种心理危机，不让它酿成绝望的信仰危机。最初摆在老十哥面前的危机是母亲的退休金问题，没有了退休金的母亲很容易陷入崩溃和绝望。但父亲绝不允许我们家发生怀疑组织的事件，他嘱咐我们千万要保护好母亲，因为母亲保护好了也就等于捍卫了组织的尊严。这同时也意味着我们在保护父亲，因为母亲的退休金事件显然已经危及父亲的组织信仰，父亲强大的政治组织人格也开始隐现危机。接下来父亲必须面对更加沉重的心理危机，因为这次轮到他自己的离休金也化为泡影。果不其然父亲老十哥也不淡定，他发火爆粗口。我们再一次看到作家在解剖人物文化人格心理结构失衡时由心理波及生理的写作策略。父亲认为自己一辈子忠于组织却被小人戏弄和嘲弄，因为他的离休金后来都是由他极度鄙视的私企老板老十一刘声智代为发放的，这对当事人来说简直是奇耻大辱，对当事人所毕生依靠与奉献的组织也是新的背叛。父亲不明白堂堂的组织为何竟然堕落到要用私人老板的钱打发自己这种老家伙，而给老十一提供了羞辱他的老十哥，证明他比老十哥高人一等的机会。父亲老十哥的内心无比痛苦，他觉得受损失的只能是县里主官们手中的权力所体现的组织的荣誉与信誉。因此这次的离休金事件简直是穷凶极恶，仿佛要直接终结父亲政治上的老命，因为一旦发现连组织都不能百分之百地信任，父亲几十年的人生精神建构都免不了要坍塌和崩盘，那种摧残简直比王朤伯伯患癌症还要让人痛不欲生。所以当知道是老十一玩的花招之后，作家笔下父亲的“鼻子气歪了”：“我亲眼看见父亲鼻子的歪斜程度，要比用文字来形容的样子痛苦一万倍。”这是典型的生理反应，由于内心遭受重创而发生了面部抽搐。但老十哥究竟不同凡响，他强大的政治组织人格和黄冈文化人格终究没有被外力所颠覆，而是在痛苦的内心挣扎中迅速恢复了平静和平衡。于是我们看到父亲用颤抖的双手捧起了《组织史》，他盯着“组织”二字看了好一阵，又用双只手指轻轻抚摸好一阵，再在自己怀里抱上一阵，随后轻车熟路地翻到印有自己简历的那一页，将上面那段文字瞪大眼睛看几遍，再闭上眼睛看几遍。这段细致的生理反应描写实在是精彩绝伦，它生动而深刻地暗示了父亲的文化人格心理结构由失衡到再度恢复平衡的嬗变过程。这就是父亲乃至典型黄冈人性格的另一面：“真的束手无策时，凡事执拗的黄冈人，反而表现出超常的冷静。”冷静之后的父亲不再纠结于离休金的事情，相反展现出了更为强有力的组织观念和力量。他主动配合组织拆迁自己的房屋，为修建大桥让路。当母亲拒绝搬迁以绝食相逼的时候，父亲竟以拒绝喝水来展开绝地反击，最终母亲还是屈从于父亲的组织哲学，再度俯首称臣。父亲满怀豪情地宣称生要做组织人、死要做组织鬼，他的政治组织人格已成金刚不坏身。

与老十哥刘声志不同，《黄冈秘卷》中的黄冈人还有第二种人格类型，这就是以老十一刘声智为代表的另一种黄冈地方文化人格，它有着“一根筋”的执拗却不具备硬骨头精神，但关键时刻依旧能体现最后的道德精神底线。这种黄冈人格同样植根于中国儒家文化传统，如果说老十哥刘声志转化了儒家道德理想人格传统，那么老十一刘声智就转换了儒家现实功利人格传统，后者正是儒家推重的所谓“正其谊不谋其利，明其道不计其功”的对立面，但两面如影随形、二位一体，体现了中国儒家文化人格传统的二重性，这就如同君子与伪君子两种文化人格范型在中国漫长的历史上难解难分。具体到老十一刘声智，其人格的执拗不在于像老十哥那样对道义和信仰等精神境界的追求，而在于对金钱和美色等功利欲望的追逐。这种儒家现实功利人格一旦与黄冈地方文化传统的“一根筋”精神相结合，必然变本加厉，更加执拗。老十一相信人人都有自保的天性，为了自保随时可以牺牲他人利益，所以他的一生充满了大大小小的背信弃义行为。刘家大塆最灵敏的鼻子就长在老十一的脸上，他仿佛具有与生俱来的功利主义嗅觉，每逢巨变老十一总能做到先行一步并规划出应对之策。老十一将自己名字中的“智”字用到了极致。他虽然没有读过《资本论》，但却成功地运用了资本，他就是以资本而论的活体。老十一的生意哲学完全不同于老十哥的组织哲学，老十一做生意就要回报，不像老十哥作为组织人必须组织利益至上。但老十一终究没有突破最后的道德人格底线，而且内心中始终隐含着罪感或忏悔意识。实际上老十一的功利人格或经济人格也并非颠扑不破，就像老十哥的政治组织人格存在隐患一样，老十一的文化人格心理结构也经历了颠覆与平衡的心灵震荡。对于老十一而言，内心中有两个精神病灶在时刻折磨着他的灵魂，一个是出卖，一个是无嗣，长期困扰着他的灵魂不得安宁。由此我们才能理解为何小说中要重点写到老十一的梦中哀号和醒来后的闭门大哭。这其实是作家由人物的病态心理分析转入生理症状描摹的一种写作策略。作为最亲近的见证人，紫貂亲眼目睹了老十一在精神上陷入绝境，他那看似强大的物质功利人格也曾濒临崩溃的边缘。晚年的老十一愿意负荆请罪，他意识到自己这辈子做人总是太小家子气，而只有老十哥才是他内心里最佩服的人。由此我们看到了老十一刘声智在经历了一番晚年心理颠覆与再度平衡后，终于实现了向老十哥刘声志为代表的黄冈正典人格的认同与回归。

《黄冈秘卷》中的第三种黄冈地方文化人格类型以老十八刘声明和“我们的祖父”为代表。他们几乎一辈子都蛰伏在鄂东乡间乡土，不像老十哥和老十一那样在城乡政治经济大舞台上纵横驰骋，而是过着相对平淡的乡村日常生活。因此他们身上所体现的是一种相对本色化或本土化的黄冈地方文化人格，既不同于老十哥那种被改造或重塑过的政治组织人格，也不同于老十一那种被异化或扭曲了的功利经济人格，而是保留了更多的黄冈地方文化人格的原生形态。无论是祖父还是老十八，他们身上都不缺乏黄冈人特有的执拗性格和“一根筋”精神，但他们身上又具备老十哥和老十一所不具备的低调务实、洞明世事的乡贤品格。祖父和老十八经常像藏传佛教喇嘛那样做“辩经”式的对谈，他们在相互辩驳中不断丰富和加深了各自对黄冈地方文化传统的理解。他们身上的这种乡贤人格其实是一种乡土中国民间文化人格，虽然与儒家文化的耕读传家传统一脉相承，但更多地与道家隐逸文化密切相关。于是我们看到老十八和祖父经常给人留下乡村智叟或民间高人的印象，始终有层挥之不去的神秘面影，不像老十哥和老十一那样高腔高调、咋咋呼呼，有一股子掩饰不住的惊天动地做派。老十八是老十哥眼中的黄冈人的极品，他谦逊、机智、诙谐，是个人见人爱的老精怪，简直可以当外交部部长。古人云“若知朝里事，去问种田人”，老十八居然能够敏锐地判断说，属于老十哥的好时光已经过去了。实际上老十八有着他自己的乡村人生哲学。他很清楚，政治年代是老十哥风光，但经常要担心被人调查材料，而经济时代是老十一风光，但欠钱债也少不了窝囊，条条路上都是咬人的蛇，不如像他这样待在老家里终其一生，小钱小酒小日子也是很幸福的时光。作为老十八的最佳辩经搭档，祖父的形象在《黄冈秘卷》中格外深入人心。作为黄冈文化的民间乡贤，祖父与林老大的交往颇能反映他的黄冈人格风骨，他一生看重的是令人尊敬的人品而不是其他。《黄冈秘卷》中的祖父和长篇散文《一滴水有多深》中的爷爷可以互相印证，他们的情感都是“古典的乡村情感”①。其实柔中带刚的祖父比一味逞强的父亲更加强大，老十八正因为坚信老十哥不敢违背祖父的意志而选择了坚信《刘氏家志》依旧藏匿人间。因为祖父曾说谁敢将《刘氏家志》毁掉谁就等于宣告自己要做一名弑君杀父的乱臣逆子。老十八因此推论，如果老十哥敢将《组织史》烧掉，那他就敢烧掉《刘氏家志》，而岳飞宁肯死在风波亭也要精忠报国，不敢对母亲说一个不字，如此方能忠孝两全。这意味着老十哥既要毕生捍卫《组织史》，同时也会舍身保卫《刘氏家志》，因为前者包含远大的政治理想，而后者用来追根溯源、寻根问祖，象征着深层的文化认同。如果说捍卫《组织史》就是捍卫政治组织人格力量，那么保卫《刘氏家志》就是保卫黄冈地方文化人格谱系，二者在老十哥刘声志的身上已然二位一体。然而对于祖父和老十八而言，《刘氏家志》是刘氏族人的精神渊薮和文化根底。有了《刘氏家志》的传承就有了黄冈地方文化人格谱系的延续，这就是祖父和老十八的“一根筋”，他们以或隐或显的方式坚定地捍卫着黄冈地方文化传统。所以他们没有老十哥或老十一的那种内在人格心理平衡被颠覆和被撕裂的痛苦，而始终保守着平静达观的人生姿态和外柔内刚的文化性格。

三

从《蟠虺》到《黄冈秘卷》，不难发现刘醒龙持续而强烈的文学新诉求，这就是致力于中国传统的创造性转化，实现中国传统的重塑与再生。其中，既包括中国文化传统的重塑与再生，也包括中国文体传统的重塑与再生。前者的原理与实践我们业已做出辨析，接下来要阐明后者的路径与方法。中国文体传统源远流长，古往今来的文体资源富丽丰赡，可谓当今

① 刘醒龙：《一滴水有多深》，第 153 页。

中国作家取之不尽、用之不竭的文体渊薮。对于长篇小说创作而言，那种片面追求西洋小说技法的先锋艺术套路已经日渐被抛弃，唯有将西洋现代小说技法植入中国小说文体传统，或者以中国小说文体传统去吸纳西洋现代小说技法，才能将中国小说的现代化与民族化或曰西洋化与本土化两种趋势结合起来，由此汇聚成中国文体传统复兴的新趋势。对于刘醒龙而言，促进中国文体传统的复兴首先就在于激活中国小说文体的野史杂传传统。中国小说向来是“史之余”，作为有别于正史的野史或杂史，具有补史功能。而中国小说文体的兴盛正缘于其自身不断摆脱历史的阴影，正所谓“史统散而小说兴”①。又因中国历史编纂自汉代司马迁后纪传体广受采纳，故而野史杂传或曰史传体也就成为中国小说文体传统中的正体。从魏晋六朝的志人小说到唐人传奇乃至宋元明清的话本小说，无不以野史杂传为文体之宗。对于中国小说的野史杂传传统，刘醒龙不可谓不熟稔于心。他在《黄冈秘卷》里重点塑造的祖父形象就是以作家的祖父为生活原型，二者具有高度的同一性。小说中的祖父是叙述人“我”的文学启蒙教师，说是文学教父亦不为过。祖父不仅是黄冈有名的织布师，他还是深受民间喜爱的讲故事的人，雇主林老大长期聘请祖父织布也有被祖父讲故事的高超技巧所折服的因素。祖父喜欢讲古说书，小说中提到的就有《封神榜》《隋唐演义》两种，而且据说祖父的说书能力让职业说书人也甘拜下风。实际上，作家生活中真实的祖父形象与小说中如出一辙，刘醒龙曾多次在散文中向逝去的祖父致敬，他说是祖父让他学会了讲故事，他是最喜欢听老人家讲故事的长孙，是祖父让他明白只要故事不灭，小说就不会衰亡②。毫无疑问，祖父给刘醒龙最珍贵的文学遗产就是中国古代小说的野史杂传传统，讲述民间小人物的传奇故事并为他们树碑立传成了刘醒龙多年来的文学创作初衷，而在《黄冈秘卷》和《蟠虺》的创作中这种艺术取向越来越得以

① 石昌渝：《小说》，人民文学出版社，1994年，第40页。

② 参阅刘醒龙的散文《我是爷爷的长孙》《生命之上诗意漫天》，载《重来》，2015年。

彰显。

其实《黄冈秘卷》的“史余”性质是一望即知的。它既是黄冈地方文化的秘史，也是刘家大塆刘氏家族的秘史；作家不仅讲述了年代久远的外在黄冈民间野史，而且也揭櫫了长期让人感到神秘莫测的内在黄冈民间心史；因此这是一部可以和黄冈地方志书比照阅读的方志体小说。诚然，《黄冈秘卷》中除了展现黄冈的地理与人文环境外，小说着重讲述了从 20 世纪三四十年代的战乱时期到 90 年代市场经济转型时期的黄冈刘氏族人的故事，其间经历了种种有据可查的历史事件。但作家刘醒龙的兴趣显然不在于宏大历史事件的再现，而在于解密宏大历史事件背后不同生命个体的文化心理隐秘。这就决定了这部长篇小说的野史杂传性质，即借助各种传奇性的史料编排来塑造各色不同性格的民间人物群像。在这个意义上，《黄冈秘卷》未尝不可以称为一部当代黄冈刘氏列传，整部小说的主干实际上是由曾祖母、祖父、父亲三兄弟（老十哥、老十一、老十八），还有“我”的野史杂传穿插整合而成。读者完全可以把曾祖母传、祖父传、老十哥刘声志传、老十一刘声智传、老十八刘声明传，还有“我”的自传重新加以独立编排，还原成地地道道的纪传体文本。至于非刘姓人物，虽也可以构成王朋传、海棠传、紫貂传、母亲传，但唯有编织在刘氏列传或家族谱系中才能彰显其生命色泽。所以刘醒龙在《黄冈秘卷》中反复写到《刘氏家志》并非单纯为了制造阅读悬念，毋宁说这部长篇小说还有一个更能切中作家创作初衷的名字，那就是《刘氏家志》。如果说《黄冈秘卷》是黄冈刘家大塆刘氏族人的群像列传，那么《蟠虺》就是湖北考古学界的顶级机构——楚学院的知识分子群体列传。《蟠虺》讲述的虽然不是一个血缘家族的故事，但它讲述的是一个精神家族的故事。故事的历史跨度虽然不像《黄冈秘卷》那样宏大，但同样折射了 20 世纪八九十年代至今的种种改革历史事件，而且为当代中国民间知识分子存史立传的创作意图十分明显且强烈。无独有偶，《蟠虺》也可以分解为多个知识分子人物的野史杂传，如曾本之传、马跃之传、郝嘉传、郑雄传、郝文章传，而其他非知识分子人物，如青铜大盗“老三口”及情人华姐、江湖术士“熊大师”、官场达人“老省长”等，他们的野史杂传穿插编排在知识分子列传的主体叙事框架中更能显示文本的丰富性与复杂性。可见刘醒龙在长篇叙事模式上更多地传承了中国古典长篇小说中多元人物群像组合结构，这与他从小听祖父讲《封神榜》和《隋唐演义》这样的古典英雄列传体长篇小说不无关系，而他在《黄冈秘卷》中以“我”的叙述人身份经常提到的《金瓶梅》和《红楼梦》，也恰恰是古典列传体小说，只不过主人公从英雄将相置换成了市井俗人或才子佳人而已。

为了进一步激活中国小说的野史杂传传统，刘醒龙还格外注重发扬中国小说的博物搜神功能。自从晋人张华的《博物志》和干宝的《搜神记》诞生以来，博物搜神就成了中国古典小说文体的重要特色。诚然，小说当以人为主，但物和神的力量也不容小觑。小说中写好了物和神，将十分有助于人的塑造。刘醒龙显然深谙此道。《蟠虺》就是一部典型的博物之作，这不光是因为它写的就是有关博物馆的故事，更重要的在于作家对考古学领域中的青铜重器专业知识做了系统阅读和深入理解，然后用文学家的人性视角透视科学家的知识生产和心理隐秘。尤其是小说中还贯穿着两种青铜重器工艺的学术路线斗争——范铸法与失蜡法的斗争。刘醒龙能将专业性如此之强的学术题材纳入当代文学审美想象共同体之中，这就比传统的博物志小说中静态的物产描绘技法要高明得多。除却文物，《蟠虺》中还着重写到了古文字，比如马跃之匿名写给曾本之的两封甲骨文书信就十分惹人注目，而且为了破解这两封甲骨文书信的真实意涵，小说中以不同人物的名义动用了多种文史知识予以解答，这必然在无形中强化了这部长篇小说的博物特色。还有小说中多次出现的那 30 个青铜器皿上的僻字，虽是作为曾楚楚考验来客的手段，其实对读者而言也是一种阅读上的知识考验。当然对作者而言，古汉语和古文字的集束出现确实有其初衷：“老祖宗给我们留下如此宽广的边疆大地，老祖宗给我们留下来的每一个汉字，都是文化边疆上的界碑。”① 如此看来，激活古文字和古汉语同样也是刘醒龙重塑中国文学文体传统的艺术冲动。这样我们就能更好地理解为何刘醒龙要在《黄冈秘卷》中花费如此多的笔墨探寻黄冈方言的问题了。在他看来，作为母语的湖北方言是古汉语中原雅音的一部分。“当北方游牧民族用血与火外加他们的语言洗劫中原大地后，这些语言就成了残存南方的化石。”② 与古汉语密切相关的是古老的书法艺术，而刘醒龙的两部长篇小说近作中都不吝笔墨写到了精彩的书法场景。刘醒龙说自己的书法受了祖父的影响，小时候经常看到祖父用毛笔把孙子的名字写在各种各样的农具上，这注定了他以后也会“与水墨共舞”③。《蟠虺》中不无渲染地写到了曾本之与马跃之的私人书法竞技，《黄冈秘卷》中同样不无渲染地写到了老十一刘声智在公司贵宾室里悬挂着大幅的“嘿乎”书法，这些书法片断以博物方式重塑了小说人物形象和各自的小说文体形态。至于搜神功能，刘醒龙的这两部长篇小说中也有着明显的展示，如《蟠虺》中写到两个灵异事件：一个是郝嘉墓地冒出的白色雾气，暗示着死者生前遭受了冤屈；再一个是郑雄在快艇中突然被江水里看不见的手夺走了曾侯乙尊盘，被抢救入院后他开始满嘴胡话，这个神秘情节改变了人物命运。《黄冈秘卷》中的搜神情节也不少见，比如祖父就将黄冈人把父亲叫作“伯”解释为逃避妖魔鬼怪的捕捉，因为人为地混淆父子关系有助于迷惑妖魔鬼怪，而当地人相信魔鬼做鬼事也要讲鬼道理。小说中关于祖父的死亡书写十分神奇，随着一阵风将祖父亲手种植的梅树吹断，祖父像行为艺术一样走完了他的生命过程，这也符合祖父的生命哲学和人生姿态。祖父就是黄冈刘家大塆的圣贤。在很大程度上，正是通过对中国古老的搜神博物叙事传统的现代转换，刘醒龙的长

① 刘醒龙：《文学的气节与边疆》，载《重来》，第 303 页。
② 刘醒龙：《晓得中原雅音》，载《抱着父亲回故乡》，第 37 页。
③ 刘醒龙：《我是爷爷的长孙》，载《重来》，第 273 页。

篇小说创作才日益呈现出叙事上的中国气象。

除了发挥博物搜神的叙事功能之外，刘醒龙在长篇小说近作中还融合了多种文体进行文体互渗，尤其是积极调动中国传统的诗古文辞介入其中，以此重塑当代野史杂传体小说的文体新形态。中国古典文人大都诗古文辞俱工，诗文是中国古典文学的正统文体，故而其中所谓诗原指狭义之诗，并不包含通俗的词曲在内，而辞指辞赋和骈文，与无韵、无格律的古文相对。但古来的小说家大都乐于将诗古文辞这类正统文体引入通俗小说文体中，以此打破文体界限，这种包容性的大文体传统委实值得当下小说家借鉴和发扬。在《黄冈秘卷》中，由于要写到千年古城黄州，而黄州历史上人文风景璀璨，尤其是苏轼的诗文更是让黄州声名远播，故而刘醒龙笔下的黄州故事不能没有古典诗文化育其中。刘醒龙在《黄冈秘卷》中并没有静态地复述或描绘东坡诗句，而是巧妙地将东坡诗句嵌入小说的故事情节中，不仅让其推动故事情节演进，而且借此塑造典型人物性格，营造浓郁的人文氛围。还有小说中反复出现辛亥革命党人林觉民的文言文《与妻书》，但被国教授、老十哥、海棠海若姐妹称为《诀别书》。第一次是老十哥在狱中听到国教授背诵《诀别书》第二段，国教授的背诵如泣如诉，那种奉献于民族大义的牺牲精神深深地打动了老十哥，此时的《诀别书》充当了革命者的启蒙书，重塑了老十哥的革命政治人格。第二次是海棠姑娘吟诵《诀别书》第二、第三段，这两段古文暗中传递了老十哥与她的爱情悲剧，十分贴合革命年代两位年轻男女的复杂爱情心境，浪漫而悲苦。第三次是面对无理指责和批斗，老十哥却平静地背诵起《诀别书》的最后部分，让老十哥在特殊历史境遇中背诵这段文字实在是再贴切也不过，革命者的铮铮风骨跃然纸上。可见《诀别书》已经成为《黄冈秘卷》的文本有机组成部分，从故事情节到人物性格诸叙事环节，仿佛嵌套一般镶嵌得天衣无缝。在《蟠虺》中，我们还看到刘醒龙有意识地调动辞赋或骈文的文体潜力，于平实之中见奇崛，起到了意想不到的审美效果。如曾本之的

《春秋三百字》，虽不是严格的骈体文字，但铺彩摛文，骈散相间，深得辞赋法乳。至于《青铜三百字》，这是郝文章仿照曾本之的笔法写给亡父郝嘉的祭文，这篇华美的祭文抒写了后来者或苟活者对英年早逝的郝嘉的尊敬与怀念，也预示着中国古典青铜人格的不灭与再生。由此我们不难发现，刘醒龙在长篇小说近作中试图用古典诗古文辞中托物言志的手法来实现中国文化人格传统的创造性转化，而就在他创造性地转化中国古典文化人格传统的过程中，中国古老的文学文体传统也同步得到了创造性的转化。

第13章　邓一光：英雄叙事的心灵挣扎

英雄的时代结束了。

英雄的道路如今荒芜了。

我独自一人默默悼念英雄。①

——张承志

英雄气短，儿女情长。中国这句古老的成语似乎一语成谶，成了我们这个时代及其文学最无奈的注脚。古典意义上的英雄倏忽远逝，湮没在历史的尘埃，甚至连背影都依稀莫辨，沦为当代人心目中存疑的神话。而欲海汹涌的现代商业文明却肆意制造和炒作着过江之鲫般滥竽充数的伪英雄，大款和明星等风派人物狡黠地僭据了大众文化的潮头，装模作样地享受着昔日英雄们的无上荣光。在这种恶俗委顿的文化语境中生产出来的文学显得软绵绵、娇滴滴、平庸乏力，自然也就不足为怪了。实际上，放逐英雄和消解理想的呼声始终回荡在世纪末文坛的上空，如同一个幽灵徘徊不去。

在这个反英雄的年代里，在文人们欣然“举杯邀明月”之际，作家邓一光，一个革命英雄的后代，出人意料地用自己的一枝秃笔兀然祭起了英

① 张承志：《荒芜英雄路》，知识出版社，1994年，第9页。

雄主义的猎猎战旗，于是一系列关于“兵”的小说如同“太阳”横空出世，包括长篇《我是太阳》《走出西草地》，和中短篇《红孩子》《挑夫》《兄弟》《战将》《父亲是个兵》《遍地菽麦》《我是一个兵》《远离稼穑》等，给当下灰暗萎靡的文坛送来了一片生命的曙色，吹进一股雄健的罡风。邓一光曾多次在创作谈中流露和坦陈自己写作“兵系小说”的意图。《关于兵》[①] 中，他感叹道：“英雄主义，如今很像一个传说，或者，它很像一个童话了。”他拒不相信“一个时代的英雄主义也会老”，“也会成为过去的故事”，他祈望英雄的父辈们的豪情壮举能在自己的笔下重现往日的斑斓与辉煌。但邓一光的这一宏愿并非完全得到实现。在他的“兵系小说”中，我们看到的是一个个有着不同程度的世俗缺陷的“破碎”的英雄，而且他们最终也几乎都无可挽回地走向了末路和“破碎”。邓一光一方面满腔热情地为这些昔日的英雄们重塑金身，另一方面却有意无意地用现代意识和历史视界重新审视和拆解着他们。作家的主观创作意图是想“神化”这些父辈英雄，但实际的情形却是不同程度地“俗化”了他们。主观创作意图和客观书写效应之间因此出现了疏离和摩擦。这似乎正印证了罗兰·巴特关于“文本的悖谬性”的观察，使得邓一光的“兵系小说”文本在一定程度上成了一种“双重文本”，其间显在的英雄主义强音和隐在的非（反）英雄主义和声相碰撞或共振，时而英雄主义占上风，时而非（反）英雄主义得势，彼此消解，相互颠覆，英雄的破碎于是成了一种必然和宿命。当然，破碎的情状在不同的小说文本中有着程度不同和各具形相的表演。

陆机在《文赋》中曾有“因枝振叶”“沿波讨源”之说，[②] 这里，我想依创作时间的先后为序，择取邓一光“兵系小说”中有代表性的四部作品做一番比较性的文本阐释和实证解析，以期既能较为有效地检阅邓一光追寻和再现英雄主义的艺术实践和思想行程，同时又能理性地审视他笔下父

① 参见《中篇小说选刊》，1995 年第 6 期。

② 郭绍虞主编：《中国历代文论选》（一卷本），上海古籍出版社，1979 年，第 67 页。

辈英雄们的"破碎之像"，探讨其"破碎之源"。

第一部使邓一光声名鹊起，继而产生全国性影响的作品是中篇《父亲是个兵》（原载《上海文学》1995 年第 8 期）。前面曾引过的《关于兵》就是为这篇小说配写的创作谈。邓一光在其中表明了自己重现父辈英雄主义的写作动机。实际上他的意图仅部分得以实现。邓一光显然是将"父亲"定位在"兵"的角色上的，兵和英雄相去甚远。但兵的平民性和世俗性与英雄的高贵性和神圣性之间也并非存在着一种截然不相容的对立，相反，它们倒常常会复杂矛盾地化合和熔铸在一个个鲜活立体的生命之中。邓一光笔下的"父亲"便是这样一位英雄的"兵"，或曰"兵"的英雄。在他身上英雄主义和非（反）英雄主义既对立又统一地共生存在着。没有人能够否认"父亲"是个英雄。作家曾在小说中着力渲染过作为标准职业军人的"父亲"的"军人情结"，"父亲"的英雄魅力也就凝聚其中。"父亲永远穿着军装，风纪扣扣得一丝不苟，在最热的季节里，他也从不解开扣子。"这是一位戎马倥偬身经百战的将军，他一生"硬骨"，从未对人说"软话"，甚至离休后还在老家策划并指挥了一场传奇的"化肥劫案"。尤其是在被作家浓墨重彩地描绘过的东北剿匪战中，"父亲"英雄的生命更是被挥洒得淋漓尽致。如果说小说中书写"军人情结"凸显了"父亲"的英雄主义精神，那么经营"农民情结"或"恋乡情结"就折射了"父亲"身上非（反）英雄主义的人格侧面。中国农民几千年积淀下来的封建意识、宗法观念、小农心理，当然也包括乡土情怀在"父亲"身上体现得非常充分。作为农民的"父亲"时常是保守、自私、狭隘和愚昧的，他晚年居然要让叙述人"我"回老家去当农民种庄稼，安家落户娶妻生娃。这无非是要让"我"在那个穷乡僻壤混上个"大队长""大队书记"什么的，也算显姓扬名、威风凛凛，从而使古老颓败的邓氏家族重振雄风。不仅如此，极具讽刺意味的是，刚走进革命队伍那年，"父亲"竟然企图向自己的革命领导和同志"打黑枪"，而且这是他参加革命后"渴望杀掉的第一个人"。这不能不让人感到汗颜和羞愧。它说明当时的“父亲”不过是一个穿军装的农民，他那种民间黑道式的报复行为远非光明磊落的英雄之举，相反有小人之嫌，使自己直接滑向了反英雄的泥沼。当然，“父亲”的农民情结也有积极的一面，这主要体现在他勤劳朴实、正直善良的本色上。但无论如何，农民情结的存在实际上使“父亲”带有更多的平民化和世俗色彩。总之，农民情结的存在消解了“父亲”的军人情结，其实质是非（反）英雄主义对英雄主义的颠覆。值得注意的是，在“父亲”的人格有机构成中，农民情结并不弱于军人情结，说二者平分秋色不过是一种保守的估量。可以毫不夸张地说，作为英雄的职业军人只不过是“父亲”人格的表层面具，在骨子里他还是个地道的农民。公允地看，“父亲”其实一半是军人，一半是农民；一半是英雄，一半是常人，这等于就是说“父亲是个兵”，是个破碎的英雄。而且他最终也确实无可挽回地变成了一个“像稻草人一样的老人”，走向了全面的破碎。

长篇《我是太阳》（人民文学出版社，1997 年版）其实初稿于 1995 年 10 月，时间上距《父亲是个兵》的创作不久，这似乎预示着它们之间的某种渊源。实际上，《我是太阳》基本上是对《父亲是个兵》的改写和扩充，但值得注意的是这种改写具有选择性。从主人公的塑造上看，取舍的标尺大致上就是英雄主义，与之相悖的非（反）英雄主义则明显遭到了驱逐和废黜。从“父亲”到关山林，从“兵”到“太阳”，暗露了邓一光对英雄主义更激进的新层次追求。“兵”是英雄的神圣性和农民的世俗性相和解的产物，“太阳”则不同，它更是神圣性、高贵性的象征，为“太阳精神”所支撑着的人物只会是英雄。关山林就是这样一位以“太阳精神”应对历史和现实，挑战人生和命运的英雄，流贯全书的“太阳”意象其实是关山林的生命隐喻。塑造关山林时，邓一光显然有意割舍了“父亲”人格有机构成中的农民情结，尽管这种割舍并不彻底。在关山林身上我们仍然可以见到作为农民的“父亲”的影子，比如关山林晚年喜欢养鸡喂鸭、种菜养花等，但“父亲”人格深层中的小农意识和宗法观念在关山林那里的确荡然无存。关山林差不多只是袭取和传承了“父亲”的军人情结，而且即便对它也进行了片面的放大和扩张。其实“父亲”对军队和战争的情感是矛盾复杂的。尽管他在晚年也珍爱自己的军功章及其所代表的英雄岁月，但与此同时他又流露和表现出了对战争的不屑和轻蔑，甚至是厌恶和反感。他从来不提自己当年的英雄战绩，他甚至为自己当年杀人太多而愧疚。他坚决反对子女当兵入伍，尤其让人惊异和感动的是，当大院里参加对越自卫反击战的英雄子弟伤残荣归时，他还有一种莫名的痛心和反感。这一切与“嗜血”的关山林迥异。到关山林那里，对战争仅剩下单一的迷恋和崇拜，他对凡是与战争相关的事物都有一种出奇的嗜好，他几乎想把自己所有的儿女都送进绿色的军营。关山林于是由“父亲”摇身一变成了“战神”，成了一个十足的英雄。他一辈子恪守职业军人的天职和信条，对战争充满近乎宗教般的狂热和虔诚。他执拗地笃信“军人只属于战争”，认为只有战场才是军人的唯一归宿，才是军人神圣的生命殿堂，而失去了硝烟战火的日子对于他来说无异于自我放逐，“守活寡”“等死”。战场成了他理想和信仰的栖息地，成了他与众不同的别样的精神家园。而他自始至终信仰不倒，永不放弃，无论在战争年代还是和平年代，他都敢于藐视现实，对命运指手画脚，他像偏执而忠诚的堂吉诃德一样为了捍卫自己的英雄信仰与历史和命运做无休止的搏斗。关山林人格中最为感人肺腑夺人心魄的精华便是他的英雄气概和圣者胸怀。

这样说并不意味着关山林就是一个完美无缺的英雄。诚然，由于邓一光有意排斥了“父亲”身上农民情结的非（反）英雄主义倾向而使关山林显得的确比“父亲”更是一个英雄，但实际上关山林仍然也只能算是一个破碎的英雄，只不过相对于“父亲”的内核性的破碎而言，这是一种边缘性的破碎。最明显的表现便是关山林刚愎自用，莽撞粗暴，为此他兵败青树坪，付出了惨重的代价。不仅如此，关山林这个似乎不可一世的英雄最终也走向了末路和破碎，而且似乎比“父亲”跌得更惨。这大概是邓一光创作之初始料未及的，他本意是想凸显关山林的英雄主义，但后来却“越写越揪心，甚至不忍心写下去了”①。这说明在《我是太阳》中潜隐着一种反英雄主义的力量，它在暗中拆解着关山林英雄主义的“太阳精神”。这实质上是一股历史的势能，小说中具体显现为战争必然走向和平的历史动力，以及社会演进中尤其在政治领域里出现的历史阻力和惰力等。在强大威严的历史和命运面前，关山林难免会感到势单力孤，他不仅失去了战场，而且遭罹了一系列的政治打击和生活重袭，这使得他甚至动了自杀的念头。关山林可以拒绝悲剧，但悲剧还是无可挽回地降临到他的头上。关山林英雄的生命最终被历史无情地碾碎了。

邓一光曾坦言对《我是太阳》的写作并“不满意”，觉得自己还“没有达到倾诉到家的感觉”。② 对当时的邓一光而言，这“家”就是英雄主义，创作这部作品原本就是为了“倾诉”父辈的英雄主义豪情。但在写作过程中作家却身不由己——任自己塑造的人物踏上悲剧之途。无法释怀的英雄主义情结驱使邓一光时隔半年后又创作了长篇《走出西草地》（初稿于1996年5月至6月，中国青年出版社，1996年版）。雪山草地，这早已成了中国革命史上那次英雄主义的大迁徙“长征”的象征。和“太阳”相比，“草地”卸去了绚丽虚幻的外衣，更能凸显父辈的英雄主义情怀，具有更强烈的现实性和生命质感。与“父亲”、关山林不同，在塑造《走出西草地》的主人公桂全夫时，邓一光不再将人物置放在历史和现实的双重语境中，而是有意回避了现实的和平年代。因此，桂全夫没有关山林困扰在战争与和平之间的尴尬，也来不及像“父亲”那样到晚年愧悔和自审，他的整个生命历程都只同战争纠结在一起。如果说关山林身上还遗留有“父亲”的农民情结，那么在桂全夫那里则找不到它的丝毫印痕。桂全夫似乎是一个完

---

① 邓一光、韩小慧：《关于长篇小说〈我是太阳〉的对话》，《当代》1997年第3期。
② 同上。

美的英雄，他只属于战场，军人情结主宰着他的整个生命和灵魂。不同于关山林仅有匹夫之勇，桂全夫足智多谋，运筹帷幄，攻克大岗山展示了他卓越的军事指挥才能，百丈关战役的失利不仅对他的英雄魅力丝毫无损，相反却更能体现他胸怀全局、料敌如神的大将风度。书中甚至描写他以火疗伤，在无麻药的情形下动手术，凛然一派关云长的铁面英雄本色。邓一光几乎是倾其所能地渲染了桂全夫的英雄主义风采。《走出西草地》其实是据作家早先的中篇《挑夫》改写和扩充而成，上述情节大部分是邓一光后来增添的。它们冲淡了《挑夫》中那让人心痛和沉重的悲剧气氛，目的是遵守英雄主义的改写尺度。但这一切努力并未最终阻止桂全夫像关山林一样走向末路和破碎。“草地”的底色仍然是那拂去还来令人心碎的悲怆情调。

实际上，桂全夫的悲剧纯然是一种政治悲剧，他是红军内部错误的肃反政策的牺牲品，是一种反动的政治力量充当了颠覆英雄桂全夫的刽子手。如果说《我是太阳》中的反英雄主义是由历史来扮演的，这历史中自然包含了社会、政治、经济和命运等多重因子，那么到《走出西草地》中反英雄主义的载体便只剩下了政治这个孤零零的存在。从“兵”到“太阳”，作家主观设置的英雄主义情调渐趋浓厚，及至“草地”，遂臻极致，但人物的悲剧意蕴却遗憾地不断遭到削弱和稀释。“父亲”的悲剧是一种内在的、无声的、浓得化不开的人格悲剧，但这种内在的悲剧又是由历史、文化、社会和政治等多重外在因素所决定和酿成的，因此“父亲”是一位立体鲜活的人物典型，具有高度的文化蕴涵和审美价值，体现了邓一光深切的感受力和敏锐的洞察力。而关山林的悲剧则基本上是一种外在的历史悲剧，是个体生命和异己的历史命运之间的冲突，所以关山林本质上是一个理想主义者，人物刻画多少有些类型化、简单化和平面化。桂全夫的悲剧虽也是外在的，但仅止于一种简单的政治悲剧，和关山林相比，则又等而下之，逊色不少。邓一光似乎并未在意这种倒退，他太看重自己坚守英雄主义的理想姿态，因此他只能淡化悲剧而高扬英雄主义。还有一个明显的印证是，在书中军部已决定将桂全夫视作 AB 团分子就地枪杀后，邓一光最终却让他因意外深陷草地而牺牲，这无疑削弱了作品的悲剧力量。虽然书中有另一人物朱成元在某种意义上充当了桂全夫受难的替身，但即令如此，桂全夫的英雄末路仍然让作家不堪承受。在小说煞尾处，邓一光让排长万坤才“泪流满面”，这实在是他创作心态的真实摹写，他为自己倾心塑造的又一个英雄的破碎而伤心不已。

我赞赏那种认为邓一光的写作是“生命写作”① 的说法，至少就他的“兵系小说”的写作来说是这样。邓一光是借写作的方式来进行生命的寻找和灵魂的漫游，他期盼在小说文本中构筑自己精神的家园。但到头来他悲哀地发现，他倾力拥戴的父辈的英雄主义总是不经意间横遭拆解。从“父亲”、关山林，直到桂全夫，在英雄主义的精神流浪旅途上，邓一光拾到的永远只是英雄的碎片和残骸，英雄主义似乎重逮无望，作家焦渴的心灵经历着危机。在一次谈话中，邓一光毫不讳饰地说：“写小说太痛苦了，非常痛苦。写作使我感到很累、很沉重。”② 这应该是一种精神的痛苦，是一种灵魂漂泊无依、无根悬浮、空落失重的痛苦。与其无望地坚守，还不如放弃后开始新的追寻。集中代表这种意向和努力的作品是中篇《远离稼穑》（原载《收获》1997 年第 4 期）。从“兵”“太阳”“草地”，这些程度不同地染有英雄主义色泽的话语，猛然踅转到乡土平民情调极浓的“稼穑”，其间隐含着邓一光在人物塑造上新的审美旨趣，同时也潜藏着他近年来一直苦心经营的“兵系小说”的危机。《远离稼穑》中的四爷褪尽了一切英雄主义的斑斓和豪华，可谓一个地地道道的穿军装的农民，我们在他身上寻觅不到一点英雄的影子。这个有着二三十年血火军龄，生命中最宝贵的光阴都在“各种名目的战事中死去活来”的军人，一生却“几乎没有过军衔”，

---

① 邓一光、韩小蕙：《关于长篇小说〈我是太阳〉的对话》，《当代》1997 年第 3 期。

② 同上。

当兵生涯除了留给他那块“支离破碎”的残躯外，就光剩下那让人窘迫难堪的三次被俘经历。但四爷是“最好的种田人”，在那个火热的“闹红”年代，他对当兵打仗不感兴趣，却对田野庄稼一往情深。初上战场，他窝囊得“如同一只受惊的狐狸没命地向前窜”，但在麦田里，他却迅敏得“像一匹油光水滑的旱獭儿”破浪前行。四爷似乎生来就属于田园，迷恋农事，就像关山林天生就属于战场，醉心战事一样。四爷心中种植着一种根深蒂固的农民情结，这和关山林灵魂中游荡着一个坚忍不拔的军人情结大相径庭。即使在背井离乡的战乱年月，四爷也总是想方设法重返家园，尽管每次都与家乡擦肩而过，但故乡的田野和庄稼却是他一辈子的牵挂和信仰；而关山林哪怕是在风平浪静的和平年代也如同“豹困樊笼”，从不放弃对重返战场的希望。关山林的战场便是四爷的田园。关山林几乎把人世间的一切事件都当作战争来应对，而四爷即使在战场也“像在另一片田野里，收获着他的庄稼”。四爷和关山林一样是个理想主义者，他们对现实和命运进行了同样无望的抗拒，但关山林的抗拒是那种军人式的指手画脚，而四爷的抗拒却只能是一种农民式的畏首畏尾。我们在关山林那里多少能找到堂吉诃德那勇敢的身影，而在四爷身上却似乎又见到了阿Q那怯弱的灵魂。

如果说关山林是一个军人的“父亲”，那么四爷就是一个农民的“父亲”。邓一光似乎与关山林和四爷一样是个理想主义者，他把“父亲”人格有机构成中的两极加以主观放大，关山林于是成了“父亲”军人情结的传人，昂首阔步地迈向了英雄主义，与神共舞；而四爷却成了“父亲”农民情结的后裔，默默无闻地滑向了非（反）英雄的世俗民间，与芸芸众生为伴。晚年的四爷甚至自我禁闭，“他在他的心里上了一把锁，然后扬手将钥匙丢进了湖里”。如同关山林只是将“父亲”军人情结中英雄主义的一面加以片面扩张，而放弃了“父亲”对战争的自审意识一样，四爷也不过是将“父亲”农民情结中的恋乡情结和田野情结加以无限理想化，而轻易丢掉了“父亲”心灵深处的宗法观念和封建意识。在邓一光的“兵系小说”中，四爷的出现预示着他苦苦寻觅的英雄主义的衰微和没落，非（反）英雄主义的色彩始趋浓烈。《远离稼穑》中，英雄主义的大旗已摇摇欲坠，四爷对故乡田园的执着几乎湮没了他对战争的怯懦，但英雄主义并未最后退场，它一直是四爷生命中永恒的困扰，三次被俘的耻辱经历成了四爷心中永远的隐痛。邓一光对英雄主义似乎还有无限的迷恋，这使得他在对乡村精神的追寻上有所保留。但无论如何，在《父亲是个兵》、《我是太阳》和《走出西草地》中，英雄主义和非（反）英雄主义是一种显/隐式的对立，而到了《远离稼穑》中，虽然对立的性质相同，二者的地位却发生了颠倒。四爷"太不像个兵了"，他使邓一光的"兵系小说"濒临破碎，这实质上是邓一光英雄主义的破碎。但这种破碎似乎是必然的，我们所置身的这个世俗化的时代几乎已经没有英雄主义生存的土壤。

邓一光着意营建他的"兵系小说"始自《父亲是个兵》，他先是热情地抒写着英雄主义，代表作为《我是太阳》和《走出西草地》，如今又转而弹唱非英雄主义的乡村兵谣，《远离稼穑》可为代表。这并不意味着邓一光的精神信仰完全坍塌，而仅仅是宣告了他崇拜至深的英雄主义的破碎。在邓一光那里，精神家园并非一个虚无匮乏的空壳，其间寄居和栖息着英雄主义和乡村精神两极，英雄主义破碎之日，恰是乡村精神崛起之时。二者彼此消长，朝野更替，但几乎从未截然分开，更多的时候是融合共生的，这从前面的人物分析中可以得到印证。谈及自己创作中的革命英雄主义时，邓一光曾说它"与其说是找到的，不如说是生命当中固有的"，因为"早在父辈的血液当中就有了"。① 其实，邓一光不仅如同关山林一样，灵魂中秉承着"父亲"的英雄情结，同样，在他心理人格的潜层也像四爷一样潜匿着"父亲"的乡村情结。邓一光似乎并未公开表达过自己对乡土田园的向往，但他确曾明确表示过自己对城市文明的反感和厌恶，他多次抨击工业

---

① 邓一光、韩小蕙：《关于长篇小说〈我是太阳〉的对话》，《当代》1997 年第 3 期。

时代和商业社会引发的人类的退化和人性的萎缩。他曾激愤而不无尖刻地说："我们已经被工业革命驯养成了一种狡猾的会思想的动物。我们已经萎缩成了人类的阑尾，"① 从邓一光在《远离稼穑》中对四爷田野催耕具有诗意激情的描绘中我们可以想见作家的乡土情怀。而且，在这部作品中邓一光一反常态地完整抄引了那首美国著名的乡村歌曲《重返家园》："月色朦胧/两眼泪水涌/故乡的路/带我回家/到我生长的地方……"这与在《父亲是个兵》和《走出西草地》中摘引的革命英雄主义歌曲判然有别。邓一光想必是察觉到古老的英雄主义确乎是过于遥远，如同一个飘逝难归的梦幻，绝望之余，他把视线投向了乡间。也许精神在城市中注定寻不到栖居之地，只有乡村才是无根漂浮的城市的故乡，才是现代人灵魂的故园。

然而，"回到故乡的路有多远"②？邓一光似乎充满了忧虑。我们看到，《远离稼穑》中的四爷几乎总是与故乡失之交臂，虽然作家是那样固执地坚信四爷一生中三次重大的生命逃亡都是为了"重返家园"，然而他却绝望地一次次将四爷定格在"远离稼穑"的永恒宿命上。英雄主义的破碎想必给邓一光的心灵蒙上了浓重的阴影，他不再轻易地相信乡村和田园能够拯救现代人苍白空虚的灵魂，他清醒却不无悲哀地意识到，"我们一旦走出，就再也无法回到故乡去"③。诚如此，就不幸应了海德格尔的断语："无家可归成为一种世界命运。"④

邓一光，何处是你家园？

---

① 主要参阅《关于长篇小说〈我是太阳〉的对话》与邓一光的《男人一路播撒种子》（此文为《走出西草地》的《代后记》，中国青年出版社，1996年版）。

② 邓一光：《回到故乡的路有多远？》，《小说月报》1997年第10期。

③ 同上。

④ 海德格尔：《关于人道主义的信》，见陈嘉映：《海德格尔哲学概论》，生活·读书·新知三联书店，1995年，第360页。

第 14 章　迟子建：小说文体的空间诗学

从 1991 年的长篇小说处女作《树下》开始，到 2015 年出版长篇近作《群山之巅》，迟子建迄今已创作了八部长篇小说。关于长篇小说与中短篇小说的文体差异，迟子建曾经做过精彩的譬喻：“如果说短篇是溪流，长篇是海洋，那么中篇就应该是江河了。每种体裁都有自己的气象，比如短篇，它精致、质朴、清澈，更接近天籁；长篇雄浑、浩渺、苍劲，给人一种水天相接的壮美感；中篇呢，它凝重、开阔、浑厚，更多地带有人间烟火的气息。”① 作为一个在短篇、中篇和长篇小说创作领域均曾摘得中国文学最高奖项的作家，迟子建对三种小说文体美学的感悟确实有其独到之处。就长篇小说而言，迟子建追求的是一种“海洋”文体美学或曰“海洋”诗学，当然其中也会隐含着短篇小说的“溪流”诗学和中篇小说的“江河”诗学因素在内，这其实是小说文体家族内部的文体互渗，从根本上促进了迟子建长篇小说文体美学的成熟。毋庸讳言，“海洋”是一种具象形态，如何把这种现实的具象描述并提炼成抽象的理论范畴，这是摆在我们面前的一道文体美学难题。但迟子建多年的长篇小说文体实践给我们提供了破解这道难题的契机。

① 迟子建：《江河水》，载《迟子建散文》，浙江文艺出版社，2009 年，第 190 页。

一

追溯起来，中国古代文论中早就有以海洋描述文体特征的先例，如宋人就有“韩如海，柳如泉，欧如澜，苏如潮”① 的说法流行并且至今不衰。其实，以水喻文，以水形状文体是中国古代文论中的一个理论传统。由此可见，迟子建的短篇小说“溪流说”、中篇小说“江河说”和长篇小说“海洋说”并非空穴来风，而是对中国古代文学创作中的文体美学传统所做的创造性转化与创新性发展。具体到迟子建的海洋型长篇小说文体美学形态，我们首先必须考察其长篇小说时空体在整体结构上的海洋型特征。毫无疑问，海洋型长篇小说在外在形态上应该冲破特定时空体的限制，从而最大限度地追求叙事的宽度和广度。非如此不足以言说辽阔无垠的海洋。一般而言，短篇小说会截取故事的“横断面”进行讲述，这是将时间做空间化处理，但囿于篇幅，此时的叙事时间空间化既缺少长度也缺乏广度，大体属于迟子建所谓的溪流型短篇小说范畴。而中篇小说相对于短篇小说而言更注重叙事的长度，更注重叙事中时间的拉长与重组，故而常常如同江河从读者眼前流过。如果说短篇小说重“点”，中篇小说偏“线”，那么长篇小说主要是求“面”。求“面”求到极致，就是在叙事中将时间最大限度地空间化，将“面”无限地加以放大，从而形成烟波浩渺、横无际涯的海洋形态。

为了建构心目中理想的海洋型长篇小说文本结构，迟子建在她既有的八部长篇小说创作中一直都在做不懈的艺术经营与探索。这首先表现为她对时间型长篇小说的空间化叙事艺术处理。唯有将时间叙事空间化，才能拓展小说时空体的宽度和广度，使长篇小说的体制趋近于宽广的海洋格局。

① 李性学：《文章精义》，王利器校点，人民文学出版社，1960 年，第 90 页。

《树下》有着宏大而严密的小说时空体，它从一开始就展示了迟子建长篇小说创作的海洋叙事诉求，尽管其中尚未完全摆脱江河叙事模式的痕迹。《树下》初版书名《茫茫前程》，故而通常被人视为成长小说看待，因为小说的叙事主干是女主人公李七斗的人生成长史，作者从她的童年时期一直写到结婚生子，而种种人生遭遇中则隐含着一个女人的心史嬗变。这似乎是典型的线性时间叙事模式，在古今中外的成长小说创作中屡见不鲜，然而细察后会发现，《树下》的线性时间叙事仅仅是外在文本结构，而深层文本叙事策略则是时间的空间化。这部长篇中每一章的叙事空间随着时间的变化而变化，依次出现惠集小镇、斯洛古小镇、白卡鲁山工区、白轮船、农场等主要叙事空间，而在每一个叙事空间中，作者并未单一地讲述女主人公的命运故事，而是延展到整个叙事空间中几乎所有人物的日常生活状态。如姨父和姨妈一家人的故事，姥姥、姥爷和舅妈一家人的故事，朱大有和妻子栾水玉、岳母栾老太一家人的故事，靳开河和前后两任妻子以及一双傻儿女的故事，李老黑和妻子尹翠苹还有女儿的故事，米三样和儿子米酒的故事，晕船女人李霁虹的婚外情故事，老船长的故事，鄂伦春白马少年的故事，葛兰妹和张怀母子的故事，省城画家的故事，如此等等。这些旁枝末节的故事与女主人公的人生历程缠绕在一起，宛如山间道路蜿蜒曲折、变化多端，"分成一条条小路，小路再分成一条条小径"，山间道路于是构成了一张网，这就是复杂的网状道路小说①，而不是单一的线性道路小说。而在这种网状的"道路时空体"中，"广阔展现日常生活成为可能"，"不过这个生活可以说处于道路的旁边，处于道路的支岔上"②。由此，《树下》的格局不再显得单调纤小，而是初步有了宏阔的海洋叙事气势。

无独有偶，《越过云层的晴朗》也是通过网状道路时空体的设置而搭建

① 弗朗索瓦·里卡尔：《阿涅丝的最后一个下午》，袁筱一译，上海译文出版社，2011 年，第 113 页。

② 巴赫金：《长篇小说的时间形式和时空体形式》，收入《巴赫金全集》第三卷，钱中文主编，白春仁、晓河译，河北教育出版社，2009 年，第 308 页。

了海洋型叙事结构。与《树下》以人的命运为叙述主干不同，这部长篇以狗的命运为叙事中心，讲述了一条大黄狗所经历的种种人间曲折，堪称一条狗的成长小说或者漫游小说。小说叙事随着狗的命运变迁而不断地发生空间位移，如在丛林、在金顶镇招待所、在伐木人家、在梅主人家、在大烟坡、在青瓦酒馆，而就在这每一个叙事空间中，作者都不厌其烦地通过狗的视野描述着不同空间中的世态百相，正是通过网状日常生活的艺术编织，使得这部长篇摆脱了单线时间叙事模式而呈现出立体空间化叙事形态。原本的江河型小说结构就此朝着海洋型小说结构迈进。《热鸟》虽然尚未抵达海洋型叙事境界，但它依旧体现了作者突破江河型叙事的空间艺术探求。《热鸟》显然不是一部常规的成长小说或者流浪小说抑或历险小说，因为它在讲述男主人公的成长经历时并不以线性时间情节模式见长，而是尽量延缓叙事节奏，让人物在特定的两个空间中延宕，进而发挥日常生活叙事优势。有意味的是，小说开篇不久写到赵雷要离家出走时的一个细节，写他将闹钟解体了，时间也停止了。于是少年赵雷开始做梦，并且在梦中遇见美丽的大鸟牵引着他飞行，由此有了他的一番离家历险记。事实上，不仅在主人公历险之前作者强行中止客观物理时间从而进入主观心理时间，而且在历险的客观现实时间叙事中，作者也在竭力地放逐时间和遗忘时间。在古崖屯围绕着王家老爷子的丧事，作者将读者不经意地卷入日常生活叙事的旋涡，种种烦琐复杂的人际关系被描摹得淋漓尽致。应该说，这些分叉小径或藤蔓枝节的共时性存在，成功地建构了《热鸟》中的网状道路时空体。

《额尔古纳河右岸》没有采取《树下》等长篇小说那样的移步换形的串联型结构，即通过主人公（人或狗）把不同时空中的不同的人群串联起来，而是让主人公或叙述者与其他所有人物一道作为整体接受不同时间中的同一个空间的历史考验或煎熬。显然，前者是在时空串联中实现空间化，主要体现为对不同时间段的压缩和对相应空间的延展，而后者做得更绝，直接让特定的历史时空体作为整体进行压缩与延展。这部长篇分为四部，即上部“清晨”、中部“正午”、下部“黄昏”、尾声“半个月亮”，也就是说，全部小说由女主人公在一天的回忆中完成，她的一天就是民族的一个世纪，一日等于百年。四个部分中前三部的开篇都是展开回忆时的简略的现实书写，紧接着的主体部分则是繁复的历史书写，而最后一个部分作为尾声彻底回到现实书写，让历史在现实中定格。这是典型的将时间压缩和扁平化的处理方式，作者让民族的百年历史风云在短短的一天中得以聚焦和凸显，从而最大限度地发挥了空间化叙事功能，展现了这部长篇小说海洋般的视野与气魄。至于长篇巨著《伪满洲国》，它创造性地把中国传统的编年体与纪传体叙事模式结合起来，在不断地压缩叙事时间的同时又不断地延展叙事空间，从而营造了这部海洋型的长篇小说建筑。这部长篇总共十四章，每一章以年份标目，依次为“第一章　一九三二年（民国二十一年　昭和七年　大同元年）”……直至“第十四章　一九四五年（民国三十四年　昭和二十年　康德十二年）”终篇。这显然借鉴了中国古代编年体的述史体例，但四种年份的胪列与并置依然有深意存焉。其中，公元纪年是新中国成立以后的通用纪年方式，随后是民国纪年方式、作为殖民者的日本皇家纪年方式、封建复辟的伪满政权纪年方式，这四种纪年方式暗示了四种政治势力在“伪满洲国”叙事空间中的权力博弈，而且这种权力博弈渗透到了每一个年份中，也就是说每个时间都被多种政治空间所分割或空间化。事实上，这部长篇的每一章都由大致均衡的六至七节组合而成，而每一节又都是一个相对独立的叙事单元或片断，这六个或七个叙事单元或片断又像电影蒙太奇一样交错拼贴在一起，从而让每一个年份作为时间被空间化了。随着每一章的时间（年份）都被纳入了空间化进程，这部十四章的大型文本最终被定格为浩荡无垠的文字海洋。

在追求海洋型长篇小说创作的过程中，迟子建除了探索时间型叙事的空间化策略之外，还重点尝试了去时间的空间化叙事实验。此时的迟子建虽然一如既往地追求长篇小说的空间化叙事格局与气象，但她已经不再热衷于在长篇小说中明确地讲述一个或者多个故事情节的发展演变过程，如像《树下》和《越过云层的晴朗》那样由一个叙事主体的时间经历串联起来，或者像《额尔古纳河右岸》和《伪满洲国》那样由一个或多个历史群体的时间经历贯穿始终，而是尽量隐去长篇小说中的时间痕迹或者线性情节过程，转而采用多人称、多角度的叙事视角集中观照特定历史时空中的特定事件或人群活动。这种西方现代派小说中惯常使用的多角度聚焦与中国传统文艺美学中的散点透视相结合，为迟子建构筑长篇小说的海洋结构提供了双重助力。比如《晨钟响彻黄昏》，这部长篇共分为五章：第一章以大学教师宋加文展开第一人称限知叙事；第二章以宋加文的学生刘天园展开第一人称限知叙事；第三章“精神病院的最后岁月”虽然是第三人称全知叙事，但始终以刘天园为叙事焦点；第四章又转向第一人称限知叙事，以宋加文的儿子宋飞扬向一只叫本本的猫倾诉心事的方式展开，而且展开的是成人世界的太多疑问与不解；第五章回到全知叙事大结局，上帝型叙述者交代了读者想知道的所有疑点与真相，但故事中的诸多当事人或受述者依旧蒙在鼓里不明真相。不难看出，这部长篇的五章相当于五个特写镜头，它们以空间组合的方式拼贴出了生活全貌，试图体现出生活如同海洋般的宽度与广度。而在《白雪乌鸦》这部第三人称的全知叙事长篇小说中，大多数章节都以某一个人物为叙事焦点展开历史叙事，从第一章的焦点人物王春申到第十六章的焦点人物于晴秀都是如此，而从第十七章开始发生变化，每一章的焦点人物增多，这样便于小说逐步走向结局。不难发现，这些焦点人物在网状历史空间中占据着各自的位置，并发散性地与其他人物乃至整个历史进程发生着各种各样的关系。由于这部作品中焦点人物众多，牵涉面广，故而更能彰显历史生活海洋般的空间格局。迟子建在这部长篇小说创作中的空间化叙事还体现在文本内部的城市空间规划上。她说：

“我绘制了那个年代的哈尔滨地图，或者说是我长篇小说的地图。”[①] 实际上，这部长篇小说中的众多焦点人物都散布于作家所绘制的多元城市空间中。其中，傅家甸的中国人居多，而埠头区和新城区是俄国人的地盘。如果说傅家甸是相貌平常的素服女子，埠头区是珠光宝气的贵妇人，那么新城区就是孤傲的美人。可见这三种城市空间各有特色，能够满足不同人物的生存心理需求。

相对于《白雪乌鸦》中的现代城市空间叙事而言，《群山之巅》中的城乡接合部空间叙事显得更加阔大而苍茫。实际上，“群山”的地质学意象是一种空间化的描述，因为“群山的环绕性和稳定性可以减弱将作品分为不同的集合可能带来的一种线性的概念，一种错误的‘发展’概念”[②]。群山结构其实是海洋结构的另一种说法，因为海洋世界正是地球表面凸起的群山世界的倒影。在《群山之巅》中，不难窥见《白雪乌鸦》那种抹去时间的空间化叙事形态。这部作品没有遵循常规的探案小说叙事模式，作者显然再次运用了多人物和多角度的空间化叙事策略。在这部十七章的长篇小说中，作者有时候让单个人物作为叙事焦点并以其叙事视角展开叙述，如第一章《斩马刀》以辛七杂为焦点和视点人物展开辛家故事，第二章《制碑人》以安雪儿为焦点和视点人物展开安家故事；有时候让两个人物作为双重叙事焦点并以其视角展开双重叙述，如第四章《两双手》就以安平和李素贞这对情人为双重叙事焦点展开双重视角叙述，而第五章《白马月光》里的绣娘和安玉顺、第十章《从黑夜到白天》里的单尔冬和林大花、第十三章《暴风雪》里的唐眉和安平，均可做双重焦点和双重叙述看待；此外还有以三个人物作为三重叙事焦点并展开三重叙述的情形，如第八章《女人花》就是以陈美珍、单四嫂和金素袖三个女人作为三重焦点展开三重叙事。如同《白雪乌鸦》一样，《群山之巅》的最后几章因为面临大结局，焦

① 迟子建：《珍珠》，载《白雪乌鸦》，人民文学出版社，2010 年，第 257 页。

② 弗朗索瓦·里卡尔：《阿涅丝的最后一个下午》，2011 年，第 58 页。

点人物不断增多，直至变成章节内部的散点透视结构，这与整部作品的散点透视结构相得益彰。需要指出的是，在迟子建的这些空间化叙事作品中，作者常常在前一章中引出或者暗示下一章的焦点人物，由此完成章节之间的拼贴与组合，这主要不是情节或者时间的串联，而是场景和空间的位移，仿佛中国古老的连环套一般环环相扣，但又超越了传统连环套的时间递进模式。

二

如果说迟子建的海洋型长篇小说在时空结构上追求空间化叙事是为了展示海洋型文学空间的宽度或广度，那么我们可以发现，为了展示海洋型文学空间的密度，迟子建在其长篇小说中的海洋型生态叙事上同样颇费匠心。事实上，海洋的特征不仅表现为外在空间上的宽广无垠、浩瀚无边，而且还体现为内在的多元密集的海洋生态共同体。在地球村上，除了海洋就是陆地，陆地是海洋的外化，而海洋是陆地的内置。世事如烟，沧海桑田，今天的海洋就是昨日的陆地，它们互为彼此的前身与后果。在这个意义上，与其说迟子建在苦心经营着富有密集度的海洋型生态叙事，毋宁说她的海洋型生态叙事其实是陆地生态叙事的艺术投影。不过，海洋型生态叙事这个说法更具有动感，充满了流动性，是动态与静态的结合体。而且相对于陆地世界以人为中心，海洋世界作为自然生态共同体更具备多元密集特点。至于迟子建的长篇小说创作，这种海洋型生态共同体的多元密集特征首先就表现在高密度的日常生活叙事上。按照赫勒在《日常生活》中的说法，“日常生活总是在个人的直接环境中发生并与之相关。国王的日常生活范围不是他的国家而是他的宫廷。所有与个人及其直接环境不相关联的对象化，都超出了日常的阈限”①。这意味着日常生活必然是个人或个体生活，但它与公共或集体生活之间并非截然两分，而是常常受到后者的影响或渗透。因此，只有建基于个人或个体的生活经验和生命体验的公共或集体生活才能被纳入日常生活的范畴，那些从根本上并没有触及个人生活经验和个体生命体验的社会集体生活或者公共政治事件就超出了日常生活的阈限。

实际上，迟子建具备高超的日常生活叙事写实功力，借此她将海洋型长篇小说的叙事密度发挥到极致。迟子建长篇小说系列的历史感很强，她把 20 世纪以来的中国历史整体性地纳入了个人化的日常生活叙事范域。即使是《群山之巅》这样的现实题材作品中，作者也在着力挖掘现实背后的历史真相。将现实历史化，将历史生活化，这是迟子建长篇小说的创作奥秘。这需要借助于呈现式的场景叙事而不是讲述式的情节叙事，而呈现式的场景叙事作为空间化的“面”又需要无限的细节化的“点”来填充，如此方能做到点面结合乃至于面面俱到，最终用高密度的叙事空间排挤快节奏的叙事时间模式。比如为了盖《树下》这间纸房子，迟子建明确表达了自己想盖一间“密室”的愿望，她追求的是一砖一瓦都很扎实和密实的叙述境界②。随着叙述者的文字流淌，小说中不同的叙事场景里各种日常生活细节逶迤而来，叙述者等于是无声地提醒着读者在高密度的日常生活状态中流连忘返。而在《越过云层的晴朗》中，作者明确表示想进一步发挥短篇小说《花瓣饭》中对特殊历史时期的“日常”理解，用日常化的看似“很轻灵的笔调来化解”“历史的沉重与压抑”③。实际上，还原历史的细节真实乃至于重构历史现场的原生态，这一直都是迟子建长篇小说创作的艺术法宝。于是我们看到在书写历史瘟疫的《白雪乌鸦》中，作者无意于去

① 阿格妮丝·赫勒：《日常生活》，衣俊卿译，重庆出版社，1990 年，第 7 页。

② 迟子建：《跋》，载《树下》，人民文学出版社，2014 年，第 362 页。

③ 迟子建：《一条狗的涅槃》，载《越过云层的晴朗》，人民文学出版社，2014 年，第 330—331 页。

塑造历史灾难中的英雄人物，而是着重展现“鼠疫突袭时”“人们的日常生活状态”。在作者的眼中，“虽然鼠疫已经过去一百年了，但一个地区的生活习俗，总如静水深流，会以某种微妙的方式沿袭下来”①。诚然，历史并非海洋表面上的狂风大作那么简单，也许海洋底下的静水深流更能体现历史作为日常生活的本质。由此我们不难理解为何作者要把《额尔古纳河右岸》艺术地处理成一个老妇人的日常絮语，为何要把《伪满洲国》艺术地处理成一堆历史碎片的整合体，这一切都是因为作者想凸显自己的个人化历史观念，即高密度、慢节奏的历史生活日常化构想。

在迟子建笔下众多的场景叙事和细节描写中，诸如婚丧嫁娶、饮食男女、民俗节日、生活起居、职业技艺等可谓琳琅满目。对于迟子建的海洋型长篇小说而言，由于作者无意于宏大政治或历史叙事，因而也就无意于书写宏大政治场景或战争场面，这样必然会趋向于日常生活场景或生活仪式的叙写。尤其是对于某些传统节日形式或庆祝活动本身的详细描绘，这虽然“是一种尽叙日常琐事的文体例有之义”②，但确实也表现了迟子建对中国古典世情小说如《金瓶梅》和《红楼梦》相关叙事传统资源的创造性转化。《白雪乌鸦》开篇就写农历霜降节气来临，傅家甸街市的日常生活形态也随之发生了深刻微妙的变化。那些夏日可以露天经营的生意（理发、修脚、洗衣服、代拟书信、抽签算命、点痦子、画像、兑换钱、卖针头线脑、擦皮鞋等）不得不移入屋内，只有锔缸锔碗、爆米花的照旧在树下忙碌，因为他们的活计有炭火。此时弹棉花的和卖柴火的得宠，因为女人们需要抓紧时间给家人做棉衣棉裤，而饭馆、茶坊、客栈、妓寮、澡堂和戏园子都需要木柴化作炭火。如此这般将农历节气描写予以日常生活化，于此可窥迟子建的高密度写实功夫之一斑。此外《伪满洲国》里的元宵灯节、

① 迟子建：《珍珠》，载《白雪乌鸦》，第257页。

② ［美］浦安迪：《明代小说四大奇书》，沈亨寿译，生活·读书·新知三联书店，2006年，第65页。

《群山之巅》里的旧货节、《越过云层的晴朗》里的月亮节、《白雪乌鸦》里的小年祭祀灶神、《树下》里的革命文艺演出、《晨钟响彻黄昏》里的白马桥杀羊表演，这些节日或仪式的高密度叙写也都给读者留下了深刻印象。值得注意的是，迟子建长篇小说系列中的死亡场景叙事出现得十分频繁，她的长篇发轫之作《树下》正是以死亡场景叙事开其端，女主人公李七斗参加母亲葬礼之后的所有日常生活叙事都被笼罩在死亡叙事的阴影中。而在《晨钟响彻黄昏》中，与宋加文的爱欲书写形成鲜明对照的就是他的学生刘天园和儿子宋飞扬的死亡书写，这两个人的死亡书写并非情节化的速度叙事，而是高密度的日常生活空间叙事。即使在儿童小说《热鸟》中，作者依旧给予死亡场景叙事以巨大篇幅，让赵雷在高密度的死亡叙事中身临其境，助其成长。至于《伪满洲国》和《额尔古纳河右岸》中的死亡场景叙事就更多，不过相对而言，前者中的死亡场景叙事偏重于历史表达，而后者中的死亡叙事偏重于文化渲染。《白雪乌鸦》更是一部死亡之书，当然它也是一部超越死亡的大书，在这方面它与《额尔古纳河右岸》异曲同工，一起体现了迟子建痴迷于高密度死亡叙事并借此超越传统死亡叙事的现代艺术诉求。

除了高密度的日常生活叙事，迟子建长篇小说中的海洋型生态共同体在人物群像结构上同样具备多元密集特点。如果借用法国人德勒兹的说法，迟子建海洋型长篇小说文本中的多元人物组合结构其实主要是“块茎”结构而不是“树状”结构①，前者是一种多中心的或反中心的文本结构，这与后者的中心主义文本结构性质有着根本差异。具体到迟子建的长篇小说创作，一体化的多元块茎文本结构是其一贯的文体追求。就其去时间的空间化长篇小说来说，它们就十分典型地体现了多元人物一体化块茎文本结构的艺术魅力。比如《白雪乌鸦》中人物众多，他们都生存在一场鼠疫笼罩

① 凯尔纳·贝斯特：《后现代理论——批判性的质疑》，张志斌译，中央编译出版社，1999 年，第 128 页。

下的哈尔滨城中，此时由多元城区构成的哈尔滨就如同一个巨大的艺术块茎，其上生长着不同国籍、不同肤色、不同职业、不同年龄、不同性别的各类人物，他们在瘟疫中生存或者死去，他们在块茎文本结构中没有谁是唯一的中心人物，而是在共时态的空间结构中平等地聚集为一体，展示了高密度的人物群像艺术。与去时间的空间化长篇小说相比，迟子建将时间予以空间化的长篇小说在多元人物密集结构上表现得更加复杂。从她早期的这类长篇小说《树下》《热鸟》《越过云层的晴朗》到经典作品《额尔古纳河右岸》的诞生，表明迟子建在长篇块茎文本结构上的艺术探索不断走向成熟。《额尔古纳河右岸》中的“我”就如同一个引子，在一天的回忆中就牵引出了百年的历史人物群落，这里有我的母亲达玛拉，我的父亲林克，我的伯父尼都萨满，我的姑姑依芙林，我的姑父坤德，我的堂伯父伊万，我的堂伯母娜杰什卡，我的姐姐列娜，我的两任丈夫拉吉达和瓦罗加，我的弟弟鲁尼，我的弟媳妮浩，我的堂姐妹吉兰特、娜拉，我的表弟金得，我的表弟媳杰芙琳娜，我的儿子维克特、安道尔，我的女儿达吉雅娜，我的女婿索长林，我的侄子果格力、耶尔尼斯涅、玛克辛姆，侄女交库托坎、贝尔娜，我的儿媳柳莎、瓦霞，我的孙子九月、安草儿，我的孙媳林金橘、优莲，我的外甥女依莲娜、索玛，如此这般一连串的亲属人物纷至沓来。正是通过如此密集的人物关系的构建与重组，《额尔古纳河右岸》中的所有人物形成了一串葡萄状的人物结构图。但葡萄状结构不同于树状结构，后者有显在的主干情节和中心人物，而前者完全是多中心、多层次的立体颗粒状貌。这是一种共存共荣的民主型文本结构，因为每一颗葡萄就相当于一个独立的生命个体，这不同于树枝与树干的依附性或从属性关系，那是一种专制型文本结构，人物之间存在权力隶属关系。可见葡萄状结构尽管在外在形状上与块茎结构不同，但本质上相通。

迟子建长篇小说中海洋型生态共同体在风景话语上也体现了高密度特征。迟子建向来热衷于小说中的风景描写，但这不是一般意义上作为人物活动环境的外在描写，而是让风景作为与人物并列存在的生命体出现，以此打破传统的人物中心主义文本结构，展示海洋型生态共同体中生物的多样性与异质性，可谓“万类霜天竞自由”。正如迟子建自己所言：“童年围绕我的，除了那些可爱的植物，还有亲人和动物。请原谅我把他们并列放在一起来谈。因为在我看来，他们都是我的朋友。”① 迟子建的这种众生平等的思想观念，与中国传统文化有关，比如她相信“佛家认为万事万物皆有灵性”② 很有道理，此外庄子的齐物论思想和儒家的天人合一思想也不能忽视。正是这种东方文化和思维方式与现代西方兴起的生态主义不谋而合，共同促成了迟子建海洋型长篇小说中的新生物观，即注重万物生灵的多样性、差异性与平等性，由此形成了她笔下高密度的生物书写。植物书写自不必多说，至于《树下》中的马、《晨钟响彻黄昏》中的猫、《热鸟》中的鸟、《越过云层的晴朗》中的狗，《白雪乌鸦》中的乌鸦、《群山之巅》中的斗羊、《额尔古纳河右岸》中的驯鹿，这些动物书写都成了作品不可或缺的组成部分。这些动物在作品中与人类展开对话，甚至填补了人类世界中的诸多缺憾。至于静物书写，此时的迟子建如同画家，尤其是那种高度写实的西方油画家一般让静物复活，让万物生长。迟子建曾在两次参观俄罗斯当代油画展之后写道：“透过这些静物，我们能看到生养了它们的土地、森林、河流、房屋、果园、炉台等人间景致。当然，还能看到烘托了这一切的天上圣景：如火的晚霞、洁白的云朵、蛇一样飞舞的雷电以及星光灿烂的银河。”③ 这说的虽是俄罗斯油画，其实也道出了迟子建自己的小说风景秘诀。但在日常静物中，迟子建还特别迷恋旧器物。她认为“每一件器物，都在昭示着一个长长的故事。只不过这故事的大幕低垂，等着人用手把它撩起。我们撩起幕布的方式有很多种，而我钟情的只是其中的一种：

① 迟子建：《我的梦开始的地方》，载《迟子建散文》，浙江文艺出版社，2009 年，第 210 页。

② 迟子建：《一条狗的涅槃》，载《越过云层的晴朗》，第 330 页。

③ 迟子建：《俄罗斯：泥泞中的春天》，载《迟子建散文》，第 204—205 页。

那就是用手中的笔”①。所以迟子建笔下的旧器物都是有灵性的艺术生命体。如《伪满洲国》中的铜镜、《树下》中的骨雕美人与梳妆匣、《晨钟响彻黄昏》中的老房子和天国钟声、《额尔古纳河右岸》中的镜子与鹿皮口袋、《白雪乌鸦》中的烧锅酒和泥塑命根子、《群山之巅》中的斩马刀和旧货节，这些旧器物叙事隐隐地散发着神秘的生命幽光，共同丰富了迟子建笔下的风景世界。

三

从根本上说，迟子建的海洋型长篇小说文体美学是一种空间诗学。这不仅表现为她的长篇小说创作一直在致力于小说时空体的空间化建构，其目的是追求海洋型空间诗学的宽广度，而且还表现为她一直在致力于海洋型生态叙事和生态共同体的建构，其目的是追求海洋型空间诗学的密集度。更重要的在于，为了追求海洋型空间诗学的深度和厚度，迟子建的长篇小说创作还一直在有意无意地致力于文学空间上的异托邦建构，而在她的异托邦建构中又往往隐含着乌托邦冲动。按照法国思想家福柯的说法，异托邦是一种真实的“另类”空间，而乌托邦是一种虚构的“完美”空间②。其实与人类的日常或常规生活空间相比，“完美”的乌托邦与“另类”的异托邦都属于非常态的空间，二者之间并非二元对立关系。乌托邦的反面是反乌托邦，前者一切皆好，后者一切皆坏，而异托邦超越了好坏二元对立价值判断，其存在的本质是独特性与差异性。有时候乌托邦会以异托邦的形象出现并被误认为是异托邦，反过来亦然，异托邦被当作乌托邦来指认也是常有的事。福柯醉心于解剖异托邦的形成机制与内在奥秘，他不仅揭

① 迟子建：《农事博览会》，载《年画与蟋蟀：迟子建散文》，浙江文艺出版社，2014年，第126页。

② 米歇尔·福柯：《另类空间》，王喆译，《世界哲学》2006年第6期。

示了殖民地、监狱、医院、学校、养老院等乌托邦的异托邦本质，而且阐明了博物馆、图书馆、电影院、妓院、车厢、花园、旅馆、轮船、飞机等日常生活空间的异托邦本质。在福柯看来，这些不同类型的异托邦其实隐含了人类被规训的心理焦虑和逃离常规秩序的冲动。如果说在传统社会里，乌托邦更易受到大众与作家的追逐，那么进入现代社会后，随着种种反乌托邦的叙事作品层出不穷，异托邦的叙事冲动也已被全面唤醒。迟子建的长篇小说创作一直表现出对异托邦或另类空间的迷恋，在她的笔下既有对中国现代化进程中出现的各类异托邦的还原与审视，也有对中国本土民间异托邦的挖掘与凭吊，其中隐含了迟子建个人强烈的异托邦叙事情结。但与此同时，迟子建毕竟是一个充满了理想与温情的作家，在她的异托邦叙事中常常笼罩着乌托邦色彩。

实际上，在迟子建空间化的长篇小说创作中一直潜藏着作家强烈的心理焦虑。这种焦虑的外在表现是作家对异托邦与乌托邦双重叙事的不懈追寻，而其内在本质则展示了现代人在另类空间中的存在性不安与潜在逃离冲动，以及在这种不安与冲动中安妥灵魂、构筑家园的理想诉求。显然，这种双重叙事的存在证实了迟子建海洋型长篇小说的精神深度。纵观从《树下》到《群山之巅》，迟子建的空间性存在焦虑始终若隐若现，而缓解焦虑的理想诉求始终如影相随，这就构成了她在长篇小说创作中始终致力于异托邦与乌托邦双重叙事的心理原动力。在迟子建既有的长篇小说中，首先出现的是串联型异托邦与乌托邦双重叙事结构。比如《树下》，这部长篇由五个异托邦与乌托邦双重叙事空间串联而成，即惠集小镇、斯洛古小镇、白卡鲁山下的木屋、白轮船和农场。之所以说这是五个异托邦与乌托邦双重叙事空间，是因为它们一方面被死亡和恐惧的阴影所笼罩，与一般所谓正常社会空间大相径庭，另一方面又散发出人性的理想与温情。比如，惠集小镇留下了令“我”恐怖的青少年记忆，家不再是提供空间保护的乌托邦，而意味着坟墓与死亡，但“我”始终又渴望回家，渴望回到习惯性的安全空间中。而山下的木屋也属于双重空间范畴。作为一个幽闭的空间，“我”仿佛置身于爱斯基摩人的原始浪漫空间中自我放逐。“我”曾以为白轮船就像艾特玛托夫描绘的乌托邦，而等“我”成为白轮船服务员才明白，这个看似浪漫的乌托邦中上演着隐秘而疯癫的人生传奇。农场世界是又一个双重空间，一方面展示了“我”看似浪漫温馨的农场诗意生活，另一方面揭示了婆婆吸毒和丈夫在深山中种植毒品的诡异生活真相，这种异托邦与乌托邦双重叙事让农场空间倍显奇崛与孤绝。不仅如此，作者还让马的意象将这五个生活空间贯穿起来组成一个整体的异托邦与乌托邦双重叙事空间。其中红马代表死亡，白马代表自由；每个人的死亡都让“我”眼前出现红马拖棺材上山埋葬的幻象，而鄂伦春人马队的消失和白马青年的死亡则指向了自由的幻灭，这意味着小说中的乌托邦念想在消散，只剩下孤冷空寂的异托邦。至于《越过云层的晴朗》，这部长篇中的生活空间主要有丛林、招待所、伐木人家、葵花院、大烟坡、青瓦酒馆，它们都被一条狗所贯穿起来，并且在狗的视野中呈现出不同的双重空间特质。“我”是一条狗，最初被黄姓主人带进了丛林中协助进行森林勘探。“我”的眼中永远只有黑白两种颜色，人世间所有的五颜六色和缤纷世界在“我”这里都能一览无余，“我”的眼力总能抵达生活的真相。因此“我”所看到的丛林既是浪漫式的自然空间，也是被人类所异化的异度空间。尤其是梅主人的葵花院是一个相当神秘的空间，一直独身的梅红依靠给人借腹生子度日，但她替人生子是有选泽性的，是有精神底线的，她最终的死亡既有生命的荒诞意味，也有人性的尊严与人格的孤高。这个堪称异类的女人和她独居的葵花院子确实是一个令读者无法忘却的异托邦，但也是另一种意义上的最后的精神堡垒与捍卫生命理想的乌托邦。

继串联型异托邦与乌托邦双重叙事结构出现之后，迟子建的长篇小说创作中又出现了拼贴型的异托邦与乌托邦双重叙事结构。与串联型双重叙事的时间维度空间化策略不同，迟子建笔下的拼贴型双重叙事摒弃了时间维度，径直采用了空间分解与组合方法。这种拼贴结构首次出现在《晨钟响彻黄昏》中，这是迟子建的第二部长篇小说，也是她首次在长篇小说创作中直面当时中国社会现实困境。这部作品中出现了一系列的特殊生活空间，比如失态的校园、精神病院、贫民窟、出租屋、同居房、小酒馆以及诡异的审判庭，正是通过对这些城市另类空间中的异人异事的讲述，作者完成了她的异托邦与乌托邦双重叙事构想。如自杀未遂的刘天园毕业后住进了出租屋，她在那里发现了太多城市空间隐秘，而且还被隔壁屋内洋博士所强暴。可见城市里的出租屋就是典型的另类生活空间。被强暴后的刘天园再一次自杀未遂，她成了一个失忆症患者，住进了精神病院。而在精神病院这个异托邦中，她又被一个心理变态的医生再次强暴，诡异的是被强暴后的刘天园居然恢复了记忆，她在神志清醒后终于自杀成功。这样的精神病院无疑是一个现代城市黑暗空间，它击碎了人们对医院的乌托邦想象。但问题的另一方面在于，作品中还同时讲述了刘天园的大学老师、报社同事、青年医生对她的关爱与呵护，这证明人性未灭、良知永存，由此给精神病院这个异托邦平添了乌托邦性质的生命底色。总之这部作品由多个城市异托邦与乌托邦双重叙事板块拼贴整合而成，而遥远的塞外天国钟声从清晨响彻黄昏，也响彻了整个城市双重叙事空间。在《群山之巅》中，以龙盏镇为中心的“群山之巅”，这个奇特的异托邦与乌托邦双重叙事空间在作品中被分解为众多小型另类空间。小说中最先出现的是屠夫辛七杂的家和屠宰棚，他家的厅堂中居然悬挂着斩马刀。如果没有刀放在身边，屠夫就睡不踏实。安雪儿以打造墓碑为职业，她长期独居在石牌坊与墓碑为伍，石牌坊就是一个类似于墓地的异托邦。安平的工作常常是在法场枪毙犯人，他的情人李素贞在殡仪馆做理容师，他们的两双手都习惯于与死亡打交道，法场与殡仪馆显然是两个息息相通的异托邦。青山小木屋其实是唐眉用来自我监禁的一座监狱，每天面对陈媛意味着她的自我惩罚永无终结。如此青山小木屋显然不是诗意栖居地，而是十足的异托邦。安雪儿最终生下了死刑犯辛欣来的遗腹子，她庆幸孩子爸的一颗肾还活在人间，为此她到土地祠去祷告，但等待她的却是再一次的被强暴。神圣的土地祠就这样沦为世俗的异托邦，而“群山之巅”的异托邦性质就此显露无遗。但我们同时也不能忽视“群山之巅”的乌托邦性质，小说中辛七杂与金素袖的爱情、安平与李素贞的爱情，甚至包括安雪儿对辛欣来的复杂情感，还有唐眉对陈媛的复杂情感，无不展示了异托邦叙事中的乌托邦情怀。

同样是拼贴型的异托邦与乌托邦双重叙事，《伪满洲国》不是现实题材而是历史题材作品。日本对中国东三省长达 14 年的殖民统治在迟子建的这部长篇巨著中得以全景式地敞开。按照福柯的观点，“在地球空间的全面安排方面，殖民地起了异托邦的作用”①。但他以欧洲人在北美洲创立清教徒社会为例来赞美殖民地异托邦的历史功绩，这种欧洲中心主义思维却是值得警醒的。至于被日寇的殖民阴影所笼罩的伪满洲国，绝不是殖民主义者所宣扬的大东亚共荣圈乌托邦，而是人间地狱一般的另类空间异托邦。在迟子建笔下的伪满洲国超级异托邦中，存在着无数的小型异托邦。比如溥仪的伪满皇宫完全被日军所掌控，不仅政治决策毫无主权，连私人生活都被日军监视。溥仪的性无能、皇后婉容与宫人通奸被废后疯癫、祥贵人谭玉玲被日军毒害，如此身不由己的皇宫显然不再是世人眼中的神圣乌托邦，而是不折不扣的变态异托邦。小说中还花大量篇幅写到日寇在东三省强令推行的殖民统治政策给普通民众所带来的痛苦和屈辱，而这些殖民统治政策往往与一个个的小型殖民异托邦的构筑有关。比如“移民开拓团”，日军在这里将老婆和粮食一样实行配给制，逼迫中国女性嫁给所谓日本移民，由此导致了张秀花和张丽华的婚姻悲剧。又如日军实行“归屯并户”政策建立所谓集团部落，其实就是“人圈”，把中国农民强制圈养起来，还统一发放“协和服”便于奴役。又如劳工棚，日军将王金堂、祝兴运这样的中

① 米歇尔·福柯：《另类空间》，王喆译，《世界哲学》2006 年第 6 期。

国城市平民随意劫走做苦力，待工程完毕就卸磨杀驴，祝兴运等一批中国劳工被残忍地集体射杀在猛虎谷。此外还有“关东军防疫给水部”和“七三一细菌试验部队”，南次郎和栗原君等日寇打着科学的幌子在这类耸人听闻的异托邦中拿中国人做人体细菌实验品，他们肢解了泥人邱，强暴了马路大，杀害了王亭业。小说中还写到慰安船与所谓的“日满亲善”，写到了羽田带领慰安妇组团进入北满边境，而中日朝三国妓院在殖民战争中的畸形繁荣也折射了殖民地异托邦的变态本质。但迟子建并不想把这作品写成单纯的对日本军国主义者的控诉状和声讨书，因为她在这部长篇力作中还花费了大量的笔墨来书写殖民地异托邦中普通小人物的生命理想与人性尊严，甚至包括超越了狭隘民族主义的人类命运共同体的情感书写，比如小说中重点写到了日本殖民统治下日本下层民众被裹挟的悲惨命运，还有东北亚地区下层的朝鲜人的悲苦命运，其中无不隐含了迟子建博大的人性悲悯情怀。这意味着伪满洲国作为殖民地异托邦的背后依然存在着乌托邦生命理想。至于《白雪乌鸦》的双重叙事特点同样可作如是观。这部作品中构筑的清末哈尔滨显然并非一个常态化的城市，而是直接呈现了迟子建对故乡这座城市的黑色异托邦想象。贯穿全篇的“白雪乌鸦”意象，昭示着黑白两色统驭着百年前的那座中国北方边地城市。在老哈尔滨异托邦的死亡叙事中，作者又精心地提炼出了各具特色的小型异托邦，如客栈、粮栈、鞋店、妓院、马车、酒坊、衙门、钟表店、闷罐车厢、坟场、教堂等。总医官伍连德最后终于发现坟场是巨大传染源，乌鸦就是坟场异托邦的最后守灵人，他于是冒着极大风险向朝廷奏请集体焚尸，铲除坟场异托邦的幽灵。然而鼠疫并未就此终结，原来外国人控制的教堂是全城的防疫死角，伍连德不得不又宣布接管教堂并焚烧天主教徒的棺材和十字架，此时的教堂也已沦为黑色异托邦。但就在晚清哈尔滨的黑色异托邦的背后，同样潜伏着作家理想的乌托邦叙事冲动，无论是以总医官伍连德为代表的社会上层人士（包括官僚和知识精英分子），还是小说中以集体群像出现的无数下层民众，作者对他们的历史命运讲述中始终渗透着无边的同情与悲悯，甚至直接讲述他们互相扶持与共渡难关的历史往事，这就使《白雪乌鸦》的冷色调叙事变得温暖和神圣起来。

无论是拼贴型还是串联型，都属于组合体的异托邦与乌托邦双重叙事结构。但迟子建长篇小说系列中还存在着单体的异托邦与乌托邦双重叙事结构，这就是《额尔古纳河右岸》。小说中几乎所有人物都主要活动于“额尔古纳河右岸”这个神秘的边地民族另类空间中，他们的游牧生活部落叫“乌力楞”，他们的房屋都是像伞一样的“希愣柱”，他们在森林中迷路可以临时借住于有物品储藏的“靠老宝”。这里的边地民族有着独特而奇异的空间生活形态，比如崇拜熊图腾、敬供玛鲁神、放养驯鹿、跳大神、风葬、野合、打猎等，由此构筑了一个神奇的北中国边地异托邦。这里并非单纯的平静安康的世外桃源，其中也隐含了瘟疫与饥荒、爱欲与死亡，乃至人性的变异与荒诞。小说中讲到尼都萨满与达玛拉的爱情痛苦，忧郁的达玛拉狂笑着冲进电闪雷鸣的森林里去寻死，而日益老迈的尼都萨满最终也在跳神舞蹈中忧郁地死去。坤德和依芙琳是小说中写到的另一对因为爱而受苦的人。这对夫妻在长年的暴力与冷漠中日渐沉默，直至化成两块对望着的风化岩石。至于玛利亚一直在虐待杰芙琳娜，她的逼迫导致杰芙琳娜从山上滚下来流产。但同样是流产，杰芙琳娜是出于对丈夫的爱，而依芙琳是出于对丈夫的恨。依芙琳和玛利亚的仇恨是盘旋在额尔古纳河右岸上空的两团阴云。但小说中也重点写到了萨满妮浩的博爱情怀，为了保全别人的生命，她多次受邀跳神，而且每一次救人成功的代价，都是自己的亲生孩子的死亡。这虽然让妮浩心力交瘁，但她必须在绝望中担当起萨满神教的边地民族使命。这就是绝望中的希望、痛苦中的涅槃、卑微中的崇高。妮浩最后确实是在唱着神歌中死去的，但她的死亡不是终结而是新生，整个作品因此而充满了她那个民族悲壮的生命亮色。事实上，妮浩之死是一个双重寓言，它既暗示了小说中那个神奇边地民族异托邦的最终解体，同时也意味着在神奇异托邦的最终解体中重新升腾起了乌托邦曙光。在这个意义上，《额尔古纳河右岸》是一部异托邦与乌托邦相交织的双重命运之书。毫无疑问，正是异托邦与乌托邦的双重深度建构提升了《额尔古纳河右岸》的精神境界。唯其有了异托邦与乌托邦双重叙事的深度开掘，迟子建的海洋型长篇小说创作才不至于沦为片面追求宽度与密度的平面化日常生活叙事。反过来说，唯其有了海洋型叙事文体对于宽度和密度的要求，迟子建长篇小说创作中的异托邦与乌托邦双重叙事才不至于陷入狭隘化和极端化的现代派叙事泥淖。正是建立在日常生活叙事的宽广度和密集度的基础上，迟子建的异托邦与乌托邦双重叙事才能呈现出海洋般的气魄与胸襟。

第15章　苏童：边缘叙事与艺术突围

说到当代文学中的“边缘叙事”，苏童无疑是这个话题的一个最合适的主人公。我想借这个话题粗略地考察一下苏童的边缘叙事在中国当代小说边缘叙事流变过程中所处的位置，这对于苏童小说创作已经取得的成就和未来的走向都是很有意义的。什么叫“边缘”，什么叫“边缘叙事”，真正意义上的“边缘”和“边缘叙事”真的很难定义，我们只能在相对的意义上说出自己的理解。我的理解有两个层面：第一个层面，所谓“边缘叙事”，它首先是一种话语姿态，就是当我们在看待事物的时候采取怎样的一种视角，它是相对而言的，是与当时你所置身的时代的主流话语姿态相对而言的。是平视还是俯视，是正面观照还是侧面观照，是精英叙事还是民间叙事，这都是相对而言的。所以，作为一种话语姿态的边缘叙事，它也是一种与叙事视角有关的“文本视觉学”，里面隐含着一双看不见的权力的眼睛，或者对权力的眼睛的反抗。

落实到中国当代文学里面，从“十七年文学”到20世纪80年代的文学、90年代的文学，再到21世纪以来的文学，我发现“边缘叙事”作为一种话语姿态，是不同时代的中国作家面对历史或者现实书写的时候，他们所选择采取的一种特定的叙事视角，这种选择的不同是与不同时代的历史语境密切相关的，因为当代中国的社会政治历史文化语境也在不断地发生着剧烈或者微妙的变化。但无论他们之间有着怎样的不同，我发现几乎所有采用“边缘叙事”的作家都有一些共性，比如他们往往是从侧面来观照历史、透视现实的，而采用主流叙事的作家则更多的是从正面展开宏大叙事的姿态。采用“主流叙事”的中国革命作家在新中国成立以来更多的是采用一种全知全能的、上帝型的叙述，采用那种君临读者之上的“大我化”叙事，而“边缘作家”“边缘叙事”更多的采用的是“小我化”的、限知型的叙事，比如他们往往采用“童年”视角、“少年”视角，或者时代的“多余人”、边缘人视角，而且更习惯于从第一人称“我”的角度，从一个时代的侧面的、小的视角来看待历史或者现实生活。这在孙犁的小说、茹志鹃的小说，乃至赵树理和周立波的部分小说叙事中体现得很明显。他们不从英雄人物视角出发，不从大人物视角出发，不从中心人物视角出发，而是从小人物视角出发，这样的边缘叙事显然与当时流行的“红色经典”作品惯用的中心英雄人物叙事视角是有差异的，这也是孙犁和茹志鹃不同于柳青和梁斌的小说叙事策略的地方，也是赵树理和周立波在一定程度上区别于柳青和梁斌的地方。“三红一创”和“青山保林”之所以成为中国革命文学史上公认的主流革命叙事典范作品，就是因为他们所集体择定的主流叙事话语姿态，而孙犁则成了革命文学秩序中的“多余人”，赵树理也成了革命文学秩序中的尴尬存在，既被许可为革命文学的方向和样板，也因为政治局觉悟不高而遭到边缘化。至于周立波，他晚年关于湖南山乡清新小品般的叙事，也是与当年的《暴风骤雨》主流革命叙事话语姿态有区别的，这一点我们不能不注意到。同一个革命作家，他的创作也有可能在不同时段采取不同的话语姿态。这是第一点，边缘叙事是一种话语姿态，一种叙事视角。

第二点，“边缘叙事”从内容方面讲是指一种话语形态。话语形态与话语姿态密切相关，一定的话语姿态决定了特定的话语形态，这有点类似于我们有时候所讲的不是内容决定形式，而是形式决定内容，特定的内容成了特定的形式的产物，特定的话语形态成了特定的话语姿态的制造物。所以边缘叙事话语形态的生成，与作家择定的边缘叙述话语姿态密不可分。大家都知道，“边缘叙事”相对的就是“主流叙事”。“主流叙事”主要偏重于宏大叙事，它面对着历史或者现实生活中的“重大事件”说话，有一段时间我们习惯于说“重大题材”或者“题材决定论”，而“边缘叙事”作为一种话语形态，它更多的是一种“日常生活叙事”。用法国人利奥塔在《后现代状况》里的话来说，主流叙事往往是一种“大叙事”，或者叫“宏大叙事”“宏伟叙事”，边缘叙事就是一种“小叙事”，前者往往正面地、直接地针对历史或者现实生活中的重大问题或者重大事件展开叙事，而后者往往习惯于侧面地、间接地对一个大时代表达作家的一种个人化思索，这是利奥塔关于“大叙事”“小叙事”的说法。基本上可以这样说，作为一种话语形态，主流叙事往往是关于国家、民族、宗教、历史、政治、军事等宏大事件的艺术证词，即主流意识形态的合法化表达，而边缘叙事往往是对日常生活形态的艺术微观察，此时的作家习惯于从人性的微妙和深广之处着眼，对有关宏大事件和宏大叙事予以暗中消解，此时的小叙事构成了大叙事的反动。它是一个人的叙事，而不是一群人的叙事，是个人化的叙事而不是集体化的叙事，是“我”的叙事而不是“我们”的叙事，是“小我”的叙事而不是“大我”的叙事。

以上是从中国当代文学叙事实践中所理解的关于“边缘叙事”的概念问题。接下来想通过一个简单的历史回溯来看一看苏童的小说创作，看他的“边缘叙事”在中国当代文学的叙事史上，或者说，在“边缘叙事”的历时态层面上处于一个什么样的位置，他的边缘叙事究竟做出了什么样的艺术贡献，所以我们还是要先回到当代文学的历史语境之中来。

中国当代文学的第一个历史阶段是所谓20世纪50—70年代，那是一个火红的革命年代，也可以被称为红色文学时代。1949年以后的革命年代的叙事主流肯定是一种宏大的革命叙事，这是公认的文学史事实，但在当时以“革命战争”和“合作化运动”为中心标志的一种宏大叙事进程中，确实也存在着一些“边缘”叙事，比较典型的比如孙犁、茹志鹃的小说。孙犁当年的创作更多的也是从一个相对而言的“小我”的视角出发，比如说《山地回忆》里以妞儿的视角回忆战争年代的一些人情故事，记忆中的妞儿明显是一个少女的形象。还有《荷花淀》《芦花荡》《琴与萧》等小说，不从男性英雄的视角出发而从家庭女性的视角出发，不从英雄人物出发而从烈士遗孤出发，不从大人视角出发而从小孩视角落墨，这都表明了孙犁有意选择了一条不同于同时代革命英雄叙事主流的边缘叙事姿态。当然，孙犁的小说也写到战争或合作化等重大事件，但他往往从侧面切入历史或者现实，所以作为一种边缘话语形态，他的小说内涵在当年的主流革命文学话语秩序中被定位为写出了“无产阶级的人性美”或“人情美”，这种模棱两可的表述之中本来就包含着革命话语和人性话语的一种折中或融合，其中折射了孙犁作为一个革命文学秩序中的边缘人或多余人对历史和现实的独特思考，这正是孙犁小说创作价值之所在！再如，当年的主流革命文坛对茹志鹃小说所做的“家务事、儿女情”的负面评价，在很大程度上也是道出了茹志鹃小说创作的“日常生活叙事”性质，它是小叙事而不是大叙事，是置身于宏大革命文学话语秩序中的一个中国女作家当年冲破主流叙事话语樊篱所付出的可贵的艺术努力。以《百合花》为代表的那批小说，作者往往从少年儿童的视角出发，从女性或者家庭女性的角度出发，写的也是革命政治年代里发生的家庭琐事或情感纠纷，这样的小叙事构成了对大叙事的艺术反拨，使后来者能够看到宏大年代里的微观世象。但无论如何，孙犁也好，茹志鹃也好，以及赵树理等在不同程度上有过边缘叙事行为的作家也好，他们无法完全超越自己所属的时代，他们置身于中国革命文学话语秩序之中，其身份首先是革命家，其次才是作家，首先是战士，其次才是诗人，这就注定了他们的边缘叙事是不彻底的，还只属于那种介于主流与边缘之间模糊话语地带的边缘写作，他们的边缘叙事的价值主要在于构成了对主流革命叙事的艺术补充而已。

中国当代文学的第二个历史阶段是20世纪80年代，有人称之为“新时期文学”，而把90年代的文学称为“后新时期文学”，这都是中国“后学”制造出来的文学史命名神话，当不得真的。这里我为了表述的客观起见，就采用了数字化的表达方式。我所理解的80年代文学中的“边缘叙事”，主要是以1985年前后为界，为文学史的参照界标。1985年以前的中国文坛，以“伤痕文学”、“反思文学”或者“改革文学”这种现实主义的文学形态为文学主流，它基本上延续了50—70年代文学的那种“宏大叙事”模式，只不过在政治立场、道德评价、价值判断方面发生了很大变化，而叙事形态上并没有太大的变化，基本上还是那种宏大的、集体的、公共化的叙事，人物和事件往往都被置于集体视野下进行叙述。只不过此时的集体不再是革命年代里的政治化的集体范畴，而演变成了所谓“新启蒙”年代里的知识精英化的集体范畴，不再简单地站在“工农兵”的集体范畴上叙事，而是转而回到“五四”，回到人性，回到国民性批判，从知识精英话语对历史和现实进行批判和反思。这当然是文学史的进步，但进步中仍旧遗留着过去年代割舍不下的精神脐带。而在1985年以后，以苏童、余华、格非他们为代表“先锋作家”的崛起，他们的小说叙事策略实际上就是对以“伤痕”“反思”“改革”所代表的现实主义文学主潮的一种有力的艺术颠覆。先锋小说家后来不断演化，有些人成了所谓“新历史小说”或者“新写实小说”的代表，包括苏童也是如此。但我们要注意到，90年代大举繁荣的“新写实小说”或者“新历史小说”实际上都发源于1985年后的“先锋小说”，它们的艺术种子都在80年代后期就埋植下来了。

我们可以简单地做一下比较：20世纪50—70年代的“边缘叙事”和当时的主流“革命叙事”之间是一种什么关系呢？我觉得是一种补偿、弥补的关系。相对而言，80年代的“边缘叙事”对“主流叙事”主要是一种直接的对抗，二者之间属于颠覆性的关系。尽管苏童，包括其他的“先锋作家”像格非、余华他们也许不一定完全认可这种看法，但是对于当时的评论家和后来者、历史的追认者来说，我们确实看到两者叙事之间的对抗，发现了一种颠覆性的东西。这是一种现代主义乃至于后现代性质的叙事方式对传统的现实主义叙事模式的艺术反叛，也是建立在存在论基础上的“后人道主义”话语体系对建立在抽象人性论基础上的传统人道主义话语体系的思想反叛。“小写的人”从此代替了“大写的人”，“小我”真正实现了对“大我”的集体叛逃，自由的叙述游戏颠覆了一切固有的叙述成规，边缘开始逾越了主流的樊篱，这是一个文学大变革时代的必然产物。而苏童在此前后创作的“妇女生活”系列、“枫杨树”系列等作品，有人说是“先锋小说”，有人说是“新历史小说”，有人说是“新写实小说”，这些说法都没有错，都有一定的道理，但我觉得苏童的这一个又一个系列的小说，其共性在于惯常使用一种日常生活形态的边缘叙事，从内容到形式上均构成了对 1985 年之前中国当代现实主义小说叙事模式的一种颠覆，一种解构。从话语姿态上来说，苏童的小说惯常采用少年儿童叙事视角，惯常采用第一人称“我”或第三人称“小我”而不是“我们”的视角，惯常从侧面透视大时代的微世象，他对宏大年代里的日常生活的精细描摹或者诗意表达，已经形成了他个人独具魅力的小说美学风范。从话语形态上讲，苏童的小说意蕴是现代存在论的而主要不是启蒙论的，不是传统的人性论的，所以他的小说主要不是用来批判的，而是用来表达悲悯的，对我们民族的生存处境、对全人类的生命困境，苏童的小说中凝聚着中国式的存在哲学与虚无精神。以上这两点，恰恰是苏童小说边缘化叙事的价值之所在。

中国当代文学的第三个历史阶段是市场经济以来的 20 世纪 90 年代。印象中这个时期“边缘叙事”被谈得非常之多，后来又产生了很多概念，比如“个人化叙事”，再如往前进一步极端化发展的“私人化叙事”，陈染、林白等中国女权作家成了那个年代的边缘叙事代表人物。她们必须面对 90

年代中国文坛三重主流叙事的夹击或挤压：一个是以文学时尚形态出现的“商业化叙事”，再一个就是与之直接对垒的反商业化、反世俗化的知识分子“精英化叙事”，还有一个就是与官方意识形态密切关联的政治化“主旋律叙事”，比如大批量的“反腐文学”的集中出现就是很好的例子。这是关于90年代中国文坛一般习惯上说的“三分天下”格局。知识分子精英化叙事的代表是张承志、张炜、韩少功、史铁生等人，商业化叙事以王朔等人为代表，包括池莉此时也转向了商业化叙事，甚至像王蒙和铁凝这样的重量级作家也涉足过商业化叙事，他们都有长篇小说加入过90年代名噪一时的“布老虎丛书”，王蒙的那部长篇走的是通俗侦探小说的路子，而铁凝的《无雨之城》则走的是言情小说路径，两部作品都不成功，甚至可以说基本上属于失败之作。回过头看，当年的《无雨之城》欲望化叙事的浓重印痕还严重地伤害了铁凝小说的格调和精神。政治化的主旋律叙事的代表有陆天明、周梅森、张平等人。然而，就是在这种复杂而尖锐的三重主流叙事潮流的夹缝中，依旧存在着顽强而坚韧的边缘化叙事。而且这个时期处于逆境或困境中的边缘化叙事也呈现出了多元复杂的形态，其中取得了格外突出的文学史地位的是陈染、林白等为代表的“私人化叙事”，其次是以韩东、朱文等为代表的所谓“个人化叙事”，这股高度欲望化的边缘叙事潮流在当时可谓风起云涌，一时无匹，但很快便时过境迁、风流云散了。再次才是以余华、苏童、格非等为代表的“先锋作家”的艺术转向。毫无疑问，苏童们在90年代的文学场域中十分尴尬，除了三种主流叙事文学形态风起云涌之外，还加上“个人化写作”和“私人化写作”的各领风骚，以苏童等为代表的昔日先锋作家体会到了“边缘中的边缘”的尴尬境遇。他们从中国文坛的中心开始逐步边缘化，由80年代后期到90年代初期他们所构筑的文坛先锋位置逐步沦陷、丧失，他们面临着痛苦的叙事转型外问题。这是他们当时必须面对的一个难题，所以格非在那个时期写过一部长篇小说，名字就叫作《边缘》。

过去的风光不再，“先锋作家”在 20 世纪 90 年代文坛格局中遭遇到了各种主流叙事或者其他边缘叙事形态的强劲挑战，何去何从，生存还是毁灭，这是一个类似哈姆雷特的写作困境。由于陈染、林白等为代表的“私人化叙事”和韩东、朱文等为代表的“个人化叙事”已经占领了 90 年代文坛的边缘叙事鳌头，成了当时文坛边缘叙事的焦点和中心，苏童等确实感受到了既来自主流也来自边缘的挤压，可谓既要面对“敌人”的挑战，也要防止来自同一个大阵营的后劲的威胁或挤压，前有拦截，后有追兵，这就是 90 年代“先锋作家”所面临的写作困境。在困境中如何突围？是选择转向主旋律化叙事吗？这是苏童等所不屑做的文学选择。主旋律化叙事属于政治化的宏大叙事，属于“超我”的叙事，它是反个人、反个体的写作，这与苏童等的创作初衷格格不入。那么，能否转向知识分子的精英化叙事呢？这也是一条苏童等很警惕的叙事选择。前面说过，苏童这一代先锋作家一开始就信奉的是有别于现代启蒙论的存在论话语体系，虽然启蒙论和存在论一样都属于“自我”的叙事，但信仰启蒙论的作家心中有个精神贵族式的自我，比如张承志和张炜都是如此，而信仰存在论的作家心中蛰伏着一个分裂、卑微、荒谬、绝望的自我，这种绝望的自我与自我的绝望构成了苏童等与当代中国知识分子精英化叙事的根本分歧，这是无法调和的精神矛盾。这也意味着苏童等不可能在市场经济环境下选择知识分子精英化叙事进行精英化的文化抵抗。同时，这还意味着苏童等也不可能选择“个人化写作”的那种欲望化叙事，因为朱文等人的欲望化叙事属于典型的“本我”的叙事，赤裸裸的欲望展览和将一个时代的精神溃败进行到底的写作诉求，这也与苏童等先锋作家的“自我”叙事之间存在着根本的分歧。苏童等是有“自我”的，尽管这个“自我”不同于“二张”的精英化“自我”，但也绝对不同于朱文们原欲化的“本我”，这是一种在分裂的时代里破碎不堪但依旧绝望地找寻的自我！在 90 年代的中国文坛，苏童这一代先锋作家在绝望地寻找，除了余华凭借着《活着》和《许三观卖血记》转型成功之外，苏童、格非、马原、洪峰们都在不同程度上被文坛边缘化了。毋庸讳言，进入 90 年代中后期，苏童的文坛影响力是趋于下降的，甚至很多人都在怀疑苏童是否已经江郎才尽了。

回过头看，苏童这一代先锋作家是很了不起的，他们艰难地熬过了那个夹缝重重的 20 世纪 90 年代，并且相继跨越了一道道文坛封锁线。当然，他们那一代中的极少数作家有这种坚韧的文学超越精神，大多数作家还是被时代浪淘沙了。正是因为他们少数人的坚持，他们在文坛上有那么一股“会当凌绝顶”的勇气，才成就了“60 后”作家在当今中国文坛的中坚地位。进入 21 世纪以来，余华继续稳步推进，《兄弟》不是失败之作，但不及《活着》和《许三观卖血记》是肯定的，这也说明余华的叙事个性不是很适宜那种鸿篇巨制，但他的这种新的艺术探求则是应该肯定的。我们应该允许更应该鼓励作家创新，但也要有宽容的心境看待作家探索中的失误乃至失败。而格非在经历了 90 年代的长期蛰伏以后，终于克服了浓重的叙事焦虑，在 21 世纪十年内陆续推出了堪称一部个人化的 20 世纪中国心灵史的“《人面桃花》三部曲”。那么，对于苏童来说，他该怎么办？从一个客观的立场来看，我觉得苏童这一时期“边缘叙事”面临的问题是怎么突破新世纪“主流叙事”的“封锁”。我认为新世纪以来的中国文学主流叙事走向了两个极端：一个极端是带有现实偏执主义的底层叙事，偏执于现实的一极；另一个极端就是偏执于历史虚无主义的网络穿越叙事。很多网络作家或时尚写手的写作根本就没有历史感，他们习惯于穿越，但往往根本就没有历史常识，很难回到历史的细节和情境之中，这实际上就是一种带有浓重虚无色彩的历史闹剧。“穿越”由此沦为了“穿帮”。与之相对应的现实偏执主义的底层叙事一极，过于夸张地渲染底层的苦难，甚至不惜编织各种血腥的仇富情节或野性的愚昧行为，以此来达到释放作家内心深处浓重的政治诉求或意识形态焦虑的目的。这样的一种主流化的底层叙事姿态，毫无疑问也是应该警惕和反思的。值得注意的是，当 90 年代的“私人化写作”和“个人化写作”两股边缘叙事浪潮在新世纪逐渐消退之后，它们也还是给 21 世纪的中国文坛留下了珍贵的艺术遗产，这就是进一步强化了中国当代文学中个人化乃至私人化的日常生活叙事的艺术力量。随着“个人化写作”和“私人化写作”的主力军逐步淡出文坛或者转向，个人化或私人化的日常生活叙事艺术法则却越来越深入人心，越来越受到更多中国作家的信奉，并且结出了越来越多的艺术花果。以“50 后”作家为例，当今中国文坛大手笔贾平凹和莫言都是个人化或私人化的日常生活叙事高手，贾平凹的《秦腔》和《古炉》，莫言的《生死疲劳》和《四十一炮》，都是新世纪中国文坛的长篇力作，但它们的共同点就在于我在这里反复提到的个人化或私人化的日常生活叙事魔力！王安忆其实早在 90 年代就是走的这种叙事路数，《长恨歌》的成功也就是个人化或私人化的日常生活叙事艺术的成功，可惜她后来新世纪的长篇小说系列却日渐途穷，笔力不逮了。倒是林白从“私人化写作”退出后，她的新世纪小说叙事艺术达到了一个新的境界。《妇女闲聊录》就是极好的证明。这同样是一部个人化或私人化的日常生活叙事艺术范本。

有了以上参照，再来看苏童的新世纪小说叙事艺术探索，很多问题就会明晰多了。很明显，苏童在新世纪之初其实是想大胆介入中国现实问题的，他在新世纪推出的第一部长篇小说《蛇为什么会飞》就是明证。《蛇》这部作品堪称世纪末中国城市的一部浮世绘，体现了很有点“历史癖”的苏童难得一见的强烈现实关怀，他在创作这部作品的世纪之交声明自己要向鲁迅先生学习，要追步陀思妥耶夫斯基的心灵审判精神，这无疑与他长期以来在读者心目中形成的那个偏于阴柔的艺术性格有着很大的出入，我甚至当年还期待过苏童将这种回归鲁迅的艺术转向进行到底。如今看来，《蛇》的创作并不是很成功，苏童在当时还无法在思想和艺术上同步完成世纪交替中的中国现实叙事。显然，新世纪文坛的现实底层叙事并不是苏童的艺术强项，也许这在一定程度上促成了他后来开始了“重述神话”的

《碧奴》的写作，据说这是一部“遵命文学”作品，是苏童接受英国一家出版社的出版项目而写的，但从内因来讲，重述神话，重述历史，重新讲述苏童个人想象中的孟姜女故事，这无疑也是苏童内心的一种艺术召唤，所以这部长篇还是极大地发挥了苏童想象历史的艺术激情。在很大程度上，我以为《蛇》的现实底层叙事太近了，不利于展示苏童的历史虚构能力，而《碧奴》的重述神话叙事太远了，也不利于展现苏童的历史虚构能力，只有讲述民国史和“革命中国史”（1949—1976）才是展示苏童历史虚构能力的最佳艺术舞台。于是我们看到，经过了从《蛇》到《碧奴》的坎坷叙事探索之后，苏童终于回到了他最擅长的历史虚构领地，而且这次的回归是一种强势的艺术回归，《河岸》的成功写作宣告了苏童的又一个艺术高峰的到来。《河岸》让苏童终于在一个更高的境界上找到了自己并把握住了自己，这部作品从一个少年的视角聚焦父子两代人的心灵史，明确地采用了个人化或私人化的日常生活视角进行深度的历史叙事，这正是我前面反复提到过的新世纪中国小说叙事艺术的成熟标志。这部作品还让我想到了福柯在《疯癫与文明》提到的“愚人船”。如果让我从“边缘”的意义和角度来理解《河岸》，那么我以为，以库东亮、库文轩他们父子为代表的水上生活，其实是一种边缘话语构成的社会秩序，而岸上的生活则是一种主流权威话语构成的社会秩序。这就如同学术会议主持人在岸上，而每一个会议发言人在水中一样，水深火热之中的边缘话语社会秩序显然是无法撼动主流权威话语社会秩序的。然而，小说中有个女主人公慧仙，她实际上就同时处于岸上和水中，在主流与边缘之间游移，一会儿被主流接纳，一会儿被主流放逐。库东亮的母亲其实拼命想被主流的、岸上的社会秩序所接纳，但是她所谋求的这种接纳到最后实际上是构成了她的一种非常荒谬的人生命运。这是从“主流”与“边缘”关系的角度对《河岸》所做的一种简略解读。

最后，特别地提到苏童的“鲁奖”作品《茨菰》。这个作品同样适合从

“边缘”与“主流”的角度来解读。小说从一个少年“我”的视角看到的一个叫作顾彩袖的农家女孩子的死亡。“我”的少年视角其实是一个民间视角，是一个不同于主流话语的边缘视角。彩袖是怎么死的？她的死亡叙事中其实隐含了作者对两种主流话语的反思。文本中以巩爱华为代表的非常激进的革命女知青，以及当地城市里的妇联工作者，她们所代表的革命话语对彩袖而言是一种革命的启蒙，希望她能反叛那种封建性的换亲，但是革命话语把彩袖唤醒了之后又没有能力去拯救她，甚至把她放置到了一个悲剧处境之中。当然，苏童在这部“鲁奖”作品中很高明的地方就是，他没有简单地对革命话语及其革命叙事进行反思，而是进一步对启蒙话语及其启蒙叙事也进行了反思。特别是我读到后面，仿佛真切地听到了彩袖的哥哥在城市里的香椿树街上的呐喊，真的很能震动人心。他似乎一心要把妹妹找回去，要把女主人公找回去，他感觉到了所有城里人对他的那种敌意，他们都拒绝他融入城市，都在用城市的、现代性的视野来看待他，其实是歧视和漠视他。在哥哥长寿这个人物身上，我看到了苏童对五四以来所谓的启蒙叙事的一种反思意识，因为启蒙话语及其启蒙叙事里面也有非常激进、非常残酷的一面。而小说的最后，姐姐、姑妈最后都将彩袖之死归结为神秘的命运使然，只有那个不动声色的神秘少年叙述人，他才真正地代表了作者冷静地谛视人间的边缘叙事立场。

第16章　格非：历史背反与叙事轮回

一

格非的江南三部曲终于全部面世了。这绝对是21世纪文学中的一个事件。在乱花迷眼的21世纪文坛，格非的长篇三部曲无疑不是那种注定属于明日黄花的作品，相反，它以其举重若轻的百年中国叙事，从清末民初一直写到新的世纪转折，隐喻了一个古老民族在寻求新生的过程中的世纪性孤独，轻灵中透出沉重，浪漫中散发出宿命的气息。对于格非来说，从《人面桃花》（2004）到《山河入梦》（2007），再到《春尽江南》（2011），这绝不仅仅是一次叙述的历险，更是一次漫长的精神苦旅。在将近十年的写作时间里，格非要经受住的是参透百年历史迷雾后的悲凉，准确地说，他要直面我们民族百年乌托邦冲动中背反与轮回的挣扎和洗礼。这是一种灵魂的煎熬，而作为煎熬的馈赠，则是参透历史悲凉后的平静，一如《春尽江南》附录的《睡莲》诗中所描述的那样："事物尚未命名，横暴尚未染指/化石般的寂静。"

在中外文学史和文化史上，乌托邦叙事由来已久，这得归因于人类集体无意识中永不衰竭的乌托邦冲动。古代中国的乌托邦叙事带有浓郁的浪漫主义和理想主义色彩，陶渊明的《桃花源记》可以说是对孔子的“大同世界”的文学写照。而在西方，从柏拉图的《理想国》到莫尔的《乌托邦》和康帕内拉的《太阳城》，再到莫里斯的《乌有乡消息》，同样性质的乌托邦叙事一直不绝如缕。然而，进入 20 世纪以来，西方文坛出现了所谓“反乌托邦三部曲”，扎米亚京的《我们》、奥维尔的《1984》和赫胥黎的《美丽新世界》，它们以其强烈的现代主义乃至解构主义的叙事方式彻底颠覆了古典的乌托邦理想及其叙事模式。从乌托邦叙事到反乌托邦叙事，显然，20 世纪是人类乌托邦冲动及其叙事的历史分水岭。然而，具体到 20 世纪的中国却有所不同。作为一个后发性的现代化国家，传统中国在向西方现代化认同的现代性进程中无法与 20 世纪西方的反乌托邦叙事保持同步，相反，传统的乌托邦冲动及其叙事模式在 20 世纪的中国文坛长期占据着主导地位，这在 1949 年以后的“50—70 年代文学”中表现得至为明显，以柳青的《创业史》和浩然的《艳阳天》《金光大道》为代表的“红色经典”长篇小说即是明证。直到 20 世纪末期的中国文坛，才出现了以阎连科的《坚硬如水》和《受活》为代表的激烈的反乌托邦叙事作品。如果把阎连科的反乌托邦叙事与柳青和浩然等人的乌托邦叙事加以简单对照，不难发现，两者之间存在着二元对立的绝对主义思维定式，前者是后者的反题，后者是前者解构的对象。事实上，如何看待 20 世纪中国的乌托邦冲动及其叙事，并非一个简单的非此即彼的立场问题，虽然一个作家在乌托邦叙事中择定一种明确的价值立场进行叙述要便利和容易得多，但我们不能忽视历史及其本身隐含的历史文化心理结构的复杂性和多元性，而且在很多时候面对着历史，我们是无法做出简单的价值判断的。这意味着还存在更复杂和更客观的书写 20 世纪中国乌托邦冲动的叙事形态。

在我看来，格非的《人面桃花》三部曲正好提供了一种客观而复杂的 20 世纪中国乌托邦叙事形态。格非并没有轻易地落入乌托邦叙事与反乌托邦叙事二元对立的叙事陷阱中，他的叙述立场显得高远而超拔，这是一种俯视历史的悲悯情怀，已经超越了简单的道德价值评判。不难看出，传统的乌托邦叙事大抵遵循传统的现实主义与浪漫主义相结合的叙事成规，其中，浪漫主义是主导，现实主义是表象，这在所谓“革命现实主义”叙事或者毛泽东倡导的“两结合”叙事中表现得很分明。而在现代的反乌托邦叙事中，现代主义的荒诞叙事与后现代主义的叙述游戏占据了主导位置，这在西方的“反乌托邦三部曲”中表现得极其强烈，同样，在阎连科的所谓狂欢化叙事和荒诞现实主义叙事中也留下了深深的印痕。而我要说的是，在格非的乌托邦叙事中我们已经看不到乌托邦与反乌托邦之间的截然界限，作者对乌托邦冲动的情感和态度不是简单地溢于言表，而是隐含在叙述的深层，而且作者的情感价值立场是复杂而冲突的，由此带来了格非的乌托邦叙事中的多种声音，类似于巴赫金所说的“复调小说”。之所以出现这种叙述效果，得益于格非没有简单地像自己早期的先锋小说那样径直采用现代主义和后现代主义的叙事策略，而是转向了寻找现实主义与现代主义相结合的新的叙事形态。这是一种叙述的回归，但绝不是简单的回归传统，而是谋求传统的现实主义与现代的现代主义之间的叙述融合。正如格非所言：“这种回归是建筑在对传统现实主义及现代主义小说全面考察的基础之上的，并非意味着对过去的简单重复……越来越多的作家在传统现实主义和现代主义之间选择了一条谨慎的中间道路。我认为，这条道路至少在目前是可行的。因为他们一方面使传统现实主义小说中的过时成分得以消除，同时，又避免了小说最终走向分裂。”① 格非之所以选择这样一条“中间道路”，还因为他后来逐渐意识到，也许并不存在现实主义与现代主义的截然界限，实际上二者之间常常是彼此交融的，现实主义中有现代主义因素，而现代主义中有现实主义因素，前者如老托尔斯泰、陀思妥耶夫斯基、福

① 格非：《小说的十字路口》，载《塞壬的歌声》，上海文艺出版社，2001年，第51页。

楼拜的小说，后者如卡夫卡和普鲁斯特的小说，他们的小说中都包含了各自的所谓对立面。正是在这个意义上，格非不认为自己的小说创作存在着所谓前后期的“断裂”，而是更多地强调自己小说的连续性。① 当然，这样说并不意味着格非的小说创作历程中真的并不存在叙述转型的问题，实际上他早年就经历过“从规矩到乱的过程”，② 即摆脱传统现实主义叙事成规、走向先锋派的现代主义与后现代主义叙述策略的过程。以此观之，则 21 世纪以来，格非又经历了反向的“从乱到规矩的过程”，这就是格非在《人面桃花》三部曲中所实现的小说叙述回归，但绝不是简单地回归传统的现实主义，而是谋求传统的现实主义与现代主义的艺术视域融合。

唯其追求这种传统与现代的叙述融合，格非的乌托邦叙事才有所谓“向内转”的倾向。对此，格非的解释包括两个方面：一个是叙事方面更加“内在”，不像先锋时期那样直露地做形式实验；另一个是作者开始注重吸收传统叙事资源，向内而不是向外拓展。③ 格非想以此划清他的“向内转”与 20 世纪 80 年代中期文艺界的“向内转”思潮之间的界限。实际上两种“向内转”之间并非没有联系，格非在《人面桃花》中对人物的心理世界的挖掘是颇见功力的，而且“小说当中涉及的人物也好，历史事件也好，都与历史关系不大。写的都是我的感觉，我的经验。这些人物也是‘我’。比如说秀米这个人物，我对她给予了很大的同情，她的感觉也是我的感觉”④。转向人物的内心，最终转向作者的内心，凸显人物（作者）在百年乌托邦冲动的背反与轮回中的心理困惑和精神痛苦，这就是《人面桃花》三部曲“向内转”的深层意义之所在！只有在这个意义上，我们才能理解格非为什么要在关于《山河入梦》的访谈中这样说：“伟大作品拥有顽固的记忆力。

① 格非、于若冰：《关于〈人面桃花〉的访谈》，《作家》2005 年第 8 期。

② 格非、任赟：《格非传略》，《当代作家评论》2005 年第 4 期。

③ 张学昕、格非：《文学叙事是对生命和存在的超越》，《当代作家评论》2009 年第 5 期。

④ 格非、于若冰：《关于〈人面桃花〉的访谈》，《作家》2005 年第 8 期。

作家在某种程度上说是一个记录者。他们用文学的方式记录永不磨灭的人类心灵史。”①

二

《人面桃花》第一部问世后好评如潮。人们都相信曾经的那个先锋作家格非在沉寂多年后又回来了，而且是以一种更为老到的姿态强势回归，这就是前面所说的现实主义与现代主义相融合的叙述姿态。关于《人面桃花》的评论焦点，几乎都集中在所谓乌托邦叙事上，作者在访谈中对此也做过明确的表述。他说：“我所关注的正是这些东西——佛教称之为‘彼岸’、马克思称之为‘共产主义’的完全平等自由的乌托邦，《人面桃花》中讲到的桃花源也是这么一个存在于想象之中的所在。”② 然而，关于《人面桃花》的乌托邦叙事研究依然有待进一步深化，我们需要做的是立足文本的叙述结构去破译作者乌托邦叙事的策略和意图。

首先需要注意的是，这部长篇小说中有两种不同性质的乌托邦形态：一种是王观澄所创建的以花家舍为载体的古典形态的江湖乌托邦，另一种是陆秀米所创建的以普济学堂为代表的现代形态的革命乌托邦。关于这两种形态的乌托邦叙事占据了这部长篇的绝大部分篇幅，而女主人公陆秀米的人生历程恰好把这两种形态的乌托邦叙事贯穿了起来。正所谓物以类聚、人以群分，小说中两种不同形态的乌托邦叙事也凝聚了各自不同的群体成员，亦可谓精神家族。从古典形态的乌托邦来看，陆秀米的父亲陆侃无疑属于这一精神阵营。陆侃饱读诗书，学优则仕，然而仕途并不通达，罢官后在普济筑屋隐居，怡然自乐。但陆侃心中一直有着难解的桃花源梦想，

① 格非、王小王：《用文学的方式记录人类的心灵史——与格非谈他的长篇新作〈山河入梦〉》，《作家》2007年第2期。

② 格非、于若冰：《关于〈人面桃花〉的访谈》，《作家》2005年第8期。

他时常对着据说是出自韩愈手笔的《桃源图》发呆发痴，他想在普济重现陶渊明的世外桃源的现实图景，他甚至构想建筑一条风雨长廊把普济的住户连接起来，让老百姓不惧风雨、安居乐业。在普济人的眼中，陆侃就是一个疯子，他的妻子和女儿还有家佣，全都把他看作疯子。疯子是孤独的，因为他有着常人难以理会的超越现实的冲动，这种冲动常常就是西方人所谓的乌托邦冲动。在常人那里，这种乌托邦冲动往往被压抑在潜意识域，而在疯子或先知这里，这种冲动时刻在寻觅着对象化或现实化的契机，这就是常人与疯子的一大区别。疯子陆侃的离家出走，给女主人公秀米的人生带来了重大转折，因为革命党人张季元随即住进了普济秀米的家，他是秀米的母亲的情人。在很大程度上，张季元充当的是陆秀米的“代父”角色，他的到来改变了秀米的人生方向，他给秀米带来了现代的革命乌托邦冲动。张季元是清末革命党组织——蜩蛄会的核心成员，推翻封建专制的腐朽清王朝，建立现代的民主自由世界是他那一类人的桃源梦想，小说中的薛举人薛祖彦、小驴子周怡春，包括女主人公陆秀米等在内，都属于这个乌托邦家族的精神成员。不过对于秀米来说，她一开始并未明确地接受“代父”张季元的革命乌托邦冲动的影响，她对张季元的恋父冲动更多地表现为她与母亲梅芸之间的暗中情感较量。转折发生在秀米被劫掠至花家舍以后，她在花家舍这个土匪窝子里面居然看到了父亲理想中的桃源梦境全部得以实现了！在花家舍里，包括总揽把王观澄在内，其他五位爷都是很有些来历的人，有的从文、有的习武，他们把花家舍经营得像一片世外桃源，让来者无不叹为观止，但对于知情者而言，花家舍就是一个土匪窝，就是一个江湖世界，其中充满了刀光剑影和尔虞我诈，充满了血和泪。花家舍其实是一个人间天堂的幻影，看似美妙无比，实则隐藏着巨大的灾难和危机。秀米在花家舍惨遭蹂躏、九死一生的经历使她最终放弃了父亲陆侃的古典乌托邦理想，而走上了“代父”张季元远走东瀛，致力于反清抗暴，建构现代革命乌托邦的道路。

值得注意的是，格非在《人面桃花》中不仅写出了古典江湖乌托邦的破产，而且也写出了现代革命乌托邦的危机。秀米自日本归来后继承了张季元的遗志，她在普济一带神出鬼没，仿佛当年的张季元再世重生。她领导成立了普济地方自治会，在一间寺庙里设立了育婴堂、书籍室、疗病所和养老院，然而一切如同虚设，她牵头的水渠工程甚至还差点给普济带来灭顶之灾。自治会计划受挫后，秀米又办起了普济学堂，自任校长，直接致力于反清革命活动。正如陆家的老管家宝琛所察觉到的那样，他对老夫人说："你说她走了当年陆老爷的老路，我看不大像，照我看，她是把自己变成了另一个张季元。那个死鬼，阴魂不散！"确实如此，秀米就是另一个张季元，她心中涌动的是张季元式的现代革命乌托邦冲动，而不是陆侃式的古典江湖乌托邦冲动。秀米无意于相忘于江湖，过那种隐居般的桃源生活，她需要的是介入，介入改变现存社会秩序的乌托邦进程中。这意味着暴力革命，秀米也确实卷入了革命的暴力之中，她甚至因为沉迷于暴力革命而忽视了基本的亲情伦理，母亲和儿子的死在不同程度上她都难辞其咎。这不禁让读者想起了书中张季元的一则日记，日记中记载了蜩蛄会成员在夏庄薛宅中商定的《十杀令》，中间竟然有"妓女杀""缠足者杀""媒婆、神巫、和尚、道士皆杀"等条款。由此可见现代革命乌托邦冲动非理性的另一面。我们甚至可以说，此时的革命乌托邦已经成为一种政治意识形态。关于乌托邦与意识形态之间的关系，德国学者曼海姆有过十分精辟的阐述，有研究者则做出了极为简洁的归纳，即意识形态是"指导维持现存秩序的活动的那些思想体系"，乌托邦是"往往产生改变现存秩序活动的那些思想体系"。① 这种归纳虽然点明了意识形态与乌托邦之间的区别，即对立关系，然而却忽视了两者之间还具有内在的同一性和相对性，即乌托邦与意识形态之间是可以相互转化的。正如曼海姆所说："在一定的情况下，什么表现

---

① 路易斯·沃思：《序言》，见卡尔·曼海姆《意识形态与乌托邦》，黎鸣、李书崇译，商务印书馆，2000年，第14页。

为乌托邦，什么表现为意识形态，本质上取决于人们运用这种标准来衡量的现实的阶段和程度。显然，那些代表了占主导地位的社会秩序与思想体系的阶层，会把他们所具有的那种关系结构感受为现实，而被迫反对现存秩序的集团则对他们所力争的和通过他们而实现的社会秩序的初次感到兴奋。一定的秩序的代表，会把从他们观点来看在原则上永不能实现的概念叫乌托邦。”① 既然乌托邦和意识形态是可以相互转化的，那就意味着乌托邦冲动在现实化的进程中隐含着与生俱来的悖谬性。而格非在《人面桃花》中正好揭示了古典与现代两种乌托邦冲动的悖谬性，这是一种历史的两难，如同二律背反，无法摆脱，散发出历史的宿命气息。从古典形态的江湖乌托邦来看，陆侃的桃源情结属于原发性的乌托邦冲动，它是中国传统士人力图逃避或者改变现存社会秩序的一种潜在心理诉求，然而，一旦这种潜在的心理诉求或者文化冲动诉诸现实社会进程，即由王观澄为代表的花家舍人逐步变为现实，原先的不确定的乌托邦冲动就衍变为凝固的意识形态了。在这个意义上，意识形态是对乌托邦的反动。于是我们看到在《人面桃花》中，花家舍被掀开了诗意温情的面纱，而裸露出暴力和杀戮的真相。不仅古典的江湖乌托邦存在着这种历史的悖反，现代的革命乌托邦也不例外。当陆秀米继承了张季元等人的遗志而投身革命后，革命先辈的乌托邦冲动便开始在现实的革命进程中流露出了意识形态的本质。

尤其是当我们看到正是革命党人“小驴子”周怡春策划了花家舍的内部暴力事件时，两种乌托邦之间的精神同一性可谓一目了然。无论是古典的江湖乌托邦还是现代的革命乌托邦，当它们走向现实社会进程的时候，其自身的历史背反如出一辙。而且在特定的历史条件下，二者会呈现出合流或合谋的倾向，即如《人面桃花》中的乌托邦叙事所暗示的那样，现代的革命乌托邦与古典的江湖乌托邦之间不仅同构而且同质，于是革命乌托

① 卡尔·曼海姆：《意识形态与乌托邦》，第 200 页。

邦也就褪去了现代色彩，演变成了新古典主义的乌托邦。这当然是一种历史的轮回，而不仅仅是我们习惯上所说的辩证螺旋式的上升。小说中关于乌托邦叙事的历史轮回还借助于几个颇有些神秘性的物件或意象给予了暗示。一个是花家舍，它在小说中反复出现，沟通了古典的江湖乌托邦与现代的革命乌托邦之间的精神渊源。二是金蝉，它是小说中革命党人之间传递的信物，女主人公秀米的一生与金蝉有着不解之缘。当初张季元在临难逃亡前第一次赠给她金蝉，这是两人之间革命乌托邦冲动传递的精神信号。第二次是在花家舍被困期间，老尼韩六送金蝉给秀米，在某种意义上唤醒了秀米内心的革命乌托邦冲动。第三次是小驴子送金蝉给秀米，此时秀米在革命失败后闭门禁语，她拒绝小驴子的来访，这意味着革命乌托邦冲动在她的内心深处已寂灭。丧失了革命乌托邦意义的金蝉不过是一个无用的空壳而已，它在灾难的岁月里只能被废弃。小小的金蝉脱壳，恰好隐喻了秀米追逐乌托邦的迷幻人生。还有一个在小说中反复出现的意象是瓦釜，它其实是一件古老高妙的乐器，这是父亲陆侃的遗物，晚年的秀米在瓦釜里逐渐融化的冰花中仿佛看到了自己的过去和未来，远去的父亲陆侃和遗失的儿子谭功达正在向她走来。秀米就在这种幻觉中死去，她无法拯救自己，除了弥合自己内心的创伤，她无法阻止自己精神密码中的乌托邦冲动开始再度轮回。

三

关于《人面桃花》和《山河入梦》的创作动机，格非这样说道："一部小说的动机往往来源于一个简单的比喻。我在写《人面桃花》时，无意中想到了冰。在瓦釜中迅速融化的冰花，就是秀米的过去和未来。这个比喻是我的守护神，它贯穿了写作的始终，决定了语言的节奏和格调，也给我带来了慰藉和信心。那么，什么是《山河入梦》的比喻呢？我想到了阳光下无边无际的紫云英花地。假设，花地中矗立着一棵孤零零的苦楝树；假设，一片浮云的阴影遮住了它。望着这片阴影，姚佩佩在心中许了一个愿，闭上了眼睛。不管姚佩佩如何挣扎，那片阴影永远不会移走，因为它镌刻在她的心里。为什么我的内心一片黑暗，可别人的脸上却阳光灿烂？这是姚佩佩的问题，也是我的问题。”① 在我看来，《山河入梦》中的这个核心比喻或者中心意象具有双重性，阳光下苦楝树的阴影遮蔽了一片紫云英花地，简言之，阳光与阴影，各自象征着一种乌托邦冲动，构成了这部长篇小说中乌托邦叙事的分裂、冲突与背反。

与《人面桃花》把故事时间选定在清末民初不同，《山河入梦》的故事时间主要被安排在新中国建立后的 50 年代末到 60 年代初，广义上就是人们习惯上所说的“十七年时期”。这个时期产生了大量的“红色经典”，尤其是农业合作化题材的长篇小说中普遍具有乌托邦叙事的特征。但《山河入梦》并没有简单地重复当年的革命浪漫主义形态的红色乌托邦叙事，而是以冷峻的历史眼光回望那一段乌托邦冲动的历史，不仅写出了那种充满了“大跃进”精神的共产主义乌托邦冲动的历程，而且揭示了被共产主义乌托邦冲动所压抑或遮蔽的另一种人道主义或自由主义的乌托邦冲动。如果借用那个年代的习惯用语，那么前一种属于红色的乌托邦冲动，拜太阳或阳光所赐，而后一种属于灰色的乌托邦冲动，带有所谓不可见人的“小资情调”，只能存在于阳光下的阴影中。这两种乌托邦冲动在小说中分别由男女主人公谭功达和姚佩佩来体现。值得指出的是，格非在《山河入梦》中的乌托邦叙事是充满了矛盾和缠绕的，作者既写出了红色的共产主义乌托邦冲动与灰色的自由主义乌托邦冲动之间的矛盾和冲突，又写出了红色的共产主义乌托邦冲动内部的裂隙和矛盾，还写出了两种不同性质、不同色彩的乌托邦冲动之间的融合和交集。这种种矛盾和冲突着的乌托邦叙事，在

① 格非：《山河入梦》，作家出版社，2007 年，封底文字。

小说中主要借助于男女主人公谭功达和姚佩佩的凄凉的爱情故事和不幸的人生遭遇来完成。

从红色乌托邦来看，一切都离不开谭功达，他是小说的男一号，也是小说中乌托邦叙事的关捩和纽带。谭功达是陆秀米之子，长大后投身革命，新中国成立后出任梅城县县长。按照新的建制，在梅城县和普济乡，到处都有关于陆秀米的传奇人生故事在流传。生性敏感的谭功达多少年来在内心中一直有一种隐隐的恐惧，不管自己如何挣扎，他终将走到母亲的老路上去，无可逃遁。这是无可选择的命运，更是历史的圈套和轮回。事实上，革命成功后的谭功达确实沉浸在了天下大同的桃源梦中，他要做的就是把母亲陆秀米乃至外祖父陆侃的桃源梦接续起来，这是超越时空的精神链接，显示了20世纪中华民族文化心理结构中乌托邦冲动的超强力量。正如谭功达革命年代的文书高麻子乡长在匿名书中所言："公主梅城县政，不思以布帛菽粟保暖其身，而欲汲汲于奇技淫巧、声光雷电，致使道有饿殍，家无隔夜之炊。民怨鼎沸，人心日坏。造大坝，凿运河，息商贾，兴公社，梅城历来富庶之地，终至于焦瘁殆尽。为公思之，每恻然无眠。须知梅城小县，非武林桃源，不能以一人之偏私，弃十数万生灵于不顾。退社之风，盖有源于此。人事天道，自有分界。人事所不能，待以天道而已。夫人定胜天者，闻所未闻，非愚则妄，不待详解。至若共产主义于一九六二年实现，则更是荒诞不经，痴人说梦。"高麻子是谭功达的诤友，他对李自成和朱元璋的一番明辨，其意在于使谭功达幡然悔悟，不再执迷于天下大同的桃花梦。可惜谭功达并未清醒地意识到正置身于一个"天下山河都入梦中"的时代幻境之中。他还请人画了一张梅城规划图，技法精湛、出神入化，名曰《桃源行春图》。正当他雄心勃勃地准备实现自己的桃源梦时，他力主修建的普济水库崩溃，因情节严重，他被撤职反省。然而，谭功达并未因此而从红色的乌托邦迷梦中醒来，在被边缘化的日子里他仍然坚守着自己的共产主义大同理想。如果借用曼海姆的观点，此时的谭功达依旧在拒绝让个人的乌托邦冲动意识形态化，他顽强地守护着内心中的共产主义乌托邦理想，而无视现实中共产主义乌托邦已经陷入了意识形态困境。比如在郭从年领导和主宰着的花家舍人民公社里，尽管道不拾遗、秩序井然，然而掩盖不住社员内心的忧戚，因为他们的人身自由遭到限制，神秘的 101 组织暗中监控着花家舍所有人的生活。就连临时寄居在花家舍的谭功达的一举一动也遭到了严密监视，他与姚佩佩的通信也无任何私密可言。知道了这一切后的谭功达十分恐惧，郭从年和他的花家舍共产主义乌托邦在谭功达的心目中是彻底地坍塌了。然而，谭功达虽然抛弃了这种完全意识形态化了的红色乌托邦，但他内心深处的共产主义乌托邦冲动至死未泯，他临死前还念念不忘他的“梅城规划草图”。

在《山河入梦》中，与红色乌托邦叙事相对立的是灰色乌托邦叙事。姚佩佩是灰色乌托邦叙事的主人公，她内心深处永不磨灭的是一种人道主义—自由主义乌托邦冲动。这种乌托邦冲动与那种意识形态化或者体制化了的红色乌托邦秩序之间存在着巨大的张力，甚至可以说是背道而驰。而怀抱着这种另类乌托邦冲动的姚佩佩，在艰难苦恨的人生坎坷中始终痴心不改，执意向着自己内心中的乌托邦境界进发。姚佩佩出生于政治问题家庭，父亲在新中国成立之初被镇压，母亲自缢身亡，她像一棵苦楝树一样孤零零地生存在阳光普照的大地上。孤独的姚佩佩渴望自由，但就连一点微薄的人道尊严竟也难以实现。她一直觉得自己生活在黑暗中，她内心的黑暗无边无际，她短暂的一生始终在追求着光明而不可得。她深爱着谭功达，但这个迟钝的中年男人一再与她失之交臂。她唯一可以说上话的女友是汤碧云，但正是汤碧云狠下心出卖了她。她被金秘书长强暴后复仇成功，但因此而成了被通缉的杀人犯。她在逃亡中历经劫难，但最终鬼使神差地终点回到了起点，自投罗网。姚佩佩死了，带着她永难实现的自由主义乌托邦梦幻死了。但她在逃亡中写给谭功达的书信产生了奇妙的效果，阅读姚佩佩的书信，谭功达觉得自己的身心与姚佩佩已合为一体。所以小说的结尾专门写到了谭功达在弥留之际与姚佩佩在幻觉中重逢，那是一个“没有死刑、没有监狱、没有恐惧……没有烦恼”的世界，共产主义乌托邦与自由主义乌托邦在那里仿佛不再是两难选择，而是融为了一体。

由此我们不难理解格非为什么对姚佩佩如此的偏爱，正如他所说：“我想《红楼梦》里面最能表达作者内心的也不是贾宝玉，而应该是林黛玉。在《山河入梦》里，姚佩佩在相当程度上隐含了作者。”又说：“其实姚佩佩的身上，更多地寄托了我的情感和我对这个世界的思考，她身上当然有我自己的观念和情感。谭功达是这部小说的主人公，但写出谭功达之后，我立刻感到了不满足，觉得他不足以表达我的内心，便想到了姚佩佩，写着写着对这个人物的感情就超过了谭功达，就发现自己跟她之间那种深切的关联。”① 格非说的是实话，对于他来说，与谭功达的共产主义乌托邦冲动相比，姚佩佩的自由主义乌托邦冲动更能与他心心相印。而且遥想那个战天斗地的红色年代，格非的人生遭遇与姚佩佩之间也并非没有关联，因为他的祖父当时因为政治问题而坐监，这种阶级成分问题曾经长期困扰着少年时代的格非。② 由此我们发现，作者与女主人公之间不仅有着内在精神自传上的同一性，而且还有外在生活自传上的相似性。

四

《春尽江南》是格非的《人面桃花》三部曲的收官之作。这部书让我想起了格非早年的另一部长篇小说《边缘》。在《春尽江南》中，作者主要就是站在“边缘者”的立场上讲述我们这个时代的故事。我们这个时代一直被主流媒体称作“盛世”，我们这个时代的大街小巷也一直流行着“春天的

① 格非、王小王：《用文学的方式记录人类的心灵史——与格非谈他的长篇新作〈山河入梦〉》，《作家》2007 年第 2 期。

② 格非、任赟：《格非传略》，《当代作家评论》2005 年第 4 期。

故事”。格非显然没有那么乐观，他要做的就是从一个客观冷静乃至有些戏谑的叙述者角度，来透视我们这个习惯于以“春天”命名的时代里所隐藏的真相，当然包括社会众生相，但更重要的是一个时代的精神真相和心理潜影。唐人杜牧有诗云“秋尽江南草未凋”，折射了晚唐的衰飒和没落，而格非以一字之易，其“春尽江南”的中心意象，显然也包含了作者对于我们这个所谓盛世的末世情怀。书中的主人公谭端午一直喜欢阅读欧阳修的《新五代史》，据说就是一本“末世之书”，这应该不是偶然的。格非能在盛世中怀抱末世之感，是因为他看透了百年中国乌托邦冲动中暗含的循环和轮回，时空在流转，而精神总是跌入深渊。早在关于《山河入梦》的访谈中格非就明确地说过：“是的，我是一个宿命论者。其实我们每个人的内心都是一个预言家，对未来我们早就心知肚明，可是有些人装作看不到，自我麻痹，时间久了就是真的麻木了。”他同时又为自己辩解：“我常说，悲观就是乐观。……悲观是乐观的前提，要有勇气看到悲观的东西，并且有能力去承受。”① 所以，我们可以说，格非的《人面桃花》三部曲是悲观之书，也是乐观之书，乐观来自悲观，正如希望来自绝望。

尽管叙事背景已转换至“改革开放”年代，但《春尽江南》在精神脉络上依旧与前两部紧密相连。谭端午、庞家玉、王元庆、绿珠、陈守仁，在这些主要人物的心灵深处，其实都涌动着乌托邦冲动，只不过与陆秀米、张季元、谭功达、姚佩佩等人相比，他们的乌托邦冲动在新的历史语境中呈现出了新的形态而已。显然，新的乌托邦形态并未完全割断与旧有的乌托邦形态之间的联系，就连谭端午那絮絮叨叨的母亲，也就是谭功达的遗孀张金芳也看出来了，她的两个儿子都有点疯疯癫癫、与众不同，区别在于，王元庆更像死去了的老鬼谭功达，而谭端午的身上似乎有着姚佩佩的精神血液。也许老太太朴素的直觉并不错，但毕竟是置身在一个所谓以新

① 格非、王小王：《用文学的方式记录人类的心灵史——与格非谈他的长篇新作〈山河入梦〉》，《作家》2007 年第 2 期。

见称的时代里，谭端午和王元庆等的乌托邦冲动必然带有属于这个新时代的色彩和特质。从书中反复出现的关于“春尽江南”的写景描摹文字来看，“春”的象征意义不言而喻，它指涉我们这个时代的改革开放进程，简言之，即现代化神话。从80年代跃进到90年代以后，古老的中国已经和正在现代化的高速路上飞奔。如果说80年代的现代化暂时还未大规模地暴露其流弊的话，那么90年代以来的现代化进程就已经深深地酿成了大部分人的心理隐痛了。换句话说，如果说现代化或现代性在80年代还属于神话或者乌托邦的范畴，属于民众满怀期待要实现的理想，那么，经过90年代和新世纪的大规模的现代化扩张之后，现代化或现代性业已成为一种主流意识形态，丧失了其早先作为乌托邦思想和冲动的反抗性，由此也沦为了新的乌托邦思想和冲动所要反抗的对象。只有在这个意义上，我们才能理解为什么谭端午和王元庆们要反对自己的时代，为什么他们置身在一个春天的盛世里却有着秋天的悲凉，因为他们怀抱着另一种乌托邦冲动，这是对曾经的现代化乌托邦冲动沦为主流意识形态的一种反抗。他们对时代的疏离、拒绝和反抗，并不能简单地理解为反现代化，其实质是对现代化或现代性的反思，由此形成了与主流的现代性意识形态相对抗的另一种乌托邦思想和冲动，即新保守主义或新传统主义乌托邦。

不难看出，《春尽江南》中的几个主要人物都经历过由现代性追求转向新保守主义的精神嬗变。男主人公谭端午的人生转折发生在20世纪八九十年代之交，主要是80年代末的那次政治事件改变了他的精神航向。作为知名诗人，谭端午在80年代以现代性的名义疯狂地追逐着爱情和政治，这个时期的谭端午确实与他父亲谭功达当年心爱的女人姚佩佩在精神上一脉相承，他们追逐的都属于人道主义—自由主义的激进乌托邦。小说中重点暗示了诗人海子之死对于谭端午那一代人精神转折的象征意义。在遭受政治和人生挫折后，谭端午返回原籍，进了鹤浦市方志办公室任闲职。从此，他开始了另一种人生状态，用妻子庞家玉的话来说，谭端午过着一种“正在一点点地烂掉”的生活，而且乐此不疲。他陶醉在各种西方古典音乐中，他对工作和婚姻没有任何的激情，他在小说中自始至终都在读欧阳修的那部《新五代史》。他不仅厌倦了政治和婚姻，他甚至对消费主义时代的欲望消费也丧失了兴趣，这与他当年的诗友徐吉士形成了分流，后者由 80 年代的自由主义乌托邦直接滑向 90 年代以来的欲望化漩涡，而谭端午选择了疏离和对抗，所以他在妻子的心中定格为一个“当代隐士”，这与小说中的那座招隐寺不谋而合。在漫长的《新五代史》阅读中，谭端午对欧阳修的忧世伤生感同身受，尤其是对书中频繁出现的“呜呼”二字心有戚戚，显然他在这部“衰世之书”中看到了我们时代的另一精神面影。他对钱穆和陈寅恪关于《新五代史》的赞语深以为然，恨不能像欧阳修那样“用一本书的力量，使时代的风尚重返淳正”。小说附录的那首诗《睡莲》，既可以视为谭端午对死去的妻子庞家玉的和解与呼唤，也可以视为作者对我们这个腐烂的时代的招魂和抗议。有意思的是，当庞家玉认为谭端午“正在烂掉”的时候，其实她不知道她说的正是她自己。庞家玉原名李秀蓉，在叫作李秀蓉的 80 年代里，她和端午一样是个有浪漫情怀的青年诗人，但在 90 年代以来的市场经济体制中，她在现代化的神话或意识形态里越陷越深，她由诗人摇身变成了律师，她与谭端午的价值立场越来越远，为了迎合这个时代的需要，她甚至不惜奉献自己的肉体，她对儿子学习的苛刻要求更体现了她与这个时代的合谋。只有当死神提前来到她面前的时候，庞家玉才幡然悔悟，她决意听从内心声音的召唤，抱病出走西藏。西藏在庞家玉的心中意味着乌托邦，那是一个也许还没有被现代化污染的地方，她在最后时刻与谭端午的精神终于息息相通。还有谭端午同母异父的哥哥王元庆，这个在市场经年代发迹的老板，突然斥资几千万元建了一个“城市山林”别墅群，其实就是一座精神病院，而他自己成了第一个住进去的精神病人。显然，王元庆的精神裂变中隐含了他对现代化神话和消费主义意识形态的拒绝和反叛。他在精神病院中还念念不忘要在花家舍里建成一座传统书院，而事实是，花家舍被他的投资合伙人张有德改造成了一座销金窟，在那里成天上演着花家舍历史上各种传奇人物的搞笑故事，曾经的乌托邦历史就这样被消费和消解了。

在《春尽江南》中，与其说花家舍是乌托邦，不如说“城市山林”那座精神病院更像是乌托邦。21世纪的花家舍已成了温柔富贵乡，是消费主义的天堂。在这里我们看到了这个时代里乌托邦与意识形态之间合谋性的融合。同样，陈守仁的别墅“呼啸山庄”，还有谭端午和绿珠时常光顾的“荼蘼花事”，都不是纯粹的乌托邦，因为市场经济时代的消费主义意识形态完全渗透其中。即使是谭端午的红颜知己绿珠一直恋恋不舍的那座“香格里拉乌托邦”，最后也被她亲身证明不过是另一个被改造过的花家舍而已。这意味着现实生活中不可能有纯粹的乌托邦，真正的乌托邦是一种精神、一种理想、一种冲动，它必须处于待定和未完成的状态，一旦现实化和对象化，它必然沦为固化的意识形态，从而成为新的乌托邦所反抗的对象。这就是乌托邦与意识形态之间的悖论。在《人面桃花》三部曲中，格非不仅向我们揭示了百年中国乌托邦进程中的历史悖论，而且暗示了这种历史悖论中无法摆脱的集体无意识力量，因为乌托邦也好，意识形态也罢，其本质都属于集体无意识范畴。[①] 然而，格非在《春尽江南》中所凸显或流露的新保守主义或新传统主义姿态，作为我们这个时代的一种乌托邦冲动或集体无意识，难免会遭到误解。事实上，新传统主义并不意味着完全回归传统，而是指向对传统的创造性转化。如格非所言：“我们今天重新谈回到传统，谈到对传统的认知，谈到对中国传统资源的一种认可，一种继承，它本身也是一种意向，实际上是回不去的。而传统价值我觉得也是有道理的，有必要的，不是说要将我们现在的维度整个抛掉……我觉得这也是一种误解，没有这回事。”[②] 这虽是谈的关于中国传统叙事资源的话题，但对

① 卡尔·曼海姆：《意识形态与乌托邦》，第41页。

② 格非、于若冰：《关于〈人面桃花〉的访谈》，《作家》2005年第8期。

整个中国传统文化资源同样适用。新传统主义或新保守主义并不完全拒绝现代性维度，它要表达的是对单一现代性神话的超越，它最终指向的是民族文化和文艺的复兴。

第17章　红柯：神话叙事与原型结构

一

在新时期的陕西文坛，陕北的路遥、关中的陈忠实和陕南的贾平凹早已构成了三足鼎立的文坛格局。同样来自关中的“新生代”作家红柯，要想从如此强大的文坛阵营中突围，其难度可想而知。但红柯似乎是天生的突围者，二十多年前，他硬是背井离乡去了新疆，在美丽的天山脚下，他终于找到了属于自己的文学绿洲。西去新疆以前的红柯是诗人，但新疆的边塞风情并没有把他滋养成像闻捷和周涛那样的当代边塞诗人，相反把他塑造成了一个艺术个性卓然挺立的小说家。这大约是红柯当年出走新疆时未能预料到的结果。也许更让红柯疑惑或者惊异的是，他在新疆的小说创作竟然是以怀念故乡陕西的中篇《红原》和《刺玫》作为开端的，然而整整十年后，当他告别新疆回到陕西时，遥远天山的风物人情居然又神奇地奔入他的脑海心田，他就这样在故乡陕西的小城宝鸡开始了自己的“天山系列”小说创作之旅。艺术的灵感是如此的神奇，它根本就不以人的意志为转移，而红柯显然乐于接受这份神奇的艺术馈赠，所以十多年来，虽偶有旁骛，写过像《阿斗》那样的历史戏仿小说，但毫无疑问，红柯心中最难割舍的还是他的“天山系列”。那是他的文学王国，除了《奔马》《美丽奴羊》《金色的阿尔泰》《跃马天山》等中短篇小说佳作外，还有他在新世纪以来陆续推出的四部长篇小说《西去的骑手》、《大河》、《乌尔禾》和《生命树》。

对红柯而言，“天山”或者“新疆”就是他“生命的彼岸世界”①，红柯似乎习惯于在此岸书写彼岸的生命神话世界。他曾说：“我的那些西部小说就是梦中惊醒后的回忆，《奔马》、《美丽奴羊》、《阿力麻里》、《太阳发芽》、《鹰影》、《靴子》，这些群山草原的日常生活用品一一闪射出一种神性的光芒。”② 这虽然说的是他的短篇小说创作，其实于他的“天山系列”长篇小说创作同样适用。我以为，红柯在这里提到了他的“新神话写作”的几个基本特点，即梦幻色彩、神话原型和神性等方面。按照加拿大著名神话原型批评学家弗莱的说法，“神话是仪式和梦幻在语辞交流形式中的统一”③。可见，梦幻色彩是神话不可或缺的一种特征。红柯的“天山系列”小说往往善于营造梦幻色彩和氛围，文本中充满了遥远的新疆乃至中亚细亚地区哈萨克族、维吾尔族、蒙古族、藏族、回族等少数民族以及汉族的古老神话、传说和历史故事，其中，我们可以看到成吉思汗、努尔哈赤、耶律大石这样剽悍的西部马背英雄的身影，可以领略到喀什葛里、哈斯·哈吉甫这样的草原文化精英的智慧，还可以听到关于神马谷、放生羊、北极熊、大公牛、生命树的种种神话传说，至于汉民族所熟知的西域神话和历史传说中的人物，如周穆王、西王母、老子、张骞、班超、薛仁贵、樊梨花、林则徐、左宗棠等人在西域偏远地区上演的那些熟悉而又陌生的故事，在红柯的笔下无不笼罩着一层神秘的梦幻色彩。这些不同时代的神话

① 红柯：《自序》，载《西去的骑手》，云南人民出版社，2002 年，第 3 页。
② 红柯：《我的西部》，载《敬畏苍天》，上海人民出版社，2002 年，第 100 页。
③ 诺思罗普·弗莱：《批评的剖析》，陈慧等译，百花文艺出版社，1998 年，第 109 页。

传说和历史故事，绝大多数是作为小说中主要人物活动的叙事背景而出现的，而且还直接或间接地参与到了小说情节编排的叙事进程之中，成为小说文本结构中不可分割的组成部分，所以，它们所营造的神奇梦幻氛围并未给读者带来强行拼贴或者人为嫁接的印象，恰恰相反，读者正借此而完美地步入了作者精心构筑的新神话境界中。不仅如此，这些民族神话传说和历史故事在很多时候还充当了红柯小说中的叙事母题和故事原型，反复出现，具有明显的仪式功能。说起来，红柯能如此熟稔地驾驭神话叙事，这得益于他多年来沉迷于阅读中国西部少数民族经典的神话和历史文本，如《江格尔》《玛纳斯》《格萨尔王传》《蒙古秘史》之类，也得益于他对古希腊神话、北欧神话，还有欧洲各国民族史诗作品长期而广泛的涉猎偏好，当然更得益于他在新疆落户十年丰富而多彩的生活经验和生命体验。

在红柯梦幻般的新神话世界中，行走着一群充满了神性的人和洋溢着灵性的各种动植物。在红柯看来，“人物即人与物，物即环境，背景，包括社会环境自然环境，人自己的心理环境，人与物处于游离状态处于无机状态人就有危机感，人与物处于有机状态，物我为一，发生化学反应，且壮大自己提升自己，这是人应该过的生活。这种状态就是一种符合人性的生命状态，即具有神性的状态。神性是人性的上升，是人性的最高状态。人类不可能返回原始神话时代，人的有为之处，人的可贵与伟大之处就在于反思自身的现状，在人与物之间，不再把大自然作为背景作为风景，动植物应该成为一种精神存在，从背景走向前台”①。这段话显然可以被视为红柯“新神话写作”的精神纲领。正是在反思当下人类生存境遇的前提下，红柯的新神话写作具备了现代性反思的精神品格。红柯无意于制造古老的翻版神话，他也无意于像时下文坛流行的那样去“重述神话”经典，他更无意于汇入当下“奇幻小说”或“穿越小说”的批量生产流水线中，他所

---

① 红柯：《生态视野下的小说创作（演讲稿）》，《青海文学月刊》2010年第11期。

孜孜以求的不过是在现代写实艺术原则的基础之上，展开类似于人类远古神话时期的人与物的生命交响曲。这是一个带有魔幻现实主义色彩的新神话世界，在这个世界中，人与动植物之间具有“主体间性”，人不再把动植物作为奴役的对象，而是彼此互为主体，从而打破了长期以来文学中人类世界与动植物世界之间的对立界限，让人具有神性，让动植物具有灵性，由此，人与物在精神上具有了同质性，人的命运与动植物的命运紧紧地捆绑在一起，甚至前者还受到了后者的命运隐喻和暗示，一股陌生的梦幻情调遂得以潜滋暗长。于是我们看到，红柯的“天山系列”小说中喜欢塑造英雄，喜欢塑造不一般的人，其实与其说他们是英雄，不如说他们是一群具有神性的人；我们还看到红柯的“天山系列”小说中充满了各种神奇而具有灵性的动植物，它们亦真亦幻，给人的生命带来了神灵的底色。这一切诚如红柯所言：“于是动物植物成了我膜拜的生命景观，牛羊马雄鹰和树构成小说的主题。中亚细亚大地，它们的生命远远高于人类。”①

虽然如此，但显而易见的是，红柯的“天山系列”小说并不是古典意义上的神话作品，这是因为它们并不具备古典神话的核心叙述结构，如弗莱所言，神话的主人公必须是神，而且他比他人及其环境都要优越得多，②而在红柯的“天山系列”小说中，主人公并不是超自然的神祇，他们不过是具有神性的人而已，因此关于他们的故事并非纯粹的神话叙事。毋宁说，红柯的新神话是一种反神话或者解神话，它们有古典神话的外形和氛围，但骨子里却充满了现代性反思的悲哀和迷惘。一方面，红柯在乐此不疲地制造着种种超现实主义的神话幻象，借此激发疲软委顿的现代人的生命强力；另一方面，红柯又暗中有意无意地流露出了他作为现代人的内心悲凉，因为他深知，现代人注定了无法重返原始神话时代，他所做的不过是一种近乎绝望的救赎罢了。于是我们发现，红柯的四部“天山系列”长篇小说

① 红柯：《真正的民间精神》，载《敬畏苍天》，第 289 页。
② 诺思罗普·弗莱：《批评的剖析》，第 3 页。

其实隐含了他多年来从事“新神话写作”的叙事轨迹：从叙述结构上看，《西去的骑手》属于介于史诗与现实主义之间的悲剧神话，《大河》属于浪漫主义的传奇神话，《乌尔禾》属于中国式现代派的荒诞神话，而《生命树》则属于后现代性的反讽神话。这四种叙述结构不仅仅是属于叙事意义上的探索，而且还属于作者精神意义的跋涉。

二

2001 年发表在《收获》上的《西去的骑手》，是红柯“天山系列”长篇小说的开卷之作。这是一部充满了神话思维和神话氛围的作品。小说的主人公马仲英多次死而复生的神奇经历给这部作品染上了强烈的神话色彩。马仲英当年人称“尕司令”，在 20 世纪二三十年代驰骋大西北战场，是名扬中外的中国西部英雄骑手，民间关于他的神奇故事广为流传。红柯在小说构思中有意把马仲英的神奇经历与他的神奇坐骑——那匹仿佛不死的大灰马（只有一次是藏人赠送的黄骠马）关联在一起，这样既可以在叙事精神上做到他所说的人与物的同一性，还可以在叙事形式上制造弗莱所谓的神话原型象征仪式。神人与神马的合一，成就了红柯的这样一部当代新神话。在祁连山深处的神马谷里，少年马仲英经过大阿訇的指点，领悟到原来这里是骏马的归宿地，马的灵骨从四面八方的历代战场汇聚在这里，化成一片沃土，生长出如血的玫瑰。在少年马仲英的眼中，神马谷里全都是马的骨头，它们全都保留着奔跑的姿势，山风吹不垮它们，雪水湮没不了它们，因为它们的身上全都寄托着死去的英雄的魂魄。事实上，起义后的马仲英如同英雄的神灵附体，他的坐骑也如神骏总能在绝境中显神奇。小说的第一部中写到马步芳派人暗害马仲英的大灰马，那一场描写如梦如幻，惊若飞仙。受伤的大灰马从青纯的大海中喷薄而出，其光芒压过太阳，官兵们全都跪倒在海水里对这匹天马顶礼膜拜，他们亲眼看着受伤的马骨长出了肉，长出了筋络和血，大灰马从海水里呼啸而来，虔诚地卧在马仲英的身旁，然后驮上它心目中的英雄飞奔而去。这样的神话描写真的是令人叹为观止！

关于《西去的骑手》这部长篇小说，红柯自认为他写的是 20 世纪的"一部古典游牧民族英雄的神话史诗"①。评论界也几乎一致认可作者的看法。我以为，这种看法并非不可修正，无论从主人公马仲英的命运还是从小说的叙述结构来看，这部长篇都应该被视为一部史诗型的悲剧神话。按照弗莱的说法，大多数史诗和悲剧的主人公基本上是亚里士多德所考虑的那种主人公，他们虽然在一定程度上比其他人优越，但还是无法超越他所处的自然和社会环境，虽然他有常人所缺乏的权威、激情和力量，但他的所作所为最终还是得服从于自然和社会的规律。② 这也是原始神话的主人公与史诗和悲剧的主人公不一样的地方，因为前者拥有真正的超自然的神力，而后者终究还是有生命的局限。显然，红柯笔下的马仲英属于后者而不属于前者，马仲英不过是具有神话色彩的英雄史诗的主人公，他的一生在红柯的长篇小说叙述结构中被呈现为一出宿命般的悲剧。一方面，作为一个古典的理想主义者，红柯在马仲英形象的塑造中放纵着自己的诗意激情，竭尽全力把马仲英往极致处去书写；另一方面，作为一个现代的宿命论者，红柯又清醒地给自己心爱的古典英雄马仲英预设了一个悲剧性的宿命结局。就前一个方面而言，作者在叙述中是充满了神话英雄般的快意的，他甚至直接把马仲英与格萨尔王、阿喀琉斯这样的中外远古神话英雄人物相提并论，当然更多的时候则是把马仲英与项羽、帖木儿、斯巴达克思这样的中外史诗英雄人物联系起来，通过他们在历史上的悲剧命运来隐喻马仲英的最终归宿。

必须承认，作者对马仲英这个现代历史人物有着特别的偏爱，早在 20

① 红柯：《偏远地区的美》，载《敬畏苍天》，第 284 页。

② 诺思罗普·弗莱：《批评的剖析》，第 4 页。

世纪80年代上大学期间他就迷上了这个西北人心目中的现代项羽，马仲英的形象在红柯的心中酝酿和构思了十多年才最终结胎成形，其中凝聚了作者潜在的文化心理认同的身影。诚如红柯所说，“马仲英这个角色很适合我，在兰州不远的临夏城里，民国初年，十七八岁的愣头小子，与冯玉祥的西北军开战，失败后，远走新疆，出入大漠如同儿戏，在乌鲁木齐郊外，全歼苏军一个骑兵师，那种快感跟吃大盆搅团是一样的。”① 红柯在这里把自己少年时干农活吃大盆搅团，饭量顶头牛的劲头与“娃娃司令”马仲英当年驰骋大西北的壮举相提并论，是为了强调他和马仲英一样，骨子里都有一种剽悍的野性力量。其实在他的潜意识中，当年离开陕西远走新疆的自己，也许就是另一种意义上的“西去的骑手”。同样是“西去的骑手”，马仲英是小说中的显相，而作者则是显相背后的生命本相。也就是说，只有红柯才能写得出红柯式的马仲英，换一个人写就该是另一个马仲英了。难怪李敬泽在与红柯的对谈中会质疑说：“写马仲英，你提到了斯文·赫定，实际上我觉得斯文·赫定对这个人看得比你深，他注意到马仲英杀人如麻的毁灭性力量，而你把这个东西回避掉了。”② 显然，李敬泽心目中的马仲英与红柯心目中的马仲英并不是同一个形象，如果按照李敬泽的思路去写马仲英，那就该是一种现代启蒙视野中的马仲英形象了，他就不再是一个史诗般的英雄而是一个嗜血的魔头了，至多也只能塑造出那种半神半鬼的“性格二重性组合”人物。红柯显然不愿意这么干，按他自己的交代，他不但有意剥离了马仲英身上那种所谓民间土匪色彩，而且还剔除了马仲英身上的所有儿女情长，诸如民间流传的马仲英与维吾尔姑娘、与俄罗斯少女、与海外华人女飞行员之间的英雄美人故事，在他的笔下统统被过滤和净化掉了。③ 显然，红柯需要塑造的是一个“古典游牧民族的英雄”，这

---

① 红柯：《谎言里的真实——有关长篇小说的一些想法》，载《敬畏苍天》，第334页。

② 红柯：《神性之大美——与李敬泽的对话》，载《敬畏苍天》，第343页。

③ 红柯：《最美丽的树（创作手记）》，载《生命树》，北京十月文艺出版社，2010年，第381页。

种英雄拒绝所有现代的恩怨情感纠葛。至于小说中写到的马仲英娶妻的诗化情节，以及舅舅护送其妻赴军营与马仲英短暂相会的情节，还有其妻最后独自隐姓埋名蛰居大漠的情节，不但没有给读者留下世俗的情绪，相反增添了马仲英身上的神性魅力。

尽管红柯笔下的马仲英属于那种性格单一的新神话英雄人物，但这个人物依然牵动着人心隐秘，其中一个很重要的原因就是作者让这个人物笼罩上了一圈挥之不去的宿命迷雾。红柯说："复杂的人物好写，比如盛世才，马仲英则是单纯中隐含丰富和神秘，一生经历那么多死亡，连他自己都不知道前边的路该怎么走，勇武悲壮而绝望，跟大沙漠一样，貌似简单却变化莫测。我写的时候总是在好奇中冒险。"① 确实如此，红柯笔下的马仲英的人生被一种神秘的力量所笼罩，似乎冥冥之中有神启在召唤着他，召唤他一路西行，融入西域绝地塔克拉玛干大沙漠之中。大漠就是西部骑手心灵深处的大海，曾经的大海干涸后化为一望无垠的大漠，马仲英率领他的西部骑手马队奔向新疆，挥着河州短刀如同划向大海深处的波浪。"当古老的大海朝我们涌动迸溅时，我采撷了爱慕的露珠。" 这是小说中反复出现的一句话，它其实是回族伊斯兰古文献《热什哈尔》的第一句经文，这句神秘的经文贯穿在整部小说之中，俨然成了一种话语仪式，它在暗中支配着主人公的命运。少年马仲英在大阿訇的指引下读到了它，从此它就像一道命运的符咒驱遣着马仲英决意西行，从河州到宁夏再到新疆，直至俄罗斯的黑海之滨，马仲英骑着它的大灰马从生命的日出走向了生命的黄昏。在经历了与顿河哥萨克骑兵师短兵相接的辉煌，以及与苏联飞机坦克大部队血拼的失利后，马仲英终于穿越了西域大漠来到了真正的大海边，但他在苏联遭遇到了阴险的暗算，绝望中的中国西部骑手终于骑着鞑靼人的大灰马跃入黑海之中，他手中的河州短刀瞬间照亮了整个大海，恍惚中他又

① 叶开、钟红鸣、红柯：《访谈录》，载《西去的骑手》，第 303 页。

回到了故乡的青海湖，回到了祁连山的神马谷，他如同西部高原上一粒绝望的露珠烁亮无比！红柯用他那灿烂苍凉的文笔，把马仲英的神奇人生勾画得令人愁肠百结，马仲英无力反抗自己的悲剧命运，这就如同俄狄浦斯无法逃避自己的宿命一样，由此，《西去的骑手》不再是一部简单的英雄史诗，而是一部史诗型的现代悲剧神话。

如果说红柯在马仲英的形象塑造中采用的是史诗型的叙事结构，那么他在小说的另一位主人公盛世才的形象塑造中就明确运用了现实主义的叙事模式。据红柯自己说，他最初萌发写这个小说，就是要写马仲英，因此初稿中的盛世才不过是一个陪衬性的人物，而且是一个杀人如麻的反面角色。改第二稿时红柯意识到把盛世才定位为“坏人”不妥，毕竟盛世才在当时国际国内多种政治势力的周旋中保住了新疆，他还是有历史贡献的人。到了修改第三稿，红柯才觉察到这个人物的高度复杂性，原来盛世才也是个英雄，不过不是马仲英那样的古典英雄，而是现实时势造出来的一位枭雄。于是在最后的定稿中，盛世才不再是一个边缘化的配角，而是成为与马仲英平行进行的另一位主人公。① 从作者的这些创作自述来看，他对盛世才这个人物的理解经历了一个“现实主义深化”的过程，如果借用福斯特的著名说法，即由最初的“扁平人物”发展到了最终的“圆形人物”形象。作为一种经典的叙事模式，现实主义有一些基本的叙事成规需要遵循，比如事出有因和非本质性细节，就是现实主义叙事提供可信性的各种成规中的两种。② 在塑造盛世才形象的过程中，作者意在展示出盛世才的性格变异过程，即他是如何由一个英雄异化为一代枭雄的。

要达成这种叙事意图，传统的现实主义成规显然管用，于是我们看到，红柯在讲述盛世才的人生故事中十分看重非本质性的细节描写，通过近乎

① 叶开、钟红鸣、红柯：《访谈录》，载《西去的骑手》，第292—293页。

② 华莱士·马丁：《当代叙事学》，第2版，伍晓明译，北京大学出版社，2005年，第57页。

琐碎的自然主义描写揭示盛世才潜在的内心欲望，这与作者在塑造马仲英形象时所追求的粗犷型叙述有着明显的不同。不仅如此，红柯还十分注重在叙事进程中逐步地揭示出盛世才人性异化的心理逻辑或者性格逻辑，这就是所谓事出有因，即现实主义叙事必须遵守的因果律。盛世才原本是东北白山黑水间的一名英雄，日本军官学校的学习进一步强化了他身上的骑士精神，但归国后的盛世才遭到了东北军的排挤和国民党军部的打压，即使如此，他也没有放弃自己心中的梦想，既然不能像自己的先祖努尔哈赤和完颜阿骨打那样驰骋中原，那就选择追随前辈耶律大石的足迹，去遥远的中亚细亚开疆扩土。于是盛世才成了一名西去的骑手，在这一点上来自东北的他与来自西北的马仲英不谋而合。但在新疆复杂的政治环境中，盛世才的骑手人格开始异化，他的英雄精神逐步消退，以至最终蜕变成了一具丧失了血性的活木乃伊。盛世才是西域大漠上逡巡的一匹独狼，他充满了破坏性和毁灭欲，为了维持自己虚构的尊严，他不惜把自己的弟弟、弟媳和妹妹逼入绝境，甚至把偷窥老婆的私情当作唤醒自己雄性冲动的机会，他在打击和折磨昔日有功于己的英雄们的过程中获得隐秘的快乐，并在种种变态的荒淫行径中堕落。显然，作者在塑造盛世才形象的过程中恪守着现实主义的因果律，人物的心理蜕变逻辑揭示得淋漓尽致，而在塑造马仲英形象时，作者则抛开了这种现实主义叙事成规，从古典的宿命论出发，讲述了一个现代游牧英雄的史诗型悲剧神话。盛世才是一个另类的西去的骑手，他的人生历程也隐含了浓重的悲剧意味，红柯对这一典型人物形象的成功塑造，使长篇小说《西去的骑手》在一定程度上又成了一部“现实主义”的悲剧神话。

三

如果说《西去的骑手》是一部关于男人与马的现代神话，那么面世于

2004年的长篇小说《大河》就是一部关于女人与熊的当代神话。《大河》的故事背景已经从民国时期移至新中国成立以后，主人公不再是不同类型的骑士英雄，而变成了当代移民新疆的“兵团人”以及来新疆插队的知青。这部长篇是从三个女性的角度来叙述的，这与《西去的骑手》的男性叙事迥异其趣。写《大河》时的红柯似乎变得深情了许多，然而他笔下的三个女性却并非世俗读者所期待的柔情形象，因为把她们的命运紧紧维系在一起的不是别的，正是一只神奇的北极熊，它高大健美，象征着男性的阳刚之美与豪壮之气。白熊与马仲英一样，都具有现代人所匮乏的神性，也就是一种生命的野性精神。小说中贯穿始终的白熊形象，正是一种男性和神性的图腾，它作为一种神话动物原型在小说的叙述结构中占据着精神的制高点，它的存在使《大河》的叙事呈现出一种现代童话般的梦幻色彩。那只从北冰洋沿着额尔齐斯河溯流而上，抵达阿尔泰山区的白熊，在作者的叙述中美轮美奂，它在阿尔泰山的神奇之旅，它与三个女性或直接或间接的因缘，它与母棕熊的野生情缘，还有它那带领人类狂欢的熊舞，无不给读者留下了浪漫叙事的印象。

《大河》中关于白熊的神话叙事，源于作者小时候读到的艾力·库尔班的传说。库尔班是熊与人的后代，他的母亲被熊劫持并生下了他，长大后他杀死熊父，救出母亲，民间传为美谈。有意味的是，这个民间神话故事在《大河》里经“父亲老金”之口讲出，原来的杀熊救母情节不见了，摇身变成了一个熊与女人和孩子在原始森林中幸福生活的故事。这不仅是小说人物的浪漫想象，更是作者红柯在当下现代性反思的世界背景下关于人类应该诗意地栖居在大地上的浪漫主义想象。显然，民间的人熊传说是一个宣传世俗孝道的传统故事，而红柯笔下的人熊故事却是一则脱净了人间烟火气的浪漫主义神话。换句话说，红柯有意剥离了旧式传说的“现实主义”成分，转而以“浪漫主义”的叙述结构重述了他心目中的新神话。关于浪漫叙事，弗莱指出：“浪漫故事在所有文学形式中最接近于如愿以偿的梦幻。”每个时期的人“都喜欢用某种浪漫故事的形式表现其理想，因为浪漫故事中德才兼备的男主人公和美丽漂亮的女主人公代表他们的理想人物，而反面人物代表对他们的支配地位的威胁因素。”“浪漫故事所循环呈现的童性，表现为持续不断的怀旧情绪，以及对时间或空间里某种想象中的黄金时代的执著追求。”① 具体到《大河》的创作，这部长篇的梦幻和童话色彩一望即知，小说的主角与其说是人，毋宁说是熊，而其人物形象体系中，象征着作者男性理想的人物无不是熊的化身，他们高大健壮，有着凛然的神性；而三个美丽漂亮的女主人公则对她们心目中像神话中的熊一样的男人充满了崇拜之情，甚至付出了半生的精力去不懈地寻找他们的足迹。在浪漫叙事中，性格复杂的“圆形人物”并不受到推崇，相反，性格单纯的“扁平人物”或者类型人物的塑造更能体现作者的叙事理想。所以《大河》中没有出现盛世才那种性格多重的人物，红柯甚至没有重点塑造一个所谓的反面人物，他只是一味地精心打造自己的浪漫童话世界，而把“反面人物”尽最大努力加以回避和淡化。然而在小说的最后，作者还是亲手打碎了自己苦心建构的童话世界。面临人类集体围捕的白熊绝望了，它退至大河的源头，而老金的儿子仿佛理解白熊的最后愿望，与其说是他杀了白熊，不如说白熊选择了自杀。白熊宁肯死在雪原，也不愿过着被人类豢养的生活。最后的一幕是壮美也是凄美的，白熊之死成就了它的浪漫传奇神话。老金的儿子把白熊葬在父亲的墓坑，这不是古老的杀熊弑父传说，而是现代人对远古神话中父亲亡灵的祭奠。

《大河》笼罩着强烈的怀旧情绪，其中隐含着红柯对人类理想的“黄金时代”的追寻与凭吊。小说中三个女性对“熊性”男人的回忆、寻找与认同构成了这部长篇作品的叙述主干和叙事结构。首先是老金的老婆，当这个湖南女兵千里迢迢来到阿尔泰山时，白熊正沿着额尔齐斯河逆流而上，

---

① 诺思罗普·弗莱：《批评的剖析》，第 225 页。

他们仿佛在冥冥中注定了非同寻常的相遇。正是白熊改变了她的理想男性观念，她不仅在山洞里与中亚逃亡悍匪托海相爱怀孕，而且出洞后又与来自陕西的老兵老金成家，两个男人形象都与她那文弱的初恋情人相去甚远。其次是老金的情人尉琴，这个来自北京的女知青在阿尔泰山的深处被“熊壮”的老金所折服，与老金相比，她的城市男友不过是愣头青而已。老金因她而判刑，在押解途中遭遇白熊袭击，但她坚信老金未死，多年后她成了一名研究“东干人”历史的专家，她的学术使命就是寻找和考证流亡和迁徙至俄罗斯和中亚细亚地区的陕甘人的命运。尉琴的学术选择与老金对她的潜在心理影响如出一辙。她对陕西晚清时期与左宗棠对抗的“拜大人”及其流亡部族的历史追踪，其实也隐含了作者红柯的家族文化寻根意识，因为当年西去新疆的红柯其实也成了一名“东干人”的后裔。还有老金的女儿金海莉，这个婚姻历尽坎坷的女人后来也成了一名历史学家，她对野史的兴趣与尉琴一拍即合，她致力于中亚托海匪帮的探究，其实冥冥中也是一种寻父之旅和寻熊之旅，因为托海才是她哥哥的亲生父亲，托海也是她母亲遇到的第一个“熊性”男人。尽管这一切都被她的母亲埋藏在心灵深处，但金海莉对托海的近乎本能的学术热情，无疑已经构成了一种现代人类的寻根仪式。

继《大河》之后，红柯于2006年推出了《乌尔禾》。表面上看，这部长篇似乎也可以被理解为一部浪漫主义的传奇神话，因为它的叙述主干同样写到了主要人物具有神秘色彩的爱情故事，而且这些爱情故事也与神秘的动物有关，只不过这一次不是熊而是羊充当了小说叙述结构中的神话原型。然而在我看来，由《大河》到《乌尔禾》，很可能不是由熊的神话转入羊的神话那么简单，这里隐含了内在的叙述结构的演变。阅读《大河》的时候，尽管文本叙事线索复杂，但可以感觉到小说主题的明确指向性，而阅读《乌尔禾》的过程中，虽然文本叙事线索简洁明晰多了，但那种指向性和确定性却消失了，只有某种不确定性萦绕不去。这正是现代派小说通常留给读者的印象。红柯曾说过："现代派小说在整体上是朦胧不清的歧义的，但细部真实细致而清晰。我们的现代派刚好相反，整体上明明白白得跟白开水一样，细部模糊不清，就像从喜马拉雅山上摔下来模糊得分不清面孔和手脚。"① 红柯这段话其实是为了表达他对中国作家简单模仿西方现代派文学的不满，但也借此表达了他对真正的现代派文学的理解，即整体上充满不确定性，而细部上呈现出确定性。这是真正的现代派文学创作中永恒的叙述悖论，《乌尔禾》似乎也不例外。我甚至认为，《乌尔禾》是一部中国化的现代派荒诞神话，可惜它被大多数的读者和评论家所误读了，他们误以为这部作品书写的是所谓西部日常生活中的人性理想（神性）与诗意生存，其实《乌尔禾》与《大河》的最大不同就是，《大河》是真正的现代神话，而《乌尔禾》的骨子里是反神话的，小说中的众多人物几乎都陷入了神秘的生命圈套之中不能自拔，尽管他们头顶着神秘的光环，但却像"乌尔禾"的野兔一样被命运套牢，无法解脱。在这个意义上，我更看重小说中作为原型动物的兔子而不是羊，准确地说，羊是《乌尔禾》的显性神话原型，而兔子是它的隐性神话原型，前者是建构神话（神性）的，后者是消解神话（神性）的。羊象征着善良、纯洁、理想、神性，而兔子则是陷入神秘圈套的生命隐喻。事实上，小说《序曲》中就明确交代了"乌尔禾"这个地名的来历，它最初就是蒙古语"套子"的意思，传说当年成吉思汗到此围猎，发现遍地的野兔简直是自投罗网。

这部长篇主要讲述了王卫疆、朱瑞与燕子之间的爱情故事。乌尔禾少年王卫疆在人生懵懂中放了两只羊，在草原的古老传说里，放生也就是放走了一个人的命运，主要是老人祈祷上苍之所为，而少年王卫疆此举冥冥中陷入了命运圈套。从此，他就等待着那个收养了他的放生羊的女子出现，只有她才是他的爱情理想。于是，当张老师的女儿赵晓梅向他表达爱意的

① 红柯：《现代派文学的误读》，载《敬畏苍天》，第 319 页。

时候，他无法在内心接受她，因为他在她的眼睛里看到了另一个女子的眼睛。那是一双神秘的羊眼睛，如同维吾尔古歌《黑眼睛》一样在他的内心深处飘荡。直到燕子出现在他身边，王卫疆的内心才安定下来，他以为找到了真正的爱情，因为当年就是燕子收养了他的两只放生羊。然而命运的狡黠在于，在燕子的眼中，王卫疆并不是她多年来预想中的放生少年的模样，王卫疆太善良，他竟然只会给羊放生而不会杀羊，这让一直在潜意识中以羊自居的燕子失望，因为在草原女儿燕子的心中，羊生来就是要被杀的，杀羊是一门艺术，真正会杀羊的人是有佛性的人，羊在他的刀下体会的不是痛苦而是快乐。于是燕子爱上了朱瑞，她眼中的朱瑞就是那种杀羊能进入善人境界的好手。放羊的王卫疆在爱情上败给了杀羊的朱瑞，这是王卫疆不能接受的现实，其实这正是他命中注定要陷入的人生圈套。在燕子看来，王卫疆就是一只乌尔禾野兔，她想摆脱他，她想摆脱套子中的兔子的命运。但燕子自始至终还是没有摆脱王卫疆早年设定的圈套，因为她后来发现朱瑞也并不是她想象中的马背少年，朱瑞在她心中最后变成了大灰狼。于是她又离开了朱瑞，嫁给了一个像羊一样的“白面娃娃”。羊似乎成了两个人的爱情魔咒。燕子与王卫疆的爱情故事显然不能被视为通常意义上的爱情悲剧，因为它与社会、道德、文化等外因无关，甚至与两人的内在性格差异也无关，而只能归咎于神秘的命运。命运就是套子。两个人如同兔子在命运的套子中寻找与挣扎，而作为局中人，他们又是不自知的，这就是荒诞，一种骨子里面渗出凉意的荒谬感。

如果从这个角度看，小说中的海力布叔叔就不再是一个单纯的理想主义者了。他在本质上也是一只乌尔禾的野兔。他一辈子都在纯情与压抑中挣扎，他所爱的两个女人一个像羊（朝鲜战场上的女护士），一个像兔（王卫疆的母亲），但他把爱埋心底，最后作为孤独的牧羊人死去。虽然他的死笼罩着一层道德的光环，但他的一生无疑充满了悖谬性，在这点上他与王卫疆并无本质差异，算是另一种意义上的情同父子。此外，王卫疆的母亲张惠琴、赵晓梅的母亲张老师，她们作为来到军垦区的异乡人和弱女子，其婚姻和人生同样充满了偶然性和荒诞性，她们不过是两只误入乌尔禾的野兔而已。唯一的例外可能就是燕子的老奶奶了。那个早年当过土匪的女人选择杀掉匪首丈夫并在大漠扎根下来，无疑是她内心渴望安宁的表现。其实她选择的是确定性，她主宰了自己的命运，而乌尔禾的子民们却都在不确定性中浮沉。

四

2010 年底，红柯的第四部“天山系列”长篇小说《生命树》问世了。这无疑是红柯迄今为止最为厚重最见思想和艺术功力的作品。它展示了红柯的新神话写作同样具有强大的现实生活概括力。但红柯在强化自己的现实生活概括力的同时，并没有放弃原有的神话原型隐喻风格。一棵神奇的树——“生命树”正是这部长篇小说的神话隐喻。小说中关于生命树的神话来自作者对蒙古族的大公牛传说、哈萨克族的生命树传说、西部汉族剪纸艺术中的生命树构图，乃至于古犹太人的卡巴拉生命树传说的一种艺术的提炼和综合，体现了红柯再造神话的卓越才情。在哈萨克人那里，生命树“长在地心，每片叶子都有灵魂”。红柯说：“传说中的生命树就成了我的小说《生命树》的基本框架。”① 这意味着这部长篇小说有着树一样的框架，红柯要写的不是单个的树枝或者树叶，而是一棵大树的枝枝叶叶，且要写出枝枝叶叶的灵魂，写出他们各自平等而丰富的生命状态。这样的长篇小说与其说是被作者制作出来的，不如说是它自己自由生长出来的。哈萨克人以生命树结构宇宙，红柯则用生命树来结构自己的长篇小说艺术世界。

---

① 红柯：《最美丽的树（创作手记）》，载《生命树》，第 383 页。

确实如此，《生命树》隐含着一种树型结构。阅读的过程中，读者感觉到小说里的人物和线索仿佛一棵大树上的枝枝叶叶正在徐徐地展开或者自然地生长。由于这部长篇所叙述的历史时空跨度大，涉及的人物众多，所以作者采取了按照不同的人物交错聚焦的多角度叙事，且大量运用预叙手法，使这种多角度叙事彼此重叠和连接，以形成一棵树的整体结构。我们甚至很难看清这棵大树的主干，毋宁说它压根就没有主干，因为它从地心里一长出来就开始分叉了，而且不断地旁生枝节，如同古诗《孔雀东南飞》中所云："枝枝相覆盖，叶叶相交通。"最先出现的人物是马来新，他送女儿马燕红进乌苏县城读书，但马燕红放学被流氓强暴，从此改变了她的命运，也改变了她的实习老师王蓝蓝和高中同学徐莉莉的命运。马燕红遭强暴的偶然事件可以说是这部长篇小说的树型结构的生长点，由此派生出形形色色的人和各种各样的事来。比如她的老师王蓝蓝的爱情婚姻故事，牵涉陈辉、宋乐、张海涛等人错综复杂的情感纠葛，还涉及王蓝蓝的父亲、姐姐和姐夫的家庭生活故事，但作者对这些牵扯进来的枝枝叶叶的人物并没有简单地写成概念化的人物，而是悉心地逐一观照他们的灵魂，就像对待他的生命树上的每一片枝叶一样尽心尽力，这是红柯的这部新长篇在叙事上最显功力的地方。受到同样对待的人物还有马燕红的同学徐莉莉，她与杜玉浦、刘润生的爱情婚姻故事同样牵动人心，甚至杜玉浦的舅舅、刘润生的父母等旁枝末节的人物，作者的刻画也未有懈怠。马燕红的偶然事件还派生出她后来的乡村家庭生活，她的孩子王星火就是小说中最早看见生命树的人，是小说结构中的关键人物之一。此外，马燕红父母的爱情家庭故事，她的弟弟马亮亮的爱情故事同样写得细腻真切，体现了作者深厚的细部写实功底。当然还有马来新的战友牛禄喜，他与李爱琴的爱情故事，他与母亲、弟弟及弟媳的恩怨纷争，同样是这部长篇的树形结构中不可或缺的枝枝叶叶。凡此种种，尽管头绪纷纭繁杂，然而作者一律予以平等的叙事观照，我们很难说清楚哪些枝叶比另一些枝叶更为重要。这是一种原生态的日常生活叙事，但作者追求的并不是“显示”而是“讲述”，小说中频繁使用的元小说技法不断地提醒着读者注意，作者正在建构另一种真实的世界。这个树型世界中偶然性压倒了必然性，平等性取代了中心性，断裂性大于连续性，它与传统的现实主义或者浪漫主义叙事成规有着本质的分野，后者的叙述结构强调必然性、中心性和连续性，是某种虚构的真实，而前者原生的树型叙述结构属于后现代性的真实的虚构。

其实，小说中的生命树即作者重构的一个原型神话，这个树的原型是由公牛和神龟两个动物原型神奇地组合而成的。大公牛吃灵芝草长成了生命树，神龟卵养出大洋芋，大洋芋跟生命树连在一起，就像创世纪中公牛与神龟一起支撑大地。按照作品中的说法，牛是善良与力量的化身，而龟是智慧和狡黠的化身。牛身在凡尘但始终葆有神性，而龟匍匐在大地深处，隐喻着人性内在的欲望与灰暗。牛崇尚的是质朴、简单、实诚、直率，故而给人愚笨的印象，其实是大智若愚。龟表面上精明，精于算计，其实是人性的堕落，小说中牛禄喜的弟弟牛禄棋及其妻就是典型的龟性人格，他们设计骗走了哥哥的全部存款。有意味的是，牛和龟作为神话原型在这部小说中的众多人物身上得到了历时态的隐现，他们都隐隐约约地经历过从尚“龟”到崇“牛”的转变。首先是马燕红，她进城念书是为了考大学，是为了追求智慧，但在经历偶然性的强暴事件后，她在偏僻的村庄里完成了顿悟，她在挤牛奶的过程中悟到了佛性，是牛让她返璞归真，让她重归处子，于是她放弃了高考，此后她的生活一直与牛车相连。马燕红的人生正好体现了由追求龟的智慧到认同牛的朴拙的过程。再是王蓝蓝，她的爱情婚姻观念也经历了与马燕红类似的由龟至牛的精神轨迹。王蓝蓝最初崇拜的是陈辉那种城府很深、经验老到的男人，但结婚之后她猛然意识到了这种龟性男人的可怕，她转而想念初恋男友宋乐的单纯和愚鲁，于是她投向了宋乐的替代品张海涛的怀抱，她想体验牛性男人的刚健与质朴。虽未与陈辉离婚，但王蓝蓝最后选择了离家到偏远的山区中学教书，值得注意的是，正是她昔日的学生马燕红赶着牛车送她去的学校。还有徐莉莉，马燕红的偶然遭遇给徐莉莉的内心带来了创伤，导致她大学期间沉迷文学作品，像乌龟一样在知识的泥塘中奔突，她的猜忌和多疑伤害了杜玉浦，婚后又间接导致了杜玉浦的早衰甚至中年病亡，此后徐莉莉在痛苦中觉悟，她开始真正地理解了自己早年写的一篇论文的原意，原来孔子当年西行不是因为老子而得道，而是因为孔子从驾的牛车上悟到了人生的真谛。甚至还有马燕红的弟弟马亮亮，这个陈辉的得意弟子，他不仅在学习上得了猜题大师陈辉的真传，而且在爱情上也传承了陈辉的老谋深算，他与江南女子的恋爱渗透了陈辉的影子且变本加厉，终至分手，其后他回归牛的本真和质朴，才赢得了意大利姑娘的芳心。不难看出，这些人物的人生命运都与马燕红的一次偶然遭遇有关，而且他们的人生转变中非理性因素起了决定性的作用，这使得他们的人生形态隐含了某种内部的断裂性，甚至是前后不一致的矛盾性和悖谬性。但作者并未直接做出叙述评价，作者的叙述态度是客观而节制的，我们无法直接辨别作者的情感价值判断立场。但就在这种似是而非、似非而是的客观叙述中，作者实现了他的反讽诉求。

诚如弗莱所言："讽刺是激烈的反讽，其道德准则相对而言是明确的"，而"当读者肯定不了作者的态度为何时，或读者自己的态度应该如何时，就是讽刺成分甚少的反讽了"。① 应该说，不经过仔细的辨析，我们并不能轻易辨别作者的叙述态度。但这并意味着红柯没有自己的价值准则，事实上，红柯的价值评判在牛禄喜的人生遭际讲述中相对明晰。牛禄喜虽然姓牛，但他并不全然具有牛性人格，因为他只有善没有力，而善与力的结合才是神话中大公牛的精神内核。作为周国的后裔，牛禄喜并未参透老祖宗流传下来的《周易》中的箴言："天行健，君子以自强不息；地势坤，君子以厚德载物。"天性尚力，地性崇德。牛禄喜有德乏力，他并不是神话中大

① 诺思罗普·弗莱：《批评的剖析》，第277页。

公牛的真正传人，他给李爱琴带来的巨大痛苦正是他无力的苦果。牛禄喜从疯癫恢复正常后依旧不去见李爱琴，是因为他认为后者需要的是一个成熟的男人，而自己还止是刚刚断奶的男孩。牛禄喜的命运遭际具有讽喻性，有关他的叙事可以说强化了《生命树》作为反讽神话的特质。

第 18 章 欧阳黔森：方志小说与地方话语

在 21 世纪中国文坛中，欧阳黔森是一位有着独特风格和艺术个性的作家。尤其是他的小说创作，带着来自贵州边地的蛮荒气息和现代气韵，构成了当代中国文学地理版图中的重要组成部分。欧阳黔森的小说创作具有多面性、丰富性和差异性，它很难被简单地归并入 21 世纪的时尚文学潮流，故而往往容易被我们时代的文学同一性所遮蔽。然而，如果我们从文学与传统的角度考察，特别是把欧阳黔森的小说创作纳入 21 世纪以来中国文学传统的复兴层面进行考量，我们会发现欧阳黔森的小说创作具有新的文学史意义。事实上，欧阳黔森在小说创作中不仅显在地传承了蹇先艾、何士光等中国现当代贵州作家的新文学现实主义传统，而且还潜在地复活了志怪、志人、博物、搜神、传奇、方志、笔记等中国古代文学传统资源。

一

对当代中国地质队员的生活书写和形象塑造，构成了欧阳黔森早期文学创作的主心骨和原动力。凭借着独特的地质人书写，欧阳黔森抵达了人性剖析和生命叩问的普遍境界，避免了沦为行业作家的所谓行业写作。应该说，早年的地质队员生涯深刻地影响了欧阳黔森的文学创作，他所要开辟的正是一条属于当代地质人的文学蹊径。作为一个职业地质工作者，欧阳黔森不仅具备广泛的人文地理学知识素养，而且有着专业的地质学知识和经验储备，这就使得他在小说创作中能够充分地调动自己的专业地质知识作为文学叙事的躯干或者血肉，而不仅仅是流于习惯性的人文地理风光的背景介绍，真正让专业地质学的知识性叙事成为文学叙事的内在有机构成，这是欧阳黔森小说创作的一大特色。事实上，我们在欧阳黔森的大部分小说中都可以见到不同程度的地质知识性叙事，这种专业性很强的知识性叙事不仅涉及外在的生态环境描写层面，还涉及人物的生活经历和经验层面，更重要的是深入了人物的生命体验和精神境界层面，这就不单单是借专业知识而炫技了，也不再是拘囿于职业范围和行业领域的行业性写作了，而是抵达了知识性叙事的审美境界。

在欧阳黔森的小说创作中，他走的正是这样一条现代博物体知识性叙事之路。他尝试着从不同的艺术路径将自身的专业地质学知识、地质生活经验和生命体验融入小说叙事中，给传统的博物体小说灌注了现代科学精神和人性内涵，形成了别具一格的当代地质人知识性叙事形态。欧阳黔森的这种当代叙事探索首先表现在小说创作中以地质知识话语作为叙事背景，着重讲述地质人的生活经历和情感故事，揭示当代地质人的人生困扰和精神困惑。如短篇小说《有人醒在我梦中》，以第一人称讲述“我”和白菊这两个野外地质队员之间无言的爱情故事，人物身份和生活环境都属于地质知识话语，但这种地质人的复杂爱情心理却超越了题材和身份，具有人性的普遍性。欧阳黔森小说创作中还有另一种更深层次的地质知识性叙事模式，这就是正面切入和深度摹写当代地质人的野外地质职业生存状态，此时的地质知识话语不再是作为表层叙事背景而存在，而是构成了深层的文本叙事主干，它支撑起了这类地质知识性小说叙事的整体架构。中篇小说《穿山岁月》和《莽昆仑》就是这类力作，它们都属于第一人称的地质人叙事作品，带有明显的亲历者痕迹。这类小说叙事中荟萃了地质人所见所闻的各种异人异俗、异物异产，故而叙事光怪陆离、神秘诡异。而且叙事人时时处处都以地质人的专业眼光和知识视角观照生存环境，故而小说中有关大地山河、珍禽异兽的描写都不再是常见的抒情诗和风景画的笔法，而是具备传统的博物眼光和现代的科学智慧，属于分析性的描写和描写性的分析，闪烁着理性的审美之光。《穿山岁月》共分三章，尽管主要人物由“我”、郜德、苏工三个地质勘查人员组成，但实际上三章分别讲述了三次进山勘探经历，时间上似连实断，从叙事结构上看属于典型的空间化叙事。第一章写进梵净山原始森林采样，遭遇云豹、黑熊、五步蛇、旱蚂蟥、长脚巨蚊、老虎的侵扰，第二章写进山抽查样品，集中笔力写深山的水系和地貌，以及地质队员遭遇性变态者的奇特经历，第三章写工作点检查，重点放在少数民族边地风情描绘上，尤其是“美人鱼”的出现充满玄幻色彩。显然，这种空间组合结构的小说便于展示博物体知识性叙事的优长，有利于作者对异物异俗、异人异貌展开穷形尽相、镂金错彩的铺排式描绘。相对于写云贵高原的《穿山岁月》而言，写青藏高原的《莽昆仑》在艺术境界上更显阔大而苍茫，但二者在致力于传统博物体知识性叙事的现代转换方向上是一致的。这部中篇写了“我”、李子和张铁三个高原探矿者的神奇经历，他们先后遭遇了神鹰白雕、神女格桑梅朵、昆仑雪狼、高原旗树、草甸子花开等人间异物异人异景，小说在一连串的空间艺术描摹中展示了现代博物体知识性叙事的魅力。

欧阳黔森小说中第三种地质知识性叙事模式表现为，地质知识话语虽然不再是叙事主干，但也并非那种外在的叙事背景，而是作为基本的或者辅助性的叙事动力存在，并在不同程度上推动小说故事情节的发展，或者改变小说叙事的方向和结局。显然，这种类型的地质知识性叙事更适合反映复杂广阔的社会现实生活，它使传统的博物体叙事模式从空间化叙事向着时间化叙事演变。比如中篇小说《八棵苞谷》，讲述一个贫穷的贵州小山村白鹰村通过计划生育和科技致富而改变农村落后面貌的故事。故事的动因在于当地的石漠化地质地貌，这种看上去美丽而实际上无法耕种的喀斯特地貌使山民世代陷入贫困，小说的主人公三崽和三崽爹的种种人生不如意皆因石漠化地质而起，儿子讨不到对象，父亲抬不起头，想给儿子换亲然而女儿又不同意，由此引发了一系列情节冲突。最后白鹰村成了小康村，三崽娶到了媳妇，三崽爹作为老歌王重新开嗓歌唱，这主要归功于地质专家发现了乱石层下的黏土层，由此改变了山民的生存环境。小说的结局确有光明尾巴之嫌，但其叙事主体部分主要描述的还是石漠化地质地貌给主人公人生命运所带来的困扰，这种现代博物体知识性叙事形态显然能给读者带来陌生化的阅读感受。于是在《八棵苞谷》的中篇基础上，欧阳黔森又创作了长篇小说《绝地逢生》，讲述盘江村民在村支书蒙幺爸的带领下不断克服石漠化地质地貌所带来的生存困境而重获新生的故事。三崽和三崽爹摇身一变成了蒙大棍和蒙幺爸，与此同时又派生出诸多人物以及复杂的情节冲突，诸如乱石坡上围土造耕地、种植农村经济作物、开办农作物加工厂、兴修水窖水库等，由此大大拓展了《八棵苞谷》的地质知识性叙事的话语空间。与《八棵苞谷》相仿，中篇《水晶山谷》同样也是借助地质知识话语来推动整个故事情节的发展及其结局。这篇小说旨在对中国社会市场经济转型过程中人性的异化与生态环境的恶化展开批判，青年山民田茂林为了改变贫困的生活现状，受到地质专业人士兼商人李王、马学仕、杜鹃红的金钱蛊惑，他不顾亲人的劝阻一意孤行，终于在一场水晶山谷的爆破中被埋葬。紫袍玉带石是原产于梵净山中的石中珍品，围绕着奇石的勘探和市场开发构成了这部小说的主线，小说中用了大量篇幅描绘当地的地质奇观及奇石的形成，体现了作者独特的现代博物体叙事素养。

除了作为主要线索的叙事动力之外，欧阳黔森笔下的地质知识话语有时候仅止于作为辅助性的叙事动力存在，但它依旧给欧阳黔森的小说带来了新奇的博物色彩，或者说增添了奇异的博物元素。这在很大程度上也可以理解为欧阳黔森小说创作中现代地质博物体叙事的泛化，有关地质学的知识性叙事因此也成了欧阳黔森小说艺术的一个典型符码。比如中篇小说《白多黑少》，这原本是一篇叙写当代都市中年男女情感焦虑症的作品，男主人公萧子北深陷三个女人的情感纠葛之中难以自拔，但在这条情感主线之外，作者又增加了一条事业复线，而在事业线索中，作为商人的萧子北因为与台商的经济往来而介入了一场关于桃花玉（学名蔷薇炭石）的商战，由此作者巧妙地把地质知识性叙事融入当代都市爱情叙事和职场叙事之中，遂使这部中篇平添了不少阅读兴味。无独有偶，长篇小说《非爱时间》也是一部讲述当代都市中年男女情感和婚姻困局的作品。在这部带有怀旧色彩的作品中，男女主人公都想回到早年生活过的地方——“十八块地”，小说开篇即由一封假电报“救救十八块地”而展开，但随着故事情节的推进和变化，到小说临近结局之时，那封假电报的内容居然变成了真的，因为“十八块地”被地质队发现了金矿，而开采微细粒金矿必须要用剧毒氰化钾分解，这意味着不出十年，等金矿开采完，“十八块地”就成了死地。于是，对于出身于地质世家的黑松和鸽子夫妇而言，他们的中年婚姻危机已然与精神家园危机纠结在一起。应该说，地质知识性叙事的介入，使得这部长篇增添了新的叙事动力，也给读者带来了新奇的阅读感受。如出一辙的是，短篇小说《断河》也是在故事后半段中出现了地质知识性叙事，老刀和老狼的快意恩仇在下一代身上延续，这原本是一个新版民间武侠故事，但结尾却转向了断河那一带因出产丹砂矿而逐渐发展成为汞都，当地的地质开采给主人公后裔的命运带来了意想不到的变化，由此折射了世风日下与古风不存。不难发现，在这三部以地质知识话语作为辅助性叙事动力的小说中，作者始终没有放弃他的现代生态保护意识。

需要补充的是，在欧阳黔森的现代博物体知识性叙事中，他虽然主要迷恋于地质知识性叙事，但这并不意味着作者知识性叙事的单一或单调，因为且不说作者的地质知识性叙事原本就十分的丰富和复杂，更重要的是，欧阳黔森在地质知识性叙事之外也在努力尝试其他不同类型的民间技艺知识性叙事。比如《断河》中对老刀和老狼的刀法枪法的精妙描摹，就初步展露了作者对兵器知识的熟稔。尤为不能忽视的是，欧阳黔森在中篇《敲狗》和短篇《远方月皎洁》中都写到了贵州人的民间敲狗技艺，只不过前者是现代主义的象征化和寓言化写法，而后者是现实主义的传统做派，但都明确揭示了人性的残酷与温情的交错。尤其是《敲狗》一篇，作者花费了大量篇幅对贵州花江镇人的杀狗技术做了精细而逼真的描摹，包括敲狗的具体技术环节，敲完狗后如何在烫水中徒手取狗蹄，如何给狗开肠破肚，如何制作花江狗肉的民间秘方，如此带有先锋文学暴力叙事的逼真叙写，读来确实让人触目惊心。不仅如此，在最新发表的中篇小说《武陵山人杨七郎》中，我们又看到了作者对武陵山脉一带出产的凤凰鸡和狮头鹅的描写，尤其是对仙鹅庄老板杨老三杀鹅绝技的描摹，从往鹅脖子里强行灌酒，到用尖刀刺入鹅屁股，在鹅负痛狂奔时拖出鹅肠，最后做成味道鲜美的涮鹅肠，这一幕场景或技术流程确实让人惊惧，然而也正是在这种对民间技艺的知识性叙事中，作者实现了对人性的严厉拷问与良知的最后救赎。相对而言，《武陵山人杨七郎》中的民间杀鹅技艺是作为辅助性的叙事动力而存在的，而在《敲狗》中的民间杀狗技艺则是推动整个小说故事情节发展的原动力。虽然两部作品中作者都花费了不少笔墨做空间化的场景描摹，但时间性的故事情节编织与之相得益彰，铺陈式的描述与线条式的讲述组合得几乎天衣无缝。不难发现，无论是敲狗还是杀鹅，欧阳黔森对这些民间手艺的知识性叙事的热衷，其实隐含了他对中国古代博物体小说叙事模式的迷恋，但他创造性地转化了中国古代博物体小说叙事传统，用现代人性视野烛照出中国民间文化传统中的暗昧，体现了与传统不一样的现代眼光。

二

如果说引入地质专业的知识性叙事是欧阳黔森对中国古代“博物”小说文体传统的创造性转化，那么当我们考察欧阳黔森小说的传奇性叙事特征时，就不必固守西方文学传统中的“罗曼司”作为对“传奇”的正解，而是应当回到我们民族文学传统中的“传奇”小说文体特征上来。宋人赵彦卫曾说唐传奇“文备众体，可以见史才、诗笔、议论”①，这就全面揭示了中国传奇的跨文体写作特征，即把史传、抒情、哲理三者相融合，其中又以史传体为核心，以抒情和哲理作为小说的文体辅助手段。故而中国传奇虽然也热衷于讲故事，但更偏重于以人物为中心，常常以史家列传体或野史杂传体出现，在结构上趋向于散文化，在氛围上喜好营造抒情诗的意境，这都是中国传奇小说的优良传统，唯有文以载道的议论时常流于传统文化的迂阔之论，每每被后人讥笑，这恰恰是值得今人以现代意识改造或重塑的地方。具体到欧阳黔森的小说创作，无论短篇、中篇还是长篇，大都可以窥见作者对中国传奇小说文体传统的现代转换痕迹。欧阳黔森尤其喜欢以男女主人公的名字为小说标目，这与唐宋以来的中国传奇经典做法一脉相承。而且他的中国式传奇体小说习惯以野史杂传为宗，长于塑造民间畸人异人形象，由此证明了古典传奇文体在中国新文学中的艺术生命力。

欧阳黔森的短篇小说致力于为一系列的民间小人物立传。在综合运用史传、抒情与哲理多种文体艺术表达方式的基础上，作者始终持守现代意识和重塑民族灵魂的现代转换立场。比如《丁香》，作者塑造的丁香姑娘并非古典诗词中常见的充满愁怨的形象，相反小说一开篇就对戴望舒那首充满古典情趣的《雨巷》进行反讽，这个名叫丁香的当代贵州养路女工之所

① 赵彦卫：《云麓漫钞》，中华书局，1996年，第135页。

以让地质队员情有独钟，是因为她常年在公路上戴着草帽美丽地劳作的现代女性气质。丁香后来因为一次偶然的山体滑坡而消失，但她的牺牲给地质诗人带来了痛苦的生命领悟，小说中镶嵌了两首献给丁香姑娘的诗，这正是作者向中国传奇致敬的明证。和《丁香》相比，《梨花》的传奇色彩更浓。山妹子田梨花读过师范大学，回乡教书业绩出色，后来当了中学校长，当了副县长，被山村老人比作梨花坪的树仙。这篇小说写的就是梨花的生平轶事，就是她的个人成长小史，但作者敏锐洞察到了梨花的内心症结，她过于维护自己的理想人格和铁女人形象，牺牲了自己与李老师的美好爱情，小说末尾那首诗《这是那夜月的错》读来令人心碎，然而在浓郁的抒情诗氛围中包裹的其实是女主人公的人性异化和人格变形，这就让梨花传奇有了现代意蕴。同样是不动声色的反讽，《白莲》的结局更令人唏嘘，作者不仅写出了白莲的堕落，而且写出了白莲在堕落后的人性之光，与此同时作者还写出了妈咪内心中的良知，这一切都是为了暗示那个表面多情的阿南的伪善。白莲传奇会让人想起杜十娘怒沉百宝箱之类的古话本小说，故事曲折离奇，但人物塑造入骨三分。欧阳黔森似乎对反讽乐此不疲，他在《兰草》中加大了反讽力度，小说中的“我”越是对理想主义诗歌充满了朗诵的激情，就越能反衬出女主人公兰草的健忘和麻木，“我”对兰草的一往情深与兰草对我的无动于衷形成了尖锐的反差，而兰草的形象也就在《热爱兰草》的诗歌中得到了悖论式的凸显，由此成就了这篇别具一格的兰草传奇。还有《村长唐三草》，作者敏锐地捕捉到了一个幽默狡黠的民间村干部形象，唐三草是一个具有实干精神和叛逆色彩的农村带头人，他在治理山村石漠化生态环境、处理农村计划生育和民众上访事件中体现出来的担当精神，凸显了其独特的民间人格魅力。这篇小说读来趣妙横生，充分展示了欧阳黔森为民间野性人物作传的文学旨趣。

即使是欧阳黔森的那些并非以人物标目的短篇小说，依旧表现出了中国式传奇小说文体的影响。比如《敲狗》，小说对贵州花江镇喜好吃狗肉的民俗民风的描绘，尤其是对小说中那对敲狗的师徒关系的叙写，完全可以被视为一篇当代拍案惊奇之作。小说结局尤其意味深长，徒弟半夜偷放了那条大黄狗，师傅紧急报案遭到了警察的拒绝，而大黄狗的主人误以为是师傅信守承诺，特意送上赎金和礼物致谢，唯有那个冥顽不化的师傅还在继续琢磨着自己的敲狗生意经。这篇小说“在无情中写温情，在残酷中写人性之光，是大家手笔和大家气派”①，但小说结局的反讽意味不能忽视，它意味着人性的光芒依然难以抵御欲望的黑暗。再如《断河》，这个短篇历史时间跨度很大，从晚清写到民国再到新中国乃至21世纪，在短短的篇幅内整整写了一个贵州山寨百年间的历史浮沉和恩怨沧桑，是名副其实的山寨传奇。老刀和老狼这一对老刀客的快意恩仇令人景仰，与此相对应的是龙老大和麻老九这一对生死兄弟的暗中较量，直至最终各自死亡，这是古风的传承与变异，让世人见识了时间的无情与人性的蜕变。与《断河》这种多人物组合式传奇结构不同，《心上的眼睛》和《扬起你的笑脸》属于由单个中心人物构成的单体传奇结构。如果说前者是丁三传，那么后者就是田老师传。《心上的眼睛》以第一人称“我”的视角刻画了心目中的丁三老叔的艺术肖像，这个看上去傻笨的老人身世蹊跷、人生坎坷，却有着不被人世污染的朴直，堪称一个当代异人。《扬起你的笑脸》以梨花妹的口吻作第一人称叙事，但作者讲述的重心并不在失踪的学生山鬼及其家人身上，而是聚焦于田老师的形象刻画，这个山乡老先生的奇闻轶事和名士风度在一个山妹子的讲述中跃然纸上。《味道》是一篇当代城市爱情传奇，小说以第一人称讲述“我”与方冰、方雪姐妹的爱情故事。其实这是一场现代爱情战争，与其说作者在讲述一个爱情故事，不如说他在分析一个爱情故事。这种分析性的叙述使文本具备了强烈的现代心理分析色彩。《姐夫》与《味道》堪称异曲同工。《味道》中的“我”先暗恋妹妹方雪，最后却成了方雪

---

① 参见《欧阳黔森短篇小说选·前言》，贵州人民出版社，2014年。

的姐夫，即方冰的未婚夫。《姐夫》中的“我”也是先暗恋妹妹肖二清，后被妹妹转手介绍给了姐姐肖一水，成了肖家人口中大受欢迎的姐夫。这两个“姐夫”其实是同一个“我”，作者通过不同的角度讲述或曰分析“我”的爱情史、成长史和心灵史。自我分析与他者分析相结合，一起成就了“我”的爱情传奇。

虽然欧阳黔森中篇小说中的人物和情节更加复杂，但作者依旧把主要人物形象的塑造放在叙事的中心，不会让离奇的故事情节去消解人物形象的立体，由此创造了不少性格复杂的民间野生人物形象。即使在中篇小说创作中，欧阳黔森同样表现出对于抒情和哲理的浓厚兴趣，强烈的理性思辨色彩与浓郁的抒情诗或风俗画交融在一起，把作者致力于书写民间人物野史杂传的艺术宗旨有力地彰显出来。《白多黑少》表面上是一篇流行的城市职场小说，但作者的主要意图不在于职场叙事而在于男主人公萧子北的双重性格塑造。作为民营企业老板，萧总在情场和商场上呼风唤雨、如鱼得水。在情感叙事线索中，作者通过讲述萧总周旋于妻子、情人和女助理之间的复杂纠葛来展示他的心理困境，而在事业叙事线索中，作者又通过讲述萧总周旋于下属、外商和官员之间的复杂争斗来展示他的人生困局。虽然他明知黑多白少是大罪，白多黑少是小罪，但他已经越陷越深，无法再走阳光下的白道。无论情场中还是职场上，萧子北都处于严重的精神分裂状态，所以《白多黑少》堪称当代商界拍案惊奇，商业市井气息与现代精神分析熔于一炉。如同《白多黑少》有个中心人物萧子北一样，《水晶山谷》也有个中心人物田茂林，他们都是当代野史杂传的传主。山村青年田茂林像萧子北一样内心被严重撕裂，一方面他被李王为代表的现代商业势力所裹挟，一步步陷入商业陷阱，直至最终被玉石开采爆破所埋葬，另一方面他生前又始终牵挂着未婚妻白梨花等山村亲人及其所代表的传统道德价值观念，所以田茂林的人生悲剧就是我们时代转型的分裂心理投影。不同于前面两部中篇的中心传主结构，作为中篇小说姊妹篇的《穿山岁月》

和《莽昆仑》都属于群像式人物结构，其中各种边地野性人物群生杂处，可谓异人野外生存大观。《穿山岁月》中的地质人主要有绰号叫“正确”的部德，绰号叫“算卵了”或“输精管”的苏方，地质诗人“我”、青年地质队员小李和小张。部德善良而怯弱，他的性格和命运让人唏嘘。苏方强悍而放达，洋溢着地质人的豪情，也释放着野生人的不羁。相对而言，“我”和小李、小张的形象不及部德和苏方的形象塑造得立体，多少有些平面化。《莽昆仑》中的地质人主要有李子、“我”（石叔）和张铁，此外还有藏民向导扎西、格桑书记、格桑梅朵，以及神鹰、白狼、旗树、月亮等物象，这些神物和人物一样在作家的笔下受到尊重，他们或它们共同构成了莽莽昆仑诸神谱系。值得一提的是，这两部中篇中都穿插有地质诗篇，如《勘探队员之歌》《山村女教师》《勋章》《那是中国神奇的版图》，它们已经和小说中的叙述与议论融为一体，共同丰富了野史杂传的文体互渗特征。中篇《非逃时间》也是一部构思奇特的人物群像小说，作者通过“瞎子”被假双规的导火索，引出一群老知青战友的闹剧或世情图。包括司马林、江菊荣、高起、谢红星、罗志广以及瞎子本人在内的众生相在作者嬉笑怒骂的笔法下逐一现形，所以这是一部知青现形记，也是一部纵贯了知青的前世今生的武陵山知青列传。

从欧阳黔森迄今为止影响最大的两部长篇小说《绝地逢生》和《奢香夫人》来看，他对于明清通俗化的章回体长篇小说叙事模式更为熟稔，比如以《岳飞传》或《说岳全传》为代表的中心主义“树状”人物结构模式就对欧阳黔森的这两部长篇小说构思有着明显的影响，而对于明清文人化的章回体长篇小说叙事模式，如《水浒传》和《红楼梦》为代表的多元主义“块茎状”① 人物结构模式，欧阳黔森则相对生疏。《绝地逢生》是一部反映新时期贵州农村改革历史进程的长篇力作，这部作品很容易让读者联

① 参见道格拉斯·凯尔纳、斯蒂文·贝斯特：《后现代理论——批判性的质疑》，张志斌译，中央编译出版社，1999 年，第 128—133 页。

想起《创业史》，这不仅仅是因为题材上具有历史的连续性，一个通过讲述北国村庄蛤蟆滩的故事，写当代中国农村的革命（从合作化到人民公社）进程，另一个通过讲述南国村庄盘江村的故事，写当代中国农村的改革（从联产承包到市场经济）进程，更重要的是，这两部当代长篇小说都受到了中国古代长篇小说中心主义树状人物结构模式的影响，显然这样更加有利于作者进行宏大英雄叙事。《创业史》以农业合作化带头人梁生宝为叙事中心，他的养父梁三老汉、恋人徐改霞、穷苦兄弟高增福等是作为他的助手或副手出现的，虽然有时也会给他带来困扰，而蛤蟆滩“三大能人”郭振山、郭世富、姚士杰则是他最强大的政治对手或敌手，但梁生宝的背后有王书记等为代表的党的坚强领导，故而梁生宝及其村庄的革命伟业取得了初步成功。《绝地逢生》堪称新时期的《创业史》，这部长篇以农村改革英雄蒙幺爸为叙事中心，他的三个儿子及其儿媳蒙大棍与黄九妹、蒙二棍与韦号丽、蒙三棍与禄玉竹都紧紧围绕在他的周围，还有亲家翁韦嘎公和黄大有、黄昏恋人冯玉珍、村会计李贵民也都被他的光环所笼罩，这些助手或帮手有时候也是他的对手，但毫无疑问都是他的配角，都不能撼动他的文本中心地位。甚至蒙幺爸的背后也有一个王书记（曾经是王副区长）在做他的坚强改革后盾，这与梁生宝背后的王书记如出一辙，由此我们不难发现两部当代农村题材长篇小说之间的艺术结构渊源。《绝地逢生》虽然人物众多，但它不妨称为《蒙幺爸传》，这正如《创业史》也可以称为《梁生宝传》。至于《奢香夫人》，这部明代题材的长篇历史小说干脆以女主人公的名号来标目，是名副其实的奢香夫人传奇。小说以奢香夫人为叙事中心人物，围绕在她身边的有夫君贵州宣慰使霭翠、三爷莫里将军、贴身丫鬟朵妮等人充当叙述功能上的帮手角色，还有二爷格宗、女土司那珠、乌撒部落头领诺哲老爷、元梁王巴扎瓦尔弥、大明贵州都督马烨等人是其叙述功能上的对手角色，至于老管家果瓦之类则介于帮手与对手之间不断换位。同样，奢香夫人之所以创造了一代传奇事业，这是与她背后的大明王朝开国皇帝朱元璋、大将军傅友德、大学士焦光等人的政治支持分不开的，从中我们不难看到《奢香夫人》与《绝地逢生》在宏大英雄叙事与中心人物结构上的同一性。倒是在《非爱时间》中可以发现欧阳黔森跳出中心主义树状人物结构模式的努力，这部长篇小说以黑总（黑松）和陆总（陆伍柒）两个来自“十八块地”知青农场的商界精英为双重叙事中心人物，分别串联出各自的情感线索人物，如黑总的妻子郝鸽子、前恋人卢竹儿，陆总的梦中情人萧美文、人生知己梅青杨，由此展开复杂的现代情感纠葛故事。这种趋近多中心的人物谱系虽然尚未抵达所谓让所有人物形象自由生长的多元主义“块茎状”人物结构，但毕竟让我们看到了欧阳黔森驾驭长篇小说结构的新趋向。

三

与贵州前辈作家蹇先艾、何士光一样，欧阳黔森的小说创作始终体现着对贵州这方水土的热爱。实际上，欧阳黔森的小说创作还深受沈从文湘西小说的影响。他的家乡贵州铜仁在明代以前和湘西同属沅陵郡管辖，直至明末铜仁才被划归黔地，而且连同湘西人最为自豪的武陵山主峰——梵净山一起被划归贵州。虽然行政区划归了贵州，但铜仁的文化背景和文化传统还是属于楚文化范畴，这就让欧阳黔森与湘西之子沈从文之间有了天然的亲近感。他们各自故乡的距离竟然不到六十公里。虽然沈从文给了欧阳黔森巨大的文学启示，但他也给欧阳黔森带来了巨大的文学阴影①。然而欧阳黔森毕竟是有着巨大创造力的作家，他做到了“绝地逢生”，从沈从文巨大的湘西文学高峰阴影下走出来，开辟了属于自己的地域性文学道路。欧阳黔森笔下的武陵山脉和乌蒙山脉、“十八块地”和“三个鸡村”，这些

① 参见欧阳黔森：《故乡情结》，载《水的眼泪——欧阳黔森选集》，广西师范大学出版社，2017 年，第 76 页。

独特的地域文学符号或文学地理版图已经赢得了读者的认可和赞赏。在欧阳黔森的黔地方志小说创作中，通过对黔地自然风物的博物书写，以及对黔地奇人异事的传奇书写，作者的终极意图还是为了达成对黔地的地方性文化书写。相对于两位贵州文坛前辈蹇先艾和何士光而言，欧阳黔森的地方性叙事确实有着不同的文化旨趣。如乡土文学家蹇先艾，鲁迅评价他的小说代表作《水葬》“对我们展示了‘老远的贵州’的乡间习俗的冷酷，和出于这冷酷中的母性之爱的伟大”①，这是一种站在启蒙现代性立场上的文学批评，用现代人性和人道主义价值体系批判性地审视贵州边地的文化愚昧状态。而半个世纪后蹇先艾评价何士光的小说成名作《乡场上》时写道：“它通过梨花屯发生的一场小小的纠纷，真实地反映了新的农村经济政策的强大威力，使忠厚老实的冯幺爸觉醒过来，挺起腰杆，理直气壮地对长期压在人民头上的封建宗法势力进行了斗争。”② 这同样是站在现代人性和人道主义立场上对中国封建文化潜结构的批判性审视，由此可见从蹇先艾到何士光的黔地小说创作都属于典型的现代地域性叙事形态。

与两位贵州文学前辈不同，欧阳黔森的黔地方志小说实现了对现代地域性叙事模式的反拨。这就是不再固执于现代人性论和人道主义立场批判性地审视黔地文化传统，不再简单地把黔地文化视为愚昧的渊薮和落后的符号，而是从地方性知识和文化视野出发，努力发掘黔地本土文化中的积极因素与有效资源，致力于黔地文化传统的创造性转化。这是一种重构性的后现代文化姿态，它有别于那种解构性的现代性文化战略；后者往往致力于消解和颠覆既有的地方性文化传统，致力于现代性文化认同和西方中心主义叙事，因此必然会忽视对本土文化传统的现代转换。比如欧阳黔森的《敲狗》，这篇小说中实际上出现了三个主要人物，但一般读者只会关注

① 鲁迅：《〈中国新文学大系〉小说二集序》，收入《鲁迅全集》第 6 卷，人民文学出版社，1981 年，第 246 页。

② 蹇先艾：《序》，见何士光：《故乡事》，四川人民出版社，1982 年，第 1—2 页。

师傅和徒弟，而常常会忽视卖狗的中年汉子。毫无疑问，师傅的残忍意味着利欲熏心和人性异化，徒弟的善良或者良心发现意味着人性的复归或曰永恒的人性，如果仅从这两个人物形象的塑造来推断这篇小说的所谓主旨，那么必将得出现代地域性叙事的反传统结论，认为这是一篇致力于批判黔地文化传统或文化陋习的小说。但仅仅意识到这一点显然不够，因为这样的解读对作家作品并不公允，其实小说中的中年汉子是一个不可或缺的主角而不是可有可无的配角，他的存在就是为了凸显黔地文化中的山野精神和人格力量。这个乡巴佬纯朴善良，重然诺讲信义，其言行举止的细枝末节处均体现着古道热肠。可以这样说，写师傅和徒弟，是为了确立现代意识；写中年汉子，是为了表彰传统风范；二者统摄在一起，则是旨在传达由于现代人性的异化而必须致力于传统文化人格的创造性转化。再如《断河》，这篇小说塑造了三代民间奇人，第一代是老刀和老狼，两人为赢得梅朵的爱情而决斗，虽然刀光剑影、场景惨烈，但快意恩仇，绝没有半点小人气量，尽显民间侠义本色；第二代是龙老大和麻老九，鉴于麻老九生性懦弱，龙老大以一种无情的方式暗中保护麻老九的生存，以此不辜负母亲梅朵的遗嘱；第三代是麻老大，这个民间英雄侠客的后裔最终沦为一个平庸的汞矿工人。这意味着曾经的英雄好汉及其所承载的重情好义的民间文化人格力量，在历史的变迁中逐渐泯灭殆尽。所以“断河”隐喻着民间本土文化传统的断裂，作者写断河、断江和断寨的民间历史风云，其意不在以现代性理论武器批判民间本土文化传统，而在于地方性文化传统的凭吊、追寻与重塑。

与《断河》的凭吊姿态不同，《村长唐三草》直接表达了对当代中国社会现实生活中的民间文化人格及其地方性文化形态的推崇和欣赏。主人公唐三草的绰号来源于他的爱情和婚姻挫折，他喜欢以“兔子不吃窝边草”“好马不吃回头草”“天涯何处无芳草”来为自己的尴尬处境开脱，其实隐含了他身上的达观人生态度。唐三草是个民间牛人，具有水牛脾气，他貌似随遇而安，其实极有生命韧性，他敢于不当公办教师而回村创业当村长，这种选择既体现了他的生活勇气，也凝聚了他的民间智慧。当了村长后他频繁动用自己的民间生存智慧与上级和村民周旋，他处理问题的方式带有强烈的民间戏谑色彩，寓滑稽于严肃，积极的应对中隐含着消极的应付，展示了民间地方性文化人格的魅力。与《村长唐三草》异曲同工的是《武陵山人杨七郎》，这篇小说塑造了一个快人快语、恩怨分明、疾恶如仇、敢于刺刀见红的当代民间异人形象。杨七郎本名杨起郎，他的绰号自然是受到了传统章回小说或民间评书《杨家将演义》的影响，但他确实身上有古典英雄杨七郎的豪侠之气。欧阳黔森笔下的杨七郎相继坐了两次班房，一次是他徒手打废了吴村长的一个睾丸，起因是他发现了吴村长与梨花妈“走草”（野合）；还有一次是他用一把尖刀刺伤了杨老三的屁股，起因是杨老板当面表演残忍的涮鹅肠手艺。有意思的是，如此莽撞的杨七郎又是一个吃软不吃硬的家伙，为了配合杨老三找回尊严或脸面，小说结局时的杨七郎当众表演了在腿上自插一刀的壮举。尽管最后还是弄巧成拙，引来误会和谑笑，但武陵山人杨七郎的民间野性精神或古典豪侠人格已经跃然纸上。

长篇小说《奢香夫人》和《绝地逢生》堪称地方性叙事的姊妹篇。两部作品分别从历史题材和现实题材分头开掘贵州的地方性文化叙事资源，这使得这两部表面上看似大相径庭的作品在文化精神旨趣上具有同一性。《奢香夫人》讲述的是元末明初贵州彝人部落的故事，塑造了以奢香夫人为代表的古代彝人部落的开明领袖形象。但作者并没有简单地或直线地展开现代地域性文化叙事，即单纯从先进的汉人古典精英儒家文化的角度批判性地审视彝人落后的传统文明形态，而是兼顾作为地方性文化的彝人文化与作为中心或主流的汉人古典精英文化之间的“主体间性”，即在强调地方文化向中心文化认同的同时也必须保持地方文化的相对独立性，而不是在向中心文化认同的过程中失落了地方文化传统。地方性文化与中心性文化之间应该彼此互为主体，而不是以各自为对方的“他者”简单地同化或被同化。于是我们看到，在讲述女主人公奢香的成长史的过程中，一方面，作者花费大量笔墨讲述了奢香夫人向汉人古典精英儒家文化学习和效仿的故事；另一方面，作者也强调了奢香夫人在与汉族中央政权大明王朝打交道过程中努力坚守自己的少数民族文化独立性。奢香从小就在四川娘家永宁彝族土司闺阁中学习儒家文化经典，嫁入贵州水西彝人部落霭翠家族中后又坚持效法儒家实用型政治伦理文化管理部落臣民，比如修路建桥、兴办汉文化学堂、改良农作物品种、发展商品经济贸易，大力促进彝人部落与汉人之间的经济和文化往来。尽管在这个效仿和认同汉族权威儒家文化的过程中，奢香夫人也曾遭遇到大管家果瓦等人乃至夫君霭翠的反对，但她都能从容应对并一一化解。她不仅运用儒家仁政理念化解了水西部落霭翠家族内部的矛盾，而且最终平息了彝人水西部落与乌撒部落之间的纷争，甚至她还运用汉人的儒家仁政理念化解并平息了彝人本土部落与汉人地方政府之间的矛盾和冲突，凡此种种皆说明奢香夫人在汉化过程中的身体力行与文韬武略。

但我们必须同时看到，这部长篇小说不止写奢香夫人为代表的少数民族彝人部落向汉文化的认同与皈依，还重点写到了奢香夫人以及彝人部落面对汉化的恐惧与游移、反抗与坚守。奢香夫人在夫君霭翠墓前的独白，就集中体现了她内心的文化困惑，所以她在送儿子陇弟去大明王朝京城学习之时，特意让儿子带上彝人文化典籍，希望这位彝人将来的地方领袖不要在汉化的过程中失落了彝人自身的地方性文化传统。小说最后重点写到了贵州宣慰使奢香夫人与贵州都督马烨之间的斗智斗勇，这其实就是为了凸显奢香夫人在汉化过程中坚守彝人少数民族地方性文化传统的勇气。无独有偶，在《绝地逢生》中作者也重点讲述了盘江村彝人党支书蒙幺爸为了发展地方农业经济与上级县乡基层政权之间的龃龉与冲突。蒙幺爸敢于顶撞那些不懂当地社会经济发展实际状况而瞎指挥的基层领导，正好体现了他身上倔强而自信的少数民族地方性文化精神。显然，这部长篇并没有将重点放在现代地域性叙事上，也没有将笔墨主要用于刻画少数民族地区的文化落后，而是将少数民族地区的经济落后作为故事的主要动力源。在现代地域性叙事中，文化落后往往意味着愚昧，意味着需要现代性启蒙。而在《绝地逢生》中，作者坚守彝人少数民族地方性文化传统的相对独立性，将叙事重心放在当代彝人改造石漠化地貌的改革进程上，不但没有为了满足受众的猎奇心理而大肆渲染少数民族的文化落后面貌，相反处处都在彰显以蒙幺爸为代表的当代彝人群体的务实奋斗精神。作者关注的文化重心已然转移至当代贵州少数民族文化精神的发掘、再造与重塑。

作为当代贵州作家，欧阳黔森一直在不断地拓展着自己的贵州地方性文学版图，他的黔地方志小说已经和正在迎来新的开疆拓土时期。在欧阳黔森的黔地方志小说系列中，我们不仅可以见识到特殊的贵州地理地貌，还可以赏鉴到一连串的贵州异人异事，甚至可以聆听到别样的贵州民族歌谣或者是作者全新创作的地方性诗篇。质言之，欧阳黔森的黔地方志小说其实是将以地理为中心的博物传统、以人物为中心的纪传或传奇传统、以诗文为中心的抒情传统三者近乎有机地结合在一起。这种三位一体的艺术境界虽然在欧阳黔森笔下尚未臻达化境，但我们有理由期待他更加高远的文学未来。

第19章　乔叶：心理现实与女性写作

一

在21世纪的中国文坛，乔叶是一位逐渐显示出艺术大气象的小说家。乔叶的20世纪90年代是属于散文的，初登文坛的她沉醉于写“美文”，这种文体曾让她声名鹊起，但外形上的纤小和骨子里的无力也是毋庸讳言的事实；而乔叶的新世纪显然是属于小说的，她的一系列长、中、短篇小说佳作，如《我是真的热爱你》《最慢的是活着》《指甲花开》《打火机》《解决》《妊娠纹》等，一反其“美文”的亮色，转而着意开掘人性的心理暗角，在依旧唯美的语言外衣下泄露心底的黑色，这种悖反的风格给乔叶的小说带来了极大的艺术张力，乔叶也因此而成为当下中国文坛以心理现实主义为其显著特色的女性小说家。

乔叶的小说处女作是发表在《十月》1998年第1期上的短篇《一个下午的延伸》。如今看来，这个最初的尝试实际上给她后来的小说创作奠定了艺术基调。这篇小说讲述了一个女下属与她的男上司之间近乎无痕的婚外恋情，但作者的笔力几乎全部用来描述两个人的这场悄无声息的心理角逐，心理描写曲折有致，心理细节繁复多姿，把男女主人公各自内心深处那块看不见的“黑暗的陆地”① 呈现在读者眼前，由此表现了乔叶在小说创作上的巨大潜能。关于自己为何要从散文转向小说写作，乔叶曾说过这样耐人寻味的话：“小说的种子经过了漫长的埋伏，已然到了最合适的时候，它必得破土而出。而孕育这颗种子的肥料也在我心中经过了充分的发酵，再不写的话，我就会病倒。写散文的这些年里，我把一条条的鲜鱼捧上了餐桌，可作为厨师，我怎么会不知道厨房里还有什么呢：破碎的鱼鳞，鲜红的内脏，暧昧黏缠的腥气，以及尖锐狼藉的骨和刺……如果不诉诸于小说，这些东西就会成为我心灵里越来越重的麻烦和越来越深的毒。”“感谢小说。它接纳了我的这些麻烦和毒。接纳就够了。接纳本身就意味着调理和医治。我把这些麻烦和毒在小说中释放了出来。……小说慷慨地给了我一片最广袤的空间，任我把心里带罂粟花色调的邪火儿和野性儿开绽出来。——这便是一种最珍贵的精神礼物。”② 对于乔叶来说：“好小说是打进大地心脏的利器，能掘出一个个洞来。功力有多深，就能掘多深。……最好能深到看见百米千米地层下的河流、矿藏和岩浆。——如何毫不留情地逼近我们内心的真实，如何把我们最黑暗的那些东西挖出纸面：那些最深沉的悲伤、最隐匿的秘密、最疯狂的梦想、最浑浊的罪恶，如何把这些运出我们的内心，如同煤从地下乘罐而出，然后投入炉中，投入小说的世界，燃烧出蓝紫色的火焰，这便是小说最牵人魂魄的力量和美。”③ 这就是乔叶的小说观，坚定、鲜明而富于挑战性。小说就是为了挖掘人心的黑暗，就是为了刮骨疗毒，因此小说就是治疗，小说家由此也成了心理医生，无论救死扶伤还是自我疗救，小说都是庄严的精神行动。可见，乔叶与深受弗洛伊德精神分析学影响的奥地利著名心理现实主义小说家茨威格在写作观念上无疑是

---

① 米歇丽·蒙特雷：《女性本质的研究》，载张京媛主编《当代女性主义文学批评》，北京大学出版社，1992 年，第 422 页。

② 乔叶：《我和小说》，载《我承认我最怕天黑》，山东文艺出版社，2007 年，第 4 页。

③ 同上。

契合的。当然，对于法国著名女性主义小说家西苏的一段话，想必乔叶也会感同身受，西苏说："我不是那种喜欢黑暗的人，我只是身处黑暗之中。通过生存于黑暗，往返于黑暗，把黑暗付诸于文字，我眼前的黑暗似乎澄明起来，或者简单说，它逐渐变得可以接受了。"① 正是在对内心黑暗的体验和书写中，乔叶逐步实现着自我心理治疗和精神救赎。

在中国当代文坛，老实说，能形成自己个性化的小说观的作家本不多见，而能锤炼出深刻的小说观并在写作中一以贯之的小说家就更属凤毛麟角了。大多数的小说家盲目地跟风写作，不但不配引领小说潮流，反而在小说时尚中迷失了自己。而半路出家的乔叶，凭借其鲜明的女性心理现实主义写作，在21世纪乃至于整个新时期的中国文坛迅速找到了属于自己的艺术位置。新时期以来，女性小说家绝对占领了小说界的半壁江山，她们的小说异彩纷呈、争奇斗艳，要想在这个年代的女性小说界赢得一席之地，并不容易。但乔叶做到了，这不难从新时期女性写作的精神系谱或者艺术谱系中分辨出来。大体而言，新时期女性小说写作可以划分为这样三种形态：一种是自恋型写作，20世纪80年代以张洁为代表，进入90年代又加入了陈染和林白两位女性主义小说家推波助澜；她们的小说都带有强烈的女性自恋色彩，无论是张洁痛苦的女性理想主义，还是陈染和林白激进而执拗的"姐妹情谊"，在对当代中国女性自恋心理的开掘上都功不可没。与自恋相对立而构成了另一极的是自渎型写作，这在90年代末以来的"70后"和"80后"所谓美女作家的笔下屡见不鲜，尤其是名噪一时而后转入沉寂的卫慧和棉棉，她们的小说中充满了当代城市前卫青年女性的自渎或者自毁书写，而且在身体写作或者欲望写作的幌子下大肆贩卖残酷的青春物语，至于后继者春树的小说，则有过之而无不及。然而，新时期还有一种特别的女性自审型写作，它介于自恋与自渎之间，虽然也处在自恋的对

① 埃莱娜·西苏：《从潜意识场景到历史场景》，载张京媛主编《当代女性主义文学批评》，第212页。

立面，但毕竟不同于极端的自渎，自渎是自我放逐，是颓废写作，而自审是自我审视和自我审判，以期寻找并重建新的自我，这对于当前的中国女性写作具有不可或缺的意义。毫无疑问，铁凝的小说是新时期女性文学中自审型写作的典范，而在 21 世纪以来涌现出的女作家中，我以为乔叶属于自审型女性写作的后起之秀。

在乔叶迄今发表的大多数小说中，无论是对沦落风尘的城市妓女的变态心理拷问，还是对当代都市白领丽人的畸形婚恋心理透视，抑或是对家族题材中不同代际的女性的历史心理挖掘，都带有强烈的女性自审意味。这从乔叶的心理治疗型小说观中即可见一斑。乔叶的女性小说无意于借所谓身体写作招徕读者，与生理写作相比，她看重的是心理写作，是对女性深度心理或者潜意识心理场景的描摹，而且这种深度心理描摹与自恋无关，更与自渎无涉，它是一种充满了女性自审精神的心理现实主义形态。与陈染和林白那种自恋型女性写作相比，乔叶的女性小说中显然实现了潜意识场景与历史场景描摹的结合，而不是把二者对立或者隔离起来，故而乔叶的小说祛除了自恋型女性写作逃逸出社会历史场景所带来的幽僻孤峭，而呈现出与读者的亲和状态。所以乔叶的自审型写作显得自然朴实，即使是与铁凝的同类小说相比，我们也能够看得出乔叶挣脱前辈影响的一种努力。同样是女性的自审，铁凝的小说中有一种挥之不去的原罪感，而在乔叶的小说中，那种浓郁的带有西方宗教色彩的压抑不见了，取而代之的是平实的日常生活心理状态的描摹，其中的优秀之作庶几乎臻达了中国化的境界，要知道这种自审型写作基本上是西方文化和文学影响的产物。

二

在乔叶并不算长的小说创作历程中，她对当代城市中的畸形女性边缘群体——妓女的生活和心理进行过集中的艺术观照，她写得最好的两部长篇小说《我是真的热爱你》和《底片》都是所谓妓女题材。事实上，妓女题材在中外文学史上堪称一大母题，佳作名篇不可胜数。但这些同类题材的作品有两种叙事模式比较受人尊重：一是凸显妓女在重要历史关头所表现出的令正常人汗颜的行动，如孔尚任的《桃花扇》写李香君，还有莫泊桑的《羊脂球》，都写出了妓女巾帼不让须眉的民族气节，属于宏大的民族国家叙事范畴；另一种则是通过写妓女的悲苦命运，来折射社会的黑暗和国家的腐朽，如老舍的著名中篇《月牙儿》即是著例，其意在社会批判，而悬置道德或伦理谴责，这一种属于典型的现代启蒙叙事形态。至于站在传统的道德立场上或者以颓废纵欲姿态讲述妓女故事的小说，尽管数量庞杂，但佳作鲜见。

《杜十娘怒沉百宝箱》是中国古代小说史上写妓女人生的名篇，乔叶对这个精彩的古典短篇似乎格外重视，其中一个很重要的原因就在于，这篇妓女题材的小说写出了一个妓女心中真正的爱情，那是一种超凡脱俗的爱情，足以让任何以正人君子自居的女性和男性汗颜。在绝望的时刻杜十娘可以为爱情而死，绝不苟且，坚决不向现实和命运妥协。这可不是一般俗套的殉情模式可比拟的，而且，虽然表面上还未摆脱“始乱终弃”的情爱模式，但骨子里的境界委实有高下之别。乔叶说：“读杜十娘的时候，我不得不落泪。这样一个烟花女子，却有着如此清洁纯粹的爱情精神。我相信，面对她的勇敢与决绝，有太多活在当下的口口声声标榜个性和自由的酷男酷女都会汗颜。”“也许对于吃喝穿戴，我们都还能够去讲求完美，但对于情感和内心，我们却更像是烟花女子——早已经见惯了苟且，也习惯了苟且。而杜十娘，她拒绝苟且。她死了。她因为拒绝苟且而死。”① 不能不佩服乔叶的犀利，她看得很准，烟花女子杜十娘“拒绝苟且”的精神确实是她足以笑傲人间的资本，而我们所谓正常社会中的红男绿女，却早已见惯

① 乔叶：《一个女人的自杀史》，载《薄荷一样美好的事》，江苏文艺出版社，2010 年，第 73—74 页。

了也习惯了苟且，我们在苟且中不能自拔，也不思自拔，我们在苟且中忍辱负重，我们在苟且中随遇而安，“苟且”成了我们的精神底片或者心理原型。用乔叶不无刻薄的话来说，这种苟且心理其实就是所谓“小姐意识”①。曾几何时，妓女这个古老的称谓在当代中国被置换成了“小姐”，这显然不是简单的语言或者符号更替，其中隐含了当今国人内心世界中比一般妓女更为苟且的心理，红尘俗世中人已经习惯了在面具下生活，殊不知“小姐”已经无法掩饰妓女的实质，把妓女称作小姐不过是掩耳盗铃的可笑行径罢了。在乔叶看来，比肉体上沦落为妓更可怕的是精神上的沦落为妓，当今中国社会最可怕的事莫过于四处泛滥且无形渗透的“小姐意识”或者“小姐心理”。在这个意义上，乔叶写妓女题材的小说已经超越了题材本身，而直抵我们这个时代的中国社会深层心理结构。

这使我想起了胡风，胡风是 20 世纪中国倡导心理现实主义最有力的文艺理论斗士，他坚决反对“对于生活的卖笑的态度”。他说，“文艺家如果在主观精神上失去了方向，在客观现实里面又感受不到人生的迫力”，那就只能堕落为向读者献媚的写作。卖笑也好，媚俗也罢，都属于写作上的妓女心理，即乔叶所谓“小姐意识”。胡风强调文艺家要具备强大的人格力量和战斗要求，因为“文艺作品是要反映一代的心理动态，创作活动是一个艰苦的精神过程；要达到这个境地，文艺家就非有不但能够发现、分析，而且还能够拥抱、保卫这一代的精神要求的人格力量或战斗要求不可”。胡风还提醒说，文艺家“主观战斗精神的衰落同时也就是对于客观现实的把捉力、拥抱力、突击力的衰落”②。显然，胡风的文艺观要求作家对生活和人生采取绝不妥协、绝不苟且的价值立场，这是现代中国文学史上现实主义创作中最宝贵的精神传统。乔叶的小说无疑继承了这种精神传统，但她

---

① 乔叶：《后记》，载《我是真的热爱你》，长江文艺出版社，2004 年，第 356 页。

② 胡风：《文艺工作的发展及其努力方向》，收入《胡风全集》第 3 卷，湖北人民出版社，1999 年，第 178—180 页。

并不像胡风及其那一代人那样呈现出激烈峻急的战斗型文风，而是采取更为内敛的客观冷静型叙述，她把自己对现实人生的批判情绪隐含在繁密细腻的客观心理现实的描摹中，尽管还是常常掩盖不住内心挣扎的痛苦。乔叶要致力于反映我们这个时代的心理动态，她就必须要承担这个时代的精神痛苦，包括正常人和畸形人（比如妓女）的心理痛苦，更何况这两种人的心理痛苦具有内在的同一性。据《我是真的热爱你》的《后记》中说，当初为了深入了解当代中国社会的“小姐”人生，乔叶通过一个做过多年人力车夫的远房亲戚和一些“小姐”有过近距离的接触，这种接触不是浮光掠影式的猎奇，而是以同情之理解去触摸另一种非常态的心理现实，并从中反观正常人生中隐含的非常心理。用胡风的话说，这种创作姿态是典型的“对于血肉的现实人生的搏斗”。具体说即：“体现对象的摄取过程就同时是克服对象的批判过程。这就一方面要求主观力量的坚强，坚强到能够和血肉的对象搏斗，能够对血肉的对象进行批判，由这得到可能，创造出包含有比个别的对象更高的真实性的艺术世界，另一方面要求作家向感性的对象深入，深入到和对象的感性表现结为一体，不致自得其乐地离开对象飞去或不关痛痒地站在对象旁边，由这得到可能，使他所创造的艺术世界真正是历史真实在活的感性表现里的反映，不致成为抽象概念的冷冰冰的绘图演义。”① 胡风的这番话虽然说得有点拗口，但显然符合乔叶写作妓女题材小说的创作情形。对特殊的写作对象的深度心理体验，必须经历一个精神上的投入与超脱的过程，否则不可能写出一代人的心理动态和痛苦。

作为一个具有现实担当情怀的作家，乔叶并不满足于对外在现实生活的浅层描绘，她感兴趣的是对女性人物心理现实的复杂描摹。选择当代城市妓女作为书写对象，这种题材显然带有一定风险，容易被误解为欲望化

---

① 胡风：《置身在为民主的斗争里面》，收入《胡风全集》第3卷，第187—188页。

写作的标本之类，不仅如此，选择这种题材也面临着突破既有的叙事模式的难题。乔叶当然无意于写那种有关妓女的宏大民族国家叙事，她甚至也不满足于仅仅是借书写妓女的悲苦命运而对现实社会制度进行批判性的思考，她的艺术贡献在于，客观地、集中地揭示当今中国妓女群体复杂的精神心理状态，尤其是揭示她们沦落为妓的心理轨迹，包括沦落为妓之前和之后的精神变异和心理变迁，其中有她们麻木后的欢乐和清醒时的痛苦，有她们反抗的绝望和惯性的滑行，甚至还有她们偷偷从良后的隐忧和隐痛。虽然乔叶对杜十娘表达了自己的尊敬，但她并不想塑造杜十娘的翻版形象。与杜十娘拒绝苟且的刚烈形象不同，乔叶笔下的妓女形象大致有两种类型比较吸引人们的注意：一种是安于苟且、惯于苟且的妓女形象，另一种是想拒绝苟且而不得的妓女形象。前一种形象以《我是真的热爱你》中的姐姐冷红为代表，作者不仅真实地反映了冷红沦落为妓的各种现实社会原因，写出了一个清纯的农村姑娘在城市中被迫走上卖淫道路的社会心理逻辑，更重要的是还着力写出了冷红在沦落为妓之后苟且偷生或者谋生的妓女心理，即“小姐意识”。这种惯性心理已经根深蒂固、积重难返，即使是外在客观条件完全允许她改变自己的生存状态的时候，她也不想改变或者脱离既定的生活陷阱了。她就像一只被生活捕获且被彻底驯服的猎物，已经丧失了反抗的能力，更丧失了反抗的思维。总之，乔叶写出了冷红步步陷落的轨迹，深刻地揭示了冷红们由被动到主动，由无奈到迎合，并逐步形成了一套自我心理平衡系统的内在心理机制。与冷红惯于苟且不同，冷紫想拒绝苟且而不可得，她只能清醒地堕落，她想反抗但个人力量太微薄，她想接受初恋同学的拯救但社会成见的力量太强大，她有过正常生活的理想但理想遥不可及，所以等待她的只有死亡的结局。但冷紫的死不同于杜十娘的死，杜十娘的死是刚烈的拒绝苟且的死，而冷紫的死却笼罩着一层荒谬的色彩。她是遭到一个越狱的抢劫犯的报复而死的，而当初她冒着生命危险举报这个抢劫犯却并没有被社会所肯定和接纳，这不能不说是一出荒诞的悲剧。但毕竟冷紫又是为了救自己的姐姐冷红而被抢劫犯枪杀的，透过冷紫心底浓浓的亲情和她对于爱情的无限希冀，乔叶写出了妓女形象的另一面。正如乔叶所说："我相信的是：所有人的阳光笑脸下，都有难以触及和丈量的黑暗。当然，我也相信：所有黑暗的角落里，也都有不能泯灭的阳光。"① 印象中，只有苏童《红粉》中的两个妓女形象——小萼和秋仪在心理类型上与乔叶笔下的冷红与冷紫异曲同工。但与苏童刻画女性时擅于写意的飘逸风格相比，乔叶在摹写妓女心理现实的过程中更为精细入微，也更为沉痛！

长篇小说《底片》中的女主人公刘小丫是一个介于冷红与冷紫之间的妓女形象。这部长篇其实是根据作者的中篇小说《紫蔷薇影楼》改写或扩写而成。这种改写本身就说明了作者对这种题材的迷恋。乔叶感兴趣的是女主人公的心理底片或者精神潜影，她把这种"底片"情结推而广之，以此窥视所谓正常人暗中的心理真相。对于小丫而言，一方面，她在南方城市当妓女的几年里由被动到迎合，逐渐安于苟且和惯于苟且；另一方面，她回到家乡从良嫁人后，想拒绝苟且而不可得，这不光是因为她在故乡重新遭逢了早年的嫖客窦新成，且窦又对她百般勾引。更重要的还是在于她的心魔，因为她内心深处的"底片"时刻都有曝光的可能性，它就像一个病毒，只是暂时地被抑制和隔离，一旦出现了外在诱因，便迅即被激活，甚至是复制性的传播。不幸小丫就遭遇到了这种心理困境。尽管她理性上拒绝苟且，但她还是身不由己地做了前嫖客的情人。虽然她对丈夫也心存愧疚，但她无法拒绝内心潜匿的"小姐意识"，她欲罢不能，重新走了回头路，由明妓变成了暗娼。她本想回归正常的社会生活秩序，回到光明的世界，但事实证明，一个曾经堕落的人要想获得真正的精神拯救并不容易，黑暗中的阳光原本微弱，而阳光中的黑暗却更加刺目！乔叶的不同凡响在

① 乔叶：《写作的第一道德》，载《薄荷一样美好的事》，第 136 页。

于，她不仅在《我是真的热爱你》中写出了黑暗中的一缕微光，而且在《底片》中又写出了光明背后无边的黑暗。乔叶对当今中国社会中妓女复杂心理现实精细深微的摹写，令人惊叹！

三

早在“美文”写作时期，乔叶就对当今中国城市女性的婚恋情感问题表现出了浓厚的兴趣。转行写小说之后，关注城市女性的婚恋心理困境自然也就成了乔叶小说创作的一大母题。身为女性，乔叶习惯于从女性视角透视当今中国社会日益突出的婚恋病象，她的很多小说都涉及婚外恋题材，婚外恋已然成了我们这个时代的城市文明病。乔叶对婚男和婚女婚外出轨的理由有着独到的认识，她说：“婚姻渐渐疲惫，疲惫点却不同。婚男们不满足于熟悉的身体，婚女们不满足于稀释的爱情，因此出轨就有了本质的区别：婚男们最重要的是体验不同于妻子的那个身体，而婚女们则多是为了爱情，最重要的就是爱情，为了重新听到爱情的声音。”① 显然，乔叶是一个女性主义的爱情理想主义者，她站在女性的立场上批判性地审视男性的身体欲望诉求，她声明自己特别喜欢杜拉斯的名言“女人就是殉道者”，因为爱情就是女人的灵魂，就是女人的道，婚女的出轨大多属于置世俗道德规范于不顾，像飞蛾扑火般为爱情而殉道。但乔叶并没有因此而把自己装扮成为那种自恋型的女性写作者，因为在她的那些婚外恋故事中，乔叶的女性爱情理想只是作为内心深处的终极目标而存在，可望而不可即；相反，她把更多的笔墨用于揭示或者暗示围城中的女性们的深度心理困境。

其实，乔叶关于婚女出轨的小说并不回避女性自身的身体欲望诉求，只不过她不像那些流行小说那样把女性身体书写当作招徕读者的诱饵罢了。

---

① 乔叶：《婚女出轨的理由》，载《薄荷一样美好的事》，第 191 页。

与身体出轨相比，乔叶更多的关注的是精神出轨，关注的是女性隐秘的心理突围欲望。换句话说，乔叶关注的是隐性出轨而不是显性出轨。这不仅把她的小说与那种专门兜售女性身体隐私的流行小说区别了开来，而且把她的小说与那种抗拒男性的自恋型女权主义小说区别了开来。就爱情理想主义而言，乔叶也许是传统的，但就女性心理困境而言，乔叶又是绝望的，她的婚女出轨小说在骨子里散发出现代主义气息。她总是不厌其烦地挖掘和描述婚女（亦包括婚男）的深度心理状态，许多微妙而复杂的变态心理和无意识心理状态是乔叶小说中反复表现的话题。作者热衷于对人物进行繁密深刻的心理细节描写，① 这种心理细节不同于外在的日常生活细节，后者是具象的，可以直接感知到的，而前者是抽象的，如果没有十分锐敏的心理感受力和洞察力，乃至惊人的语言表现力，一个作者是无法把人物的内在心理细节完整而深入地呈现出来的。而乔叶却具备了这种突出的艺术才华，把女性人物的内在心理状态用精彩的心理细节描写表现出来是她的强项，她笔下的女性心理细节描写如同令人眼花缭乱的语言流甚至语言瀑布，常常令人叹为观止，其中渗透的通感或博喻等修辞手段，把乔叶的心理细节描写能力展露无遗。正是通过卓越的心理细节描写，乔叶把当今城市女性出轨心理揭示得淋漓尽致。尤其重要的是，围绕婚女的出轨心理或非常态心理的书写，乔叶实现了更高层面上的对当代城市文明病的批判性审视。乔叶对婚女的深度心理分析是与她在小说创作中追求人性深度的精神旨趣分不开的。人性的压抑和扭曲，身体与灵魂的分裂，作为精神底色埋伏在乔叶的女性心理现实主义书写之中，隐含着强烈的女性自审色彩。

中篇小说《打火机》是乔叶写婚女出轨的一篇代表作。作者没有把这篇小说讲述成一个俗套的婚外恋故事，而是把笔墨集中在对女主人公余真的深度心理开掘上。余真的婚姻并非常人所看来的那么美满，对她百般体

① 参阅郜元宝：《从“寓言”到“传奇”——致乔叶》，载上海市作家协会编《姹紫嫣红开遍——上海首届作家研究生班作品集（上）》，上海文艺出版社，2009 年，第 64 页。

贴的丈夫其实并没有真正读懂妻子的内心，因为在她的内心深处，青春期的一次强暴事件酿成了巨大的心理创伤，使她从一个喜欢玩闹的街头坏女孩陡然间变成了一个沉静斯文的好学生。这种由“坏”到“好”的裂变不过是生活的表象而已，骨子里的余真依然渴望做一个无拘束的“坏孩子”。但她被压抑的“坏毒”只有在脱离正常的生活秩序的时候才能偶露峥嵘，比如在北戴河休闲胜地，她举手投足间的“坏习气”猛然暴露在胡厅长的眼前，难怪胡要说她是一个童年还没有过完的孩子了。于是她半推半就地接受了胡的暧昧调情，因为这个坏男人身上的坏习气与余真身上长期被压抑的破坏冲动有着潜在的默契，余真渴望摆脱日常婚姻平庸状态的内心隐秘在胡的引诱下蓬勃兴起，就像夜晚打火机的微光熠熠生辉。虽然作者说，他们达成的只是“坏与坏的默契情谊”，这种情谊“与爱无关”，① 但是谁又能否认，女主人公的内心深处的确残留着对真正的爱情的渴望呢？像余真身上这样被压抑的爱情婚姻心理状态在乔叶的小说中还有过不同的书写，但乔叶并没有简单地重复自己，而是写出了新的特色。比如中篇小说《他一定很爱你》，讲述了婚女小雅与骗子陈歌之间的一场奇异的婚外爱情故事。小雅并非不爱自己的丈夫，但她只是把丈夫当作父亲或者兄长的替代角色看待，他们之间亲情大于爱情，她总觉得自己的人生好像缺了一堂课，即爱情课，因为她与陈歌之间的爱情刚开始就煞了尾。陈歌八年后再度出现，这时的他其实是一个骗子，他也曾尝试着骗过小雅，小雅也警觉地与他之间保持一种暧昧的距离，但事实证明，这个骗子男人欺骗了其他所有与他结识的女人，唯独没有欺骗小雅，这主要不是因为小雅的精明和警惕，而是因为陈歌内心深处对小雅充满了爱。作者以第三人称限制性视角，从女性的角度来审视男性，把小雅与陈歌之间博弈和较量的心理现实写得微妙而深透。小说的结局，读者看到的是小雅的自省与领悟，在骗子陈歌的

① 乔叶：《创作之外，小说之内》，载《薄荷一样美好的事》，第 158 页。

身上，小雅看见了自己世俗心灵中的斑点。还有短篇小说《妊娠纹》，同样讲述的婚外恋故事，但在这场偷情未遂的故事中，未遂的原因与外在无关，而根源于女主人公内心的惶惑与痛苦，不仅仅因为她对自己的身体丧失了信心，更因为她的精明与狡黠使她彻底丧失了爱的能力。就这样，乔叶把世俗的婚外恋故事提升到了女性自审和人性反思的境界。

长篇小说《爱情互助组》敏锐地介入当前中国城市社会中出现的一种新型的婚姻家庭形态。所谓“爱情互助组”，其实是城市青年男女私下选择的一种过渡性的婚姻方案，按照私密契约，男女双方在婚后继续保持各自寻找爱情的自由，一旦双方都寻找到了理想的爱情伴侣，婚姻即自动解除。这种婚姻往往是隐婚，仅限于双方亲友之间知晓，而爱情互助组的临时性质则纯属两人之间的私人密约。这种前卫的婚姻形态的出现，折射了当下中国城市青年男女的精神心理困境，他们在理想的爱情与世俗的婚姻之间妥协和挣扎，找不到更好的精神出路。小说中“熟女”宁子冬迫于父母逼婚的压力，与“剩男”耿建组成了家庭，双方亲友都以为他们是因爱情而缔结的婚姻，而实际上两人只是临时组建了一个“爱情互助组”。他们在既定的婚姻家庭内部保持各自的独立性，子冬与老成重逢，但旧情复燃后带给她的是更大的痛苦和欺骗；耿建也与初恋情人安纺邂逅，但他发现两个人之间已失去了真正的信任。他们以友谊的方式构建婚姻，以婚姻的方式寻找爱情，到头来发现所谓的爱情在友谊面前不堪一击，由此他们体会到了人生的虚无与荒谬。与《爱情互助组》表现非常态的婚姻不同，中篇小说《我承认我最怕天黑》（又名《从窗而降》）反映的是离婚女子刘帕的非常态爱情。刘帕不仅拒绝了前夫小罗的多次复婚请求，还多次拒绝了上司张建宏的暧昧行动，但却接受了一个民工的性爱，这个破窗而入的民工身上有着张处长所缺乏的野性的激情，他那不计后果的激情与张建宏“浑浊的苛刻与恶劣的投机”之间形成了截然对比。刘帕在民工的身上奇异地体验到了纯粹的爱情感觉，所以她在民工被现场抓获后敢于为他辩护，这让所有正常的人都表示不解，然而，就在这种不解或者误解中，作品的荒诞意识油然而生。乔叶的城市女性婚恋小说的现代派意味由此可见一斑。

在乔叶的城市婚恋题材小说中，除了以写实为主的作品之外，还有一类偏重写意的作品，这类小说带有明显的浪漫情绪，或者笼罩着浓郁的诗意氛围。这样说并不意味着乔叶写实性的前一类小说中没有浪漫情绪，事实上，在《打火机》等小说里暗中涌动着强烈的爱情理想主义潜流，只不过与后一类写意性的小说相比，前者的浪漫情绪更加的内敛和克制，而后者则颇有几分散文化或者诗化小说的神韵了。乔叶本是写散文写美文的出身，写这类散文化或者诗化的小说其实是发挥了她的写作特长，同时也增添了她的小说整体创作风格的多样性。这方面的代表作首推中篇小说《山楂树》。少妇爱如在火车上与男画家邂逅，一个返回山乡的婆家探亲，一个是逃回故乡的杀人犯，但直至小说结束，爱如才知晓画家是逃犯，而此前的他们则度过了短暂的温馨而暧昧的一段时光。他们悉数或诉说着各自的情感遭遇，这里面有婆媳之间的纷争，也有夫妻之间的裂痕，但一切都在红山楂的诗意语境中被化解了，如同入口的红山楂酸酸甜甜，回味无穷。乔叶说过写这篇小说的初衷，就是她特喜欢苏联的老歌《山楂树》，但那首老歌抒写的是一个少女在两个男人的爱慕之间犹豫不决的心情，而她的这篇同名小说则写的是一对陌生男女的短暂婚外情谊，虽不免有几分暧昧，但骨子里却渗透出纯美的诗意。用作者的话来说，“其间有理解，理解得有限，也理解得温暖。其间也有意会，意会得隐约，也意会得契合”①。正是这种无法定位的模糊而暧昧的男女情谊，成了涌动于小说文本字里行间的情感溪流，让读者感慨唏嘘不已。然而，乔叶毕竟是冷峻的，即使是在写意性的诗化小说中，她也没忘记在最后的关头予以致命一击，当得知画家是一名杀死妻子及其情人的逃犯时，爱如在丈夫面前已经无法掩饰自己内

① 乔叶：《创作之外，小说之内》，载《薄荷一样美好的事》，第159页。

心的恍惚，这当然可以理解为诗意的消解，也就是浪漫的破碎。

乔叶写意性的诗化或散文化小说往往都会设置一个中心意象，如同《山楂树》中的红山楂一样，《那是我写的情书》中出现的是芹菜雨的意象。其实，这部中篇又名《芹菜雨》，小说中女主人公麦子站在地上，迎接房顶上的男子韦抛下来的雨一般的芹菜，那个场景的描绘委实诗意盎然，让人心碎。已婚的麦子因为暗恋韦而给他写了一封匿名的情书，由此加剧了韦的婚姻危机，而韦明知是麦子所为，暗中承受着无尽的痛苦。两个婚内男女之间的婚外恋情被乔叶写得隐忍而缠绵，引而不发，具有强大的心理张力。不过，乔叶并没有轻易地赦免笔下的女主人公，作者写到了麦子在韦妻被人劫杀的那一晚没有及时报警的细节，虽是一笔带过，却有随时消解小说诗意的力量。尽管短篇小说《像天堂在放小小的焰火》如同标题一样充满了诗意，但天宇中美丽的流星雨暗喻了小说中男女主人公超性别的友谊神话或者爱情神话必将走向破灭的结局。而短篇《月牙泉》也有一个诗意的名字，但在诗意的外衣下却包裹着一对姐妹的婚外私情。作者无意于对婚外情作简单的道德评价，她关心的是女主人公精神生活中的隐秘渴望。诚如作者在散文《月牙泉外》里所言："它（婚外恋）在婚外，婚姻所有的功能和用处，它都不必考虑。它是最纯粹的那点儿爱，它是最朴素的那点儿爱，它是最简单的那点儿爱，它也是最可怜的那点儿爱。它的存在，除了爱本身以外，不再有任何意味。忽然想起那年我去敦煌看到的月牙泉。月牙泉，它孤零零地汪在那里，如一只无辜的眼睛，让人心疼，仿佛一汪稍纵即逝的奇迹。在我的想象中，真正优质的婚外恋就是这样的奇迹。"①有意思的是，作者把这段文字巧妙地镶嵌进了这篇小说中，可惜小说中姐妹们的婚外恋暧昧掩盖了纯真，这就不是奇迹而是尴尬了。

---

① 乔叶：《月牙泉外》，载《薄荷一样美好的事》，第84页。

四

除了另类的妓女题材和常见的婚恋题材之外，乔叶的小说创作中还有一类特殊的“历史”题材，这种题材是相对于前两种题材往往只关注当下中国的社会现实而言的，它把笔触深入现实的背后，延伸到民国时期或者新中国成立后的前三十年间，由此获得了叙述上纵深的历史感。应该说，这类“历史”题材小说的集中出现，预示着乔叶小说创作思想上的深化与日益成熟。尽管在这类小说中她仍然不免要触及自己喜爱的婚恋情感困境问题，但显然，她的视野更开阔了，不仅历史感在增强，而且生命意识更浓烈了。值得注意的是，除却写知青的《锈锄头》和写抗战的《深呼吸》之外，乔叶的这类“历史”小说主要与她的家族历史相关，所以在广义上又可称之为“家族历史小说”。当然，这样说并不意味着乔叶的这类小说是她的家族历史的真实再现，这就如同说小说是作家的自叙传并不意味着是作者的生活实录一样。我们只能说，这类“家族历史小说”是乔叶对于自己或者他人的家族历史的一种回忆、连接和想象的聚合体。

乔叶的“家族历史小说”都是从女性视角切入的，她关注的是家族历史中不同代际的女性人物的历史命运，以及她们命运之间的历史关联性，由此书写她们的抑或作者自己的深层生命历史体验。自然，这些小说中也少不了男性人物，有时候这些男性人物在小说中也占据着比较重要的地位，但毋庸讳言，他们更多的是作为弱者的形象，甚至是孱弱者形象而出现的，由此也显示出乔叶的家族历史小说具有鲜明的女性意识。然而在我看来，乔叶的家族历史小说中的女性意识更重要的还是体现在小说中的时间意识上。乔叶曾经说过一段意味深长的话：“精神生活，真的就是慢的，低的，软的。慢得像银杏的生长。因这慢，我们得以饱满和从容。低得像广袤的大地。因这低，我们得以丰饶和深沉。软得像清水和阳光。因这软，我们得以柔韧和慈悲。而对于我，一个写作者来说，慢的、低的和软的还可以另有意味和解释：慢是人性的本质，低是心灵的根系，软是情感的样态。”①从这些阴性的词语群落中不难发现，乔叶坚守着并不同于主流男性写作话语规范的另一种女性文学观，她不屑于接受所谓“更快，更高，更强”的阳性或男性观念，她所理解的精神生活是与现时代快节奏的物化生活样态格格不入的，这种精神生活中隐含着一种女性的时间观。按照法国著名女性主义批评家克里斯多娃的说法，男性时间是线性的时间、历史的时间，有计划有目的的理性时间，它内在于任何给定的文明逻辑或者本体价值之中，因此是一种“强迫性时间”；而女性时间与自然节律和生物节律保持一致，是一种非线性、非历史的时间，主观的或心理的非理性时间，这种时间像想象空间一样广阔无边，不可置限，主要表现为循环时间和永恒时间，它们植根于某种神秘的经验。② 事实上，在乔叶的家族历史小说中，我们看到的正是这种慢节奏的带有神秘色彩的自然循环时间观念，这类小说所折射的精神生活以“慢、低、软”为质地，既是对女性生活或生命史的艺术观照，也是对人类现有物化生活的一种反讽。

中篇小说《最慢的是活着》曾获鲁迅文学奖，这是乔叶的家族历史小说中最有代表性的一部作品。这部中篇的叙述节奏完全符合乔叶“慢、低、软”的文学观和女性时间观，小说中对祖母和“我”的心理细节的内在和外在的刻画都是细腻深入且繁密多姿的，直抵人性最柔软、最饱满、最深沉的地带。这也是乔叶的家族历史小说中最具有自叙传色彩的一部作品，小说中的祖母形象几乎可以看成作者老祖母的艺术翻版，这在乔叶的散文《没有什么会不见了》中交代得很分明，读者可以把散文中对祖母的人生简述与小说中的祖母形象相比照进行考察，甚至还可以发现散文中阐发哲理

---

① 乔叶：《慢的，低的，软的……》，载《薄荷一样美好的事》，第4页。

② 朱莉亚·克里斯多娃：《妇女的时间》，载张京媛主编《当代女性主义文学批评》，第350—351页。

和人生感慨的句子与小说中如出一辙。① 这部作品中塑造的老祖母王兰香的形象令人难以忘怀。在她八十多年的生命里程中经历了太多的历史沧桑，更经受了太多的生命困境，中年亡夫，晚年丧子，在“我”的眼中，她就是整个家族的母亲形象，她早逝的丈夫像她的孩子，她那盛年早亡的儿子在她面前一直就像长不大的孩子，连她的儿媳活到晚年也像一个长不大的女儿，她就是所有人的母亲！她活得“坚韧”，也活得“无耻”，她与住队干部有过私情，她还愚昧、自私和封建，但她赢得了人们的尊敬，最终也赢得了长大后的“我”的尊敬。她是“我”童年的仇敌，却也是“我”成年后唯一依靠的亲人。“我的新貌，在某种意义上，就是她的陈颜。”尽管“我”和她在外在方面一直在做离心运动，但在内在方面却一直在做向心运动。两个人表面上很远，骨子里却很近。祖母的一切生命细节都“反刍”在“我”现在的日常生活中，她的生命在“我”的生命中复现。在这个意义上，活着变成了最慢，生命成了精神密码的复制和绵延。小说所内含的时间观是带有循环色彩和永恒底色的女性时间观，线性的生活叙述掩盖不住神秘的生命叙述。不同代际的两位家族女性的生命史由此实现了内在沟通。

无独有偶，这种用“我”的女性视角来审视上一代人的生命史的叙事模式在《解决》《龙袍》和《轮椅》等小说中也得到了体现。在《解决》中，作者通过“我”的视角审视了祖母与六爷之间的旷古私情，祖父早逝后，祖母把小叔子六爷抚养成人并帮他结婚成家，她和六爷的私生女月姑被独居的三爷收养，直到两位当事人死去，弥留之际的三爷才最终吐露心声，时间成了生命困境最好的“解决”方式。与此同时，在六爷的葬礼上，大哥因嫖妓而导致的麻烦却也获得了一种戏剧化的“解决”，两相对照，构成了有力的反讽。在《龙袍》中，“我”不再是单纯的叙述者，而是变成了

---

① 乔叶：《没有什么会不见了》，载《薄荷一样美好的事》，第 144—145 页。

主角之一。小说除了写到父母兄嫂的家事之外，还通过“我”的视角重点写到了老支书老忠，“我”童年时被老忠从啤酒池中救起后，赤身裸体躺在他怀抱中的身体记忆，居然在多年后“我”与老女婿老李同床共枕时神秘地重现了。无论是《解决》还是《龙袍》，作者所要传递的生命历史体验都是神秘的时间力量使然，尽管一个是反讽的，一个是温情的，但生命历史中的精神密码却是相通的，活着或者人生中并不存在简单的断裂，而是时刻埋伏着生命的玄机。还有《轮椅》，女主人公晏琪假装残疾人去体验生活，她所经受的尴尬遭际让她想起了少年时的记忆，那时身患残疾的姑父躺在轮椅里寄居在她家里治病深受厌弃。晏琪终于明白，原来自从少年时看到姑父的残疾身体开始，她就开始厌弃起自己的身体，她成年后四处俘获男人对她的爱情，不过是为了反向补偿她厌弃身体的隐秘心理罢了。显然，《轮椅》中的时间观属于典型的女性时间观，女主人公的生命史拥有非理性的时间体验。

与以上作品偏重写实性不同，《指甲花开》和《旦角》属于乔叶“家族历史小说”中偏重写意性的两部中篇。相对而言，《指甲花开》类似于诗化小说，《旦角》接近散文化小说，前者写得清新灵动、诗境辽远，后者写得华丽丰盈、移步换景、古风弥漫。尽管风格不同，但两部作品的写意性或者寓言性都相当的明显，究其实则还是为了反映不同家族历史中不同代际的女性命运，凸显她们在不同历史时期的心理现实或者潜意识场景，揭示她们在历史命运中的精神关联性。《指甲花开》从女孩小春的儿童视角透视了她的母亲柴枝和姨妈柴禾与姥姥柳月香之间两代女性的畸形命运。红红的指甲花美丽动人，但它也是柴枝和柴禾姊妹俩共同的心结和梦魇，更隐含了她们的养母柳月香早年不堪回首的妓女生涯。因染指甲花，柴禾被柴枝绑缚双手，以致被老蔡强暴，由此带来了她日后巨大的心理创伤和不幸的婚姻。老蔡从房顶坠亡后，寡妇柴禾回到娘家居住，而柴枝的丈夫正是当年柴禾的恋人，由此悄然上演了一出畸情剧。她们的隐秘被老母亲所掌握，也被小春所知晓，最后老母亲的人生隐秘也在卒后浮出历史地表。她们的痛苦、耻辱、善良、隐忍和坚韧，如同精神密码或者命运符咒，隐藏在两代并没有血缘的女性的人生历程中，这在第三代女性小春和小青的眼中，仿佛时空倒错，幻化成了不可思议的女性人生之谜。而在《旦角》中，伴随着各种流光溢彩的豫剧旦角粉墨登场，作者穿插叙述了陈双和母亲两代女性之间神秘的命运之缘。母女两代人颇为暗合的不幸爱情婚姻故事，就如同简陋的舞台上走马灯似的旦角变换，在繁华的舞台装里掩饰不住命运的补丁。

在女性视角的家族历史小说之外，乔叶近年来还创作了一些历史感和社会性比较强的小说，如“后知青小说”《锈锄头》，“抗战小说”《深呼吸》，“犯罪小说”《取暖》，“底层小说”《良宵》，“非虚构小说”《盖楼记》，以及很难简单命名的小说《不可抗力》等。这些作品中不乏优秀之作，但总体上看，与前面重点论及的三类小说相比较而言，乔叶还处在进一步的艺术拓展中，还处于正在形成新的艺术空间和艺术生长点的过程之中。这对一个目前正值小说创作黄金时段的作家来说，既是挑战，更是希望之所在！

第20章　朱山坡：野生人物与民间传奇

如果以2005年在《花城》第6期上公开发表中短篇小说《我的叔叔于力》和《棺材匠》为艺术的开端，那么朱山坡正式的小说创作生涯已经有十年了。在这十年里，朱山坡凭借其一系列令人讶异的小说作品，如长篇小说《懦夫传》、中篇小说《跟范宏大告别》《感谢何其大》《送口棺材去上津》、短篇小说《陪夜的女人》《灵魂课》《鸟失踪》《单筒望远镜》等，一跃成为21世纪中国文坛“70后”实力派作家代表之一。朱山坡在小说艺术世界里是野心勃勃的，他笔下的米庄、上津镇、高州城，还有生活其间的那些众多阙姓人物，已经初步形成了他独特的艺术印记。在我看来，十年中朱山坡的小说创作主要致力于为民间野生人物立传的叙事探索。为民间人物立传是中国古典小说伟大的叙事传统之一，中国古典小说的艺术渊源素来都有史传传统一说，而由史学性的史传衍生出文学性的野史杂传，这正是中国小说传统的精华之所在。野史杂传不同于正史正传，它主要致力于捕捉和打捞遗失在民间世界里的野生人物的灵魂，这种古典叙事传统即使在现代中国小说创作中也未曾断绝，而是在借鉴西方近现代小说叙事技艺的基础上加以承传和拓新。21世纪的朱山坡同样也是如此。他曾说：“虽然我是被中国文学喂大，但外国小说对我影响要比中国小说更大，很多中国作家也是这样说的。我们几乎都是中国文学的‘骨骼’，外国文学的‘血肉’。”① 这种表述显然很纠结，百年来现代中国作家大都强调外国文学的影响，21 世纪中国作家似乎也不例外，但中国小说传统毕竟是作为“骨骼”而存活于当今中国作家身上的，即使外国文学重新铸造了现代中国文学的“血肉”之躯，但中国小说的野史杂传叙事传统依旧存在，至于为民间世界的野生人物如何立传，其具体表现方式和叙述策略如何，则全看作家个人的审美趣味和艺术重构的能力了。

二

中国是诗的国度，中国文学传统中与史传传统并行不悖的是抒情传统，中国古人作诗有“以文为诗”的说法，同样，中国古人做小说也有意识地“以诗为文”或“以诗为小说”，从《世说新语》到《红楼梦》，中国小说里的主观抒情传统可谓一以贯之，即在诗意氛围中叙事，在诗性叙事中塑造各色人物，为民间各种野生人物立传。延至现代中国小说史上，从鲁迅、郁达夫、废名，到沈从文、萧红、孙犁、汪曾祺，再到张承志、张炜、苏童、迟子建，现代中国诗化小说传统绵延不绝。朱山坡显然也曾有意识地接续这种诗化小说传统，通过或感伤或绝望的诗性叙事，为他笔下的民间野生人物立传。虽然朱山坡大学毕业之后主要在广西基层政府部门从事公文写作，但他心中的诗情其实并未熄灭，2000 年后，随着当地“漆”诗歌沙龙活动的活跃，朱山坡的文学梦也就再度苏醒。他先写诗，再由诗过渡到写小说，这也是当代中国许多作家的文学探索路径。朱山坡说：“我从写诗过来的，对小说的语言很挑剔，我喜欢直接的文字，至少我不愿意读到太多的废话。汪曾祺老先生说：写小说就是写语言。我希望从事写作的同

① 郑小驴、朱山坡：《让写作更快感一些》，《作品》2011 年第 1 期。

仁都把语言当作小说的第一素来重视。”[①] 这虽然说的是小说的语言问题，但正如当代诗化小说大家汪曾祺所言，语言其实就是文学的本体，诗性的语言与诗性的叙事、诗性的人物往往是密不可分的。事实上，朱山坡的诗性小说并非仅来源于中国诗化小说传统，而是直接受到过日本作家川端康成的艺术触动。他曾深情地描述过少年时期在乡镇电影院偷看根据小说《伊豆的舞女》改编的同名影片的情景：“在那个孤独而由于旷课而惴惴不安的夜晚，川端康成把伊豆的舞女送到了我的身边，那个十四岁的巡游艺伎薰子，盘着高耸乌黑的发髻，扑闪着明丽的大眼睛，眼角和唇边点着一抹古色胭脂红，有着宛若鲜花般娇艳稚嫩的笑靥，让我从那一刻开始爱上了文学。”[②] 这就是朱山坡文学梦的起点，是日本作家川端康成的诗化小说点燃了朱山坡的艺术激情。这就注定了在朱山坡的小说创作中，即使是在那些以写实见长的小说中，诗歌元素也已不可或缺，当然更重要的是，朱山坡近年来还颇具匠心地营构着精妙的诗化小说，拓展着这种小说艺术的疆域。

《陪夜的女人》是朱山坡诗化小说中的代表作品。一个孤独的老人在行将就木之际需要心灵慰藉，他的儿子出钱雇用了一个女人为临危的老人陪夜闲聊，这原本应该是同步反映当下中国社会市场转型中世态人心裂变的绝好题材，但朱山坡并未按照惯常的现实主义小说模式讲述故事并塑造人物，而是选择了淡化情节、强化氛围的诗化小说策略，让老人和女人独特的民间底层形象在浓郁的诗意氛围中凸显出来。朱山坡自己也说：“这篇小说是我比较成功的一篇，我很喜欢这种从容、淡雅、不动声色的叙述，宽阔而深厚的内涵，独特而诗意的环境，尤其是诡异、惊险和回味深长的结尾。”[③] 老人在每个夜晚撕心裂肺的呼喊成了他独特的精神印记，而女人每天按时坐着乌篷船来到凤庄陪夜无怨无悔，则闪烁着人性中诗意的光芒。

---

① 郑小驴、朱山坡：《让写作更快感一些》，《作品》2011 年第 1 期。

② 朱山坡：《后记》，收录潘琦主编《广西当代作家丛书（第四辑）·朱山坡卷》，广西人民出版社，2012 年，第 327 页。

③ 郑小驴、朱山坡：《让写作更快感一些》，《作品》2011 年第 1 期。

事实上，老人误把女人当作了自己早年出走的妻子，而女人则与老人的妻子的人生命运暗相契合，她们都曾有过沦落风尘的过往，又都有着无法被现实扭曲的人性之美。作者通过诗化叙事冲淡或者说凝练了男女主人公人生背后的沉重历史，以写意而不是写实的方式烘托出了小说中梦幻般的诗意人生场景。但这不是那种浪漫而温馨的美丽梦幻，毋宁说是一场梦魇般的超现实人生想象，尤其是小说结尾处女人的乌篷船在河上沉没的那一幕，正好与多年前老人的妻子覆舟而亡的一幕遥相映衬，更增添了小说诡秘的气氛。因此，如果说《陪夜的女人》是一首诗，那它绝不是一首浪漫的传统抒情诗，而是一首冷峻的反抒情或冷抒情的现代诗，其中的孤独与温情相纠结，谱写了两个民间底层人物独特的精神传记。朱山坡笔下像《陪夜的女人》这样的诗化小说叙事还有一些，如《鸟失踪》就是如此。这个短篇主要是刻画的父亲形象，晚年的父亲沉迷于养鸟，但在他的恋鸟癖中其实隐含了巨大的人生痛苦，他和野鸟一起栖居于山野林木之中，像野生动物一样活着，这当然是一种诗意的人生，虽则带有我们这个时代反现代化的浪漫情怀，但骨子里却是虚无和幻灭。在这个意义上，《鸟失踪》无疑是一则关于父亲的野史杂传，尤其是关于他的隐秘精神传记。又如《回头客》中，作者用散文诗的笔触勾画了一个从甘肃夹皮沟劳改农场南逃的知识分子犯人的最后岁月，他在雁湖的最后决然自沉与他在浦庄作为木匠的精雕细刻之间构成了绝妙的叙述张力，绝望的死亡与优雅的灵魂之间暗中激荡，因此小说堪称一则惨痛的当代知识分子灵魂史诗或诗传。还有《骑手的最后一战》，小说中身患绝症的父亲让母亲和“我”将他捆绑在马背上，飞奔的马驮着绝望的父亲与火车赛跑，他们（它们）一起最终冲进漫长而黑暗的隧道消失，这一场景将这篇诗化小说永恒地定格在绝望与虚无的氛围中，同时也将小说中的父亲形象最后定格在历史的暗夜里。

与前面这些染有浓重绝望情绪的诗化小说不同的是，朱山坡还有另一种散发着些许理想气息的诗化小说。这些小说中的理想气息主要建立在男女主人公对爱情、对人性或者人格的信念上，但即使是这些理想气息也无法掩饰住他们内心深处的孤独与迷惘，在这个意义上，两种类型的诗化小说在精神的绝望底色上其实是一致的，只不过表现形态略有差异而已。《响水底》是一篇充满诗情画意的小说，带有沈从文以《边城》为代表的湘西小说风味。女主人公秀雅对丈夫的深情被作者描摹得细腻而真切、丝丝入扣。尤其是小说煞尾处，丈夫已死而秀雅尚不知情，她依旧沉浸在迎接丈夫归来的喜悦中，这种令人心碎的结局反过来却凸显了秀雅形象的感染力。如果说《响水底》是秀雅传，那么《小五的车站》就是小五奇遇记。小五孤身探望外婆途中与陌生女人及其丈夫的邂逅充满了惊险乃至惊喜，但作者无意于讲述古老的奇遇故事，而是重在揭示缺爱的小五与施爱的夫妇之间的心理隐秘。《丢失国旗的孩子》写得耐人寻味，表面上小说的主人公是丢失了国旗的孩子旺月，实际上小说中还有另一位潜在的主人公国宝叔，他是一位参加过抗美援朝的伤残老兵。作者一方面将旺月丢失了国旗的后果描绘得惊心动魄，另一方面将国宝叔对国旗的隐秘感情揭示得入木三分；前者渲染了绝望与残酷，后者暗示了希望与温情，二者的背反正好构成了小说叙述的张力结构。《爸爸，我们去哪里》用儿童视角透视了政治年代的残酷与温情，一方面是狱中犯人的饥饿描写展览，另一方面是狱外探监者的亲情与陌生者的爱，这种叙述悖论或者张力结构与《丢失了国旗的孩子》如出一辙，是"我"和爸爸对陌生女人的寻找给这篇绝望的小说涂抹上了一层温馨的人性暖色。就在看似漫不经心的散文化叙写中，朱山坡寻找到了诗化小说的叙述节奏。

二

朱山坡写小说善于写人，他很清楚一篇小说独立的生命力在于塑造出鲜活的人物形象，尤其是塑造出具有独特的性格或者心理的民间野生人物形象，这才是一位小说家的至高追求。朱山坡的小说醉心于为民间野生人物立传，这不仅表现在那些诗化小说的诗性叙述中，而且也表现在他的先锋小说的象征叙述中，对人的探索和塑形是朱山坡小说的核心艺术旨趣。朱山坡小说的象征叙述据说最初是受到了余华的启示，他清晰地记得 2004 年岁末遭遇《余华文集》时给自己带来的艺术震荡，是余华的小说让他"浑身上下都是创造的欲望和激情"，从此他相信"打开文学的门是需要钥匙的"，虽然"余华并不是唯一赐我钥匙的人"①，但他确实在朱山坡的小说创作中扮演着至关重要的激活者角色。无独有偶，余华在小说艺术探索之初也受到过川端康成的影响，余华同样难以忘怀 1980 年他初读《伊豆的舞女》时与川端康成的相遇。后来余华又遭遇了卡夫卡，他认为"川端康成是文学里无限柔软的象征，卡夫卡是文学里极端锋利的象征"②，可见川端康成馈赠给余华和朱山坡的是柔软温情的诗性叙述，而卡夫卡馈赠给他们的则是锋利残酷的象征叙述或变形叙述。余华认为小说传达的"应该是象征的存在"，"一部真正的小说应该无处不洋溢着象征，即我们寓居世界方式的象征，我们理解世界并且与世界打交道的方式的象征"。③ 正所谓世界原本就是一座象征的森林。先锋时期的余华拒绝直接书写被日常生活围困的经验世界，转而致力于用"一种虚伪的形式"④，即经过主观心理折射或者变形的艺术形式来把握和触摸现实世界的真实性。这对朱山坡小说艺术的启示是显而易见的。但朱山坡更多地沿袭了余华先锋小说转型之后的小说艺术，即放弃先锋时期的符号化人物策略，转而重视人物的性格塑造和心理挖掘，因此带有鲜明的后先锋小说特征。这也是与朱山坡注重为民间野生人物立传的创作旨趣相一致的，他并未像早期余华那样为了理念而

① 朱山坡：《后记》，收入潘琦主编《广西当代作家丛书（第四辑）·朱山坡卷》，第 328 页。

② 余华：《温暖和百感交集的旅程》，《读书》1999 年第 7 期。

③ 余华：《虚伪的作品》，《上海文论》1989 年第 5 期。

④ 同上。

放弃人物，而是选择了转型后的余华，在先锋形式探索的外衣下继续雕刻着福贵和许三观那样鲜活的民间野生人物形象。

为了表达自己对经验世界的独特理解，朱山坡像余华等先锋作家一样选择了拆解真实与虚构二元壁垒的象征叙述，在象征叙述中传达主体对于荒诞世界的主观感受或生命体验，由此凸显人物的心理深度或精神形象。比如短篇力作《灵魂课》，作者虚构了一个城里的灵魂客栈，专门用来安放那些迷恋城市而死不还乡的乡下人的骨灰盒，主人公阙小安就是其中的一位，他年迈的老母亲到城里来执拗地寻找儿子的灵魂，最终预言得到验证，儿子果然死在城市，栖身于灵魂客栈。这篇带有神秘气息的小说打破了传统现实主义叙述成规，把虚构刻画得如此逼真，母子形象得以凸显，其中凝结了作者的虚无和悲悯情绪。又如《天堂散》和《导演》，都采用了连环套或戏中戏的嵌套式结构，让虚构和真实难解难分。《天堂散》中的作家郭宏海最终穿越了自己的小说《天堂散》而在现实生活中找到了属于自己的天堂，他由一个平庸的老作家蜕变成了充满野性的叛逆者。《导演》中的李克也是一位充满了野性的导演，他暗中让“我”直接进入了他所导演的人生最后一部电影中，原以为身患绝症的“我”活着走出了他导演的电影文本，而他才是真正的绝症患者，在艺术上的倾力一跃之后坦然迎接死亡的来临。《山东马》中，米庄阙家兄弟对流浪的精神病人——“山东马”的无情奴役与后者在忍无可忍的情况下对前者的无情报复，构成了一则人类自相残杀的精神寓言，阙家兄弟的残忍与“山东马”的隐忍，无不刻画得力透纸背。《单筒望远镜》中弟弟阙羊的形象同样令人触目惊心，为饥饿所迫的少年阙羊因为遇到女鬼而无意中得到一块肥肉，最终这块肥肉被母亲执拗地扔给了阙傻瓜，而阙傻瓜则在深夜里被阙羊杀掉并食其肉，尾声中的阙羊又在家里被亲人乱棍打死。这种对人类欲望、饥饿、暴力和命运的象征式书写，确实容易让人联想到余华早年先锋小说中的暴力叙事，但朱山坡着意刻画民间野生人物形象的艺术诉求则是早期余华小说所刻意回避的。

此外，《最细微的声音是呼救》写现代城市中老太太晚年的孤独与幻听，《捕蟮记》写饥饿年代里弟弟深夜寻找父亲母亲所遭遇的死亡幻象，《送我去樟树镇》写“我”深夜驾车遭遇女精神病患者所导致的心理失态，无不是心理真实高于外在真实的艺术证词，但人物形象比较模糊，尚未能走出早期先锋小说的叙述格调。

朱山坡笔下还有一类象征叙述，它并不摆弄解构叙述成规的先锋技巧，而是以整体的反讽策略来完成对现实世界的荒诞性的敞开，而人物形象的独特性也就在世界的荒诞性的逐步敞开中得以凸显。比如短篇力作《中国银行》，作者不厌其烦地描述了下岗老妇冯雪花每天例行公事一般到银行查询她那仿佛永远也无法到账的工资存折，而就在这种机械性的重复写实叙事中，现实世界的荒诞性得以整体性地敞开，而下岗老妇的每况愈下与中国银行的蒸蒸日上之间构成了强烈的反讽，女主人公身上的神经质或者民间野性由此得以彰显。又如《你为什么害怕乳房》，“我”与多年前的女友蓝小莲在乡下小镇相遇，过去的记忆与现实的重逢叠印在一起，“我”依然无法摆脱对蓝小莲巨乳症的厌恶和恐惧，巨乳已成了这个世界荒诞性的符号，“我”的无能则象征着人与世界之间的对立情绪或心理焦虑。中篇小说《送口棺材去上津》也是整体象征的反讽力作，小说的真正主人公是洪峰，一个企图在小镇建立上津国的民间政治疯子，作者没有直接去塑造他的政治疯癫形象，而是借用洪峰的三个女人（王冠兰、叶芳、韩秋子）和一个所谓宰相（洪泰）的视角来侧面讲述洪峰的一生并塑造其形象，而“我”受母亲王冠兰之命千里迢迢送口棺材去上津给洪峰安葬，则象征了作者埋葬现代人的封建帝国梦想的创作意图。中篇《跟范宏大告别》也是一部颇有黑色幽默的佳作，真正的主人公其实不是范宏大，而是执意要去城里跟范宏大告别的阙天津老人，告别表面上是为了履行古老的乡风民俗，其实是为了缓解或祛除内心的隐痛或罪愆，阙天津一直认为是自己偷走了范宏大的运气，改变了范宏大一生的命运，然而当他大张旗鼓地在几个儿子的护送下到达县城见到范宏大时，范宏大已经沦落为流浪的城市疯子，他对阙天津的告别充满了漠然的嘲弄和戏谑。此外，像《公道》《大喊一声》《逃亡路上的坏天气》《我在南京没有朋友》等中短篇小说也大抵属于这种带有黑色幽默色彩的、充满了整体荒诞象征意味的作品，小说中被“公道”肆意拨弄的无业游民“我”，因为爱管闲事而作茧自缚的门卫胡四，陷入政治对手设置的逃亡圈套的司图市长，还有陷入朋友赵球的迷魂阵而在妻子面前无意暴露内心隐秘的洪刚，这些闪烁着野生色彩的人物无不在荒诞的整体象征中塑造成型。

三

朱山坡这一代作家主要是受当年的先锋作家的影响而走上文坛的，但他们并不满足于先锋文学的形式实验，实际上当年的先锋作家基本上都完成了创作转型，如余华、苏童、格非都是如此，这主要表现为在已有的诗性叙述或象征叙述之外还额外强化了现实叙述，增强了小说的现实关怀，这种转向后的后先锋小说不再远离社会现实问题，带有更为强烈的人间烟火气，其先锋的特质不再体现为表层的炫技，而是以精细的写实主义透视社会现实生活中的人性或者心理问题，但由于葆有先锋文学中所固有的诸如暴力叙事或变态叙事等特质，因此这种写实形态的现实叙述依旧保持着残酷或冷峻的先锋格调。不仅如此，朱山坡还在残酷或冷峻的现实叙事之中掺入了魔幻现实主义的叙述因素，他曾明确表示自己接受过加西亚·马尔克斯、胡安·鲁尔福等拉美魔幻现实主义作家的艺术启示①，这就更加使得朱山坡的现实叙述充满了先锋文学的张力，它并非对传统现实主义的简单回归，而是一种现实主义与现代主义的艺术杂糅形态。这种新的现实叙

① 朱山坡：《后记》，收入潘琦主编《广西当代作家丛书（第四辑）·朱山坡卷》，第328页。

事形态以写实为根本，当然它也并不排斥想象力和虚构性，而是在新奇的想象和虚构中完成精细的写实。朱山坡曾写道："十年前，我发现了一个'秘密'：对写小说而言，想象力和虚构能力比生活经验更重要。于是，我不再迷信繁杂紊乱的现实生活，而是回到想象中去虚构我的小说世界。""我调动了遥远而混沌的记忆，在想象的空间中开疆拓土，虚构出一个个光怪陆离陌生得连自己都懵懂的世界，冲动、蛮横、狂傲、怀疑、困惑、自卑，胆小如鼠又浑身是胆……"① 虽然朱山坡在这里强调的是小说家的想象力和虚构能力的重要，而且似乎有意贬斥了生活经验的地位，但从他的实际创作情形来看，其早年记忆和社会生活经验无疑还是他的小说创作的源泉，那是他赖以写实的根底。回到现实社会生活中的朱山坡敢于直面当下中国社会转型中所出现的各种问题，他笔下的现实叙述同时展现了他的写实能力和虚构才华。正是在具体的社会现实语境的呈现中，朱山坡塑造出了不少鲜活的民间野生人物形象。

在朱山坡的社会现实小说中，最引人关注的还是那些与社会焦点问题为背景的作品，如他的处女作《我的叔叔于力》就是如此。这篇小说的题目很容易让读者联想到法国批判现实主义小说大师莫泊桑的经典名作《我的叔叔于勒》，但朱山坡明显跳出了反映金钱社会中人性畸变或世态炎凉的主题，而是写出了一个中国底层农民在蕉贱伤农、无力娶妻的现实困顿下的绝望抗争，以及这种绝望抗争中所蕴含的人性温情。于力与疯女人结婚后不惜一切代价让她恢复了健康，但健康后的疯女人却对于力为她所付出的一切没有任何记忆，最终疯女人被她原先的丈夫接走，于力却再也无力回到自己的生活常态中，这就是现实生活命运的残酷，叔叔于力悲苦而荒诞的形象由此刻入人心。中篇《米河水面挂灯笼》转而写南中国椒贱伤农的故事。谷农阙大胖在商人和官员的鼓动下割掉了稻谷改种灯笼椒，但灯

① 朱山坡：《写作的秘密》，载《灵魂课》，太白文艺出版社，2014年，第291页。

笼椒的丰收带给阙大胖的却是一大堆的白条，再改种香蕉后同样面临蕉贱伤农的结局，忍无可忍的阙大胖终于在绝望中开始复仇，但他不敢向高州贩子和香港脚复仇，只能残忍地杀害了村民阙鸿禧一家九口，虽然他杀人的理由是阙鸿禧曾暗中奸污了他的大女儿水莲，但这并没有足够的证据，所以他真正的杀人理由还是变态的嫉妒和疯狂的报复，因为阙鸿禧依靠几个女儿在城里出卖色相而一跃成了米庄豪族。这部中篇塑造了众多民间野生人物形象，初步体现了朱山坡驾驭重大现实生活题材的能力。比它更优秀的是另一部中篇《感谢何其大》，尽管何其大并不是这篇小说的主人公，但依旧被刻画得个性鲜明，这个抗美援朝的老兵一辈子因为逃兵的历史而湮没于乡村底层，但他心中的隐痛和历史的真相使他成了另类英雄或民间奇人。其子何唐山及其妻程银香才是这部小说的真正主人公。何唐山本是名副其实的对越自卫反击战英雄，但因拙于言辞而遭受不公正待遇，被安排在工厂当门卫，城市生活的物质压力和人际纠葛终于压垮了何唐山，他身上越来越显现出水牛的特征，这种人变成了牛的魔幻叙述意味着何唐山回归乡野的必然结局。程银香的形象刻画甚至比何唐山还要出彩，她在笨嘴拙舌的何唐山身边扮演着几乎保护神一样的角色，正是她的伶牙俐齿保卫着乡里人何唐山一家能在城里艰难地维持生计，但这个一直梦想实现农转非的乡村女子最终不能不接受在历尽艰辛农转非后却工厂倒闭的结局，她和姐姐程金香的性格与命运让人感慨唏嘘不已。《高速公路上的父亲》中的父亲阙老窟也不是小说的主人公，他一出场就死在了工地上；第一人称叙述人“我”阙水也不是小说的主人公，真正的主人公是“我”的哥哥阙锋。这个贫困的乡村少年到广东闯荡后变成了一个杀人越货的逃犯，但他在为父亲声讨抚恤金的过程中却充满了正义与邪恶交错的动机，他最终走上了杀人复仇的道路，这同样出于主动与被动相纠结的原因，因此阙锋是一个独特的乡村野性人物形象，性格复杂而立体。至于短篇《躺在表妹身边的女人》，在简短的篇幅中塑造出了两个返乡的打工仔和打工妹形象，一个为了护送胞兄尸骨还乡赔尽了小心，一个为了维护个人尊严摔断了腿，堪称一篇充满了民间野性的底层小说。

在朱山坡的社会现实小说中，还有一类作品并没有刻意描绘社会焦点问题，而是通过比较宽泛的社会时代变迁来折射人物的命运与性格，它们同样属于为民间野生人物立传之作。比如《观凤》就是这样的精彩短篇，小说主人公观凤属于精明果决的乡村女子，她在改革初期决然嫁给了高州贩子王老董做填房，她的如意算盘是年近六旬且与前妻未有生养的王老董将不久于人世，但事与愿违，戏剧性的是王老董一直坚挺地活到了市场经济时代，且与观凤生下了五个女儿，当年的王老董如今一贫如洗，观凤陷入了人生的赌局陷阱之中不能自拔，这样的社会人心讽喻小说可谓《观凤传》，颇有唐宋传奇小说遗韵。再如《把世界分成两半》，这个短篇的批判现实旨趣自不待言，重要的是它塑造了父亲阙猴的野生形象令人震动。父亲信奉的“两半论”隐含了他朴素的民间智慧，在村民眼中他是一个语言远比心理强大的空头理论家，但从交公粮和老牛之死这两个事件的讲述中，“我”眼中的父亲逐步成了一个民间的悟道者和哲学家，他最后选择了和老牛一样的方式缢死自己，这饱含了他苦涩而绝望的人生心境。《败坏母亲声誉的人》在为野生人物立传的角度上颇具匠心，作者从“我”和母亲的双重视野审视了两位“败坏母亲声誉的人”，一个是“我”的父亲，一个是母亲的后夫张发球，这两位中学教师一个循规蹈矩，一个特立独行，但他们都是善良正直的人，只不过为人处世方式不同而已。具有讽刺意味的是，在母亲眼中认为是败坏了她声誉的两个男人其实在我的眼中情形正好相反，读者也正好由此得以反观母亲的复杂性格形象。所以这部中篇力作实际上为三个民间野生人物立传，而且各自性格鲜活。《两个棺材匠》同样写得野生勃勃，不仅作为棺材匠的“我”和父亲的形象刻画得精细生动，而且另一对父子（沈支书和沈阳）的形象也写得入木三分，正是通过两对父子之间竞争和博弈的叙写，作者实现了为民间野生人物立传的叙事意图。至于

《少年黑帮》中塑造的两个黑帮少年“我”和阙敢，以及王屠户和盲子阿三的民间野生形象就更是如此了，作者既能做出精细而冷峻的社会现实叙述，又能够超越于这种社会现实叙述之上，抵达人性或存在的真相。

四

《懦夫传》是朱山坡2014年推出的一部长篇小说力作，它是朱山坡十年文学创作生涯的一部具有集成性质或者界碑意义的作品，我们从这部作品中可以发现朱山坡小说创作的未来前景。这是一部典型的中国后先锋派小说，它有别于20世纪80年代中后期中国文坛所盛行的西化形态的先锋小说，朱山坡正是继承并发扬了余华在90年代转型以来所开创的这种中国形态的先锋小说艺术传统，由此抵达了他人生中第一个艺术高度。读《懦夫传》会令人想起余华的杰作《活着》和《许三观卖血记》，同样是为当世民间野生人物立传，余华的两部杰作不妨置换为《福贵传》和《三观传》，而朱山坡的《懦夫传》则可谓《马旦传》，他们都属于艺术地再现男主人公一生的野史杂传，当然其中也都包含了男主人公主要亲友仇敌一生的野史杂传。和余华的那两部长篇杰作一样，朱山坡的《懦夫传》也实现了诗性叙述、象征叙述与现实叙述的艺术融合，这是余华给予朱山坡的长篇小说艺术启示，也是朱山坡十年小说创作生涯的自然结果。

不同于中国早期西化形态的先锋长篇小说，《懦夫传》并没有玩弄那些显性的先锋叙述技巧，比如元小说之类，而是坚持重新回到小说的现实生活纬度，将主要人物置放到历史或现实语境中加以塑造，而非简单地淡化人物生存的社会历史背景。于是我们看到《懦夫传》中马旦的一生历经了民国初年的军阀割据、北伐战争、抗日战争、国共内战，以及新中国初年的镇反运动、大跃进等重大历史事件的洗礼，而作者则通过有节制的写实手法再现了主人公生存的现代中国社会历史环境，由此实现了小说表层的历史反思和现实批判意图。但这显然不是作者的主要意图，朱山坡并不想写那种老套的现实主义小说，他感兴趣的是通过塑造懦夫马旦这个象征性或者变形性的人物来传达自己对生命存在困境的理解。懦夫马旦的一生充满了传奇色彩，虽则他也历经磨难，但作者无意于像余华那样着意书写苦难对人的磨砺以及人对苦难的承受，而是着力于透视马旦的生命变迁中所隐含的生存哲学及其困境。不同于福贵和许三观在历史变迁中的以不变应万变，马旦这个人物的变化性更强，究竟是当胆小的懦夫还是当大胆的勇夫，就在主人公的这种人生选择悖论中隐含了作者对中国式生存哲学的拷问。马旦一生经历了三次大的性格变化，正如这本书的封底所写："从懦夫到勇士，最后，胆小如鼠。"① 但这种概括难免显得皮相，因为关于懦夫和勇士的界定其实在作者那里存在着与民间共识不同的理解。实际上，最先呈现给读者的马旦与其说是一个懦夫，不如说是一个凡夫（俗子）形象。虽然他从小胆小怕事，但马旦骨子里其实并不懦弱，因为他在关键时刻还是敢于挺身而出，并且十分有主见。比如为了得到自己喜欢的女人康姝，马旦居然挑战了上津镇恶霸洪冲的权威，虽则这种挑战显得有些滑稽可笑，而且始终伴随着胆战心惊，但马旦不仅没有后悔，没有斤斤计较于洪冲讹诈走了他家的三间米铺，而且还不顾父亲马剃头的阻挠，执意要娶康姝这个饿痨病美女为妻。对于马旦而言，他的人生价值就在于让心爱的女人吃饱，让她不受饥寒交迫之苦，让她过上有尊严的幸福生活，这就是马旦人生理想的全部。这样的马旦虽然不是什么英雄，但绝不能被视为懦夫，他只不过是拥有平凡人生理想的凡夫俗子，在他怯懦的外衣下其实包裹着一颗坚定的凡人心。

但上津镇人似乎并不能理解和接纳凡夫马旦，他们将马旦定义为懦夫，而将莽夫洪冲定义为勇夫，最后在洪冲的威逼下，马旦只能被迫离开上津，

① 朱山坡：《懦夫传》，江苏文艺出版社，2014 年。

由此走上了成为勇夫马旦的道路。在桂系军阀李宗仁的麾下，懦夫马旦出生入死，他终于为自己摘掉了懦夫的帽子，成了一位战功显赫的将军。昔日的马怕死终于炼成了马大胆。但马旦与他曾经的战友顾牛不同，顾牛的人生理想就是通过战争改变人生命运，最终当上人见人怕的好奴才，且美其名曰有胆有识；马旦也不同于他一生的对手洪冲，洪冲的人生理想就是作威作福，欺凌弱者，他甚至梦想着借助日本人的力量当上上津国的皇帝；而马旦即使是在屡获战功的时候也时刻把故乡的妻儿放在心底最重要的位置，康姝就是他的胆，越想家他在战场上的胆越大，正是对自己女人的爱成全了勇夫马旦的威名！可见人生第二阶段的马旦其实也并非世人所谓的勇夫，他仅仅是徒有其表的勇夫，骨子里还是一个凡夫，一个向往日常生活幸福的凡夫俗子。不过这一时期的马旦已经成了上津人仰慕的对象，上津人信仰的人生哲学就是“撑死胆大的与饿死胆小的”，即崇拜强权与欺凌弱小。他们不再畏惧莽夫洪冲，抗战胜利后的汉奸洪冲已经沦为了人见人欺的懦夫。如果作者仅止于写出了马旦从懦夫到勇夫的人生变迁，那是远远不够的，好在他还写出了马旦人生的第三个阶段，他在新中国成立后重新回到了懦夫人生。生命末期的马旦在新政权的社会体制下成了不折不扣的懦夫，他再也无法过上自己理想的日常生活了，他已经失去了任何抗争的力量，晚年的康姝也不再是他的胆了，晚年马旦连凡夫也不是了，这才是马旦真正的精神悲剧。想当初小说开篇的时候，少年马旦与洪冲家的狗赛跑，那是凡夫俗子的快乐人生游戏，而到了小说的结局，我们看到的是老年马旦拼命与野狗搏命的场景，他竟然在一句“他是洪冲家的狗”的吼声中受到惊吓死去。马旦的一生是通向懦夫的一生，也是逐步远离凡夫的一生，他内心深处并不想做勇夫但最终歪打正着成了勇夫，他讨厌被人称为懦夫但最终还是没有摆脱懦夫的骂名，其实他真正的人生理想是凡夫俗子，在他那奇特荒诞的人生历程中始终回荡着想做一个凡夫俗子而不可得的心灵呼喊。

可见《懦夫传》是关于现代中国民族精神困境的一则寓言，不仅懦夫马旦这个人物具有极强的民族文化心理象征意蕴，甚至康姝、马剃头、洪冲、毛雪花、马虎、老冯等人物形象也都各自具有其文化心理象征内涵，他们既是写实的产物也是写意的结晶，体现了作者在人物塑造和艺术构思中虚实交融的深层诉求。实际上，这部作品不仅是写实与象征的叙述交融，而且也是二者与诗性叙述的交融。《懦夫传》可谓是一部诗性弥漫的小说，其中氤氲着浓郁的诗情和冷峻的诗意。如果拨去笼罩在马旦身上的那层滑稽戏谑的叙述面纱，我们可以惊讶地发现，马旦其实一直都是一个不可救药的浪漫主义者，他就像堂吉诃德一样始终在与外部环境做斗争，这个表面怯弱的男人却一直坚信爱情并爱护自己的女人，他在康姝临终前夕还在表白着自己的日常生活理想，那是一种日常生活所散发出的诗意，马旦一直都在寻找着这种平凡的诗意。他年轻的时候曾经在上津镇的各种店铺中寻找过这种日常生活理想，后来虽然被迫投军二十年，但他对日常生活诗意的向往从未熄灭，所以他才敢于在关键时刻放弃显赫的非常态军营生活，因为回归常态的日常生活、拥抱平凡诗意就是他心底隐秘的火焰。康姝身上的诗意并不啻于马旦，她近乎就是一朵身处污泥中的莲花，这个饱经生活磨砺的女人一直葆有对正常（日常）生活理想的向往，自从嫁给马旦后她一直都在捍卫着自己的人格尊严和节操，从未向权势屈服。晚年的康姝甚至比马旦还要坚强，晚年的马旦成了真正的懦夫，而晚年的康姝则是从马旦胸中剔出去的胆！还有康姝对情敌毛雪花丧夫之后的同情，以及她对恶霸洪冲遭人唾弃之后的怜悯，尤其是她在洪冲即将被镇压之前所发出的大声辩护，无不闪烁着人性诗意的光辉。像这样展示日常生活诗意的情节或场景在《懦夫传》里几乎随处可见，单就《老冯走了》那一章而言，尽管写的是一个普通的配角人物，作者也没有忘记展示日常生活中诗意的残酷或残酷的诗意。总之，《懦夫传》是朱山坡十年文学创作生涯的一部多重叙述融合之作，它体现了朱山坡多年来为民间野生人物立传的多重叙事探求，它也昭示了朱山坡未来文学创作道路的艺术新起点。

结　语　实证与中国文学批评的有效性

当下的中国文学批评失去有效性了吗？相信大多数人会断然做出肯定的回答。这无疑会让我们这些以文学批评为职业的人感到无比的尴尬。但尴尬之余，我们也必须警醒自己。我们不能再浑浑噩噩地陶醉于华威先生那样的批评赶场活动之中了，那样只会导致当下的中国文学批评进一步堕入无效的深渊。不过这里有一组概念需要辨析，即文学批评的有效性与无效性。通常我们以为有效的文学批评是指通过对作家、作品或文学思潮、文学现象的评论而积极介入社会政治、思想、文化诸领域的文学研究活动。但这种介入式的文学批评其实并不等于有效的文学批评，介入式的文学批评能对社会产生即时的效应这一点是毫无疑问的，但历史地看，并非所有介入式的文学批评都能经受得住历史的检验，相反，中国当代文学批评史上许多介入式的文学批评文章大都时过境迁，无法唤起后人哪怕是专业研究者的丝毫阅读兴趣。这是值得深思的。这意味着介入式的文学批评同样有着无效性的危险，而与之相对应的是，那些表面上躲进书斋、躲进象牙塔的学院式批评并非都是无效的批评，也许它的效用局限于学院，但学院的外在辐射力显然是不应低估的；也许它无法即时在社会上产生巨大反响或轰动效应，但它的效应也许会在将来的历史回望中显示出来。所以，我并不认为有效的文学批评就是单纯的介入式批评，介入有显性的介入也有隐性的介入，有直接的介入也有间接的介入，总之，介入并非衡量文学批评有效性与无效性的根本标准。

那么，区分文学批评有效性与无效性的根本标准是什么呢？我以为是实证，即通过对具体的作家、作品和文学思潮、文学现象的客观分析而不是主观阐释，进而发现文本或文学现象中的真理，而且这种真理不是外在的意识形态化的主观理念，而是属于作家的独特的精神创造。用现代史学家陈寅恪的话来说，就是在史实中求史识；用古代汉学家的话来说就是“实事求是”。长期以来，这个成语被高度意识形态化了，以至于失去了它的本义。人们有意无意地忽视了“实事求是”是中国古典学术的精髓，而本该继承和发扬民族学术传统的当代中国学术以及文学批评却在很大程度上丧失了“实事求是”的态度。毋庸讳言，当代文学批评中充斥着大量的无效性批评，其内在症结即在于批评中缺乏有效的实证精神与方法。我们的文学批评要么是不充分的伪证，要么是流于凌空的虚证，既不注重作为“实事”的文本，也不追求作为真理的“是”，这样的文学批评实践无论表面上多么的繁荣，骨子里必然是虚空或虚伪的，其结果必然是无效的。想从这样的文学批评实践中产生独创性的文学批评理论的良好愿望，最后必然也是会落空的。我们常常可以见到一些批评家下笔千言万语，却不自知下笔就错，犯下一些常识性的错误，其妄下的断语往往是经不起推敲的，尤其是经不起文学史实的检验和学理性的逻辑推理证明，以偏概全的伪证和游谈无根的虚证俯拾即是，所以当代文学批评的无效性是与浮躁的学风纠结在一处的。我们应该倡导中国传统的尚实的学风，而这种实学传统是与西方近现代以来崇尚科学的学术精神相契合的，这一点在五四新文化运动时期已由胡适做过比较充分的说明。当然，科学不同于科学主义，倡导尚实并非绝对化地反对务虚。我们强调在当代中国文学批评中要发扬实证精神并不是简单地反对阐释，事实上作为阐释的务虚是文学批评中不可或缺的环节，但务虚必须建立在尚实的基础上，作为真理形态的“虚”应该而且也只能从“实”中诞生，而不是相反。美学中所谓的虚实相生其实所展现的只是艺术的表象，究其实质，实是根本，是基石，而虚是精神，是灵魂；没有实，虚就失去了附丽。实中生虚，是艺境，也是学境。文学批评作为一门学问也当追求这种学术境界。

虽然我在这里强调实证是文学批评有效性的基石，但同时我也必须声明，此处所谓的实证并不同于人们习惯上对实证一词的一般理解。在我看来，今天我们对实证的理解应该充分吸纳传统中国学术和现代西方学术中的相关理论资源，在此基础上重构我们新的实证观。因此，我把实证分为三种类型或方式，即“形证”、“心证”与“史证”；这三种实证方式既与中国古典学术传统和古代文论有关，又与西方现代学术传统和现代文论相关，它们共同构成了新的实证批评的理论系统。所谓形证，即从文学形式的角度切入文学文本或文学现象，批评家通过精微细致的艺术分析，发现文学自身所包蕴的真理，即作品独特的思想创造、作家独特的精神形态以及文学思潮或现象的独特的意义。显然，“形证”应该是文学批评的第一要著，因为缺少了文学艺术形式分析的文学批评显然是脱离了文学本体的批评的泛化，而当下的文学批评中这种泛化的批评已呈泛滥的趋势。许多批评家热衷于做社会文化批评，文学在他们的笔下不过是呼来唤去的奴仆，其作用仅仅是为了充当证明批评家的某种特定的社会或文化理念的材料而已。在他们的批评文章中，有政治，有经济，有文化，有哲学，就是没有文学，文学成了引发这类批评家的某种外在的社会政治文化诉求的诱饵。老实说，这类文学批评不过是当代中学生习惯的“材料作文”的翻版。当然写好了也是漂亮的杂文或随笔，其价值自然是有的，但已经不再是文学批评而变成文学创作了。所以，“形证”是所有文学批评的前提，是保证文学批评之所以是文学批评而不是其他批评的标志。古人云以形传神，这说的是文艺创作，但对文学批评同样适用。只有从形式的角度切入，我们才能发现作品专属的神理，而不是泛泛的外在于作品的大道理。西方现代各种形式主义文论，给我们的文学批评提供了很好的“形证”资源。诸如现代语言学和符号学、俄国形式主义、英美新批评、叙事学、结构主义和解构主义、新历史主义等，都是训练我们文学批评中“形证”能力的重要理论武器。相对而言，我们老祖宗的古代文论在“形证”资源上可供借鉴的并不多，且大多流于琐碎的传统修辞分析和艺术评点，这也许也是导致当代文学批评经常忽视“形证”环节的深层历史根源。

当然，导致当代文学批评忽视“形证”的原因还有其他方面的，比如许多批评家大都是文科出身，一般不长于精深的逻辑推理和辨析，对文学批评中的科学主义倾向有着有意无意的抵触心理，因此对于文本的艺术形式分析往往一笔带过，这也导致了西方的各种形式主义文论在中国文学批评中很难见到高水平的实践，简直无法生根发芽，更谈不上枝繁叶茂。追溯起来，新中国成立初期对俞平伯的《红楼梦研究》的批判，乃至于由此引发的对于胡适所代表的现代学术传统和文学研究方法论的批判，也是导致长期以来中国当代文学批评忽视“形证”的历史根源之一。当年国内对胡适和俞平伯等人在文学研究中的科学考证方法大肆批判，说他们堕入了烦琐的形式主义的陷阱，且被冠以资产阶级学术的政治标签，这也直接导致了后来的文学研究和文学批评径直走向了庸俗社会学或政治学，泛政治批评代替了本该以“形证”为前提的文学批评。这样说并不意味着我完全抹杀了革命年代的文学批评，事实上，我认为晚年茅盾的文学批评在那个年代中达到了很高的水准，今天的批评家很少能望其项背。茅盾当年撰写的《夜读偶记》和《关于历史和历史剧》两篇长文，均单独成册发行，在中国当代文学批评史上占有重要地位。这两篇长文都注重从现实的文学创作的艺术形式特征切入，试图从形式角度揭示独特的文学艺术问题，比如《夜读偶记》揭示了“社会主义现实主义”文学创作中隐含的“古典主义”倾向，《关于历史和历史剧》揭示了当时大量涌现的有关《卧薪尝胆》题材的不同剧本中隐含的历史剧创作美学问题，这样的评论文章无疑是注重“形证”的实证批评力作。即使十年浩劫期间，茅盾也长时期和姚雪垠在私人通信中深入地探讨长篇历史小说的创作美学问题，他们之间的文艺书简无疑是那个年代里难得一见的“形证”批评文本。即使时过境迁，这样的实证批评文本也不会过时；即使晚年茅盾的理论批评不可避免地有时代的局限性，但时代局限性还是无法掩盖住其超越历史的有效性。

有了“形证”的前提，“史证”与“心证”在文学批评实践中就有保障了。此时的“史证”和“心证”不再是脱离了文学本体的社会历史批评或者心理批评和精神（哲学）批评。实际上，“形证”通常也是不能脱离“心证”和“史证”而存在的，如果脱离了就有陷入形式主义的危险。更何况现代西方文论强调“有意味的形式”或“形式的意识形态”，可见孤立的“形证”是有很大局限性的，它需要与“史证”和“心证”相结合，以此来更好地保证实证批评的有效性。所谓史证，用西方文论的概念说就是社会历史批评，用中国古人的话说就是“知人论世”；而所谓心证，即中国人所说的“以意逆志”，至于西方文论中所对应的概念或批评流派，则远非弗洛伊德式的精神分析批评所能范围。我这里所说的心证，主要是指以心理或精神为中心的对作家、作品或文学思潮、文学现象所做的心理批评或者精神批评，心理批评属于心理学范畴，精神批评属于哲学范畴，广义上心理批评和精神批评都可以纳入哲学批评的范围。而作为社会历史批评的“史证”属于历史范畴，作为艺术本体分析的“形证”属于审美范畴。可见，本文所倡导的“形证”与“史证”“心证”的三位一体，实即中国传统学术中流行的“文、史、哲”合一的实证批评范式。其中，作为审美形式批评的“形证”是前提，而作为社会历史批评的“史证”和作为心理或哲学批评的“心证”则保证了以实证为核心的文学批评形态的外在广度和内在深度。毫无疑问，任何作家或作品、文学思潮或文学现象的出现都是与其所产生的特定社会历史环境分不开的，既有现实的时代环境，也有历史的文化环境，所以法国文学理论家丹纳的实证主义文学批评思想才会赢得中国批评家的极大共鸣，这不仅是因为这种批评观与中国传统的“知人论世”思想不谋而合，还因为它确实在文学批评实践中具有充分的说服力，它对文学的外部研究及外因的揭示具有高度的合理性和有效性。与此相对应的是，“心证”要揭示的是文学的内因，它致力于对作家的心理世界、作品的思想世界、文学思潮和文学现象的意义世界进行深度的追问，不仅有表层意识层面的追问，还有深层的潜意识拷问，由此把文学批评中的哲学视野与心理学视野融合起来。当然，“心证”与“史证”之间也并非孤立存在，而是彼此渗透的，因为作家作品的内在精神心理世界是与其所置身的外在社会历史文化环境密不可分的，即使是无意识层面，西方文论中也有集体无意识、社会无意识、政治无意识、文化无意识之分，由此可见二者之间的有机联系之一斑。

以上粗略地阐明了新实证主义文学批评观，我以为这种批评观的倡导有益于增强当下中国文学批评的有效性。行文至此，我想起了聂绀弩晚年关于做旧体诗的一个辛酸而有趣的比方，他说作诗如犯案，解诗如破案。这虽是说的作诗与解诗，其实移用来说文学创作与文学批评，也别有一番意味。说文学批评如同破案或断案，这实在是关于文学批评应该倡导实证精神与方法的一个绝妙比喻。好的文学批评如同老吏断狱，那是需要批评家具有如同法家般严谨的学术精神和作风的。破案讲究的是实证而不是虚证。法官做出一个结论，不仅需要人证还需要物证，不仅需要主证还需要旁证，除了内证还要有外证，总之证据是第一要素，然后在证据的基础上进行推理，证明最后的结论。一个批评家从事文学批评，他不能简单地虚构自己的结论，他需要如胡适所说的“小心的求证”，在批评中充分地调动与文学批评对象相关的人证与物证、主证与旁证、内证与外证等各种证据，综合地运用“形证”“心证”与“史证”三位一体的实证批评系统，得出令人信服的结论。我想，这样的实证型文学批评必然是有效性的文学批评。